中国古典英雄传奇小说

［清］二如亭主人 著

牡丹

河海大学出版社
·南京·

图书在版编目（CIP）数据

绿牡丹 /（清）二如亭主人著. -- 南京：河海大学出版社，2025.6. --（中国古典英雄传奇小说）.
ISBN 978-7-5630-9582-7

Ⅰ. I242.4

中国国家版本馆 CIP 数据核字第 2025TC0048 号

丛 书 名 / 中国古典英雄传奇小说
书　　名 / 绿牡丹
　　　　　LÜ MUDAN
书　　号 / ISBN 978-7-5630-9582-7
责任编辑 / 齐　岩
丛书策划 / 未来趋势
文字编辑 / 李梦婷
特约校对 / 黎　红
装帧设计 / 未来趋势
出版发行 / 河海大学出版社
地　　址 / 南京市西康路1号（邮编：210098）
电　　话 /（025）83737852（总编室）
　　　　　（025）83722833（营销部）
经　　销 / 全国新华书店
印　　刷 / 三河市元兴印务有限公司
开　　本 / 880毫米×1230毫米　1/32
印　　张 / 8
字　　数 / 254千字
版　　次 / 2025年6月第1版
印　　次 / 2025年6月第1次印刷
定　　价 / 69.80元

前言

《绿牡丹》又名《四望亭全传》《龙潭鲍骆奇书》《反唐后传》，是清代的一部以唐代武则天时期为背景、以行侠仗义为基调的英雄传奇小说。

《绿牡丹》讲述了武则天当政时期，佞邪当道，权奸仗势欺人，鱼肉乡里，激起朝廷忠正之臣和各地义士的义愤和反抗。山东"旱地响马"花振芳、江南"江河水寇"鲍自安，各自集结了一批江湖义士，除暴安良，锄奸扶弱。将门之子骆宏勋与江湖女侠花碧莲因巧邂逅，相识相恋。众英雄共同辅助宰相狄仁杰起兵，与薛刚等联手灭敌勤王。最后武则天被迫退位，自缢身亡。庐陵王还国登基，重做大唐中宗皇帝。众勇侠剑客均蒙恩获得封赏。骆宏勋与花碧莲，几经挫折后终成眷属。

《绿牡丹》是依据史书创作的通俗演义平话小说。虽然故事内容大多是作者臆造构思编排的，但叙事简练平实，语言质朴明快，风格粗犷，情节错落，具有一定的艺术欣赏性。这部小说最突出的特色是抨击了权势豪强对百姓的欺凌，赞美了英雄好汉的侠义行为，对当时的清代社会也多少有些影射。同时，故事跌宕起伏，极富传奇色彩，文辞通俗，活泼风趣，显而易见是经过评书艺人加工过的、具有民间文学韵味的平话小说。小说中对众多人物的刻画也十分细腻传神，比如骆宏勋的见义勇为、黑白分明，花碧莲的质朴情挚、温柔体贴，鲍自安的老谋深算，花振芳的豪爽耿直等，个个都性格鲜明，活灵活现。

《绿牡丹》问世后，在市井中广为流传，大受欢迎，对后世产生了较大影响。许多地方剧种都曾取材此书而改编成戏剧上演。如今天人们所看到的《大闹桃花坞》《四望亭》《嘉兴府》《龙潭镇》《扬州擂》《四杰村》《巴骆和》等，京剧《宏碧缘》更是直接以《绿牡丹》为蓝本改编创作而成。

本次再版《绿牡丹》，我们对原书中的笔误、错漏和疑难字词分别进行了校勘、更正和释义，对原书原来缺字的地方用□表示了出来，便于读者阅读。对其中仍遗存的疏漏，还请专家和读者予以指正。

编者

2024 年 11 月

目录

第 一 回　骆游击定兴县赴任……………………001
第 二 回　王公子桃花坞游春……………………007
第 三 回　骆宏勋命余谦硬夺把戏………………012
第 四 回　花振芳求任爷巧作冰人………………017
第 五 回　亲母女王宅显勇………………………021
第 六 回　世弟兄西门解围………………………026
第 七 回　奸兄为嫡妹牵马………………………031
第 八 回　义仆代主友捉奸………………………034
第 九 回　贺氏女戏叔书斋………………………037
第 十 回　骆太太缚子跪门………………………041
第十一回　骆宏勋扶榇回维扬……………………045
第十二回　花振芳救友下定兴……………………049
第十三回　劫不义财帛巴氏放火…………………053
第十四回　伤无限天理王姓陷人…………………057
第十五回　悔失信南牢独劫友……………………062
第十六回　错杀奸西门双挂头……………………067
第十七回　骆母为生计将本起息…………………071
第十八回　余谦因逞胜履险登高…………………076

第十九回	十字街前父跑马	079
第二十回	四望亭上女捉猴	082
第二十一回	释女病登门投书再求婿	085
第二十二回	受岳逼翻墙行刺始得妻	090
第二十三回	中计英雄龙潭逢杰士	094
第二十四回	酒醉佳人书房窥才郎	099
第二十五回	书房比武逐义士	103
第二十六回	空山步月遇圣僧	106
第二十七回	自安寻友三官庙	110
第二十八回	振芳觅婿龙潭庄	113
第二十九回	宏勋私地救孀妇	117
第三十回	天鹏法堂闹问官	121
第三十一回	为义气哄堂空回龙潭镇	125
第三十二回	因激言离家二闹嘉兴城	129
第三十三回	长江行舟认义女	133
第三十四回	龙潭后生哭假娘	137
第三十五回	鲍家翁婿授秘计	141
第三十六回	骆府主仆打擂台	144
第三十七回	怜友伤披星龙潭取妙药	148
第三十八回	受女激戴月维扬复擂台	152
第三十九回	父女擂台双取胜	156
第四十回	师徒下山抱不平	160
第四十一回	离家避奸劝契友	164
第四十二回	惹祸逃灾遇世兄	168
第四十三回	胡金鞭开岭送世弟	171

第四十四回	贺世赖歇店捉盟兄	175
第四十五回	军门府余谦告状	179
第四十六回	龙潭庄董超提人	184
第四十七回	花振芳两铺卖药酒	187
第四十八回	鲍自安三次捉奸淫	191
第四十九回	鲍自安携眷迁北	195
第 五 十 回	骆宏勋起解遇仇	199
第五十一回	施茶庵消计放火援兄友	202
第五十二回	四杰村余谦舍命救主人	206
第五十三回	巴家寨胡理怒解隙	209
第五十四回	花老庄鲍福笑审奸	213
第五十五回	宏勋花老寨日联双妻妾	216
第五十六回	自安张公会夜宿三姑儿	219
第五十七回	张公会假允亲事	223
第五十八回	狄王府真诉苦情	226
第五十九回	忠臣为主礼隐士	229
第 六 十 回	奸臣代子娶煞星	233
第六十一回	闹长安鲍福分兵敌追将	236
第六十二回	夺潼关胡理受箭建大功	239
第六十三回	狄钦王率众迎幼主	242
第六十四回	圣天子登位封功臣	245

第一回

骆游击[1]定兴县赴任

道德三皇五帝，功名夏后商周。英雄五霸闹春秋，顷刻兴亡过手。青史几行名姓，北邙无数荒丘。前人田地后人收，说甚龙争虎斗！

这首《西江月》传言，世上不拘英雄豪杰、庸俗之人，皆乐生于有道之朝，恶生于无道之国，何也？国家有道，所用者忠良之辈，所退者奸佞之徒。英雄得展其志，庸愚安乐于野。若逢无道之君，亲谗佞[2]而疏贤良，近小人而远君子。怀才之士，不得展示其才，隐姓埋名，自然气短。即庸辈之流，行止听命于人，朝更夕改，亦不得乐业，正所谓"宁做太平犬，不为乱离人"。今闻一个故事，亦是谗佞得意，权得国柄；豪杰丧志，流落江湖，与这首《西江月》相合。说这故事出在哪朝哪代？看官莫要着急，等慢慢写将出来。

却说大唐太宗殿下大太子庐陵王不过十几岁，不能理朝政。皇后武氏代掌朝纲，取名则天，生得极其俊秀，有沉鱼落雁之容；甚是聪明，多有才干，凡事到面前，不待思索，即能判断。她是上界雌龙降生，该有四十余年天下，纷纷扰乱大唐纲纪。只有一件，不大长俊，淫心过重，倍于常人，一朝若无男子相陪，则夜不成寐。自太宗驾崩，朝朝登殿理事，日与群臣相聚，遂私于张天佐、张天佑、薛敖曹等一班奸党。先不过日间暂为消遣，后来情浓意洽，竟连夜留在宫中。常言道：

要得人不知，除非己莫为。

那朝内文武官员，哪个不知，哪个不晓？但此事关系甚大，无人敢言。武后存之于心，难免自愧。只是太子一十二岁，颇晓人事，倘被知道，

---

[1] 游击：唐宋时期武官的官阶。
[2] 谗佞（nìng）：说人坏话和用花言巧语巴结人的人。

日后长成，母子之间难以相见。遂同张天佐等将太子贬赴房州[1]为庐陵王，不召不许入朝。又加封张天佐为左相，天佑为右相之职。朝中臣僚，唯有薛刚父子耿直，张天佐等常怀恐惧。适因薛刚惹出祸来，遂暗地用力，将薛家满门处斩。只逃走了薛刚同弟薛强、子薛魁、侄薛勇，兄弟叔侄四人奔至山林。后来庐陵王召入房州，及回国之日，封薛刚大元帅，薛勇正先锋。此是后话，按下不表。

且说广陵扬州，有一人姓骆，名龙，字是腾云，英雄盖世，武艺精强。由武进士出身，初任定兴县游击之职，携妻带子同往定兴县上任。老爷夫妇年将四旬，只生一位公子，那公子年方一十三岁，方面大耳，极其魁梧，又且秉性聪明，膂力[2]过人，老爷夫妇爱如珍宝，取名宾侯，字宏勋。还有一个老家人之子，姓余名谦，父母双亡，亦随老爷在任上，与公子同庚，也是一十三岁。老爷念他无父无母，素昔勤劳，只生了一个娃子，倒甚爱惜他。那余谦生来亦是方面大耳，虎背熊腰，极有勇力，性情好动不好静，闻得谈文论诗，他便愁眉蹙额；听说轮枪弄棒，他就侧耳切听。虽是一十三岁，小小年纪，每与大人赌胜，往往倒输与他，所以人呼他一个外号，叫做"多胳膊余谦"。老爷叫他同公子同学攻书，闲时叫二人习些枪棒。公子与余谦食则同桌，寝则同床，虽分[3]系主仆，情同骨肉。老爷到任之后，少不得操演兵马，防守城池。武职之中，除演兵之外，别无他事，倒也清闲。这老爷声名著于外，多有人投在他门下习学枪棒。今有一人，系本县富户，姓任名正千，字威远。其人黑面暴眼，相貌凶恶。十四岁上，父母双亡，上无兄弟，下无姐妹，幸得有个老家人主持家业，请师教小主人念书。这官人生来专好骑马射箭，抡剑弄刀，文章亦是不大留心，各处访师投友，习学武艺。及至二十余岁间，稍长胡须，其色红赤，竟是个黑面红须，其相之恶，正过尉迟公几分，故此呼之"赛尉迟"。因他相貌怪异，人家女子都不许配他。他立志只在武艺上讲究，这件事倒也不在意下，所以，二十余岁尚是只身独自。日间与人讲拳论棒，

---

[1] 房州：州名。今湖北房县、竹山县一带。
[2] 膂（lǔ）力：体力。
[3] 分（fèn）：名分。

甚是有兴，夜来孤身自眠，未免有些寂寞。正是：

　　饱暖思淫欲，饥寒生盗心。

于是，往往同几个朋友，向那烟花巷内走动，非止一日。那日会见一个妓女贺氏，遂与她有缘。任正千乃定兴县一个富户，其心甚喜，加倍温存。任大爷实难割舍，遂不惜三百金之费，在老鸨[1]手内赎出，接在家内为妻。那贺氏生性伶俐，到家无事不料理。她有个嫡亲哥子，贺氏在院内之时，他亦住在院中端茶送酒。及贺氏从良任门，在任正千面前每每说起：他极有机变，干事能巧。任正千看夫妻之情，即道："我家事务不少，既是令兄有才，请来我家管分闲事：一则令兄有以糊口，二则兄妹得以长聚，岂不两便！"贺氏闻言，恩谢大爷之情。于是兄妹俱在任府安身。你说那贺氏之兄是何等人物？其人名世赖，字国益，生得五短身材，极有机变，正是：

　　无笑不开口，非谗不尽言。

见人不笑不说话，只好财钱，善于取财。若逢有钱之事，人不能取，他偏能生法取来；就受些须羞辱，只要有钱，他总不以为耻。他一入任大爷之门，小心谨慎，诸事和气，任府上下，无有一人不喜他，任大爷也甚喜欢。过了年余，任大爷性格脾气，他却晓得了。逢任大爷不在家时，他瞒了妹子走出，与三朋四友赌起钱来。从来说，赌账神仙输，哪个赢的？把自己在任大爷家一年积下的十二金尽皆输尽。后来在妹子跟前只说买鞋子、袜子、做衣服无有钱钞，告借些须。贺氏看兄妹之情，不好相阻，逢借之时，或一两，或八钱与他。那贺世赖小运不通，赌十场输八场，就是妹子此后一两、八钱也不济事，况又不好今日借了明日又借。外边欠账要还，家内又不便先借，出于无奈，遂将任大爷客厅、书房中摆设的小景物件，每每藏在袖内拿出，变价还人。任正千乃是财主，些须之物，哪里检点。不料贺世赖那一日输得大了，足要大钱三千文，方可还账，小件东西不能济事，且是常拿惯了，胆便比从前大些。在客厅、书房往来寻觅，忽然，条桌底下有一大火铜盆，约重三十余斤，被他看见，心中暗想："此物还值得四五两银子，趁此无人，不免拿去权为卖了。"

---

[1] 老鸨（bǎo）：旧时开妓院的女人。

于是撩衣袖，将火盆提起往外便走。合当有事，将至二门，任大爷拜客回来撞见，问道："舅爷！拿火盆做什么？"贺世赖一见，脸有愧色，连忙回道："我见此盆坏了一只脚，故此拿去命匠人修正，预为冬日应用。"任正千见贺世赖言语支吾，形色仓皇，所谓做贼心虚，即走过来将火盆上下一看，见四只脚皆全，并未坏一只，心中大起猜疑。即刻到客堂、书房查点别物，小件东西不见了许多。任大爷心急如火，哪里容纳得住，将贺世赖叫过来痛责一番，骂道："无品行，不长俊，我以亲情相待，各事相托，你反偷盗我家许多物件。若不看你妹子分上，该送官究治！你今作速离我之门，永不许再到我家。"说罢，怒狠狠往后去了。见了贺氏，将此事说了一遍。贺氏闻言，虽惜哥哥出去无有投奔，但他自作孽，也不敢怨任大爷无情。说道："他自不长俊，敢怨谁来！"口中虽是如此答话，心中倒有个兄妹难舍之情。

由此，贺世赖出了任大爷之门。从来老羞便成怒，心中说道："我与你有郎舅之分，就是所做不是，你也该原谅些须，与人留个体面；怎的今有许多家人在此，就如此羞辱于我！"暗恨道："任正千，任正千呵！只要你轰轰烈烈一世，贺世赖永无发迹便了，倘有一日侥幸，遇人提拔一二，那时稍使计谋，不叫你倾家败业，誓不为人！"此乃是贺世赖心中之志，按下不言。

再表任大爷闻骆老爷之名，就拜在门下。骆老爷见他相貌怪异，声音洪亮，知他后来必有大用；又兼任大爷诚心习学，从不懈怠，骆老爷甚是欢喜，以为得意门生。这老爷所教门生甚多，只取中两个门生。向日到任之时，有山东恩县胡家凹姓胡名琏，字曰商，惯使一枝钢鞭，人都呼他"金鞭胡琏"，曾来广陵扬州，拜在门下习学武艺。一连三载，拳棒精通，拜辞回去。老爷甚是爱他，时常念及。今日又逢任大爷，师生相投，更加欢悦。只是任大爷朝朝在骆老爷府内习学，往往终日不回，食则与骆宏勋同桌，余谦在旁伺候，安寝与公子同榻。二人情投意合，虽系世兄世弟，而情不异同胞。

老爷一任九年，年交五十，忽染大病，卧床不起。公子同余谦衣不解带，进事汤药。任大爷见先生卧病在床，亦不回宅，同骆公子调治汤药，曲尽弟子之心。谁知老爷一病不起，服药无效，祈神不灵。正是：

阎王注定三更死，谁敢留人到五更。

老爷病了半月有余，那夜三更时分，风火一动，呜呼哀哉！夫人、公子哀痛不已，不必深言，少不得置办衣衾棺椁，将老爷收殓起来，停柩于中堂，任大爷也伤感一番，遂备祭礼拜祭老爷，就在府中帮助公子料理事务。三日之后，合城文武官员都来吊孝。逢七，请僧道诵经打醮，自不必言。正是：

光阴似箭催人老，日月如梭追少年。

倏尔[1]之间，看看七终。闻得京中补授游击新老爷已经辞朝，即日到任。夫人与公子计议："新官到任，我们少不得要让衙门。据我之意，不若择日起柩回南，省得又迁公馆，多了一番经营。"公子道："母亲之意甚是。但新官到任时催迫我们回南，其奈路途遥远，非可朝发而夕至；就是起柩，未免仓促慌速。依孩儿想来，还是暂借民宅居住，将诸事完备齐全，再择日期起柩，方无拮据失错之事。请母亲上裁。"母子计议之时，任大爷亦在旁，乃接口道："世弟之言极是，师母大人不必着急，门生舍下空房甚多，即请师母、世弟，将师尊灵柩迁至舍下外宅停放，慢慢回南，未为迟也。不知师母、世弟意下如何？"夫人、公子称谢，说道："多承厚意，甚得其便。但恐造府，未免动烦贤契，于心不安，如何是好？"任大爷道："说哪里话来，蒙师受业，未报万一；师尊乘鹤仙游，门生之心抱歉之至。今师母驾迁舍下，师尊柩前早晚得奉香火；师母之前，微尽孝意，此门生之素志也，不必狐疑。"夫人、公子谢过。任大爷遂告辞还家，令人将自己住的房后收拾洁净，另外开一大门，好抬老爷的灵柩。任大爷同贺氏大娘住中院。不讲任大爷家内收拾。

且说骆公子家中细软物件，并桌椅条几，亦有人往任大爷家搬运。不止一日，东西尽已运完，择日将老爷灵柩并合家人口，俱迁移过来。老爷灵柩进宅之后，仍将新开之门垒塞，骆公子出入与任老爷竟是一个大门。贺氏大娘参拜骆太太，宏勋拜见世嫂，任大爷又办祭礼祭奠老师，再备筵席款待太太、公子。以后日食，任大爷不要骆太太另炊，一日三餐，俱同贺氏大娘陪着。且喜骆太太并无多人，只有太太、公子并余谦主仆

---

[1] 倏（shū）尔：很快地。

三人。公子与任大爷投机相好，食则同食，行则同行，至晚安寝亦是同榻，朝夕不离真如同胞兄弟一般，从无彼此之分。贺氏大娘与骆太太也相宜，三餐茶饭全不懈怠。太太、公子每欲告辞回南，任大爷谆谆款留，骆公子亦不忍忽然便去，所以在任大爷家一住二年。

那年春季三月，桃花开放之期，定兴县西门城外十里之遥，有一所地名曰"桃花坞"，其地多种桃花。每年二三月间，桃花茂盛，士人君子，老少妇女，提瓶抬合，携酒往看，多来此游玩。任大爷吩咐家人置备酒肴，遂请公子游玩；又吩咐贺氏大娘，亦请太太同行。于是两轿两马带着余谦，向桃花坞而来。骆宏勋马到其间，抬头一看，真乃好个所在，话不虚传。怎见得好景致，不知后事如何，且听下回分解。

第二回

王公子桃花坞游春

　　众人观望了一番，还在大路旁边拣了一个洁净亭子，将担子挑进。且喜内中桌椅现成，骆太太与贺氏大娘一席，任大爷与骆大爷一席，家人在旁斟酒。看官，你说这亭子内桌椅是哪里来的？只因桃花坞乃定兴县之胜地，凡到春来，不断游人。也有邻近的，搬运桌椅容易；若远处来的，只能提壶携合，不能携带桌椅。就有这好利之人，买些木料做些桌椅，逢桃花将放之时，士人游动之际，预先典些闲地，把桌椅摆设其间，凭那远方游人把钱。所以任大爷一到亭子内，桌椅如此现成。因骆太太、贺氏大娘在内，任大爷就把一两银子给他，包了这个亭子，别的坐头许他再租赁与别人。这也不谈。

　　再言任大爷与公子谈笑对酌，饮过数巡，肴举数箸，正在畅饮之际，忽听得大路之上锣声响亮，任大爷和骆公子站起身来，往那路上看望：只见一簇人围住十数个汉子，俱是山东妆扮，还有那妇女一老一少，老的约有六十内外，年纪小的不过十六七岁的光景，俱是老蓝布褂子。唯有那少年女子，穿了条绿绸裤子，鱼白色绫袜套，大红缎子鞋，却全不穿裙子。内中一个老儿，手提大锣一面，击得数声响亮。骆宏勋看了一会，全然不晓得这是班什么人，问道："世兄，此班是什么名堂？"任大爷道："世弟，此乃山东所做，名叫'把戏'。南边亦曾见过否？"骆宏勋答应道："弟倒未曾见过。"任大爷吩咐余谦："将那班人唤来，问他所会何样把戏？"余谦闻命，下了亭子来，高声大叫："那鸣锣的老人家，这里来，我家大爷叫你哩！"那老夫妻闻言，急忙走过前来，满脸堆笑，说道："大叔叫俺，想必要玩把戏了？"余谦道："正是。我且问你：把戏共有多少套数？每套要银多少？"那老儿答道："大叔，我们马上九般，马下九般，外有软索、卖赛，共有二十套，每套纹银二两；若要做完，共银四十两整。若单只卖赛软索，一套要算两套，两套就算四套，要银八两。不知大叔要玩哪几套？"余谦道："你且在此少停，待我禀上大爷，再来对你说。"余谦说罢，上了亭子，对任大爷说道："小的方才问他，他有马上九般，马下九般，走马卖赛，并踩软索，共二十套，每套要银二两整，全套做完共银四十两。若单只卖赛软索，一套要算两套；两套就算四套，要银八两。"任大爷开言向骆公子道："马上马下十八般武艺，都是你我晓得的，可以不必，只叫他卖赛踩软索，就给他八两银子罢了。"骆宏勋说道："此东小弟来出，请世兄观看。"任正千笑道："一客不烦二主，怎好叫世弟破钞？正是愚兄备东。"吩咐余谦领命下去：单只软索卖赛。余谦领命，来到老儿面前说道："我受吩咐：马上马下十八般武艺俱都会的，单叫卖赛并踩软索。"花老道："先已禀过大叔的，这两套要算四套哩！"余谦说："那个自然。你只放心玩，银子分文不少。"老儿答应："领命。"回首向着自家一众人，说道："这位单要玩软索、卖赛，给我们八两银子。"家人答应："知道了。"只见一人牵过一匹马来，乃是一匹川马，遍身雪白，唯脊上一片黑毛，此马名为"乌云盖雪"，俱是新鞍新辔，判官头上有个钢圈儿，乃是制就卖赛之物。那老儿将铜锣放下，拿起个丈把长杆，朝那两边摇着，口中说道："列位老爷、大爷、哥哥、弟弟！请让一让，我们撒马哩！晚生先来告声：倘有不小心者，恐被马冲倒，莫怪我事前不言明。"来往走了几次，看的人竟自走开，正中让出一条马路。那老儿将长杆丢下，又拿起铜锣当当敲着。又叫道："俺的儿，该上马了。"只见那个幼年女子站起身来，将上边老蓝布褂子脱去，里边现出杏黄短绫袄，青缎子背心，腰间一条大红绉纱汗巾，衬着绿绸裤子，五色绫子袜套，花红鞋子，那一只金莲刚刚三寸。头上挽了一个髻儿，也不戴花，耳边戴一双金坠子。不长不短，六尺多的身材，做一个辫腰儿朝上迎着，加上这配就的一身服色，就是一个花花蝴蝶，无人不爱。有诗为证：

蝉鬓云堆眉黛山，天生艳质降人间。
生成倾国倾城貌，长就沉鱼落雁颜。
疑似芙蓉初映水，宛如菡萏舞临泉。
雅淡不须脂粉施，轻盈堪比霓裳仙。
飘飘恍如三鸟降，袅袅仿佛五云旋。

那女子闻父命，不慌不忙来至马前，用手按住鞍子，不抓鬃角，不踏镫，将手一拍，双足纵跳上鞍桥，左手扯住缰辔，二膝一催，那马一撒，右手将鞭子在马上连击几下，那马飞也似去了。正跑之间，那女子将身一纵，跪在鞍桥之上，玩了个童子拜观音的故事，满场之人无不喝彩。话不可多叙。一连三马，又做了一个镫里藏身，一个太公钓鱼，桩桩出众，件件超群。三赛已过，女子下得马来，在包袱上坐了歇息。早有人将软索架起，那女子歇息片时，站起身来，将腰中汗巾系了一索，又上得软索，前走后退，小小金莲在那绳上走行，如同平地一般。任大爷同骆大爷看得爽快，骆宏勋不觉大声喝彩道："这软索也值八两银子！"任大爷应道："真乃不差！"那女子正在软索上玩那些套数，忽闻有人喝彩，声若巨雷，抬头一望，就是叫她玩把戏的亭子内的二位英雄：一个黑面红须，一个方面大耳。那方面大耳，年纪不过二十上下，生得白面广额，虎背熊腰，丈二身材，堂堂威风，见之令人爱慕。一边男夸女技艺出众，一边女爱男品貌惊人。这且按下不提。

且说对过亭子上，也有二人坐着饮酒。你说那两个人是谁？一个是吏部尚书的公子、礼部侍郎侄儿，姓王名伦，字金玉，生得面貌俊雅，体态斯文。就是一件：色欲之心过于常人。凡遇见有颜色的妇女，连性命也不顾，定然弄到手才罢。他乃定兴县有名的首家，广有银钱，父亲王怀仁，现任吏部尚书，叔父王怀义，现任礼部侍郎，轰轰烈烈，声势惊人。家内长养教习三五十人，合城之人，倘有些得罪与他，先着家人带领教习至他家，不论男女痛打一番；不拘细软物件，捶个尽烂，然后拿个名帖送定兴县，要打三十，县尹不敢打二十九，足足就要打三十，还要押到他府上验疼。因此，满城之人哪个不惧怕他，哪个不奉承他。旁边坐的那位不是别人，乃是贺氏大娘之兄贺世赖。自被任大爷赶出之后，腰内分文全无，流落不堪。过了半年，身上衣不遮体，食不充口。幸亏平素常去城隍庙进香，道士见他落难至此，知他肚内颇颇明白，遂留他在庙内抄写手帖，只有饭吃，却无工食钱。又过了半年，该他的运气来了。王伦来至城隍庙内进香，见有签筒在香桌上，顺便求得一签，贺世赖在旁，连忙与他抄写签诗。王伦细看签诗，一毫不解，就叫贺世赖代解。贺世赖知他是吏部公子，尽其平生谄媚之学，奉承一番。王伦心中甚悦，遂请他至家中，做个帮闲，一住二年，宾主甚是相宜。是日，也同王伦来此桃花坞游玩。王伦看见那女子跑马卖赛并踩软索,令人心爱,乃向贺世赖说道:"这女子年纪不过十五六岁,身材面貌倒也相趁,但不知可是那一道儿否?"贺世赖笑道:"大爷真可谓宦家公子,连这班人的出身都不晓得的。凡卖赛的,以及那踩软索的,卖翠花的,游历各府州县,不过以此为名,全以夜间那话儿赚钱,哪有不是此道者。也不知她住在城里城外?"王伦道:"明日会她一会才好。"贺世赖道:"门下昨晚听说到了一班玩把戏的,内有一个俊俏少年女子,住在西门城外马家饭店里,大约就是他这班人。今兄若要高兴,待门下明日到他店内唤来,如鹰食燕雀一般,何难之有!"那王伦大喜。又叫道:"老贺,这桃花坞内,来来往往妇女也不少,总的皆无有什么十分入眼之人,我只看中了两个。"贺世赖道:"大爷看中了哪两个?"王伦道:"方才说的软索上女子一个。"贺世赖说:"那一个是谁?"王伦用手一指,"你看对过亭子内坐的那一位少年堂客[1]:瓜子面皮,瘦弱身躯,还有几分人材。你还未曾看见么?"贺世赖举目一看,不觉满面通红,笑道:"大爷莫来取笑,那不是别人,乃是舍妹。"王伦喜道:"我与你相交多日,未曾说到令妹,今日才说你有个令妹。但不知所嫁何人?"贺世赖用手一指,说道:"那桌上坐的黑面红须,此乃是妹丈也。"王伦一看,双眉紧皱,骂道:"老贺!你这个人丧尽天良,怎将个如花似玉的妹子,嫁了个丑鬼怪形之人,岂不屈了令妹了!我与你相好不浅,怎不把我做个侧室,胜嫁他十倍。"贺世赖道:"大爷错怪门下,门下与他相交在前,与大爷相交在后。"王伦带笑叫道:"老贺,你极有才干,怎能使令妹与我一会,我重重谢你!"贺世赖忙止道:"大爷说话声音略低着些,不要被他听见了。你道舍妹丈是谁?他乃是定兴县有名之人,叫做'赛尉迟'任正千。他性如烈火,英雄盖世,倘若闻得,为祸不小!"从来说:色胆如天大,淫心海样深。王伦道:

我今日一见令妹,神魂飘荡,就是五方神道,十殿阎罗,我也不怕。我今日且与令妹亲个千里嘴。

贺世赖拦阻不住,王伦将手托自己嘴,对着贺氏嬉戏玩耍不提。

且言那边亭子内,贺氏大娘眼极清明,早已望见他哥子同那一个少

---

[1] 堂客:泛指妇女。

年郎君在对过亭子内饮酒。郎君年纪不过二十来岁，甚是俊雅。她原是出身不正，见了王伦，就有三分爱慕之意，口中虽与骆太太讲话，可二目不住地直往那对过亭子内观看。见了王伦照着她亲嘴，心中愈觉爱慕。合当凑巧，王伦、贺氏正在传情之间，正千、宏勋正在畅饮之际，骆公子在桌上用手一拍，大叫一声："气杀我也！"险些把一桌子器皿尽皆打碎。任大爷连忙站起身来，急急问道："因何事来？"只因一拍：

倾家情由从此起，杀身仇恨自此生。

毕竟不知骆公子说些什么话来，且听下回分解。

第三回

骆宏勋命余谦硬夺把戏

却说骆宏勋大叫为何？因这日亭子内席面上任大爷的主席，骆宏勋是客席，背里面外，对着王伦的亭子，饮酒之间，抬头看见王伦手之舞之，足之蹈之，向贺氏嬉戏，心头大怒，按捺不住，遂失声大叫。及任大爷追问，又不好直言，说道："此话不好在此谈得，等回家再言。"吩咐余谦下去，对那踩软索之人说："不必玩了，明日叫他早间往四牌楼任大爷府上取银子，分文不少。"余谦领命，下得亭台，向老儿说道："今已见武艺之精，何必谆谆劳神，不用玩罢！我们今日未带许多银子，叫你老人家明日早间，往四牌楼任大爷府上去拿银子。"那老儿答道："大叔方才说了四牌楼任大爷，莫非就是'赛尉迟'正千任大爷么？"余谦答道："正是。"那老儿说道："久仰大名，尚未拜谒，明日早去，甚为两便。"遂将那女子唤了来，将那架子收了，同至包裹前歇息。那女子向母亲耳边低声说道："孩儿方才在软索上见了一人，就是叫我卖赛的亭子内之人，生得方面大耳，虎背熊腰，丈二身躯，凛凛杀气。据女儿看来，倒是一位英雄。"老妇闻女儿之言，观女儿之色，知她中意了。向那老儿耳边，将女儿之言述说一遍。那老儿满心欢喜，自忖道："闻得任大爷乃是个黑面红须，此位白面却是何人？"即至亭子旁边，问那本地人，方知是游击将军骆老爷的公子，名宏勋，字宾侯，年方二十一岁，与任大爷是世弟兄，就在任大爷家借住，本籍广陵扬州人也。访得明白，即走回来，对妈妈说知："我明日去拜谒任大爷，就烦他作伐[1]，岂不是好。"

看官，你道这老儿是什么人物？他是山东恩县苦水铺人氏，乃山东陆地有名响马[2]。山东六府并河南八府，以及直隶八府道上，凡有行道之

---

[1] 作伐：做媒。
[2] 响马：旧时在路上抢劫过路人财物者，因抢劫时先放响箭而得名。

人,车马行李之上,插个"花"字旗号,即露宿霜眠,也无人敢动他一草一木。这老儿姓花,名萼,字振芳;这位奶奶亦是山东道上有名的母大虫,父亲姓巴,共生她姐弟十个,这位奶奶乃头生,底下还有九个兄弟,乃巴龙、巴虎、巴彪、巴豹、巴仁、巴义、巴礼、巴智、巴信,也俱有万夫不当之勇。这奶奶因幼年曾在道上放响,遇见花振芳保镖,二人杀了一日一夜,未分胜负。你爱我、我爱你,因此配为夫妇。一生所产甚多,俱不存世。老夫妇年纪将六十,只有这个女儿,小名碧莲,年方一十六岁,自幼从师读书,文字惊人;又从父、母、舅习学一身武艺,枪刀剑戟无所不通,老夫妇爱如珍宝,不肯轻易许人。又且这碧莲立志不嫁庸俗,必要个英雄豪杰才遂其愿,所以今日这夫妇同着巴龙、巴虎、巴豹、巴彪兄弟四人,带着女儿,以把戏为名,周游各府州县,实为择婿。出来有几年的光景,并无一个中女儿之意。今来定兴县,问得桃花坞乃士人君子、英雄豪杰聚集之所,特同众人来访察一番,不期女儿看中了骆宏勋,所以老夫妻欢喜不尽。这且不提。

再表贺世赖同王伦在亭内饮酒看把戏,那王伦在那里亲千里嘴,忽听得对过亭子内大叫一声,犹如半空中丢了一个霹雳,即时,踩软索的也不玩了。贺世赖在旁说道:"门下对大爷说:不要取笑,大爷不听,弄得他知觉,如今连软索也都不玩了,好不败兴也。门下方才听见喊叫之声,不是任正千,乃是骆游击之子骆宏勋也。门下谅任正千必要问他情由,有舍妹在旁,姓骆的必不好骤然说出。幸亏任正千不知,若正千看破,此刻我们这桌子早已被他掀倒了,打一个不亦乐乎!"王伦被这一句话说得老羞变成怒,说道:"他玩得起,难道我就玩不起?他不玩,我偏要玩,看他把我怎样!"吩咐家人王能、王德、王禄、王福:"多去几个,将那玩把戏的人都与我唤来,凭他耍多少套数,与我尽数全玩;凭他多少银子,分文不少。"王能等闻命,即至花老面前,道:"老儿,这里来,吏部尚书王公子叫你。叫你们凭有多少套数尽数全玩。不拘多少银子,叫你们府内去拿,分文不少。叫你要比先前更加几分工夫,方显我们大爷体面。稍有懈怠,半文俱无。"那花振芳闻这许多吩咐,做这许多的声势,就有三分不大喜欢。今日若不去随他玩,又要和他淘气,耽误了明早去拜正千,只得忍气吞声,答道:"晓得。"遂同巴氏弟兄跟随王府家人前来。

再言骆宏勋因心内有此一气，闷闷不悦，酒也不吃了。抬头一看，那玩把戏的老儿去而复返，却是为何？余谦抬头一望，见前面四人尽是王府家人。余谦平素认得，遂说道："前边四人，小的认得是王伦家人。想是对过亭子上王伦也玩把戏哩。"骆宏勋闻得对过也要玩把戏，不由怒从心上起，恶向胆边生，说道："他们共是二十套，我们只玩过两套，还有十八套未玩。余谦下去对那老儿说：'还早，这边未曾玩完。'倘王家不肯，与我打这个狗才，再同王伦讲话。"余谦闻命，笑嘻嘻地去了。看官，你说余谦因何笑嘻嘻的？因他乃有名的"多胳膊余谦"，听说打拳，心花俱开，闻得主人吩咐他打这狗才，不由得喜形见于面，急忙迎上前来拦住，说道："那老人家，我家老爷还要玩哩！"花老道："方才这四位大叔相唤，等俺玩过那边的，再往这边来玩吧。"王能等四人上前接应，道："余大叔，久违了！"余谦怒狠狠地回道："不敢！"王能又道："余大叔，那边玩过了，已经不玩了，我家爷才命我等唤他。候弟等到亭子内禀过大爷，少玩两套，即送过来，何如？"余谦说道："多话，他共有二十套，我们只玩了两套，余着十八般尚未玩。待我们玩过这十八般，再让你们玩不迟。"叫道："老儿，随我来！"王能等四人素知余谦的厉害，哪个再敢多言。花老儿同巴龙弟兄，只得随余谦来了，又仍至先前踩软索的所在。花振芳同巴龙二人跳下场子，各持长枪，上下四左五右六，插花盖顶，枯树盘根，怎见好枪法？有《临江仙》为证：

　　神枪手真可堪夸，枪摆车轮大花。落在英雄手逞威，军中遇能将，阵中伤敌家。　　前冲足远护两丈，后坐能冲丈八。七十二路花枪妙，若人间武明，甫胜天上李哪吒。

恐此道不尽枪法之妙，又有一诗为证：

　　奇枪出众世间稀，护前遮后无空遗。
　　只怕敌人惊破胆，那堪神鬼亦凄凄。

二人扎了一回长枪，满场喝彩。

且言王家家人四个，听余谦将那老儿生生夺去，不好回禀主人，恐主人责罚无用。回至亭外，心生一计，将脚步停住，使个眼色与贺世赖，贺世赖看见，望王伦说声："得罪，门下告便。"便至王能等前，问："列位回来了，叫的那老儿何在？"王能皱眉道："我弟兄四人领了大爷之命，已将那花老唤至半路,不料对过亭子内,骆游击家人余谦怒气冲冲,生生夺去。贺相公是知余谦那个匹夫平日的凶恶,我弟兄四人怎能与他对手?欲将此话禀上大爷,恐大爷动怒,责备我们四个人倒怕他一个。故此请贺相公出来,你老人家极有机变,指教一二。"贺世赖沉吟一会,道:"你们且在下边,莫进亭子内来。那老儿在那里玩枪,大爷也不知是他玩不是他玩?不问便罢,如问时,我慢慢地代你各位分说便了。若以实情告诉,倘若大爷任性,叫你与他斗气,你们是知任正千同余谦之名的,还打的鄞鲍史唐,好景不得好玩,好酒不得好吃,可是不是?"王能四人齐应道:"全仗贺相公维持。"贺世赖走上亭子,说声"有罪"就坐下了。王伦道:"你看那老儿,年近六旬,比得好枪法,全身俱是气力。"贺世赖答道:"真乃好枪法!"

再讲花振芳同巴龙,把七十二路花枪扎完。巴虎又跳上场,手提铁鞭一枝,前纵后坐,左拦右遮,只听得风声响亮,真乃好鞭法。怎见得?有五言诗一首为证:

炉中曾百炼,破节十八根。
英雄持在手,临阵挡征人。
倘若着一下,折骨又断筋。
四围风不透,上盖雨不淋。
一路分二路,四路八边分。
变化七十二,鞭有数千根。
好似一铁山,哪里还见人?
惊碎敌人胆,爱杀识者心。
若问使鞭者,山东有名人。
生长豪门第,久居苦水村。
姓巴讳虎字,排行二爷身。

巴虎使了一回鞭,人人道好,个个称奇。

且说任正千同骆宏勋看得亲切,心中大悦,说道:"我只当是江湖上花枪花棒,细观起来,竟是真本事,只在你我肩左,不在肩右。"吩咐余谦:速速下去,将老儿同那几位英雄俱请上亭子来,说:"观此两件武艺,已经领教;余者自然也是好的,不敢有劳了,请上亭一谈。说我二人在此立候。"余谦下去,遂将花老儿同巴氏弟兄俱请上亭子。任大爷同骆大爷相迎,见礼已毕,分宾主而坐。花振芳开言道:"哪位是任大爷?哪位是骆大爷?"任正千道:"在下任正千。"又指骆宏勋道:"这位是骆大爷,名宏勋。"花老道:"昨晚方到贵处,尚未拜谒,容罪容罪!"任正千道:"岂敢。方才观见枪、鞭二件,玩得惊人,已知英雄豪杰,非是江湖之花枪可比也。若不嫌菲酌,特请一叙。敢问英雄贵府何处?高姓大名?"花老儿答道:"在下姓花名萼,字振芳,乃山东恩县人氏。这四位乃内弟巴龙、巴虎、巴豹、巴彪。"任正千道:"莫不是苦水铺花老先生么?"花振芳道:"岂敢,在下就是。"任正千道:"久仰!久仰!"又问道:"适才跑马女子却是何人?"花振芳道:"那年少的是小女,年老的乃贱内也。"任正千道:"幸而问及,不然多有得罪。既是奶奶、姑娘,何不请来与骆太太、贱内坐一坐!"花振芳同巴氏弟兄站起身来道:"不知是骆老太太、任大娘在此,未曾拜见,有罪!有罪!"重新又见过礼。花振芳走下亭子,将花奶奶及碧莲姑娘叫上亭子,众人见礼已毕。花奶奶与碧莲同骆太太、任大娘一席,花振芳与巴氏弟兄、任正千、骆宏勋一席,谈笑自如,开怀畅饮。不知后事如何,且听下回分解。

第四回

花振芳求任爷巧作冰人

　　且说王伦同贺世赖又看巴虎玩了一回鞭，王伦方才欢喜，道："此两套比那卖赛并软索更觉壮观，凭他多少银子，明日分文不少了他的。老贺你说是也不是？"贺世赖带笑而应。正看在热闹之间，忽然把戏场子散了，见那老儿同那一众男女，俱上对过亭子内去坐下。王伦叫道："王能哪里？王能哪里？"连叫几声，无人答应。贺世赖知他是要问其情由，谅来隐瞒不住，乃问道："大爷叫王能何干？"王伦说道："那玩把戏的，只会这两套不成？我叫他尽数全玩，怎么就散了场子？你看那些玩把戏的男女，又都上对过亭子内去了，坐着相叙，令我心中大不明白。我叫王能来问：还是未吩咐他尽数全玩？还是只会这两套武艺？如果只会这两套就罢了，倘然还有，这般不肯全玩，又屈奉他人，我如今是不但不把银子与他，还要送官究治！"贺世赖只是忍不住笑道："大爷不把银子与他，他原不敢来要大爷的银子。"王伦道："难道他竟不敢向我要银子么？"贺世赖道："非是不敢要也。大爷，你道方才刺枪、舞鞭是谁家玩的？"王伦道："是我叫王能他们四个人叫他们来玩的。"贺世赖道："此刻好叫大爷得知。"遂将王能叫他们之事一一说明白。"是门下之意，叫他瞒过大爷，讲：他玩，我们也看得见，我们且乐得省几两银子，何必与他们争夺，惹得生闲气！"从头至尾说出情由，诉了一遍，把个王伦气得目瞪口呆，半日说不出话来，骂道："大胆匹夫！气杀我也！况你不是别个，乃游击之子，就敢如此大胆欺我，即今现任提督军门，在我面前也不敢放肆。"吩咐抬合的、挑担子的，并马夫、轿夫以及跟随的家人："一起过去，将那对过亭子内，不论男女与我痛打一顿，方出我胸中之气。"贺世赖连忙拦住，道："大爷，你请息息雷霆大怒，听门下讲来，你大爷得知那任正千、骆宏勋二人厉害，莫说今日跟随来的这几个人，就是连家中那些教习尽数叫来，也未必是他家人余谦的对手。"王伦道："这般说来，

难道今日我就白白受他欺压罢了?"贺世赖道:"大爷,你今听见说道:

江山尚有相逢日,为人岂无对头时。

日月甚长着哩!气力不能胜他,则以智谋可也。岂有白受他一番欺压的道理!"王伦道:"此乃后事,为今之计当何如也?"贺世赖道:"为今之计,据门下想来,只有两个字甚好。"王伦道:"请问两个什么字?"贺世赖道:"无有别法,只'走'字上加一个'偷'字。"王伦冷笑道:"彼丈夫也,我丈夫也,我何畏彼哉?老贺!何欺我太甚?今彼欺我,我不与他较量,已见我宽宏大度。明白回去,难道也把我吃了?加个'偷'字,何怯之极!"贺世赖道:"大爷有所不知,今日之偷走,非是惧彼也,实愧于外亭观望之人耳!大爷唤来之人,反被余谦生生夺去,大爷竟置之不问,忙忙躲避走了。知者,是大爷宽宏大量;不知者,以为现任吏部尚书公子反怕那死后游击将军的儿子。门下叫大爷偷走者,正是顾全了大爷体面,保了老爷的声势,门下何敢藐视大爷?"贺世赖一席话,说得王大爷心中痛快。遂吩咐家人:"我此刻欲与贺相公先行一步,你们牵马抬轿,慢慢随后来吧!"王伦同了贺世赖自亭子后边一条小路悄悄而去,家人收拾合担、轿马,陆续而走,自不必说了。

再言那对过亭子内,花振芳一众人谈了一回枪刀剑戟,论了一回鞭锤抓锏,无一不精其妙。任大爷与骆大爷心悦诚服,同饮至将晚,那花振芳一众之人告辞回下处,骆大爷等亦坐轿马入城而去。骆宏勋因心里有事,到底不肯大饮酒。任正千被花振芳谈论枪棒入妙,遂开怀畅饮了几杯,不觉大醉,及至家中,天已晚矣,把桃花坞骆宏勋大叫之事已尽忘了,骆大爷也就隐而不言。二人别过,各自归房安歇。不提。

次日早旦清晨,各自起身,梳洗已毕,同在客厅。任正千向骆宏勋说道:"昨日所会的那花老儿,真个般般入妙,件件皆精,诚名不愧实也。"骆宏勋道:"正是呢,不但花老难比,连巴氏弟兄亦当世之英雄。"正谈论间,门上人进来禀道:"启上大爷:门外来了五个男子、两个女子,还有十数个扛包袱的,口称是山东人氏,姓花,特来拜谒。"任、骆二位相公闻言,连忙整衣出迎。任正千又吩咐家人:"快请大娘出来,迎接女客。"于是,贺氏大娘出来将花奶奶并碧莲姑娘迎进后堂不提。

且说任正千将花老儿并巴氏弟兄请至客堂,行礼已毕,分宾主而坐。

花老儿道："昨日桃花坞相见，今特造府[1]，一则进谒，二则拜谢。"任正千道："方才与世弟谈及贤妻舅之英雄，正欲往贵寓奉拜，不意大驾已光寒舍，何以克当！"花老叫那扛包袱的，又将包裹送上厅来，大小共有数包。花老向任大爷、骆大爷二人说道："此物乃敝处之土产，几包小枣，几包回饼，几包茧罗，权为贽见之礼，望乞笑纳。"任正千、骆宏勋欠身道："光降寒门，已蓬荜生辉，安敢受此大礼？"花老道："此皆自家土产，何为礼云。若不收留，是见外了，在下即便告别。"任正千道："既如此说，只得谨领了。"遂叫人搬运后边，又向花老等谢过，遂吩咐家人们摆酒。不一时，客厅之上摆设两席：东席上，花振芳、巴龙、巴豹，任正千奉陪，西席上，巴虎、巴彪，骆宏勋奉陪。花奶奶、碧莲姑娘，后边自有骆太太、贺大娘款待。

且表席上酒过数巡，肴上几品，花老儿邀任正千至天井中，说道："在下有一言奉告，不好同骆公子言之，故邀任大爷出来奉告。不识任大爷可肯代在下玉成否？"任正千道："请道其详。"花振芳道："在下老夫妻年近六旬，只有小女一人，自幼颇读诗书，稍通枪棒。小女立志不嫁庸俗，愿侍巾栉[2]于英雄；年交一十六岁，尚未许人。今日老夫妇带她周游各州府县，以把戏为名，实择婿也。所游地方甚多，总未相成一人。昨日在桃花坞，幸蒙不弃，得瞻大驾同令世弟骆公子。在下看骆大爷青年气相非常人可比。在下稍有家私，情愿陪嫁小女金银二十万，意欲烦任大爷代我小女作媒，不知任大爷俯就否？"任大爷道："常言：君子有成人之美。晚生素昔最好玉成其事。但我久知世弟早已聘过，闻得是贵州总兵家小姐姓桂名凤箫。"花振芳闻得聘过：负却今时一会，莫慰女儿之望。因思：古之人一夫二妇者甚多；今之人三妻四妾亦复不少。女儿既愿托丝罗于骆公子，岂缘侧室而见恨乎？因说道："古之人一夫二妇者甚多，今之人三妻四妾亦复不少。既骆大爷已经聘过，小女愿为侧室，望乞帮衬一二。"任正千道："这个或者领教。且请入席，待我同骆世弟言之。"二人遂又入坐。不多时，任大爷将骆大爷邀出外面，将花老之言说了一

---

[1] 造府：敬辞，到府上来。
[2] 巾栉(zhì)：洗梳的意思。

遍。骆宏勋道："岂有此理！我已聘过，哪有再聘之理；若侧室之说，亦未有正室未曾完姻，而先立侧室之理。况孝服在身，亦不敢言及婚姻之事，烦世兄善为我辞焉！"二人遂又入坐饮酒。任正千又将花老请出，将骆宏勋之言又诉了一遍。花振芳见亲事不妥，遂无心饮酒。又入坐饮了两杯，即同巴氏兄弟站起身来告辞。任正千、骆宏勋谆谆款留，花老哪里肯坐。花奶奶知前面散席，也同碧莲辞过骆太太、贺氏大娘走出来。男女均于大门会齐。奶奶便问："事体如何？"花老道："事不谐矣！"任、骆送出大门，一拱而别。

　　花老同众人仍由原路出西门，回寓处而来。到得店门，只听天井中嚷嚷道："我们是日出时就来，直等到日中还不见回来。回去了又要受主人责骂了。总是这店主人这狗才坏我们的事。我们来时，就该说不得回来，有别事一时不能便回，我们就不等到这早晚了。我们先把店主人打一顿，方消我们之气。"门中有个人解劝道："你们众位不必着急，常言道：'不怕晚了，只怕事不成。'天还早哩。就是上灯时也将他等了才去。"正嚷之间，店主人抬头一看，见花老走进门来，道念一声："阿弥陀佛！救命王菩萨回来了。"只因这一声，直叫：

　　　　三九公子狠心丧心，二八佳人耀武扬威。

　　毕竟不知店内因何吵闹，且听下回分解。

第五回

亲母女王宅显勇

却说花振芳自任府回来,将走进店门,店主人抬头一看,念声:"阿弥陀佛!救命王菩萨。"向着花振芳说道:"你老人家说去去就来,怎么就半日方回?"花振芳道:"承四牌楼任大爷留住饮酒,所以此刻才回。"店主人又说道:"里边有吏部大堂公子王大爷家来了几位大叔并贺相公,自日出时就来相等,直到此刻,都等得不耐烦了。"说着,花振芳走进天井来,看五个人在那里怒气冲冲地讲话。却认得四个人,只有一位不相识。所认得者即是昨日相唤之人。王能等四人向花振芳道:"我们奉家大爷之命,前来相请众位进府玩耍。已等了这半日,在这里着急,来得甚好。"花振芳道:"原来如此。"花振芳指定那穿直摆、带绣巾的说道:"这位是谁?"王能道:"这位是我家贺相公。"贺世赖听得,遂向花老儿拱了拱手,道:"老先生请了,在下乃吏部尚书公子王大爷的帮闲。恐他四位相请,再有什么阻碍,故命在下同来。已等了这半日,大驾才回寓。敝东王大爷不知候得怎样焦躁了!"花振芳哪里真以把戏为事,因为烦任大爷作伐不谐,就有几分不大自在,哪里还有心肠应酬他们,推说道:"适才闻得敝处天雨淋漓,将几亩田淹了。敝处颇有几亩田地,甚为恐惧,定于今日起身回家。敢烦贺相公同四位大叔回去,在大爷台前巧言一二,就说我不日还来,那时再造府现丑吧。"贺世赖道:"老先生说哪里话来!淋雨淹麦,此不过耳闻;就是真个淹没,老先生即使回至贵处,谅亦不能挽回了,何起身如此之速也?昨日桃花坞中奉请,已被骆游击之子叫家人夺去。彼时若非小的在座,相公昨日有番争闹之气。今日若再不去,就是你老先生明重彼而轻此也。倘王大爷见怪,老先生亦无辞相解。今日奉劝,权住半日,到王府一谈,明日起身回贵府,亦不为迟。"花振芳听贺世赖之言有理,想了一想道:"五湖四海皆朋友,人到何处不相逢。想他是个吏部的公子,相与他也不玷辱于我。"遂同奶奶、碧莲、巴氏弟兄一众男女人等，随了王府之人前来。

　　看官，你说贺世赖亲来相唤花老，是何缘故？因昨日在桃花坞同王伦逃走回家，天气尚早，二人在书房摆酒重饮。王伦向贺世赖说道："你若使令妹与我一会，我不惜千金谢你。"贺世赖原是个爱财如命之徒，听得千金相谢，就顾不得"礼义廉耻"四个字，遂道："重赏之下，必有勇夫。但恐事成之后，悔改前言，那时，使门下无可如何。"王伦道："我从不说谎。"贺世赖道："既如此，待门下慢慢与舍妹言之，我包管遂你大爷之愿。那桃花坞踩软索的女子，等明早先唤来与大爷解渴如何？"王伦欢喜道："如此甚好！"故此，今日一早着王能四人到西门外马家饭店内呼唤。贺世赖恐有别的阻碍，放心不下，故亦随其中。今日他若不随来，就叫王能等四人来唤，花老无心玩耍，这事不免又要以吏部之势生压他们；其不知花振芳又是敬软不怕硬之人，皇帝老儿他还不怕，倒怕你个吏部尚书来了！真个唤不来的。幸亏贺世赖一阵软话，把个花振芳说得心服，方肯与众人同来。一直来到王府门首，贺世赖道："王能，将他们邀进门房坐坐，待我先进去通报与大爷。"于是贺世赖先到书房。见了王伦道："大爷恭喜！"王伦道："这时候才来？"贺世赖将花老去拜任大爷、骆大爷，留他饮酒，并花老闻得路人说，天雨淹田，本是今日即回山东的。门下委曲说了半日，方才一同随来的话，说了一遍。王伦道："难为，难为！如今人在何处哩？"贺世赖道："门下方才着王能等留他们在门中坐坐。门下先来通知大爷，还是怎样玩法？"王伦道："我不过要与那个女子谈笑，有别的什么玩法？"贺世赖道："如此说，叫哪个拿些酒饭，在门房里给那一班男子去吃酒。摆一桌在客厅，叫人出去，将那两个女子叫进来，只说是里面大娘唤她玩耍，难道谁人敢进客厅？她既在大爷这里，还有什么说的。"王伦道："吩咐家人：拿些酒肴往门房去。再吩咐一人出去，说内室大娘唤你二位女将里边去哩，暗暗引进客厅来。"家人闻命，不敢迟慢，将花奶奶同那碧莲引进客厅来。花奶奶母女来至天井之中，家人遂退了出去。

　　花奶奶、碧莲抬头往厅内一看，见厅东首摆列一桌席面，有两个男人在上指手画脚：一个是方才那个姓贺的，那一个头戴公子巾，身穿桃红缎子直摆，足下穿了双粉底乌靴，手拿一把大白纸扇，扇儿下系一个白脂玉的扇坠，也不扇扇，转过来将扇坠绕上来，调过去将扇坠摆开，一团心高气满的光景，大约此位就是公子。母女见厅上并无妇女，遂将脚步停住。王伦道："老贺，你看她两人正行之间，怎么站下？"贺世赖道："此辈多善做势拿腔。本是这样人，偏要做出不相人的样子；本不害羞，偏要扭捏出多少羞惭的光景，令人爱慕。今她正行忽止，正是做身份，叫我们下去迎她的意思，我们何不就去迎迎，与大爷携手而上，岂不是一乐事也！"王伦欢喜道："使得，使得！"二人下得厅来，到得花奶奶、碧莲跟前。王伦向碧莲道："昨在桃花坞观见踩软索，无一不入其妙。今特遣价相请，至舍一会，足慰小生渴慕之怀。"花碧莲闻得王伦以"小生"自称，不觉粉面通红。花奶奶听得他言语虚晃，就知他心怀不善，早有三分不快。说道："方才闻大娘相唤，遂同小女来至里面，宅上宽阔，不知大娘在于何所房屋？望乞指教。"贺世赖道："老人家不认得这位大爷就是吏部天官的公子。昨日因桃花坞望见令爱技艺，整渴慕一夜。今日相请者，即此位王大爷，说大娘者，不过名色耳！"王伦又接应道："相请玩把戏，此不过名色耳，实为请令爱前来一会，以慰渴想。相敬谢仪自然从重，多于把戏。"王伦看见花碧莲面带赤色，比先更觉可爱，只当她是做出的羞态。又道："若肯不弃，厅上现备菲酌，请坐一饮。"遂来携碧莲之手。花碧莲大骂一声："好大胆的匹夫！敢来调戏姑娘也。"遂卷袖持拳，要打王伦，花奶奶要揸贺世赖，幸喜门外边跑进几个家人，一拦，王伦、贺世赖看事不好，往屏风后走进去，将屏门紧闭，躲入内书房去了。花奶奶、碧莲见众家人相拦，走脱了王伦、贺世赖二人，心中大怒，将众人乱打一番。真乃是：

遇脚之人磕于地，逢拳之将面朝天。

这几个家人哪里是她们母女二人的对手，三拳两脚，打得他们东跑西走。母女二人上得厅来，找寻王伦、贺世赖，见屏风紧闭，知他躲起来了。遂将厅东首摆设之席面一脚翻倒，将四只桌脚取下，把客厅之上的古玩、器物、桌椅、条案，打得它一个穷斯滥矣！看官到此，未免要说作书之人前后不照应。王伦家内常养着三五十个教习，今日如何只有这寥寥几个家人？但因贺世赖大意，只说这班人原是这一道儿，有什么不好？又值桃花坞盛景之时，这些教习都说，公子今日做秘事，我等在家，人多眼众，遂三个一群，五个一伙，连家人也只留了十数个，余者都同教习赴桃花坞看花去了。若他们在家，花奶奶、碧莲虽不会吃亏，也不能打得这般爽快。母女二人自内里打将出来，花振芳在门前房内闻得一声响，连忙走出来一看，见奶奶同姑娘各持桌脚两条。花振芳忙问所以，花奶奶将如此这般情由诉说了一遍，把个花振芳气得目瞪口呆。巴氏弟兄同王能等四人，俱皆走出相问，花振芳将上项事一一说知。巴氏弟兄早已将王能等四个人掼了一个跟斗。王能等哀告道："此皆贺世赖与主人所为，不干我等之事。我们俱在此奉陪劝饮，实是不知就里，望英雄暂息雷霆之怒，饶恕则个。"花奶奶在花老耳边说道："今早在任府议亲，未见允诺。骆公子说孝服在身，不敢擅自言及婚姻之事，候他服满，再可议及。"花老点头，向巴氏兄弟说道："诸位贤弟，且莫动手，这四个人本不该饶他，但你我来时，他们就在此相陪，寸步未离，此皆他主人同姓贺的所为，实不干他们之事。"巴氏兄弟遂向四人道："今日本要连你主人巢穴皆毁了，但我们有事在心，暂且饶你们一死！"四人叩谢不已。花奶奶向花老说："早些一同回寓。倘或被任、骆二位知之，日后之事难以商议。"花老听见说得甚是有理，遂带一众人照原路回来了。

再言王能等见花老人等去后，进来里边看了一看，客厅之上，真不是个客厅了，就如人家堆污秽之物的所在。走至屏风之后，见门紧闭，用手连敲几下，里面无人答应。王能会意，知大爷们还当是那花氏母女们来打，故不敢答应。遂叫道："那玩把戏的众人尽皆去了，我等乃王能等四人，特请大爷出厅。"里边听得是家人的声音，贺世赖同王伦才放心开门，走将出来。至客厅上，抬头一看，厅上摆设之物尽皆打坏。又听得一人在那月台跟前呻唤，王伦命王能看来，乃家人王龙也。问其所以，是被花碧莲一脚蹬在脚下，将他脚骨蹬折了两根，不能动弹，故瘫在地下呻唤。王伦叫人将他抬了，送到他的卧房，少不得延医调治。遂向贺世赖道："幸而你我走得快，不然总要吃她的亏。不料这两个妇女这般厉害，今日之气，如何得出？"贺世赖道："没有别说，今日天色已晚，明日清晨，合府人众，不拘教习、家人，俱皆齐集到西门外马家店内，将这伙男女打他一个筋断骨折，然后拿个帖子送县里，重重处治，枷号起来，方见大爷的手段。"那王伦遂依了贺世赖的话，一一吩咐家人并教习等。众人得令，各人安排各人的器械，无非是槐杖铁尺等类。各人安歇，明早往西门外厮打。这且按下不表。

　　再表任正千、骆宏勋送花老去后，回至厅上。任正千道："今蒙花老先生前来相拜，又承送数包礼物，于心甚不过意。"骆宏勋道："没有别说，明早少不得要去回拜他，我们大大备下两份礼仪送他罢了。"任正千应诺，各备程仪一封。一宿晚景已过，不必细述。

　　且说次日清晨，二人起身梳洗已毕，吃了些早汤点心，备了三匹骏马，带着余谦望西门大路而来。将至西门，只见西门大街上有百十余人，雄赳赳各持器械，也望西门而来。任正千问道："是些什么人？"余谦下得马来，将缰绳交付任正千代拉，向前来一看，有王能在内。余谦拱手，王能连忙上前笑应，道："余大叔哪里来？"余谦道："拜问一声：府上与哪家斗气？合府兵马全至。"王能道："余大叔有所不知，就是前日桃花坞卖赛的那一伙人。昨日我家大爷唤到家内玩耍，就那两个堂客不识抬举，反诬我家大爷调戏她，将我们客厅上摆设的物件尽皆打碎，又把我们王龙的脚骨都蹬折了，现在请人调治。家爷气极，叫我们兄弟等同众位教习，往她寓所厮打。余谦哥，一向忝在相好，倘蒙不弃，同弟等走走，与弟助助威。"余谦道："家爷俱在城门下，因见众位不知何故，特遣弟前来问问，还要回家爷话去。"将手一拱，抽身而去，将王能之言一一禀上。骆宏勋道："花老乃异乡之人，王伦有意欺他。你若不调戏人家女子，那花老也不肯生事打你家人，坏你的家伙。我们不知便罢，既然遇见，若不解围，倘花老后来知道，说我们知而不解，道是我们不成朋友。"不知二人如何解法，可解得开否？且听下回分解。

第六回

世弟兄西门解围

且说任正千道："正是。余谦再去说：我二人说，你家不调戏人家女子，人家也未必敢坏损家伙，打坏你的人口。况他是外路人，不过是江湖上玩把戏的，你家王大爷乃堂堂吏部公子，抬抬手就让他过去了。看我二人之面，叫他们回去吧！"余谦又到王能前，将任、骆二位大爷之言告诉一遍。王能笑道："余大叔错了，我乃上命差遣，概不由己。即任、骆二位公子解围，须先与家爷说过，家爷着人来一呼即回。余大叔，你说是与不是？"余谦听他说得有理，只得回来对任大爷说道："小的方才将大爷之言告诉他，他说奉主差遣，不得自专。即二位大爷解围，务必预先与王伦说过，待王伦差人来到叫唤他们，方可转回；不然不能遵命。"任正千听说大怒，说："我就不能与王伦讲话！"又向骆宏勋说道："世弟，请下马来，此地离王伦家不远，我与你同去走走。"骆宏勋连忙跳下马，将二匹马的缰绳俱交与余谦牵住，又吩咐余谦道："你牵马拦门立着，不要放这群狗才一个过去，我们好与王伦说话。倘若有人硬要过去出城的，你与我打这畜生。"吩咐已毕，任正千、骆宏勋大踏步往王伦家去了。余谦即将三匹马牵在当中站立，大叫道："我家爷同任大爷已到王府解围，命我挡住，倘有硬过去的，叫我先打。我也是上命差遣，概不由己。"即摩拳擦掌，怒目而立。

且说王伦家人连教习倒有百十个人，哪一个不晓得余谦厉害，俱面面相觑，无一个敢过去。王能看此光景，知不能出城的了，即着两个会走路的连忙回府，将此情由禀知大爷。这王伦两个家人闻得此言，不敢慢行，一则路熟，二则连走带跑，所以任、骆未到，二人早已跑进府去。王伦、贺世赖正在书房里商议写帖送县，只见两个家人跑得喘吁吁地进来，王伦问道："回来得快呀？不许伤他的性命嗳！"二人禀道："小的们还未出城哩。"王伦道："因何不出城？"二人将遇见任正千、骆宏勋，

"叫我们回转。小的们说：'奉主人之命，不能由己。'他就大怒，叫余谦把城门拦住，不许一人出城。任正千同骆宏勋二人来面见大爷讲话，小的们从小路抄近赶来，先禀大爷得知。"王伦大怒道："这两个匹夫，真正岂有此理！前在桃花坞硬夺把戏，今日又仗势解围，何欺我太甚！我只不允，看你有何法？"贺世赖在旁说道："据门下看来，人情不如早做的好。"王伦道："我不允情，他能砍我头去不成！"贺世赖道："大爷允情，我们的人自然回来；即大爷不允情，我们的人也要回来的。他令余谦拦住城门，哪个再敢过去？"又向王伦耳边低低说道："大爷不必着恼，喜事临门，还不晓得？"王伦道："今日遇见两个凶神，反说我喜事临门，是何言也！"贺世赖又在王伦耳边低低说道："舍妹之事有机会也。"王伦亦低低问道："怎么有机会也？"贺世赖道："任正千亦是有名的财主，不可以财帛动之；他英雄盖世，又不可以势力压之。大爷与他又无来往，虽在咫尺而实天渊也。据门下愚见，待任正千、骆宏勋到府，恭恭敬敬迎他们进来，摆酒相待。今日他既饮了大爷酒席，明日少不得摆酒相酬于你。于是你来我往，彼此走动，门下好于中做事。不然，想与舍妹见面，较登天还难也！"王伦闻言，改怒作喜，称赞道："人说老贺极有机智，今果然也。"正议论间，门上人禀道："任、骆二位爷在门口，请大爷说话。"王伦即整衣出门相迎，打躬说道："二位光临，寒门有幸，请进内厅奉茶。"任、骆二人还礼，任正千道："适在西门，相遇尊府人等，问其情由，知与山东花老斗气。在下念他是个异乡之人，且不过是江湖上玩把戏的，足下乃堂堂公子，岂可与他争较？今大胆前来奉恳，恕他无知。允与不允，速速示下，在下就此告别。"王伦大笑道："就有天来大事，二位仁兄驾到，也无有不允之理。况此些须小事，岂有违命者乎？但亦未有在大门之外谈话之理。二兄骤然要回，知者说二兄有事，无从留饮；不知者道弟不肯款留，殊慢桑梓，弟岂肯负此不贤之名？还是请进，稍留一刻，敬一杯茶为是。"任、骆见王伦之言一一说得有理，便道："只是无事到府，不好轻造，又蒙见爱，稍坐何妨！"任、骆先行，王伦就吩咐门上人道："还着一人到西门大街，将众人叫回。就说：蒙任、骆二位大爷讲情，我不与他那老儿较量了。只是便宜这个老物件！"说罢，邀了任、骆二人走到二门，贺世赖连忙迎出。任正千道："你也在这里了么？"贺世赖道："正是!"到厅上重新见礼,分宾主而坐,家人献茶。茶罢,王伦向任正千道:"兄与弟乃系桑梓,慕名已久,每欲仰攀,未得其便,今蒙光临,幸会!幸会!"任正千道:"弟每有心,不独兄如是也。"王伦又向骆宏勋问道:"这位兄台高姓大名?"任正千道:"此乃游击将军骆老爷的公子,字宏勋,在下之世弟也。"王伦道:"如此说来,乃是骆兄了。失敬!失敬!"贺世赖与骆宏勋素日是认得的,不过叙些久阔的言语,彼此问答一回,任、骆起身相别。王伦大笑道:"岂有此理!二兄光临寒舍,匆匆即别,谅弟作不起一杯水酒之主么?"任、骆二人应道:"非也!我实有他事,待等稍闲,再来造府领教。"王伦道:"二兄既有要事,先就不该来了。"即吩咐家人摆酒。任正千、骆宏勋看王伦举止言词入情入理,不失为好人。又见他留意诚切,任正千向宏勋说道:"你看王伦如此谆谆,少不得要领三杯了。就是明日出城,也不为晚。"于是任大爷首坐,骆大爷二坐,贺世赖三坐,王伦主坐。递杯传盏,饮不多时,王伦又道:"我有一言奉告二兄,不知允否?"任、骆二人答道:"有话领教何妨。"王伦道:"昔日刘、关、张一旦相会,即有聚义,结成生死之交。我辈虽不敢比古人之风,但今日之会亦不期之会,真乃幸会也。弟素与二兄神交,今欲效古人结拜生死之义,不知二兄意下何如?"任、骆二人道:"我们今日一会,以为永好,何必结拜。"王伦道:"虽如此说,但人各有心,谁能保其始终不变耳?明之于神,方无异心。"即吩咐家人速备香烛、纸马。任、骆二位推之不过,只得应允。又取全柬一个,烦贺世赖写录盟书。略曰:

  朝廷有法律,乡党有议约。法律特颁天下,议约严束一方。窃昔者管鲍[1]之谊,美传列国;桃园之义,芳满汉庭,后世之人谁不仰慕而欲效之!今吾辈四人,虽不敢以今比古,而情投意合,不啻古人之志焉。但人各有心,谁保其始终不二,以为人欺而神可昧也!敬备香花宝锭,以献赤心于神圣台前:自盟以后,人虽四体,心合而一;姓虽异姓,而胜于其父母之同胞。患难相扶,富贵同享,倘生异心,天必鉴之。神其来格,尚飨。

---

[1] 管鲍:管仲和鲍叔牙,春秋时人。曾先后辅佐齐桓公。两人相互了解较深。后人常用"管鲍"比喻交谊深厚。

任正千、王伦、贺世赖、骆宏勋均列生辰，大唐年月日时具。

不多一时，将议约写完，家人早已将香烛元宝备办妥当。四人齐齐跪下，贺世赖把盟书朗诵一遍，焚了香烛元宝。礼拜已毕，站起身来，兄弟们重新见礼。王伦命家人重整席面，四人又复入坐。此时坐位：任正千仍是首坐，论次序二坐该是王伦的了，因为酒席是他的，王伦不肯坐，让与贺世赖，到了骆宏勋是三坐，王伦是主席。

酒过三巡，肴动几味，任正千道："今日厚扰王贤弟。明日，愚兄那边整备菲酌，候诸位一坐。"骆宏勋道："后日小弟备东。"贺世赖道："再后一日，我备东。"王伦笑道："贺贤弟又要撑虚架子了。莫怪愚兄直言，你要备东，手中哪里有钱钞哩？若一人一日，这是那萍水之交，你应我酬，算得什么知己？"向任正千说道："大哥，小弟有一言，不知说的是与不是？骆贤弟在此不过是客居，他若备东也是不便。据小弟说来，骆贤弟在大哥处暂居，贺世赖在小弟处长住，总不要他二人作东。今日在小弟处谈谈，明日就往大哥府上聚会，后日还在小弟处。不是小弟夸口，就是吃三年五载，大哥同小弟也还备办得起。"任正千闻说大喜道："这才算得知心之语！就依贤弟之言。实为有理，妥当之极！"又道："王贤弟，莫怪愚兄直言，素日闻人传说，贤弟为人奸险刻薄，据今日看其行事，闻其言语，通达人情物理。常言道：'耳闻尽是假，面见方为真。'此言真不诬也！"王伦道："大哥，还有两句俗语说得好：'含冤且不辩，终久见人心。'"四人哈哈大笑，开怀畅饮，毫不猜忌。

且说那余谦拉马拦门而立，见王府众人不多一时尽都回去，知道是任、骆二位爷讲了人情，王伦遣人唤回。又等了半刻，仍不见二位大爷回来，心中焦躁，扯着马也奔王家而来。来到王伦门首，王府之人素昔皆认得，一见余谦扯马而来，说道："余大叔来了！"连忙代他牵马送在棚内喂养，将余谦邀进门房，摆酒款待，言及任、骆二位爷并家大爷同贺世赖相会结拜一事，正在厅中会饮。余谦闻言，心中想道："二位大爷好无分晓，闻得王伦人面兽心，贺世赖见利忘义，怎么与他结拜起来？"却不好对王府人说出，只应道"也好"二字。

且讲客厅上饮了多时，任、骆告辞，王伦也不深留，吩咐上饭。用毕之后，天已将晚，告辞。任正千道："明日愚兄处备办菲酌，屈驾同贺贤弟走走，亦要早些。还是遣人奉请，还是不待请而自往？"王伦道："大哥说哪里话！叫人来请又是客套了。小弟明早同贺贤弟造府便了，有何多说！"任正千说说谈谈，天已向暮。任、骆起身告辞，王伦也不深留，送至大门以外，余谦早已扯马伺候，一拱而别，上马竟自去了。任、骆至家，二人谈论：王伦举动、言谈，不失为好人，怎么人说他奸险之极，正是人言可畏！只是我们去拜花老，不料被他缠住，但不知花老仍在此地否？倘今日起身走了，我们明日再去拜他，空走一场。乘天尚早，吩咐余谦备马，快出城至马家店里，访察花老信息，速来回话。余谦闻命即上马而去。不多一时，回来禀道："小的方才到西门马家店问及花老，店主人回说，'今日早饭后，已经起身回山东去了。'"任、骆闻知甚是懊悔。这且不言。

再言王伦送任、骆二人之后，回至书房。王伦道："今日之事，多亏老贺维持，与令妹会面之后，再一起厚谢罢了。"贺世赖道："事不宜迟，久则生变，趁明日往他家吃酒，就便行事。门下想任正千好饮，且粗而无细，倒不在意，唯骆宏勋虽亦好饮，但为人精细，的是碍眼，怎的将他瞒过才好？"王伦道："你极有智谋，何不代我设法。"贺世赖沉吟一会，眉头一皱，计上心来，说道："有，有，有！"只因这一思，能使：

　　张家妻为李家妇，富家子作贫家郎。

毕竟不知贺世赖设出什么计来，且听下回分解。

第七回

奸兄为嫡妹牵马

话说王伦求计于贺世赖，贺世赖沉吟一会，说道："有了，明日到彼饮酒，莫要过饮，必须行一令。门下素知任正千不通文墨，却不知骆宏勋肚内如何。门下与大爷先约下两个字令：或一字分两字，或二字合一字，内有古人，上下合韵。倘骆宏勋肚内通文，大爷再改。门下与大爷约定：抬头、低头、睁眼、合眼为暗号，虽骆宏勋精细，难逃暗算。输者，连饮三大杯，不过三回五转打发他醉了。挨到更余时候，大爷便无酒也要假醉，伏案而卧，门下就有计生了。"王伦大喜。二人将字令传妥，熟练谨记，又将猜拳演熟，各人回房安歇。到明日早晨，连忙起来梳洗，吃些点心，又将昨晚之令重习一遍，分毫不错。

王伦换了一身新衣帽，同了贺世赖起身。王伦坐了一乘大轿，贺世赖坐了一乘小轿，赴任正千家而来。转弯抹角，不多一时，来到任正千门首，门上人连忙通报。原来任正千同骆宏勋因昨日过饮，今日起来得晚些，梳洗将毕，早汤点心放在桌上，尚未食用。闻报王伦来了。任正千道："真信人也！"同骆宏勋连忙整衣出迎。迎出二门，王伦同贺世赖早已进来了。任、骆相迎至厅，礼毕分坐。任正千道："因昨日在府过饮，今日起身迟些。方才梳洗，闻得贤弟驾至，连忙迎出门，大驾已来，有失远迎之罪！"王伦道："既称弟兄，哪里还拘这些礼数！大哥，以后这些套话都不必说了。"任正千大喜道："贤弟真爽快人也！遵命，遵命！"骆宏勋亦向王伦道："多谢昨日之宴。"任正千吩咐献茶、摆点心。王伦道："只拿茶来吧，稍停再领早席。"任正千见王伦事事爽快，以为相契之友，心中大悦，说道："既如此，拿茶来！"于是，家人献茶。茶罢，谈谈闲话，王伦道："烦通禀一声，骆老伯母台前、大嫂妆次：小弟进谒！"骆宏勋道："家母年迈，尚未起床，蒙兄长言及，领情了。"王伦又道："大嫂呢？"任正千道："贱内不幸昨染微疾，亦尚未起来。你我既是弟兄，岂肯躲避，候她疾好，贤弟再来,愚兄命她拜见贤弟便了。"王伦道:"既骆伯母未起,贤嫂有恙,弟也不惊动了,烦任大哥同骆贤弟代我禀知吧!"任、骆应道:"多谢,多谢!"贺世赖说道:"王二哥,骆贤弟,恕我不陪,我到里边与舍妹谈谈就来。"王伦道:"当得,请便!"贺世赖拱了一拱手,往内去了。

走到贺氏住房,兄妹见过礼坐下。贺氏道:"一别二年,未闻哥哥真信,使妹子日夜担心。昨晚间你妹夫说你在王家作门客,妹子心才稍放。但不知哥哥近日可好么?想是发财的了。"贺世赖道:"自离家之后,流落不堪,幸蒙吏部尚书的公子王大爷收留,今已二载,亦不过是有饭吃,哪里寻个钱钞?每欲来看望妹子,又恐正千性格不好,不敢前来。我前日在桃花坞,看见妹子在那对过亭子上坐着,只是不敢过去。"贺世赖说过,贺氏道:"我前日也望见哥哥在对过亭子上吃酒,不知你同来的那位是谁?"贺世赖道:"那就是公子王伦大爷了,如今现在前厅。"贺氏道:"那就是吏部尚书的公子么?做妹妹的看他生得好个相貌,不是个鄙吝之人。你可生个别法,哄他几个钱,寻个亲事,就成个人家了。不然,一时出了王伦的门,又是无归无着,成个什么样子?"贺世赖听妹子说前日在桃花坞已经看见过王伦,说他好个相貌,就知妹子有几分爱慕之心,连忙答应道:"妹子之言甚是,王大爷倒是个洒银的公子,怎奈没个机会诓他的银子。目下倒有一股财气,只是不好对妹子讲。"贺氏道:"你我乃一母所生嫡亲兄妹,有什么话不好讲!"贺世赖即说:"王伦在桃花坞看见你,即神魂飘荡,谆谆恳我达意于妹子,能与他一会,情愿谢我一千金。愚兄因无门可入,昨日撮合他们拜弟兄,好彼此走动。愚兄特地前来通知妹子,万望贤妹看爹娘之面,念愚兄无室无家,俯允一二。愚兄就得这注大财,终久不忘妹子大恩也!"贺氏闻得此言,不觉粉面微红,用袖掩嘴带笑而言道:"哥哥,休要胡说,这事可不是玩的!你是知道那黑夫的厉害,倘若闻知,有性命之忧。"贺世赖见贺氏的光景,有八分愿意,说道:"愚兄久已安排妥当。"就将同王伦所约的酒令,并到更深做醉,扶桌而卧的话,又说了一遍。贺氏也不应允,也不推辞,口里只说:"这件事比不得别的事,使不得。"贺世赖见房内无人,双膝跪下道:"外边事全在我,内里只要妹子临晚时,将丫环早些设法使开了,愚兄自有摆布。"贺氏说:"你说哪一日行事?"贺世赖道:"事不宜迟,久则生变,就是今日。"贺氏道:"你起来,被人看见倒不稳便。你进来了半日,也该出去了;若迟,被人犯疑,那事却难成了。"贺世赖听妹子如此言语,知是允了,即爬起来,笑嘻嘻地往前去了。

及到厅上,说道:"少陪,少陪!"仍旧坐下,使个眼色与王伦。王伦会意,心中大喜。任正千道:"闲坐空谈,无味之极,还是拿酒来慢慢饮着谈话。"众人说声"使得"。家人摆上酒席,众人入坐。今日是王伦的首坐,任正千的主席,二坐本该贺世赖,因其与任正千有郎舅之亲,亲不僭[1]友之故,骆宏勋坐了二席,贺世赖是三坐。早酒都不久饮,饮到吃饭之时,大家用过早饭,起身散坐,你与我下棋,我与他观画。闲散一会,日已将暮,客厅上早已摆设酒席。家人禀道:"诸位爷,请入席。"于是重又入席,仍照早间序坐饮酒。酒过三巡,王伦道:"弟有个贱脾气,逢饮酒时,或猜拳,或行令,分外多吃几杯;若吃哑酒,吃几杯就醉了。"任正千道:"这好,这好,就请一个令行行何如?"王伦道:"既如此,请大哥出一令,就此行令。"任正千道:"虽有一日之长,但今日在舍下,我如何作得令官发令?"王伦道:"大哥不做,今日骆贤弟乃是贵客,请骆贤弟作令官。"骆宏勋道:"朝廷莫如爵,乡党莫如齿,既任大哥不作令台,依次请王二哥的了。"贺世赖道:"骆贤之言甚是有理,王二哥不必过谦了!"王伦道:"如此说来,有僭了。"吩咐拿三个大杯来,先斟无私,先自己斟了,然后又说道:"多斟少饮,其令不公。先自斟起来,回头一饮而干才妙!我今将一个字分为两个字,要顺口说四句俗语,却又要上下合韵。若说不出者,饮此三大杯。"众人齐道:"请令台先行!"王伦说道:"一个出字两重山,一色二样锡共铅。不知哪个山里出锡?哪个山里出铅?"贺世赖道:"一个朋字两个月,一色二样霜共雪。不知哪个月里下霜?哪个月里下雪?"骆宏勋道:"一个吕字两个口,一色二样茶共酒。不知哪个口里吃茶?哪个口里吃酒?"及到任正千面前,任正千说道:"愚兄不知文墨,情愿算输。"即将先斟之酒,一气一杯。饮过之后,三人齐道:"此令已过,请令台出令!"王伦道:"我令必要两字合一字,内要说出三个古人名来,顺口四句俗语,末句要合在这个字上。若不押韵,仍饮三大杯。"说罢,又将大杯斟满了酒,摆在桌上。

不知王伦又出何令,且听下回分解。

---

[1] 僭(jiàn):超越本分。

第八回

义仆代主友捉奸

话说王伦又出令,说道:"田心合为思,法聪问张生:君瑞何处往?书房害相思。"贺世赖道:"禾日合为香,夫人问红娘:莺莺何处去?花园降夜香。"骆宏勋道:"女干合为奸,杨雄问时迁:石秀何处去?后房去捉奸。"又到任正千面前,任正千道:"愚兄还算输。"又饮三大杯。骆宏勋道:"饮酒行令,原是大家同饮。既是任大哥不知文墨,再行字令就觉不雅了。"王伦同贺世赖见两令不能赢骆宏勋,心中亦要改令,将计就计,说道:"骆贤弟之言有理!既是任大哥不擅文墨,我们也不行别令,拣极容易的玩吧,猜拳如何?"骆宏勋道:"这好。"于是挨次出拳,轮流猜去。看官,贺世赖、王伦二人是有暗计的,做十回,就要赢任、骆八回。三回五转,天约起更,就把任正千、骆宏勋吃得烂醉如泥,还勉强应酬。贺世赖使个眼色,王伦会意,亦假醉起来,伏桌而卧。贺世赖也伏桌而卧。任正千、骆宏勋早已支撑不住,因有客在坐,不得不勉强劝饮,及见王、贺二人俱睡,也就由不得自己,将头一低,尽皆睡着了。贺世赖耳边听得鼾声如雷,又听不见他二人说话,知是睡了。将头一抬,看见任正千头搁在桌边睡着,骆宏勋背靠椅而卧。即站起身来,走出厅房,见门外站立着四个管家,伺候奉酒递茶。贺世赖道:"你们这些痴子,还在这里站着做什么,放着那厢房里不去?赶早吃杯酒去。"管家道:"那厢房里款待王大爷跟来的人,吃酒的人多着呢。只恐大爷呼唤,不敢远离。"贺世赖道:"痴子,你看主客俱醉,皆已睡着,大约三更天方得醒来。如此光景,有哪个唤你们?只管放心去吃酒,有我在此。他们若睡醒了,我即来唤你们。"三四个家人闻得贺世赖如此说,满心欢喜,说道:"多谢贺老爷!"一阵风地去了。贺世赖将管家支去,便悄悄径直走进后边,直到贺氏住房,竟无一人,心中欢喜。走进门来,见妹子一人,对灯而坐。贺世赖问道:"丫环们哪里去了?"贺氏道:"你先叫我将她们打发开去,我今叫她们各自睡去了。"贺世赖道："这好。"一溜烟走出来，看任、骆正在睡着，将王伦捏了一把。王伦抬头一看，贺世赖将手一招，王伦跟着就走，往里边行来。到了贺氏住房门首，贺世赖道："大爷请进去，门下在二门等候，以速为妙，后会有期。"说罢，贺世赖出二门，厅后站立，以观风声。

且讲王伦走进贺氏之房，贺氏站起身来，面带笑容道："请坐！"王伦在灯下观见贺氏容貌，比桃花坞会见之时更俏十分，欲火哪里按捺得住。双手将贺氏抱起来，进得红纱帐中，宽衣解带，这且不言。

且说余谦自知王伦、贺世赖来任大爷家吃酒，自有任府家人伺候；他乃是骆府家人，客居于此，无他甚事，遂自往街市上游玩。那余谦虽系骆府家人，颇有英名，无人不交接他，一见如故。此日，自往街上游玩，遂三三两两留他饮酒。扰过这一班才散，又有那一班，一直饮了一日，到更深天气方才回来。东倒西歪，行到门首，任府门上人说道："余大叔回来了！"余谦道声："有偏，得罪了！"看见门首两乘轿子还在，问道："酒席还未散么？"门上人回道："还未散哩。"余谦走上客厅一看，任大爷、骆大爷俱在睡，看王伦、贺世赖又不在席上。余谦道："是了，想必是王伦要大解，不知道茅厕，贺世赖领他去了。我莫管他闲事，且往后边睡觉去。"下得厅房，高一脚低一脚，一直奔后边来。行到二门，贺世赖远远望见余谦，连忙躲在一边，让他过去。事当凑巧，骆宏勋住的是任正千的后层房子，后边去，必走任正千的住房而过。今日走到贺氏住房，正当二人云雨之时，不能自禁，呼吸之声闻于室外。余谦虽醉，心中明白。抬头一看，房内并无灯光，自说道："我方才从厅上而来，看见大爷、任大爷尽在睡乡，何人在内调戏？且住，任大爷尚未进房，并不该熄了灯火，其中必有缘故。"自言自语，左思右想，想了一会，忽然想起贺世赖、王伦二人俱不在席上，说："是了！王伦原是人面兽心，贺世赖乃见财如命，一定是王伦许他些财帛，贺世赖代妹牵马，将二位爷灌醉，又将家人支开，他就引王伦进房，与他的妹子玩耍。不料我余谦进来，待我打开房门，进去捉奸。看这个匹夫逃往哪里去！"又想道："做事不可鲁莽，进去有人是好，倘若无人，为祸非小！尽他怎么，非我骆家之事，管他作甚！"才往后走几步，又停步想道："任大爷与我大爷如同胞骨肉之交，且平昔待我实是有礼,一旦有事,置之不管,乃无情之人也。"抬头一望,房内并无灯火。复思量一会:"待我回至客厅,将大爷、任大爷唤醒,叫他们自进房来,有人无人,不干我事。"举步又往前走了几步,又停住想道:"不妥,不妥,等我回到客厅,我素知任大爷睡觉如泥,及至叫醒他们,这奸夫淫妇好事已完,开门逃走。俗语说得好:'撒手不为奸。'任大爷进来,见房内无人,道我余谦无故诬他妻子为非,我家大爷再责我酒后妄为,叫我有口难分。"仍返回到贺氏房门口站住。

且说王伦是个色中饿鬼,贺氏是个淫妇班头,初会时草草了事,及至交合之际,真是:

　　半推半就,胜如金鱼戏绿水;你偎我倚,好似黄菊对芙蓉。

意怜情浓,不能自禁,忘其奸偷之为。那贺世赖在二门,观见余谦东倒西歪而来,将身躲在一边,让他过去,还当他吃醉了,往后边睡去。不意他到了贺氏房门前站着,不解他是何意思。说道:"爹爹妈妈!但愿你这个时候且莫开门出来,撞着这太岁才好。"

且说余谦站在贺氏房门口想道:"我且在此等着他,看你奸夫往哪里逃走?待任大爷酒醒,自然进来,好不妥当!"抬头看见廊檐底下有张椅子,用手拿了放在贺氏房门外正中,自己坐下,遂大叫一声:"我看你奸夫往哪里走!"这一声大叫,吓得房内床帐乱响,二门后"嗳呀"一声。正是:

　　淫荡子女惊碎胆,观风男子暗落魂。

毕竟不知房内因何乱响?二门后因何"嗳呀"?且听下回分解。

第九回

贺氏女戏叔书斋

　　却说余谦拿了椅子，拦住贺氏的房门坐下，口中大叫道："我看你奸夫往哪里走！"那个王伦正与贺氏二人欢乐之时，不防外边大叫，闻得声音是余谦，二人不由不惊颤起来，故而连床帐都摇动了，所以响亮。那二门外"嗳呀"者，是贺世赖也，先见余谦走来转去，只说他酒醉癫狂之状，不料他听见房内有人。忽听余谦大叫道："奸夫哪里走！"料道被他知道了，腿脚一软，往后边倒跌在门槛上，险些把腿跌断了，所以"嗳呀"一声。顾不得疼痛，爬将起来，自想道："今日祸事不小！料王伦同妹子并自己的性命必不能活。想王伦被余谦拦住房门，必不能出来。我今在此无有拘禁，还不逃走，等待何时？倘若余谦那厮再声叫起来，合家都知，那时欲走而不能。"正欲举步要走，忽听鼾声如雷，又将脚步停住了，细细听来，竟是余谦熟睡之声。心中还怕他是假睡，悄悄地走近前来，相离数步之远，从地上顺手拾起一块小砖头，轻轻望余谦打去，竟打在余谦左腿，余谦毫不动弹。贺世赖知他是真睡，遂大着胆走向窗边，用手轻轻一弹。王伦、贺氏正在惊颤之间，听得熟睡之声，不见余谦言语。贺氏极有机谋，正打算王伦出房之计，忽闻窗外轻弹之声，知是哥哥指点出路。贺氏一想：是个法了。那窗子乃是两扇活的，用搭钩搭着。即站起身来，将镜架儿端在一边，把搭钩下了，轻轻将窗子开了，王伦连忙跨窗跳出。王伦出窗之后，贺氏照前关好，仍把镜架端上，点起银灯，脱衣蒙被而卧。心中发恨道："余谦，余谦，你这个天杀的！坐在房门口不去，等我那个丑夫回来，看你有何话说！"正是：

　　　　画虎不成反为犬，害人反落害自身。

　　不言贺氏在房自恨。且说王伦出得窗外，早有贺世赖接着，道："速走！速走！"一直奔到大门，连忙将自己人役唤齐，吩咐任府门上人道："天已夜暮，不胜酒力，你家爷亦醉了，现在席上熟睡。等他醒来，就说我们去了，明日再来赔罪吧！"说毕，上轿去了。正是：

打开玉笼飞彩凤，挣断金锁走蛟龙。

且说余谦心内有事，哪里能安然长睡。睡了一个时辰，将眼一睁，自骂道："好杀才，在此做何事，反倒大意睡觉了！"抬头一看，自窗格缝里射出灯光，自己悔道："不好了！方才睡着之时，那奸夫已经逃走了。我只在此呆坐什么？倘若任大爷进来，道我夤夜[1]在他房门口何为？那时反为不美。"即将椅子端在一边，迈步走上前厅，见任、骆二人仍在睡觉。又走至大门，轿子已不在了。问门上人，门上人回道："方才王、贺二位爷乘轿去了。"余谦听得，又回至厅上，将任、骆二人唤醒。任正千道："王贤弟去了么？"余谦含怒回道："他东西都受用足了，为什么不去！"任正千道："去了罢。天已夜深了，骆贤弟也回房安歇吧！"骆宏勋道："生平未饮过分，今日之醉，客都散了，还不晓得！以后当戒。"说罢，余谦手执烛台引路，二人随后而行。行到任正千房门口，将手一拱，骆宏勋同了余谦往后边去了。任正千进得房来，回身将门关闭，见贺氏蒙被而睡，说道："你睡了么？"贺氏做出方才睡醒的神情，口中含糊应道："睡了这半日了。"任正千脱完衣巾，也自睡了。贺氏见他毫无动作，知他不晓，方才放心，不提。

且说余谦手执烛台，进得卧房，朝桌上一放，其声刮耳。心中有气，未免重些。骆宏勋看了余谦一眼，也就罢了。余谦又斟了一杯茶，端到骆宏勋面前，将杯朝桌上一搁，道："大爷吃茶！"险些儿将茶杯搁碎。骆宏勋又望了余谦一眼，又罢了。余谦怒冲冲地说道："大爷，以后酒也少吃一杯才好！"骆宏勋闻得此言，正像父叔教子侄一般的声口，不觉大怒，喝道："好狗才！看看自己醉的什么样子？反来劝我。"余谦道："大爷吃酒误事，小人吃酒不误事。"骆宏勋怒道："你说我误了何事？"余谦道："大爷问小的，小的就直说。大爷同任大爷方才吃醉睡去，贺世赖这个王八乌龟与妹子牵马。王伦同贺氏他两个人捣得好不热闹。"骆宏勋闻得此言，大喝道："好畜生，你在哪里吃了骚酒？在我面前胡说，还不睡去！"余谦被骆宏勋大骂了一阵，只落得忍气吞声，口内唧唧哝哝的："我就是

---

[1] 夤（yín）夜：深夜。

胡说！以后哪怕他弄得翻江倒海，干我甚事！因他与大爷相厚，我不得不禀。我就不管。我且睡我的去。"正是：

各人自扫门前雪，休管他家屋上霜。

于是在那边床上睡去了。骆宏勋虽口中禁止余谦，而心中自忖道："余谦乃忠诚之人，从不说谎。细想起来，真有此事。王伦不辞回去，其情可疑。王、贺终非好人，有与无不必管他，只禁止余谦不许声张，恐伤任大哥的脸面，慢慢劝他绝交王、贺二人便了。"亦解带宽衣而睡，不提。

且说王伦、贺世赖二人到家，在书房坐下了，心内还在那里乱跳。说道："唬杀我也！"贺世赖道："造化！造化！若非这个匹夫大醉，今日定有性命之忧！"王伦道："今虽走脱，明日难免一场大闹，事已败露，只是我与令妹不能再会了！"贺世赖道："大势固然如此，据门下想来，还有一线之路。谅余谦那厮醒来，必先回骆宏勋，后达任正千。骆宏勋乃精细之人，必不肯声张，恐碍任正千体面。大爷明早差一干办之人，赴任府门首观其动静，若任正千知觉，必有一番光景；倘安然无事，就便请任、骆二人来会饮。骆宏勋知道此事，必推故不来，任正千必自来也。大爷陪他闲谈，门下速至舍妹处设计。"

一宿已过。第二日早晨，王伦差王能前去，吩咐如此如此。王能奉命奔任府而来。及至任府门首，任府才开大门，见来往出入之人无异于常，知无甚事。王伦的家人走到门前，道声："请了！"任家门上说道："王兄，好早呀！"王能道："家大爷吩咐，来请任、骆二位爷，即刻就请过去用早点心，俱已预备了。"任府门上回道："家爷并骆大爷尚未起来，谅家大爷同骆大爷与王大爷至密新交，无有不去之理。王兄且请先回，待家爷起来，小的禀知便了。"于是王能辞别回家，将此话禀复王伦。王伦闻说无事，满心欢喜。

且说任正千日出时方才起身，门上人将王能来请大爷并骆宏勋那边吃点心之话禀上。任正千知道，即遣人到后面邀骆宏勋同往。骆宏勋叫余谦出来回复，说："大爷因昨日伤酒，身子不快，请任大爷自去吧！"任正千又亲自到骆宏勋的卧室问候，骆宏勋尚在床上未起，以伤酒推之。任正千道："既如此，愚兄自去了。"又吩咐家人："叫厨下调些解酒汤来，与骆大爷解酒。"说过，竟自乘轿奔王府去了。

来到王府门首，王伦迎接，问道："骆贤弟因何不来？"任正千道："因昨日过饮，有些伤酒，此刻尚未起床，叫我转告贤弟，今日实不能奉召。"王伦道："弟昨日也是大醉，不觉扶桌而卧；及至醒时，见大哥同骆贤弟亦在睡觉，弟即未敢惊动，就同贺世赖不辞而回。恐大哥醒来见责，将此情对尊府说过，待大哥醒来禀知。不知他们禀过否？"任正千道："失送之罪，望贤弟包涵！"二人说说行行，已到厅上，分宾主坐下，吃茶闲谈。

贺世赖见任正千独自来，他早躲在门房之内，待王伦迎他进去，即迈开大步，直奔任正千家内。来到门首，任府门上人知他是主母之兄，不敢拦阻，他一直奔贺氏房来。进得房门，贺氏才起来梳洗。贺氏一见哥哥进来，连忙将乌云挽起，出来埋怨道："我说不是耍的，你偏要人做，昨日几乎丧命！今日王府会饮，你又来做甚？"贺世赖道："今日王府会饮，任正千自去，骆宏勋推伤酒未起，此必余谦道知，骆宏勋乃精细之人，不好骤然对任正千说知，故以伤酒推辞。愚兄虽然谅他一时不说，后来自然慢慢地告诉，终久为祸。况且他主仆在此，真是眼中之钉，许多碍事处。愚兄今来无有别事，特与你商酌，稍停骆宏勋起身，观看无人的时节，溜进他房，以戏言挑之；彼避嫌疑，必不久而辞去也。若得他主仆离此，你与王大爷来往则百无禁忌了。"贺氏一一应诺。又叫道："哥哥，回去对王大爷就说妹子之言，叫他胆放大些，莫要吓出病来，令我挂怀。"贺世赖亦答应，告辞回到王府，悄悄将王伦请到一边，遂将授妹子之计，又将贺氏相劝之言，一一说之，把个王伦喜得心痒难抓。贺世赖来到厅上，向任正千谢过了昨日之宴。王伦吩咐家人摆上点心，吃毕，就摆早席。这且不提。

且说骆宏勋自任正千去后，即起身梳洗，细思昨晚之事，心中不快，吃了些点心，连早饭都不吃。余谦吃过早饭，也自出门去了。骆宏勋独坐书斋，取了一本《列国》观看，看的是齐襄公兄妹通奸故事。正在那里大怒，只听得脚步之声，抬头一看，乃是贺氏大嫂欲来调戏骆宏勋。

不知从与不从？且听下回分解。

第十回

骆太太缚子跪门

却说贺氏到骆宏勋书房，宏勋一见，忙站起身来问道："贤嫂来此何干？"贺氏满面堆笑道："叔叔，不同你哥哥赴王府会饮，怎么在此看书？"骆宏勋道："嫂嫂，不想昨日过饮，有些伤酒，身子不快。大哥自赴王府，愚小叔未去。"贺氏道："原来叔叔伤酒，奴尚不知，实有失候之罪！奴若早知，当命厨下煎个解酒汤来，与叔叔解个酒也好。"骆宏勋道："多谢嫂嫂美意，解酒汤已经用过了。"贺氏走到桌边，将骆宏勋所看之书拿在手中一看，见是文姜因求亲未谐，因而成病，即与其兄通奸之事，看了一遍，说道："叔叔，常言道：'男大当婚，女大当嫁。'此言真不诬也，观此一回，虽是兄妹灭伦，实因不早为婚嫁之故，其父亦难逃其责也。"骆宏勋见贺氏恋恋不回，口评是非，只得点头应"是"，说道："嫂嫂请回，恐有客至。"贺氏以袖掩口带笑道："叔叔今虽在舍二载，奴家总未深谈，今值无人之际，欲领教益，怎么催我速回？是见外也。叔叔年交二十一岁，因何不早完婚事？"骆宏勋道："愚小叔随父赴任时，其年十二，不当完娶，及成立之后，定兴到扬州相隔三千里之遥，又因路远而不能完娶，故今只身独自也。"贺氏又道："日间谈文论武，会友交朋，庶几乎可；到得夜间，衾枕寒冷，孤影独眠，到底有些寂寞。敢问叔叔：夜间光景何如？"骆宏勋见贺氏如此问他，心怀不善，怒目正色道："古礼叔嫂不通问，今人皆不能也。即言语问答皆正事耳！此亦嫂嫂宜问者乎？我骆宏勋生性耿直，非邪言能摇。请嫂嫂速回，以廉耻为重！"那贺氏原无心相戏，不过奉兄之命，使离间之计耳。被骆宏勋正言责她一番，不觉满面通红，带闷而走。自言道："我倒好意问他，他反说我胡言，真无情无义，不识轻重之徒！"竟自回房去了。骆宏勋坐在书房，心中比先前更加十分不快，自忖道："待世兄回来，若将此事告知，有失世兄体面；若不告之，贺氏既有邪心，倘再缠扰，如何是好？"思想一会道："有了，再迟一二日，看是如何光景,那时择日盘桓回南为上。"且不言骆宏勋在书房纳闷。

且言任正千又在王府会饮,又吃到二更时候,任正千又大醉,亦不能再多饮,即告别上轿而回。及至家内,先到书房去会骆宏勋,说道:"贤弟,心中这会何如?"骆宏勋道:"多谢大哥!小弟比先稍好。"任正千又说:"王伦吃酒甚是殷勤,极其恭敬。"叙谈一会,骆宏勋道:"天色已晚,请大哥回房安歇,弟还稍坐一刻。"任正千酒已十分,同骆宏勋说道:"愚兄醉了,得罪贤弟,先去睡了。"家人掌烛进内,入了自家的卧房,见贺氏和衣而睡,面有忧容,任正千问道:"娘子,今日因何不乐?"贺氏故意做出娇态,长叹一声,说道:"你今日又醉了,不便告诉,待你酒醒再言。"任正千焦躁道:"我虽酒醉,心中明白,有话就讲,哪里等得明日!"贺氏道:"咳!我知你性躁,若对你说,哪里容纳得住?恐你酒后力怯,难与那人对手。"任正千闻了这些言语,心中更觉焦躁,即大叫道:"有话便说,哪里有这些穷话!"贺氏道:"今日你往王家去后,奴因骆叔叔伤酒,我亲至书房问候。谁知他是人面兽心,见无人在,彼竟以戏言调我。我说道:'我与你有叔嫂之称,岂可胡言!'那畜生他,说他存心已久,不然早已回扬,岂肯在此鳏居二载,今日害酒亦推辞耳!就要上前拉扯,被我大声吆喝,他恐家人听见,故未敢动,妾身方免其辱。"任正千听了这些言语,正是:

镔铁脸上生杀气,豹虎目中冒火星。

大骂道:"好匹夫!我感你师尊授业之恩,款留于此,以报万一。不料你这个匹夫,外君子而内小人,如此欺人,我必不与这匹夫共立!"即将帐竿上挂的宝剑伸手拔出,迈步直奔书房而来。到了书房,大喝道:"匹夫!如何欺我!"将宝剑望骆宏勋砍来。骆宏勋看势头不好,侧身躲过,说道:"世兄所为何来?"任正千道:"匹夫!自做之事,假做不知,还敢问人乎?"举手又是一剑,骆宏勋又闪过。想道:"此必贺氏诬我也。世兄醉后不辨真伪,故气愤来斗我,如何说得分明?暂且躲避,待世兄酒醒再讲便了。"任正千又是一剑,骆宏勋又侧身躲过,趁空跑出门外。书房东首有一小夹巷,骆宏勋将身躲避其中。又想:"此地甚窄,世兄有酒之人,倘寻至此间,持剑砍来,叫我无处躲闪。隔壁是间茶房,幸喜不甚高大。"双足一纵,纵上茶房隐避。看官,任正千乃酒后之人,手迟脚慢，头重体软，漏空颇多。不然一连三剑，骆宏勋空手赤拳，哪里躲得这般容易！骆宏勋避在夹巷，并纵上茶房之上，任正千竟没有看见，只说他躲在客厅，仗剑赶上客厅去了。

且说余谦这日在外游玩，也有许多朋友留饮。他心中知骆大爷未往王家会饮，就未敢过饮，所以亦未十分大醉。回家之时，也有更余天气，只当骆大爷在后边卧房内，就一直奔后边来。及到卧房，见大爷不在其中，自思道："哪里去了？"正要出来找寻，忽听得前边一声嚷，连忙出房，遇见任府家人，问道："前边因何吵闹？"那家人道："我家爷不知何事，仗剑追寻你家爷。不知你家爷躲在何处？"余谦闻得此言，毛骨悚然，把酒都吓醒了。说道："此必王、贺二贼挑唆，任大爷酒后不分皂白，故特回家与家爷争闹。倘然寻见大爷，一剑砍伤，如何是好？我若不前去帮助吾主，等待何时！"即便回到卧房，将自用的两把板斧带在身边，放开大步直奔书房而来。及至书房不见一人，正待放步而走，只听骆大爷叫声："余谦。"余谦抬头一看，见骆大爷避在茶房上，安然无事，余谦方才放心，问："大爷，今日之事因何而起？"骆宏勋跳下房来，将自己日间被贺氏如何调戏，我如何斥责。此必贺氏变羞成怒，任世兄醉后归家，诬我戏他。醉人不辨真假，忿怒仗剑而来。余谦道："自妻偷人反不自禁，尚以好人为匪。他既无情，我就无义，待小的赶上前边与他见个输赢！"骆宏勋连忙扯住道："不可，不可！他是醉后之人，不知虚实真伪，只听他人之言。今日一旦与之较量，将数年情义俱付东流。"余谦气乃稍平。

且说任正千持剑至客厅，不见骆宏勋之面，心内想道："这畜生见我动怒，一定躲至后面师母房中，不免奔后边找他便了。"一直跑到骆太太卧房。骆太太伴灯而坐，手拿一本《观音经》诵念。抬头见任正千怒气冲冠，仗剑而进，问道："贤契[1]更深至此，有何话说？"任正千见问，双膝跪下，不觉放声大哭道："门生此来，实该万死，只是气满胸中，不得不然！"骆太太惊问道："有何事情？贤契速速讲来！"任正千含泪就将贺氏所告之言诉了一遍，"实不瞒师母说，门生今来只要与那匹夫拼命！"太太只

---

[1] 贤契：旧时对友人子侄辈或弟子的敬称。

当宏勋真有此事，心中甚是惊惧，道："贤契，你且请回，这畜生自知理亏，不知躲在何处？老身在此，断无不来之理！等他来时，我亲自将那畜生捆将起来，送到贤契面前，杀、剐、存、留，听凭贤契裁之！"任正千闻骆太太一番言语，无可奈何，说道："蒙师母吩咐，门生怎敢不从，既蒙师尊授业之恩，何敢刻忘！只是世弟今日之为，欺我太甚，待他回来，望师母严训一番罢了。既是如此，门生告辞便了。"乃回身归房安歇去了。

却说骆宏勋闻知任正千回房安歇，方同余谦走向太太房中。太太一见宏勋，大骂："畜生！干此伤阴损德之事！"宏勋将贺氏至书房调戏之言说了一遍，余谦又将昨夜王伦通奸之事禀告一番，太太方知其子被冤。说道："承你世兄情留，又贺氏日奉三餐，我母子丝毫未报，今若以实情说出，贺氏则无葬身之地。据我之意，拿绳子来将你绑起来，跪在他房前请罪，我亦同去，谅你世兄必不见责了。"宏勋道："母亲之言，孩儿怎敢不依？但世兄秉性如火，一见孩儿，或刀或剑砍来，孩儿被捆不能躲闪，岂不屈死？"余谦道："大爷放心，小的也随去，倘任大爷认真动手，小的岂肯让他？"太太道："余谦之言不差。"即拿绳子将宏勋捆起，余谦暗藏板斧，同太太走到任正千房门首。那时天已三更，太太用手叩门，叫道："贤契开门！"任正千此时已经睡醒了，连酒也醒了八九分，晚间持剑要砍骆宏勋之事，皆不知道。听见师母之声，连忙起来，不知此刻来到有何缘故，反吃一惊。开了房门，看见骆太太带领宏勋缚背跪在房门口。骆太太指着宏勋说道："这个畜生，昨日得罪了贤契，真真罪不容诛！此时老身特地将他捆了前来，悉听贤契处治，老身决不见怪！"骆太太这一番言语说了，只见任正千那时：

　　虎目中连流珠泪，雄心内难禁伤情。

毕竟任正千怎般处治骆宏勋？且看下回分解。

第十一回

骆宏勋扶榇回维扬

却说骆宏勋竟直跪于任正千房门口，骆太太请任正千处治。任正千才将昨晚之事触起一二分来，亦记得不大十分明白。一见宏勋跪在尘埃，低首请罪，虎目中不觉流下泪来，连忙扶起，说道："我与你数年相交，情同骨肉，从无相犯。昨晚虽愚兄粗鲁于酒后，亦世弟之所作轻薄，彼此咸当知戒！以后不许提今日之事，均勿挂怀。"骆宏勋含冤忍屈道："多谢世兄海量，弟知罪矣！"骆太太亦过来相谢，任正千还礼不迭，吩咐丫环暖酒，款待师母。骆太太道："天已三鼓，正当安睡，非饮酒之时。且老身年迈之人，亦无精神再饮。"任正千不敢相强，亲送太太回房安歇，又到宏勋房中坐谈片时，方才告别回房安睡。贺氏接着道："此事轻轻放过，只是太便宜了这个禽兽！"任正千道："杀人不过头点地，他既是缚跪门前，已知理屈；蒙师授业之恩，分毫未报，一旦与世弟较量，他人则道我无情。不过使他知道，叫他自悔罢了。"又道："明日茶饭仍照常供给，不许略缺。"说了一会，各自安睡。第二日清晨，任正千梳洗已毕，着人去请骆宏勋来吃点心，好预备王、贺来此会饮。

且说骆宏勋自从夜间跪门回房之后，虽然安歇了，回思负屈含冤，一腔闷气，哪里睡得着！翻来覆去，心中自忖道："今日之事，虽然见宽，乃世兄感父授业之恩，不肯谆谆较量，而心中未免有些疑惑。我岂可还在此居住？天明禀知母亲，搬柩回南。但只是明日又该世兄摆宴，王、贺来此会饮，必邀我同席，我岂肯与禽兽为友，又不好当面推托，如何是好？"又思："我昨日已有伤酒之说，明日只是不起，推病更重。暗叫余谦将人夫、轿马办妥，急速回南可也。"左思右想，不觉日已东升。猛听任府家人前来说道："家爷在书房相请骆大爷同吃点心，并议迎接王大爷、贺舅爷会饮之事。"骆宏勋道："烦你禀复你家爷：说我害酒之病比前更重几分，尚未起来，实不能遵命。叫你家爷自陪吧。"家人闻命，回至书房，将骆大爷之言回复任正千。任正千还当骆宏勋因昨日做了非礼之事，愧于见人，假病不起，也就不来强。于是差人赴王府邀请，又吩咐家中预备酒席。不多一时，王、贺二人已至，任正千迎进客厅，分宾主坐下，献茶。王伦问道："骆贤弟还不出来？"任正千道："今早已着人邀请，他说害酒之病更甚于昨日，尚未起来，不能会饮。他既推托，愚兄就不便再邀了。"王伦闻正千之言，有三分疏慢之意，知贺氏已行计了。贺世赖怕人见疑，今日也不往后边会妹子去，只在前边陪王伦。不言王、贺三人谈饮。

且说骆宏勋起得身来，梳洗已毕，走进太太房中，母子商议回南之计。太太道："须先通知你世兄，然后再雇人夫方妥，不然你先雇了人夫，临行时你世兄必要款留，那时再退人夫，岂不折费一番钱钞？"宏勋道："母亲，不是这样说法，若先通知世兄，他必不肯让我回去。据孩儿之见，暗着余谦将人夫、轿马办妥，诸事收拾齐备，候世兄赴王家会饮之日，不辞而行，省得世兄预知，又有许多缠绕。倘世兄他日责备不辞而行，亦无大过。且我们不辞而去，世兄必疑我怪他，或细想前日之事，并想孩儿素日之为人，道孩儿负屈，亦未见得。若念念于此，其事不能分皂白，孩儿之冤终不能明。我身清白，岂甘受此乱伦之名乎！"太太闻儿子之言，道声："使得。"遂命余谦即时将人夫、轿马办得停妥，择于三月十八日搬柩回南。母子商议之时乃廿五日，计算还有三日光景。骆宏勋逢王伦家饮酒之日，推病不去；逢任家设席之时，推病重不起。任正千因他轻薄，也就不十分敬重。贺氏恨不得一时打发他母子、主仆出门。虽是任正千吩咐茶饭不许怠慢，早一顿迟一顿，不准其时，骆太太母子含忍。住了三日，已到廿八日了，早饭时节，任正千已往王家去了。余谦将人夫、马匹唤齐，骆太太同宏勋前来告别贺氏。贺氏道："师母并叔叔即欲回南，何此迅速也？待拙夫回来亲送一送，何速乃尔？"骆太太道："本该候贤契回府面谢，方不亏礼；但恐贤契知老身起行，又不肯放走。先夫也该回家安葬，犬子亦要赴浙完姻，二事当做，势不容缓，故不通知贤契。贤契回府，拜烦转致，容后面谢吧。"贺氏恨不得把他们一时推出门，岂肯谆留，遂将计就计，道："既师母归心已决，奴家不敢相留。"吩咐摆酒饯行，与太太把盏三杯。用了早膳，仍将向日进柩之门打开，把骆老爷灵柩移出来,十六个夫子抬起,太太四人轿一乘,小丫环一乘小轿,外有一二十个扛皮箱包裹。骆宏勋同余谦骑马前后照应,直奔大道而去。

骆宏勋起身之后,任府家人连忙将后边大门仍然砌起,一边着人到王府通知任正千。任正千正在畅饮,家人禀道:"骆大爷同骆太太方才雇人马起身回南,特来禀知。"任正千道:"未起身时就该来报,人去之后来说何用?要你这些无用的狗才何用!"王伦、贺世赖闻骆宏勋主仆起身,满心欢喜,见任正千责骂家人,乃劝道:"闻得骆宏勋在府上一住二载有余,大哥待他不薄。今欲回家,早该通知大哥,叩谢一番,才是个知恩之人。今不辞而去,内中必有非礼之为,赧于见人。此等人天下甚多,大哥以为失此好友么?"任正千道:"骆宏勋这个畜生不足为重,但愚兄受业于其父,此恩未报,故款留师母以报万一。今师母去了,愚兄未得亲送,是以歉耳!"王伦道:"留住二载,日奉三餐,报师之恩不为薄矣!今之不送,乃彼未通知之故;彼有不辞之罪大,而大哥失送之罪小。以后我等再见骆宏勋,俱莫睬他。如今也不要提他了。"王伦这些话,说得轻重分明。任正千以为骆宏勋真非好人,遂置之度外,倒与王伦一来一往,其情甚密。逢在任家吃酒,一定把任正千灌醉,贺世赖将任家妇女支开,王伦入内与贺氏玩耍。约略任正千将醒时候,贺世赖又引王伦出来。任府家人也颇知觉,因贺氏平日待人甚宽,近日又知自己非礼,每以银钱酒食赏他们,正是:

清酒红人面,财帛动人心。

况这些家人一则感她平日之恩,二则受今日之贿,哪个肯多管闲事!可怜任正千落得只身独自,并无一个心腹。

过了几日,王伦见人心归顺,遂取了一千两银子谢贺世赖。贺世赖道:"门下无业无家,这多银子与门下,叫门下收存何处?大爷只写张欠帖与门下就是了。倘有便人进京,乞大爷家报中通知老太爷一声,将此银与门下大小办一个前程,也是蒙大爷抬举一番。祖、父生我一场,他老人家也增些光,感你大爷之恩。"王伦道:"如此,我代你收着。"写了一千两欠帖与贺世赖。王伦笑道:"我与令妹只能相会一时,不能长夜取乐。我想明日连男带女一并请来,将花园中空房一间,把令妹藏在其中。

到晚,只说贱内苦留不放,明日再回。那时任正千自去,我与令妹岂不是长夜相聚乎!"贺世赖道:"使得,使得!"次日,差人请任正千连贺氏大娘一并请来,就说:"后边设席,家大娘仰慕大娘,请去一会。"家人来到任府,将言禀上。任正千道:"既是同盟兄弟,有何猜忌?"吩咐贺氏收拾,王府赴宴。"明日,我这边也前后备席,连王大娘一同请来饮酒。"任正千上马先自去了。贺氏连忙梳洗,穿着衣裳,诸事停妥。临上轿时,叫过心腹丫头两个,一名秋菊、一名夏莲,吩咐道:"我去王府赴宴,你二人在家如此如此,我自然抬举。"她二人领命,贺氏方才上轿去了。

且说骆宏勋回南,因有老爷灵柩,不能快行,一日只行得二三十里路程。临晚住宿,必得个大客店方可住得下。在路行了十日有余,行到山东地方。那日太阳将落,来到定南府恩县交界一个大镇头,叫做苦水铺。余谦道:"大爷,论天气还行得几里,但恐前边没有大店,此地店口稍宽,不如在此住了,明日再行。"骆宏勋道:"天已渐热,人也疲了,就此歇了吧。"于是众人看见一个大店,将皮箱包裹俱搬入店内,将老爷的灵柩悬放店门以外,是不能进店的。走至上房坐下,店小二忙取净面水,骆太太并宏勋净了面,吩咐余谦,叫店小二拿酒饭与人夫食用。将上灯时分,店小二将一支烛台点一支大烛,送进上房,摆在桌上,请太太、公子用酒。骆太太母子入席,正待举杯,只见外边走进一个老儿来,高声说道:"哎呀!骆大爷,久违了!"骆宏勋听得,举目一观,正是:

  久旱逢甘雨,他乡遇故知。

不知来的何人,且听下回分解。

第十二回

花振芳救友下定兴

却说骆宏勋下在苦水铺上坊子内，才待饮酒，只见外边走进个老儿来，道："骆大爷，久违了！"骆宏勋举目一观，不是别人，是昔日桃花坞玩把戏的花振芳。连忙站起身来道："老师从何而来？"花振芳向骆太太行过礼，又与骆宏勋行过礼。礼毕，说道："骆大爷有所不知，此店即老拙所开，舍下住宅在酸枣林，离此八十里，今因无事，来店照应照应。及至店门，见有棺柩悬放，问及店中人，皆云：是过路官员搬柩回南的。老拙自定兴县任府相会，知大爷不过暂住任大爷处，不久自然回南，见有过路搬柩的，再无不问。今见柩悬店门，疑是大爷，果然竟是。幸甚，幸甚！"花振芳吩咐店小二将此等肴馔搬过，令锅上重整新鲜菜蔬与他。店小二应诺下去。花老吩咐已毕，又问道："任大爷近日如何？可纳福[1]否？"骆宏勋长叹一声道："说来话长，待晚生慢慢言之。"花老闻听此言，甚是狐疑，因骆太太在房，恐途中困乏，不好高谈，道声："暂为告别，请太太方便，俟用饭之后，再来领教。"骆宏勋道："稍坐何妨！"花振芳道："余大叔尚未相会，老拙也去照应照应，就来相陪。"一拱而别，来到厢房。余谦在那里安放行李，见道："呀，老爹么？久违了！"花振芳道："我今若不来店，大驾竟过去了。"余谦道："自老爹在府分别之后，次日，家爷同任大爷赴寓拜谒，不知大驾已行。内中有多少事故，皆因老爹而起，一言难尽，少刻奉禀。"花老愈为动疑，见余谦收拾物件，又不好深问，遂道："停时再来领教罢了。"辞了余谦，来至锅上照应菜蔬，不一时，菜饭俱齐。骆太太母子用过酒饭，余谦亦用过了。店小二将碗盏家伙收拾完毕，又送上一壶好茶之后，骆宏勋打开太太行李，请太太安歇。

花老儿知太太已睡，走至上房说道："因太太在此，老拙不便奉陪，

---

[1] 纳福：享福；受福。

有罪了。"骆宏勋道:"岂敢!"花振芳道:"前边备了几味粗肴,请大爷一谈。"骆宏勋也要将任正千情由细说,道:"领教。"遂同花老来到门面旁一间大房,房内琴棋书画,桌椅条台,床帐衾枕无所不备,真不像个开店之家。问其此房来历,乃花振芳时常来店之住房也。他若不在此,将门封锁;他若来时才开,所以与店中别房大不同也。内中设了一桌十二色酒肴,请骆宏勋坐了首位,花老主位,将酒斟上,举杯劝饮。三杯之后,花振芳道:"适才问及任大爷之话,大爷长叹为何?"骆宏勋就将因回拜路遇王家百十余人,各持器械,"问其所以,知与足下斗气;晚生同任世兄命众人撤回,伊云:奉主之命,不敢自擅;晚生同世兄赴王府解围,不料王伦甚是恭敬,谆谆款留,遂与之拜结;及次日,王、贺来世兄处会饮,将我二人灌得大醉;贺世赖代妹牵马,王伦与贺氏通奸,被余谦听见。"骆宏勋将前后之事,细细说了一遍。花振芳闻了这些言语,皆因王家解围而起,心中自说道:"怪不得余谦说:皆因我而起。"说道:"王伦那厮,依老拙愚见,彼时就要毁他巢穴;贱内苦苦相劝说'出门之人,多事不如省事',我所以未与他较量。次日趁早起身,急急忙忙一路动身返舍。回来后,老汉在家,哪里知道后边就弄出了这许多事来。真个令人事事难料。大爷,且说王伦这个奸贼,真是人面兽心,实属叫人发指,可恨之极!大爷请用一杯,老汉还有话说。"说罢,杯盘相劝。彼此相合,二人对饮,正是有诗为记,诗云:

良友邸旅叙往因,须知片语值千金。
忠肝义胆成知己,永志冰心报友情。
挥洒千金存匹马,且杯一盏碎张琴。
今朝得叙旧年事,方知义友一番心。

花老又道:"大爷隐恶扬善,原是君子为之。但大爷起身之时,也该微微通知,好叫任大爷有些防避。彼毫不知之,奸夫淫妇毫无禁忌,任大爷有性命之忧。"骆宏勋道:"晚生若回去言之,灵柩何人搬送?倘不回去,世兄稍有损伤,于心何忍!"言到此处,骆大爷双眉紧皱,无心饮酒,只是长吁短叹。花老劝道:"天下事有大有小,有亲有疏,朋友乃人伦之末,父母乃人伦之首,岂有舍大而就小,疏亲而为友者乎!大爷搬柩回南,任大爷之事俱放在老拙身上。况此事皆因我而起,我也不忍坐视成败。既大爷起身日期至今已有数日,及老拙往定兴又有几日工夫,不知任大爷性命如何。如等老拙到了定兴,任大爷性命无伤,老拙包管把奸夫淫妇与他一看,分明大爷之冤,并救任大爷之命。"骆宏勋谢过,重新又饮。又问道:"不知老爹几时赴定兴?"花老道:"救人如救火,岂可迟延!不过一二日,就要起行。"骆宏勋又吃了两杯,天已二鼓,告辞回房去了。花老吩咐店中杀猪宰羊,整备祭礼,一夜未睡。

及到天明,骆太太母子起来,梳洗方毕,余谦来禀道:"花老爹亦有祭礼,摆在老爷柩前,请大爷陪奠。"骆宏勋连忙来至柩前,只见摆列数张方桌,上设刚鬣[1]、柔毛[2],香楮、庶羞[3]之仪。花老上香奠爵,骆宏勋一旁陪奠。祭奠已毕,骆宏勋重复致谢意,欲赶早起身。花老哪里肯放,又备早席款待。骆宏勋叫余谦称银四两,赏与那搬桌运椅之人。吃罢早饭,人夫轿马预备停当,骆宏勋又叫余谦封过房租银两。花老道:"岂有此理!今日老爷仙柩回南,老拙不便相留;今封银子与我,是轻老拙做不起个地主了。老拙别无尽情之处,小店差一人跟随大爷,送至黄河渡口。黄河这边一切使用并房饭银两,俱是老拙备办,过河以后,大爷再备。"骆宏勋道:"今日无故叨扰,已为不当;路费之说,断不敢领。"花老道:"我差人相随,亦非徒备路费。黄河这边皆山东地方,黄河相近,路多响马,黑店甚多。我差人送去,方保无事。我已预备停妥,大爷不必过推。"骆宏勋见花老诚心实意,遂谢了又谢,方上马而去。

不言骆宏勋起身上路。且表花振芳回店将事情料理停当,晌午时候,上马而回,日未落时,已至自家寨中。进门来见了妈妈,将遇见骆宏勋在店之事说了一遍。花奶奶道:"你这个老杀才,女儿因他害起病来。不见则已,今既在我店中,还放了他去,是何缘故?"花老道:"你妇人家不通道理。如骆宏勋一人自来,或同他家太太母子同来,我岂肯叫他匆匆即行?他今搬柩回家,难道叫我将他家棺材留下不成!"花奶奶道:"他如今回家,几时还来?女儿婚姻,何日方就?"花老笑道:"今日正

---

[1] 刚鬣(liè):旧时祭礼所用的猪。
[2] 柔毛:旧时祭礼所用的羊。
[3] 庶羞(xiū):许多美肴。

有一个机会告你知道。"妈妈忙问其详。花老将任正千之事说了一遍,又将自己欲往定兴救任正千之言,又说了一通。又道:"我今将任正千救来,怕他不代我女儿作伐么?"花奶奶听了此言,也自欢喜。花老忙差四人,分四路去请巴龙、巴虎、巴彪、巴豹四人。看官,你说因何差四人去请他弟兄四人?那巴氏弟兄九个,住了九个大寨,连花振芳共十个,周围有百里之遥。今连夜去请,要到次日饭时方能齐至,一人如何通得信来?所以差四人前去。巴氏弟兄九个,唯此四人做事精细。花老差人之后,用了些晚饭,妈妈将这些说话又对碧莲说了一番。碧莲知任正千同骆宏勋乃莫逆之交,任正千感父救他之恩,必竭力代我做媒无疑,心怀一开,病也好了三分。第二日早晨,巴氏弟兄前后不一,直至饭时四人方齐。花老备酒饭款待,将下定兴救任正千之话说过。又道:"定兴往返有千里之遥,岂可空去空回?意欲带十个干办之人,顺便看有相宜生意,带他个把才好。"巴氏弟兄齐声道:"好!"花老将寨中素日办事精细、武艺惯熟之人,选个十名,各人收拾行李,暗带应用之物,期于明日起行。话不重叙。到了次月,一众人等吃了早饭,花振芳带领了巴龙、巴虎、巴彪、巴豹,又有十个精细伴当,一众骑了十五匹上好的惯走的骡子,直奔定兴大路而来。只因这一去,正是:

　　定兴黎民心胆落,满城文武魄魂飞。

　　毕竟不知花振芳一众人等到得定兴,怎生救任正千?且听下回分解。

第十三回

劫不义财帛巴氏放火

却说花振芳、巴氏弟兄一众自离了酸枣林，在路行程也非止一日。那日来到定兴，已是四月间。进了西门，已到马家店外。花振芳本欲还寓在此，然自离定兴至今不过个把月光景，仍住他店内，他们必定认得，如何是好？若迁于别处住店，又恐不干净，不若寻个庙宇，便于行事。于是，直奔南门而来。幸喜离南门不远有一炎帝庙，甚是宽大，闲房甚多。花振芳进内与住持说了，不过住两三日就动身，大大给你个香仪；庙中道人亦赏他五钱银子。住持同道人甚是欢喜，将后院三间大庙房与他们住，旁边又有三间厂棚，原是养牲口之所，槽头现成。花老一众将行李取下，搬入住房，十五匹骡子拴在槽旁，又将钱与道人，代买草料。道人问道："老爷们是吃素还是吃荤？吃素，就在我们灶上制办；吃荤时，那住房北首有一间房，房内锅灶现成，请爷们自便。"花老见诸事便宜，甚为欢喜。答道："我们有人办饭，只是劳你买买罢了。"道人应道："当得，当得！"拿钱买草料去了。入庙之时，天方日中，众人在路已吃过早饭，肚不饥饿。花振芳道："你们在此歇息歇息，我先进城到任府走走，探探任正千消息。"巴氏兄弟道："你进城去，我们在此办午饭候你。"

花老也不更衣，就是原来的样子迈步进城，一直来到任正千门首，看了一看，不如前月来的那般热闹。站了半会，并无一人出入，心中疑惑，迈步进门，见一人在门凳上坐着打睡。花老用手一推，道声："大叔，醒醒。"那人将眼一睁，问道："哪里来的？"花老道："在下山东来的。"那人仔细一看，认得是三月间来拜大爷的花老儿，便说道："花老师又来了么？"花振芳道："前在此厚扰，今特来谢谢大爷。敢问大爷可在家吗？"那人道："不在家，今早赴王府会饮去了。"花老道："哪个王府？"那人道："是家爷新拜的朋友，乃吏部尚书公子王伦王大爷家。"花振芳道："大娘在家么？"那人道："大娘有五日不在家了。"花老道："娘家去了？"

那人道："不是的，在王府赴宴。"花老道："既是赴宴，哪有五日不回之理？"那人道："花老师，你不晓得，朋友有厚薄不同。家爷与王大爷相交甚契，先前只是男客往来，有半月光景，连女眷也来往了。"花老道："他家那王大娘也到府上来否？"那人道："闻得说王大娘有腿痛之疾，难以行走，家爷备席请她，她不能来，所以请我家大娘过去陪伴玩耍，不肯放回。大约是男子相厚，女眷也就不薄了。"花老道："府上大叔好多哩，今日怎不见人出入？"那人道："有是有十来个，跟大爷去了两个，其余见大爷一见而已。大爷一去一日，更深方回，家中无事，都去闲玩去了。"花老道："既大爷不在家，在下告别。"那人道："老师寓在何处？家爷回来，我好禀知。"花振芳道："方才到此，尚未觅寓。大爷回来，大叔不禀罢了。"那人道："倘大爷闻知，我岂无过？"花老道："不妨，即使我会见大爷亦不提，大爷怎得知道？"

　　看官，你道花老因何不肯对他说出寓所？恐弄出事来，连累炎帝庙的和尚，故不对他说。辞了那人，照旧路向寓所而来。一路上想那门上人的话，一定是骆大爷主仆二人起身之后，百无禁忌，王伦假托老婆有病，将贺氏接在家中，贪夜畅乐。任正千乃好酒之人，不知真伪，而为之愚焉。"我今不来则已，既来了，必将奸夫淫妇与他一看，任大爷方信为实，骆大爷之冤始白矣。适言更深方回，我亦等更深时分，不使人知，悄悄入他家内，约任正千同到王家捉奸。"算计已定，来至寓所，巴氏兄弟早将晚饭备妥。共是三桌，巴氏弟兄同花老一桌，寨内十人分两桌。他寨内规矩：有客在坐则分上下，花老儿主坐，其余分立两旁；若无外人，则不分尊卑了，皆同坐同饮。今寓中皆自家人，所以办三桌，一室合饮。

　　闲话少叙。众人用过晚饭，各自起身。花振芳在内闲坐，谈论任正千之事。那十人喂料的喂料，垫草的垫草，各办其事。不一时天已起更，又摆夜酒，也是三桌。饮酒之间，花老道："我们今番盘费无多，事宜急做。今晚我即进城相会任正千，看如何光景。我们好速速回去，不然盘费用完，又要向人借贷。"巴氏弟兄道："姊夫放心前去，盘费之说，包在我弟兄们身上，不必心焦。"时至二更，谅任正千亦已回家。花老连忙打开包裹，换了一身夜行衣服：青褂、青裤、青靴、青褡，包青裹脚。两口顺刀，插入裹脚里边，将莲花筒、鸡鸣断魂香、火闷子、解药等物，俱揣在怀内；有扒墙索甚长，不能怀揣，缠在腰中。看官，你说那扒墙索其形如何？长有数丈，绳上两头系有两个半尺多长的铁钉，逢上高时，即二手持钉，一个个照墙缝插入，一把一把登上去；凡下来时节，用一钉插在上边，绳子松开，坠绳而下。此物一名"扒墙索"，一名"登山虎"，江湖上朋友个个俱是有的。

　　花老收拾完全，别了众人，直至城门。城门已闭，花老将扒墙索取下，依法而行。进得城来，街上梆响锣鸣，栅门已闭，不敢上街，自房上行走。及到任正千家，亦不呼门打户，从屋上走进来，直至里面，并不见一些动静。又走进内院天井中，忽听鼾睡之声，潜近身边，此时四月二十上下，微月渐明，仔细一看，竟是任正千！在房门外放了一张凉床，带醉而卧，别处并无一人。花老用手推之，推了两番，任正千朦胧之中问声"哪个？"仍又睡了。花老点头道："怪不得其妻偷人，茫然不知，今将他扛送江河之中，他亦未必知道。"又用手着力一推，任正千方醒，喝道："有贼！"将身一纵，已离床七步之遥。花老低低说道："任大爷，不要惊慌，我乃山东花振芳也。若是盗贼，此刻不但将你银钱偷去，连你性命都完了。"任正千听说是花振芳，虽月光之下看不明白面貌，却听得出声音，连忙问道："大驾几时来此？贪夜到舍，有何见教？"花老道："大爷不要声张，在下昨午至贵处，连夜到府来救你性命。"任正千惊问道："晚生未作犯法之事，有甚性命相碍，老师何出此言？"花老道："骆大爷到哪里去了？"任正千道："那个轻薄的人，说他作甚！"花老道："好人反作歹人，无怪受人暗欺。"遂将王伦、贺氏奸淫，贺氏过书房相戏，反诬他轻薄；无奈自缚跪门，不辞而去，说了一遍。任正千叹道："此必骆宏勋捏造之言，以饰自己轻薄之意，老师何故信之？"花老道："因怕你不信此言，故我贪夜而来，与你亲眼一看，皂白始分，而骆大爷之冤亦白矣！我也知令正[1]夫人在王家五日未回，此刻正淫乐之时。想你武艺精通，自能登高履险，趁此时我与你同到王家捉奸。若令正不与王伦同眠，不但骆大爷有诬良之罪，即老拙亦难逃其愆[2]矣！"任正千被花老这一番话，

---

[1] 令正：旧时以嫡妻为正室，因用于敬称对方嫡妻。
[2] 愆（qiān）：罪过。

说得才有几分相信。答道："我即同老师前去走走。"花老将任正千上下一看，道："你这副穿着，如何上得高屋，速速更换。"任正千自王家回来，连衣而卧，靴也未脱，衣也未卸。花老叫他更换，方才进房，脱了大衣，穿一件短袄；褪下靴子，换一双薄底鞋儿，把帐柱上挂的宝剑带在腰间。走出房来，同花老正要上屋，只见正南方火光遮天。花老道："此必哪块失火！"将脚一纵，上得屋来，那火正在南门以外，却不远。花老道："不好了，此人正在我的寓所。大爷稍停，我暂回南门一望即回。"任正千道："天已三鼓，待老师去而复返，岂不迟了？即老师行李有些损失，价值若干，在下一定奉上。"花老道："大爷有所不知，老拙今来一众十五人，骑了十五匹骡子，皆是走骡，每个价值一二百金，在南门外炎帝庙寓住，故老拙心焦，不得不去一看。"任正千道："既是老师要去，速些回来才好。"花老道："就来。"将脚一纵，上屋如飞而去。

　　任正千坐在凉床上，细思花老之言，恨道："如今到王伦家捉住奸夫淫妇，不杀十刀不趁我心！"在天井中，自言自语，自气自恨，不言。

　　且说花振芳来到南门，见城门已开，想道："自必有人报火。"遂跳下出城，举目一看，正是火出于炎帝庙中，真正厉害。正是：

　　　　风趁火势，火仗风威。

　　却说花振芳急忙走到跟前，见救火之人有一二百，东张西望，不见自家带来的人。想道："难道十四个人，一个也未逃出不成？"正在焦躁之际。不知后事如何，且听下回分解。

第十四回

伤无限天理王姓陷人

却说花振芳看见炎帝庙里火起,并不见自家带来一人,正在焦躁,猛听得口号响亮,心中稍安。细听一听,在东北树林之内,相隔有两箭之远。迈开大步直奔树林而来,进得林中,见巴氏弟兄并寨内十人,连十五头骡子俱在;其中又见十五头骡子驮了十五个大箱子。花振芳忙问道:"此物从何而来?"巴氏弟兄道:"老姊丈进城之后,我们又吃了几杯酒,商议道:'一路行来,并无生意,白白回去,岂不空走一遭!'细想王伦父是吏部尚书,叔是礼部侍郎,在东京贾官卖爵,也不知赚了多少不义之财!我等到他家去,一直走到后边五间楼上,细软之物尽皆搜之。等你多时了。"花振芳又问道:"庙内因何火起?"巴氏弟兄笑道:"只因劫了王伦回来,才交二鼓天气,若是起身,庙内和尚、道人必猜疑。天明王伦报官,他们必知道我们劫去,恐不干净,故此放起一把火,烧得他着慌逃命不及,哪里还管我们闲事。"花老言道:"虽然干净,岂不毁坏了庙宇,坑了和尚。"沉吟一会道:"也罢!明日将王伦之物,造一所庙还他,其余再为分用。"巴氏四人道:"那也罢了。"

听一听,天已四鼓,见城中有骑马往来者,知是文武官员出城救火。花老道:"再迟,就不好了!趁此你们赶路,我仍进城,同任正千把事做了,随后赶来。"巴龙道:"我们就是山东路上相熟,直隶地方甚生,你要送我们一送才好;不然路上弄出事来,为祸不小!"花老道:"我与任正千相约,许他看火就回。他如今在天井里等我,不回去岂不失信于他?"巴龙道:"此地离山东交界也只六十里路,此刻动身,天明就入了山东地方,你过午又回此地。任正千怎的将老婆与人玩了半个多月,今一日就受不住了么?常言道'先顾己而后有人',未有舍己从人之理。"看官,花振芳山东、直隶、河南，到处闻他之名，凡路上马快[1]、捕役等见他的生意，不过说声"发财"，哪个敢正眼视他？那巴氏弟兄就是山东道上不碍事，这六十里直隶地方竟不敢行，所以要他送去。花振芳见说得有理，少不得要送送他的。说道："要走就走。一时合城官员救火，不大稳便。"众人解开骡子上路，奔山东去了。

却说任正千等花振芳往王家捉奸，一等也不来，二等也不来，一直等到五更东方发白，骂道："这个老杀才！真个下等之辈。约我做事，直叫人等个不耐烦！天已将明，如何去得？明日遇见，不理他这个老东西。"骂了一会，连衣倒在床上睡了。当应有事，花振芳同任正千在天井里说话，尽被秋菊、夏莲两个贱人窃听着。贺氏吩咐：凡家内有甚风声，速到王府通知。天将发白之时，看见任正千睡了，二人悄悄地走出，一直跑到王家。她二人随贺氏走过两次，知她在花园内宿歇，不必问人，走进房来。王伦已经起去，贺氏在那里梳洗，见两人进来，贺氏打了个寒噤，问道："家中有甚风声，恁早而来？"二人道："娘，不好了，祸事不小！"遂将任正千与花振芳在天井所议之事，一一告知："正要来捉奸，忽见南门失火，那花老恐伤他同伴之人并他牲口，暂别大爷到南门一看即回，叫大爷在天井等他。幸喜皇天保佑，那老儿一去未回。大爷等得不耐烦，东方发白，进房睡了。我二人一夜何曾合眼，看见大爷已睡，连忙跑来禀知。大娘速定良策，不然性命难保。我二人就要回去，恐大爷醒来呼唤。"贺氏闻听此一番言语，只见她：

　　　桃红面变青靛脸，樱桃小口白粉唇。

不由得满身乱抖，说道："此事怎了？你快与我请王大爷并贺大爷前来，你们再回去。"秋菊、夏莲忙到书房，见王伦、贺世赖二人正在说话。一见二人进来，王伦道："你们来得恁早，想是问大娘要钱买果子吃？"二人道："大娘请王大爷与贺大爷说话。我二人即回，恐大爷呼唤。"说罢，慌慌张张地去了。王、贺二人见他们神情慌速，必有异事，亦急忙来至贺氏房里。只见贺氏面青唇白，两眼垂泪，恨道："你二人害人不浅！方才两个丫环来说：此事尽被丑夫知之。叫我如何回家？"王伦道："这是

---

[1] 马快：旧时官府中的公差，骑马的捕快，协管缉捕盗贼。

何人走漏消息？"贺氏又将花振芳夜来所议之话说了一遍，"天将发白时，丑夫方才睡去，她二人趁空跑来通知我。好好的日子，你二人弄得我不得好过，连性命都送在你们手里！"只是呜呜啼哭。王、贺二人只落得蹙眉擦眼，低头顿足，想不出个计来。

正在那里胡思乱想，忽然家人来禀道："大爷不好了！后边五间库楼，今夜被强盗打劫去了。"王伦道："从来福无双降，祸不单行，正我今日之谓也。"迈步欲往后边观看情形，贺氏拦住道："你想往哪里去？不先将我之事设法，要走万万不能！"王伦无可奈何，只得停步，唯有长吁短叹而已。忽见贺世赖愁眉展放，脸上堆笑，道："妹子不要着急，王大爷又有喜事可贺！"王伦道："大祸解脱，其愿足矣！又有何喜可贺？"贺世赖道："大爷失物破财，却是添人进口。"王伦道："所添何人？"贺世赖道："今夜库楼被人劫去，大爷速速写下失单，并写一个报单。单内直指任正千之名，门下速进定兴县报与马快。再带五十两银子，将马快头役买嘱，叫他请定兴县孙老爷亲往任家起赃。我去之后，妹子亦速速回去，轿内带些包裹，将值钱小件之物包些，舍妹身边再藏几件小东西，都摆在后边堂楼底下。孙老爷一到，观见赃物，不怕任正千有八口五张嘴，也难辩得清白。那时问成大盗，自然正法；舍妹即大爷之人，岂不是添人进口么！"王伦听得此言，心中大喜，说道："量小非君子，无毒不丈夫。"吩咐家人快取文房四宝，速开失单，并写报呈，将偷了去的开上来，未偷去的也开了一倍，开了三倍。贺世赖又催促妹子回去。贺氏道："我不敢回去，那丑夫性如烈火，一见我回，岂肯轻放？"贺世赖道："拿贼拿赃，捉奸捉双。你一人回去，谅他不能杀你，必要问个端的，然后动手的。这里甚快，你一到家，我随后即请孙老爷驾到，管保你无事。"贺氏没奈何，只得依着哥哥之言，收拾了包裹，身边又带了几件东西。贺世赖将失单、报呈放入袖口内，王伦又拿了五十两银子与他。贺世赖又对贺氏道："我顿饭光景办妥此事，你再起身，恐我家做事做不完，你先到家吃他之亏。"又向贺氏耳边说道："你若到家，必须如此如此，方不费手脚。"贺氏点头应道："晓得！"

贺世赖诸事安排妥当，缓步去了。不多一时，走至定兴县衙门，正遇马快头役杨干才进衙门，贺世赖上前拱了拱手，道："杨兄请了！"杨干认得贺世赖,知他近日在王府作门客,答道:"贺相公,恁早往哪里去?"贺世赖道:"特来寻兄说话,请在县前茶馆中坐谈。"进门坐下,茶博士拿来一壶好茶,捧了两盘点心。杨干道:"相公寻弟有何话说?"贺世赖在袖中取出失单并报呈,递与杨干看,杨干一见报呈上直指任正千之名,大惊道:"这个任正千,莫非四牌楼'赛尉迟'么?"贺世赖道:"正是!"杨干摇首道:"此人久居定兴,世代富豪,且仗义疏财,扶危济困,人所共知,岂是匪类?相公莫要诬良,不是耍的!"贺世赖道:"王大爷若无实据,岂肯指名妄报?他乃吏部公子,反不知诬良之例?自古道:人心不可貌相,海水不可斗量。世上人哪里看得透,论得定?王大爷叫弟今来寻兄,不先报官之意,原知抓贼捕盗乃兄分内之事也。倘若走漏消息,强人躲避,又费兄等气力。故先通知兄。"即便从袖中取出五十两银子,大红封套一个,说道:"这是王大爷薄敬,烦兄将此单拿进宅门,面禀老爷,就请老爷即赴强人窝宅起赃,迟了则费手脚。"杨干见五十两银子,就顾不得诬良不诬良,且是他家指名而报,与我何干?假推道:"这点小事,难道不能代王大爷效劳不成?只求日后在敝主人之前荐拔荐拔,就感恩不浅,怎敢受此重赐?"贺世赖道:"你若不收,是嫌轻了。只要把事办得妥当,王大爷还要谢你哩!"杨干道:"既如此,弟且收下。贺相公在此少坐,待我进去投递;并请老爷,看是何说法?相公好回王大爷信息。"贺世赖道:"事不宜迟,以速为妙。"杨干说:"晓得!"急进衙门去了。来至宅门将传桶一转,里边问:"哪个?"杨干道:"是马快杨干,有紧急事,请老爷面禀。"宅门上知道逢紧急事,马快要禀,必是获住了大盗,不敢怠慢,忙请老爷出二堂。杨干上前磕头,将报呈、失单呈上。孙老爷一见失主是王伦,就有几分愁色,若不代他获住强盗,就有许多不便。将报呈看完,竟是指名而报。孙老爷忙问杨干:"这任正千住居何处?"杨干道:"就在城内四牌楼,闻得赃物尚在未分,请老爷速驾至彼处起赃。迟恐赃物分过,强人一散,那时又费老爷之心。"孙老爷:"正是!"吩咐伺候,再传捕衙陈老爷同去。杨干出来对贺世赖一一说知。又道:"素知任正千英雄勇猛,我班中之人未必足用。闻得王大爷府上教习甚多,帮助数名,一阵成功才好。"贺世赖道:"这个容易,许你十名,在三岔路口关帝庙中等候。"说罢,分手而别。贺世赖来到府中,回复王伦,拨了十名好教习，贺世赖领到关帝庙中去了。

且说定兴县孙老爷坐了轿子，带领杨干班中三十余人；捕衙陈老爷骑了马亦带了十数个衙役，一直前行，来到了十字街三岔路口关帝庙中。贺世赖早已迎出来，将十人交付杨干，一同往任正千家来了。这正是：

英雄含冤遭缧绁[1]，奸佞得意坐高堂。

毕竟不知任正千性命如何，且听下回分解。

---

[1] 缧绁（léi xiè）：捆绑犯人的绳索。

第十五回

悔失信南牢独劫友

却说贺氏回家，到得家内，不先入住房，到得后边堂楼底下，将带来的包裹并身上所带的小件东西俱皆裁匿，然后提心吊胆走进自己卧房。见任正千尚睡未醒，叫道："大爷，不脱衣而睡，连衣怎睡得舒畅，大约是昨日醉归就睡了。这是妾身不在家，就无人管你闲事。"叨叨咕咕，自言自语，把任正千惊醒。一见那贺氏站在面前，不觉雄心大怒，骂道："贱人，做得好事！怎今日舍得回来了？"贺氏假惊道："妾被王大娘苦留不放，故未回来，多住几日。今早谆谆告辞，方得回来，有何难舍之处？"任正千道："好大胆的贱人！你与王伦干得好事，尚推不知，还敢强辩！"贺氏双眼流泪道："皇天呵，屈杀人也！这是那个天杀的在大爷面前将无作有，挑唆是非，害人不浅呵！"任正千道："此时暂且饶你，稍停看你性命可能得活！"怒气冲冲往书房去了。秋菊忙送梳妆合，夏莲忙送净面水，俱送至书房内。任正千带怒草草梳洗了，在书房内静坐。看官，你说正千静坐为何？因他心内暗想道：虽贺氏实有此事，但未拿住，审她一个口供，方好动手。不然无故杀妻，就要有罪。正在那里思想审问之计，鼻中忽闻酒香，回头一看，见条桌上一把酒壶，一个酒碗。起身向前，用手一摸，竟是一壶新暖的热酒，说道："这是哪个送来的？未说声就去了。"遂斟上一碗，口内饮酒，心内想计，不觉一碗一碗，将五斤一壶的烧酒吃在肚中。正是：

　　酒逢畅饮千杯少，闷在心头半盏多。

　　一则是早酒不能多吃，二则心中发恼又易醉，任正千不多一时，酒涌上来，头晕眼花，遂隐几而卧。这壶酒正是贺世赖临行时，在贺氏耳边所说之计，叫贺氏到家，暗暗命丫环送酒一壶。知任正千乃好饮之人，未有见而不饮，将他灌醉，则易于捉拿了。且不言任正千书房醉睡。

　　且说孙老爷带领捕役人等前来，离任家不远，杨干禀道："二位老爷

第十五回　悔失信南牢独劫友

在此少停，待小的先到强人家内观看动静，并打探强人现在何处，再来请老爷驾往。不然，一众齐至，恐强人知觉，则有预备。小的素知强人了得，恐怕惊动逃走。"孙老爷道："速去快来！"杨干迈开大步，来到任家门口，问门上道："任大爷起来否？"门上人认得是县里马快杨干，忙答道："大哥哪里来的？"杨干道："弟有一事，特来拜托任大爷。"门上人道："家爷确起来了，闻得在书房中又饮了五斤一大壶烧酒，大醉隐几而睡。既杨兄有事相商，我去禀声。"杨干连忙禁止道："弟也无甚要紧事，既大爷醉卧，不便惊动，再来吧。"将手一拱去了。回到孙老爷前禀道："小的访得强人正大醉隐几而卧，请老爷速行。"杨干同合班人众各执挠钩长杆、王家教习各执槐杖铁尺在前，孙、陈二位老爷乘轿、马随后，到了任正千家门口。杨干禀道："二位老爷在门外少坐，待小的先进，获住强人，再请老爷进内起赃。"孙老爷吩咐："谨慎要紧！"杨干答道："晓得！"于是率领一众人等直奔书房而来，任府家人见一个捉一个。离书房尚有数步之遥，早听得鼾声如雷。杨干等在门外站立，用两把长钩在任正千左右二腿肚上着力一钩，十个人用力往外一扯，任正千将身一起，"哎哟！何人伤我？"话未说完，"咕咚"倒地，可怜两个腿肚钩了有半尺余长的伤口，钩子入在肉内。任正千才待抬身要起，早跑过十数个人抓伏身上，那槐杖、铁尺似雨点打来。

　　可怜虎背熊腰将，打作寸骨寸伤人。

　　当时任正千还想挣扎起来，未有一盏茶时节，只落了个哼喘而已。杨干道："谅他不能得动，不必再打了。快请老爷进来起赃。"外边着人请孙老爷，内里贺氏已知任正千被捉，早把带来的包裹打开，并身边带来的小件东西尽摆在堂楼后。孙老爷进去，在里边一一点明上单，又把各房搜寻，凡有之物，尽皆上单。却说任正千乃定兴县第二个财主，家中古物玩器，值钱之物甚多，尽为赃物了。大件东西则入单上，金银财宝并小件东西，被搜检之人掖的掖、藏的藏，连捕衙陈老爷亦满载而归。起赃已毕，孙老爷吩咐将强人家口尽皆上索，计点十数个家人，并两个丫环、贼妻贺氏，别无他人。孙老爷道："带进内衙听审。"朱笔写了两张封皮，将任正千前、后门封了，把乡保邻右俱带至衙门听审。吩咐已毕，坐轿回衙。

那任正千哪里还走得动？杨干卸了一扇大门，把任正千放上，四人抬起赴衙前来。孙老爷进了衙门，坐了大堂，吩咐带上强人，将任正千抬上连门板放下。孙老爷问道："任正千，你一伙共有多少人？怎样打劫王家？从实说来，省得本县动刑。"任正千虎目一睁，大骂道："放屁！谁是强盗？"孙老爷吩咐："掌嘴！"吆喝一声，连打二十个嘴巴。孙老爷又问道："赃物现在那里，还要抵赖？"任正千道："你是强盗！今日带了多人，明明抄掠我家，反以我为强盗！"孙老爷又吩咐"掌嘴"，又是二十个嘴巴。任正千只是骂不绝口。孙老爷吩咐："抬夹棍来！"话不重叙，一夹一问，共夹了三夹棍，打了二十杠子。任正千昏迷几次，仍骂道："狗官！我今日下半截都不要了，即今你剐了我，想任爷屈认强盗之名，万万不能。"孙老爷见刑已用足，强人毫无口供，若再用酷刑，则犯贪暴之名。吩咐："带贼妻贺氏。"贺氏闻唤，移步上堂，口中唧哝道："为人难得个好丈夫，似我这般苦命，撞了个强盗男人，如今出头露面，好不惶恐死人也！"说说走走，来至堂上，双膝跪下，说道："贺氏与老爷磕头。"孙老爷问道："贺氏，你丈夫怎么打劫王伦？一伙多少人？从实说来，本县不难为你。"贺氏道："老爷！堂上有神，小妇人不敢说谎。小妇人已嫁他三年，一进门两月光景，丈夫出门有两月才回来，带回了许多金银财宝，并衣服首饰等。小妇人问他：这些东西从何而来？他说：外边生意赚了钱，代小妇人做来的。彼时小妇人只见他空手独去，并无他物，哪里生意做来？就有几分疑惑，新来初嫁亦不好说他。后来或三月一出门，或五月一出门，回来都是许多东西。又渐渐有些人同来，都是直眉竖眼，其像怕人，小妇人就知他是此道了。临晚劝他道：'菜里虫菜里死，犯法事做不得，朝廷的王法森严，我们家业颇富，洗手吧。'反惹他痛骂一场。小妇人若要开言，他就照嘴几个巴掌，小妇人后来乐得吃好的，穿好的，过了一日少一日，管他则甚。晚间来了几个人，都说是他的朋友。小妇人连忙着人办了酒饭款待，天晚留那几个住宿，小妇人也只当丈夫在前陪宿。谁知到半夜时节，听得许多人来往走动，又听口中说道：'做八股分吧。'一人说：'平分才是！'小妇人就知那事了。各人睡各人的觉，莫管他，惹气淘。不料天明就弄出这些事来了，脸面何在！正千若听我的话，早些丢手，岂不好！别人分了走开，落得好；

第十五回　悔失信南牢独劫友

你只身受罪，还不说出他们名姓来，请老爷差人拿来问罪。可怜父母皮肉打得这个样子，叫你妻子疼也不疼！又不能救你。"又朝着孙老爷磕了个头，双眼流泪叫声："青天老爷！笔下超生，开我丈夫一条生路，小妇人则万世不忘大德。"任正千冷笑道："多承你爱惜，供得老实！我任正千今日死了便罢，倘得云散见天之日，不把你这淫妇碎尸万段，不称我心。"孙老爷又叫带他家人上来。家人禀道："小的从未见主人为匪，即有此事，亦是暗去暗来。小的等实系不知，只问主母便了。"贺氏在旁又磕了个头，叫声："老爷明鉴！小妇人是他妻子，尚不知其详细，这家人、丫环怎得知情？望老爷开恩。"孙老爷见贺氏一一招认，也就不深究别人。叫刑房拿口供单来看，与贺氏所供无异，遂将任正千下监，家人、奴仆释放，贺氏叫官媒婆管押。那孙老爷又将邻右乡保唤上，问道："你等既系乡保邻右，里中有此匪人，早已就该出首。今本县已经捉获，你等尚不知觉，自然是回庇通情。"邻右道："小的等皆系小本营生，早出晚回。任正千乃富豪之家，小的虽为邻居，实不通往来。他家人尚然不知，况我等外邻！"乡保道："任正千虽住小的坊内，往日从无异怪声息；且盗王伦之物并无三日、五日，或者落些空漏，小的好来禀告；乃昨夜之事，天明就被拘，小的如何能知？"孙老爷见他们无半点谎言，又说得入情，俱将众人开释。将赃物寄库，审定口供，再令失主来领。发放已毕，退堂去了。

却说王伦差了一个家人，拿了个世弟名帖进县，说："贺氏有个哥哥在府内作门客，乞老爷看家爷之面，将贺氏付她哥子保领，审时到案。"知县不敢不允人情，遂将贺氏付贺世赖领去，贺世赖仍带到王伦之家日夜同乐，真无拘束了，这且不提。

再讲花振芳送巴氏弟兄到了山东交界，抽身就回。因心中有事，往返一百二十里路，四更天起身，次日早饭时仍回至定兴县。昨日寓所已被火焚，即不住南门，顺便在北门外店内歇下。住了一个单房，讨了一把钥匙，自管连忙吃了早饭，迈步进城，赴四牌楼而来。花振芳只恐失信于朋友，还当任正千既知此事，今日必不与王伦会饮，自然在家等候，所以连忙到任正千门首。及至，抬头一看，只见大门封锁，封条是新贴的，面浆尚未大干。心中惊讶道："这是任正千家大门？昨日来时，虽然寂寞，还是一个好好人家。半夜光景，难道就弄出大事情，朱笔封门？"想了一会，又无一个人来问问。无奈何,走到对面杂货店中,将手一拱,道声"请了!"那柜上人忙拱手问道:"老客下顾小店么?"花老道:"在下并非要买宝店之货,却有一事,走进宝店,敢借问一声:那对过可是任正千大爷家?"那人听得,把花老上下望了又望,把手连摇了两摇,低低说道:"朋友,快些走,莫要管他什么任正千不任正千的!你幸是问我,若是遇见别人,恐惹出是非来了。"花老道:"这却为何?请道其详。"那人道:"你好啰嗦,叫你快走为妙,莫要弄出事来连累我。"花老道:"不妨!我乃过路之人,有何干系?"

那人却只是不肯说。花老再三相逼他说,那人无奈,只得说出来与花老知道。这一说,不打紧,有分教:

奸夫丢魂丧胆,淫妇吊胆心惊。

毕竟那人对花振芳说些什么来?且听下回分解。

第十六回

错杀奸西门双挂头

话说那人被花振芳再四相问,方慢慢说:"你难道不认识字?不看见门都封锁了,请速走的为妙。"花振芳大叫道:"我又未杀人放火,又不是大案强盗,有何连累,催我速走?若不说明,我就在此问一日!"那人蹙额道:"我与你素日无仇,今日无冤,此地恁些人家,偏来问我!"无奈何,遂将"今夜王伦被盗,说是任正千偷劫,指名报县。天明,孙老爷亲自带领百余人至其家,人赃俱获,将我们邻右俱带到衙门审了一堂,开释回来。虽未受刑,去了二两头,你今又来把苦我吃?"说了一遍。花振芳闻听此言,虎目圆睁,大骂道:"王伦匹夫,诬良为盗,该当何罪?"那柜上人吓得脸似金纸,唇如白粉,满身乱抖,深深一躬,说道:"求求你,太岁爷饶命!"花振芳又问道:"任大爷可曾受过了刑罚么?"那人道:"听得在家捉拿他时,已打得寸骨寸伤,不能行走;及官府审时,是我等亲眼看见的,又是四十个掌嘴、三夹棍、二十杠子,直至昏死几次。"花振芳道:"任大爷可曾招认么?"那人道:"此番重刑,毫无惧色,到底骂不绝口,半句口供也无。把个孙知县弄得没法,将他收禁,明日再审。"花振芳大笑道:"这才是个好汉!不愧我辈朋友也。"将手一拱,道声:"多承惊动!"遂大步地去了。那柜上人道:"阿弥陀佛!凶神离门。"忙拿了两张纸,烧在店门外。

却说花振芳问得明明白白,回至店中,开了自己房门坐下,想道:"我来救他,不料反累他。昨日他们不劫王伦,任正千也无今日之祸。众人已去,落我只身无一帮手,叫我如何救他?"意欲回转山东,再取帮手,往返又得几日工夫,恐任正千再审二堂,难保性命。踌躇一会,说:"事已至此,也讲不得了!拼着我这条老性命,等到今夜三更天气,翻进狱中,驮他出来便了。"算计已定,拿了五钱银子,叫店小二沽一瓶好酒,制几味肴馔,送进房来,自斟自饮。吃了一会,将剩下的肴酒收放一边,卧在床上,养养精神。瞌睡片时,不觉晚饭时候,店家送进饭来,花振芳起来吃了些饭,闲散闲散,已至上灯时候。店家又送盏灯进来,花老叫取桶水来,将手脸洗净,把日间余下酒肴拿来,又在那里自斟自饮。只听店中也有猜拳行令的,也有弹唱歌舞的,各房灯火明亮,吵吵闹闹,天交二鼓,渐渐哑静,灯火也熄了一大半。花老还不肯动身,又饮了半更天的光景,听听店中毫无声息。开了房门,探头一望,灯火尽熄。

花老回来打开包裹,仍照昨日装束,应用之物依旧揣在怀中。自料救了任正千出来,必不能又回店中,将换下衣服紧紧地打了一个小卷,系在背后。出了房门,回手带过,双足一蹬,上了自己的住房,翻出歇店,入了小径,奔进城来。过了吊桥,挨城墙根边行走,走至无人之处,腰间取下扒墙索,依法而上,仍从房上行至定兴县禁牢,睁眼四下观看,见号房甚多,不知任正千在哪一号里,又不敢叫喊。正在那里观望,忽听更锣响亮,花老恐被看见,遂卧在房上细看:乃是两个更夫,一个提锣,一个执棍。花老道:"有了!须先治住此二人,得了更锣,好往各号房访任正千监身之所。"踌躇已定,听得二人又走回来。花老看他歇在狱神堂檐底下,在那里唧唧哝哝地闲谈。他悄悄走到上风头,将莲花筒取出,鸡鸣断魂香烧上,又取一粒解药放在自己口中,然后用火点着香,顺风吹去,听见两个喷嚏,就无声了。花老轻轻一纵下得房来,取出顺刀,一刀一个结果了性命。非花老嗜杀,若不杀他,恐二人醒来找寻更锣,惊动旁人,无奈何才杀了两更夫。稍停一停,持锣巡更,各处细听。行至老号门首,忽听声唤:"哎呀!疼杀我也!"其声正是任正千之音,花老道:"好了!在这里了!"用手在门上一摸,乃是一把大锁。听了听堂上更鼓,已交四更一点。花老将锣敲了四下,趁锣音未绝,用力将锁一扭,其锁分为两段;又将锣击了四下,借其声将门推开。进得门来,怀中取出闷子火一照,幸喜就在门里边地堂板上睡着。两边尽是暖隔,其余的罪囚尽在暖隔之里,独任正千一人睡于此。项下一条铁索把头系在梁上,手下带一副手铐,脚下一副脚镣,任正千哼声不绝,二目紧闭。花老一见如此情形,不觉虎目中掉下泪来,自骂道:"总是我这个匹夫、老杀才,害得他如此!"又想道:"既系大盗,怎不入内上匣?"反复一思:"是了,虽然审过,实无口供,恐一上匣,难保性命;无口供而刑死人命，问官则犯参，谅他寸骨寸伤，不能脱逃，故不上大刑具拘禁于此，以待二堂审问真假。"遂走进去，向任正千耳边叫道："任大爷，任大爷！"任正千听得呼唤，问道："哪个？"花老道："是我花振芳来了。"任正千道："既是花老师前来，何以救得我？"花老道："我来了多时，只因不知你在哪一号中，寻访你到此时。你要忍耐疼痛，我好救你。"花老遂拔出顺刀，那刀乃纯钢打就，在铁索上轻轻几刀，切为两段，将任正千扶起，连手肘套在自己颈下，花老驮起，出了老号之门，奔外而来，几步登高纵跳。花老虽然英雄，来时只身独自，于今背上驮着一个丈一身躯大的汉子，又兼禁牢墙头高大，如何能上得去？花老正在急躁，抬头一看，那边墙根倚着一扇破门。走向前来，用手拿过，倚在那狱神堂墙边，用尽平生之力，将脚在门上一点，方纵上狱神堂的屋上，履险直奔西门而来。到了城墙之上，花老遍身是汗，遍体生津，把任正千放下，任正千咬牙切齿也不敢作声，花老在一旁喘息。此时，听得已交四鼓三点，将交五鼓，花老向任正千耳边低声说道："任大爷在此少歇，待老拙至王伦家将奸夫淫妇结果性命，代你报仇雪恨何如？"任正千道："好是甚好，只是晚生在此，倘禁役知觉，追赶前来，晚生又不能动移，岂不又被捉住？"花老道："我已筹计明白，你我出禁牢之时正在四鼓，到得五鼓，不闻锣鸣，内中禁卒并守宿人等，方才起身催更。及见更夫被杀，又不知哪一号走了犯人，再用灯火各号查点，追查至老号，方知是你走脱。再赴宅门，通禀官府，吹号齐人，四下奔找，大约做完套数，将近要到发白时候。任大爷在此放心，我去去就来。"说罢，仍纵到房上去了。

　　王伦家离西门不远，花老且是熟的，不多一时进了王伦家内。前后走了共十一进房子，但不知王伦同贺氏宿于何处。自悔道："我恁大年纪，做事鲁莽，倒不在行，不该在任大爷面前许他杀奸。此刻知他在哪块？今若空手回去，反被任正千笑话。"遂下得房顶，挨房细听。听至中院，厢房以内有二人言语，正是一男一女声音。那花老听得，说道："此必王伦、贺氏无疑矣！"怀中取出莲花筒，将香点着，从窗眼透进烟去，只听得一个喷嚏，那男的就不响了。女的说："你可醒啊！本事哪里去了？"又听得一个喷嚏，女的也无言语。花老想道："若是从门内而入，恐惊别房之人。"拔出顺刀，将窗槅花削去几个眼，伸手把腰闩拨出，把窗推开，上得窗台，用手将镜架先提在一边，走近床边取火一照，看见男女上下附合一处。用顺刀一切，二头齐下，血水控了控，男女头发结为一处，提在手中，迈步出房，仍从房上回来。至任正千面前道声："恭喜，恭喜！任大爷，代你伸过冤了！"把刀放下，把两个人头往地下一丢。任正千道："多谢老师费心！再借火闷一照，看看这奸夫淫妇。"花老从怀中取出了火闷一照，任正千道声："错了，这不是奸夫淫妇之首。"花老听说不是，又用火闷一照，自家细细一看，并不是王、贺二人，是真的杀错了。花老遂将他二人在房淫乐之声，又告诉一遍，"我竟未细看，连忙割了头来。此时已交五鼓，我若回去再去杀他二人，恐天明有碍。我们暂且回去，饶他一死。但这两个人头丢在此处，天明就要连累下边附近之人。人家含冤受屈，必要咒骂。置于何处，方不连累于人？"抬头四处一看，见西门城楼正高，且是官地："我将此人头挂在兽头铁须上，则无害于别人了！"即忙提头走到城楼边，将脚一纵，一手扳住兽头，一手向那铁须上拴挂。

且说城门下边一个人家，贩卖青菜为生。听得天交五鼓，不久就开城门，连忙起来，弄点东西吃了，好出城赴菜园贩菜，来城里赶早市。在天井中小便，仰头看看天阴天晴，一见城楼兽头上吊着个人，尚在那里动，大叫一声，说："不好了！城门楼上有人上吊了！"左邻右舍也有睡着的，也有醒着的，闻此一声，个个起身开门瞧看。花老听得有人喊叫，连忙将头挂了，跳下来走到任正千面前，道声："不好了！人已惊着，我们快走要紧！"听得那城门上一片喊声，嚷道："好可怪！方才一个长大人吊在那里，如今怎只有两个人头葫芦在那里飘荡？我们上去看看！"众人齐声道："使得，使得！"皆迈步上城而来。及至城墙上，离城楼不甚高远，看得亲切，大叫道："不好了！竟是两个血淋淋的人头！"门兵乡保俱在，见天已发白，忙跑至县前禀报。及至衙门，只听得吹号、鸣锣，头役点齐人夫，不知为何。问其所以，说："禁牢内昨夜四更杀死两个更夫，并劫去大盗任正千，已吩咐不开四门，齐人捉拿劫狱人犯。"门兵乡保又将西门现挂两个人头在上，禀报孙老爷。孙老爷闻此言，道："这又不知所杀何人？速速捉拿，迟恐逃走。"于是满城哄动，无处不搜，无处不找。正是：

　　杀人英雄早走去，捕捉人后瞎找寻。

　　毕竟不知城门开不开？花振芳同任正千从何处逃走？未知性命如何？且听下回分解。

第十七回

骆母为生计将本起息

却说花振芳西门挂头惊动众人，连忙松开绳索，将任正千放下；然后自己亦坠绳而下，又将任正千驮在背后，幸喜天早，且城河边水虽未涸尽，而所存之水有限，不大宽阔，将身一纵，过了城河。走了数里远近，见已大明，恐人看见任大爷带着刑具，不大稳便。到僻静所在，用顺刀把手铐切断，将自己衣服更换了，应用之物并换下衣服打起包裹，复将任大爷背好。行至镇市之所，只说个好朋友偶染大病，不能行走。遂雇了人夫用绳床抬起，一程一程奔山东而回。

且表城里边定兴县知县孙老爷，吩咐开城门搜寻劫狱之人，并杀人的凶手。到了早饭以后，毫无踪迹，少不得开放城门，令人出入，另行票差马快人，在远近访拿。城门所挂人头，令取下来悬于西门以下，交付门军看守，待有苦主来认头时禀报本县，看因何被杀，再擒捉审问便了；禁牢内更夫尸首，令本户领回，各赏给棺木银五两。这且按下不表。

再讲王伦早上起来梳洗已毕，就在贺氏房中，请了贺世赖来吃点心。正在那里说说笑笑，满腔得意，家人王能进来，禀道：" 启大爷得知：方才闻得今夜四更时分，不知何人将禁牢中更夫杀死，把大盗任正千劫去。天明时，西门城楼兽角铁须之上，挂了两个血淋淋人头，一男一女。合城的文武官员并马快捉人，各处搜寻，至今西门尚未开。" 王伦道："西门所挂人头，此必奸情被本夫杀死，亦不该挂在那个所在。但反狱劫走任正千的却是何人？" 贺世赖道："门下想来，此必是山东花振芳了。前次约他同来，因见火起而去；昨日闻任正千在狱，贪夜入禁牢，杀更夫以绝巡更，后劫走任正千无疑矣！" 王伦道："花振芳在桃花坞，说他乃山东姓花，必山东人也。但不知是哪府哪县？今日获住便罢，倘拿不住，叫老孙行一角文书，到山东各府、州、县去访拿这老畜生！"

正在议论，猛见两个丫环跑得喘吁吁的来说道："大爷不好了！今夜不知何人将五姨娘杀死,还有一个男人同在一处,亦被杀死,但不见有头。禀大爷定夺。"王伦、贺世赖同往一看,却是两个死尸在一处,俱没有头。着人床下搜寻亦无,细观袿裤鞋袜等物,却不是别人,竟是买办家人王虎!王伦发恨道:"家人欺主母,该杀!该杀!"二人仍回到贺氏房中,王伦少不得着人去将两个人头认来,"省得现于人眼万人瞧,使我面上无色。"贺世赖止道:"不可,不可!大爷不必着恼,又是大爷与舍妹万幸也!"王伦同贺氏问道:"怎么是我二人之幸?"贺世赖道:"此必是来杀你二人,误杀他两个人,亦是任党无疑!杀去之后,教任正千一见,不是你二人。故把头挂在那个所在以示勇。"王伦仔细一想:一毫不差,转觉毛骨悚然。又道:"此二人尸首如何发放?"贺世赖道:"这有何难!一个是你远方娶来之妾,从小无有父母;那一个又是你的家生子。大爷差人买口棺木,就说今夜死了一个老妈,把棺木抬到家里,将两个尸首俱入在里面,抬到城外义冢[1]地内埋下;家内人多多赏些酒食,再每人给他几钱银子做衣服穿,不许传扬,其事就完了。那孙知县自然吩咐看头人招认;况此刻天热,若三五日无人来认,其味即臭难闻,必吩咐叫掩埋。未有苦主,即系悬案,慢慢捕人。大爷今若着人去认头,一则有人命官司,二则外人都知道主仆通奸,岂非自取不美之名!"王伦听贺世赖句句有理,一一遵行。果然四五日后,其头臭味不堪,西门下无人出入,门兵来街禀知。知县吩咐:"既无苦主来认,此必远来顺带挂在于此,非我城池之事,即速掩埋。"看官,凡地方官最怕的是人命盗案。门军遂即埋了,知县乐得推开,他只上紧差人捕捉劫狱之案便了。以上按下任正千之事。

此回单讲骆宏勋自苦水铺别了花振芳,到黄河渡口,一路盘费俱是花老着人照管。骆宏勋称了二两银子送他买酒吃,叫他回去多多上复花老爹:异日相会面谢吧!那人回去。骆大爷一众渡了黄河而走,非止一日。那日来到广陵,守家的家人出城迎接,自大东门进城到了家里。老爷的灵柩置于中堂,合家大小男妇挂孝磕过头,又与太太、公子磕头已毕,备酒饭管待人夫脚役,赏银各人不得少把,余谦一一秤付。众人吃饭以后,收拾绳扛各自去了。老爷柩前摆了几味供菜,母子二人又重祭一番。已毕,

---

[1] 义冢(zhǒng):旧时埋葬无主尸骸的墓地。

用过晚饭，各自安歇。次日起身，各处请僧道来家做好事。骆宏勋正待分派家人办事，门上禀道："启大爷：南门徐大爷来了。"骆宏勋正欲出迎，徐大爷已进来了。骆宏勋迎上客厅坐下。徐大爷道："昨日舅舅灵柩并舅母、表弟回府，实不知之；未出廊远迎，实为有罪！今早方才得信，备了一份香纸，特来灵前一奠。"骆宏勋道："昨日回舍，诸事匆匆，未及即到表兄处叩谒，今特蒙驾先到，弟何以克当！"吃茶之后，徐大爷至老爷柩前行祭一番，又与舅母骆太太见过礼。骆太太看见徐大爷身躯：方面大耳，相貌魁伟，心中大喜。说道："愚舅母向在家时候，贤甥尚在孩提。一别数年，贤甥长此人物，令老身见之喜甚！"徐大爷道："彼时表弟年十一岁，今甫长成大器，若非家中相会，路遇还不认得！"骆宏勋道："好快！一别六年余矣！"叙话一会，摆酒后堂款待。

列位，你说这徐大爷是谁么？世居南门，祖、父皆武学生员。其父就生他一人，名唤苓，表字松朋，乃骆氏所生，系骆老爷外甥，骆宏勋之嫡亲姑表兄弟。他自幼父母双亡，骆老爷未任之时，一力扶持。后骆老爷定兴赴任，有意带他同去；但他祖父遗下有三万余金的产业，他若随去，家中无人照应，故而在家，嘱咐一个老家人在家帮他请师教训。这徐松朋天性聪明，骆老爷赴任之后，又过了三年，十八岁时就入了武学。本城杨乡宦见他文武全才，相貌惊人，少年入泮[1]，后来必要大擢，以女妻之。目下已二十六岁了，闻得舅舅灵柩回来，特备香烛来祭。是日，骆宏勋留住款待了中饭方回。以后你来我往，讲文论武，甚是投合。骆宏勋在家住了四月有余，与母亲商议，择日将老爷灵柩送葬。临期，又请僧道念经超度[2]，诸亲六眷、乡党邻里都来行奠，徐松朋前后照应。至期，将老爷灵柩入土，招灵回家。

三日后，骆宏勋至门谢吊。治葬已毕，则无正事。三日五日，或骆宏勋至徐松朋家一聚，或徐松朋至骆家一聚。一日无事，骆宏勋在太太房中闲坐，余谦立在一旁，议论道："我们在外数年之间，扬州不知穷了多少人家？富了多少人家？某人素日怎么大富，今竟穷了；某人向日

---

[1] 泮（pàn）：指旧时学校。
[2] 超度：佛教、道教用语，指念经或做佛事。

只平平淡淡,今竟成了大富。"骆宏勋说道:"古来有两句话说得好,道是'古古今今多更改,贫贫富富有循环'。世上哪有生来长贫长富之理!"余谦在旁边说道:"大爷、太太在上,若是要论世上的俗话,原说得不错:'家无生活计,吃尽一秤金。'你看那有生活的人家,到底比那清闲人家永远些。"骆太太道:"正是呢,即今我家老爷去世,公子清闲,虽可暖衣饱食,但恐日后有出无入,终非永远之业。"余谦道:"大爷位居公子,难干生理。据小的看来,备三千金,不零沽碎发,我扬州时兴放账,二分起息,一年有五六百金之利。大爷经管入出账目,小的专管在外催讨记账。看我上下家口不过二十来人,其利足一年之费。青蚨[1]飞来,岂不是个长策!"太太大喜道:"余谦此法正善。我素有蓄资三千两,就交余谦拿去生法。"余谦道:"遵命!"遂同大爷定了两本簿子。外人闻知骆公子放银,都到骆府中来借用。余谦说"与他",骆宏勋就与他;余谦说"不与他",骆宏勋也不给。以此趋奉余谦者正多。临收讨之日,余谦一到,本利全来,哪个敢少他一钱五分?因此余谦朝朝在外,早出晚回,无一日不大醉。骆大爷因他办事有功,就多吃几杯亦不管他。

一日,徐大爷来,骆大爷留他用饭,饭后在客厅设席。其时九月重阳上下,菊花正放,一则饮酒,二则玩赏天井中洋菊。日将落时,猛见余谦自外东倒西歪而来,徐大爷笑道:"你看,余谦今日回来何早!"骆大爷道:"你未看见那个鬼形么?他是酒吃足了,故此回来得早些。"二人谈论之间,余谦走至面前,勉强直了一直身子,说:"徐大爷来了么!"徐松阳道:"我来了半日。你今日回来得早呀!"余谦道:"不瞒徐大爷说,今日遇见两个朋友,多劝了小的几杯,不觉就醉了,故此回来得早些!"徐大爷道:"你既醉了,早些回房睡去吧。"余谦道:"徐大爷与大爷在此吃酒,小的正当伺候,岂有先睡之理!"徐大爷道:"我常来此,非客也,何必拘礼!"骆宏勋冷笑道:"看看自己的样子,还要伺候人?需要两个人伺候你。还不回去睡觉,在此做什么!"余谦闻主人吩咐,不敢做声,竟是高一脚低一脚往后走了。

进得二门时,听得房上"哗啦啦"一声响亮,余谦醉眼蒙胧,抬头一看,

---

[1] 青蚨:金钱的代称。

见一大毛猴在房上面,正是一阵黑风。余谦正走,便大喝一声,声如雷响一样相似,道:"孽畜!往哪里走,我来擒你了!"徐、骆二人听得是余谦喊叫,不知为何,遂站起身来,要问余谦因何事故。毕竟不知余谦说出何物来,且听下回分解。

第十八回

余谦因逞胜履险登高

却说骆宏勋同徐松朋二人在厅上饮酒，正谈着，余谦吃了酒回来，就醉得这般光景。正说得高兴，忽听得有人喊叫，是余谦的声音，因此二人急忙起身，一同走至二门内。只见余谦已爬起，卷起袖子正要上房。骆宏勋大喝一声："匹夫！做什么？"余谦道："有一妖精从房上去了，小的欲上房去拿他。"骆宏勋道："哪里有这些醉话乱说，平地上都立不住，还想登高，是不要性命了？还不速速睡了。"余谦无奈，只得把衣袖放下，进房睡了。徐、骆二人回转厅上，谈笑余谦见鬼。骆宏勋道："酒不可不吃，亦不可多吃，多吃作事到底不得清白。弟因在定兴县时大醉一次，被人相欺，至今刻刻在念，不敢再蹈前辙。"徐松朋道："谁敢相欺？"骆大爷将"桃花坞相会花振芳，次日回拜，路遇王家解围，与之结义，王、贺通奸，贺氏来房调戏，世兄醉后仗剑相刺，自缚跪门，不辞回南；路宿苦水铺，又遇花振芳，责弟不通知世兄，反害了他，我意欲复返定兴县，他代我去救世兄；振芳重新摆祭柩前，又差人送柩至黄河渡口，以防不测，并送盘费"，前前后后说了一遍。又道："至今半载有余，毫无音信，不知世兄近来作何光景？此皆因一醉之过也！"徐松朋道："还有这些情由。"正谈论间，听得外边人声喧嚷。徐、骆同至大门，问道："外边因何喧嚷？"门上人回道："栾御史家的马猴挣断了绳索，在屋上乱跑，方才从对过房上过去，众人捉猴，因此喧嚷。"骆大爷道："原来如此。"向徐大爷道："余谦所说大约也就是这孽畜了。我们还去吃酒，管他作甚！"二人又回到席上，饮了片时，徐松朋走进门告别了骆太太，又辞了骆宏勋回家。

次日早晨，骆宏勋起身吃了早饭，家中无事，正欲赴徐松朋处闲谈，猛见徐松朋走进门来，笑嘻嘻地道："闻得平山堂观音阁洋菊茂盛，赏观之人正多。我已备下酒饭，先着人赴平山堂等候，特来迎表弟前去闲散闲散。"骆大爷应道："正欲到表兄处闲游，如此正好。我们也不骑牲口，

第十八回　余谦因逞胜履险登高

步行去吧。"徐大爷道:"余谦在家么?也叫他去走走。"骆宏勋道:"他每日绝早就出去了,此时哪还在家。"徐大爷道:"他既然不在家中,就罢了。我二人早些去吧。"于是二人出了大门,竟往那四望亭大路奔西门而来。离四望亭半里多地,人已塞满街道,不知何事?只听人都言:"若非是他,哪个能登高履险!"一个道:"他乃有名的多胳膊,武艺其实了不得!"又一个道:"惜乎人太多了些,不能上前看得亲切。"又一个道:"莫说十两银子叫我去拿它,就先兑一百两银子,我也不能在那高处行走!"徐、骆二人听得"多胳膊"三字,暗暗想道:"又是余谦在哪块逞能了!"一路前走,将至四望亭不远,只见一个大马猴从街南房上跳过四望亭来。众人吆喝道:"大叔!猴子上了四望亭了!"话出口未了,只见余谦上衣尽皆脱去,赤露身体,亦从街南房上跳过四望亭来。骆宏勋一见余谦似凶神一般在那里抓猴,说道:"表兄在此小停,待弟过去将那匹夫叫下来,把他呼喝一番,打他两个嘴巴,因何在此出丑!"徐大爷连忙拦阻道:"使不得!人人有面,树树有皮。他在众人面前夸口,才上去捉的。如今在众人面前打他,叫他以后怎么做人?愚兄素亦闻他之名,马上马下都好,只是未曾亲见出手。"对着骆宏勋叫声:"表弟!你过来,我寻个相熟人家借块落脚地,略站一站,让愚兄看他的纵跳何如?"遂过四望亭约有一箭之地,寻个相熟的酒店,二人站在房门口张看,只见余谦在四望亭头层上捉拿。余谦走至南边,猴子跳到西南上了。余谦正在寻找,众人大叫道:"余大叔,猴子在西南上了!"余谦又走向西南,将转过树角,猴子看见,"唰"一声,早到北边角上了。余谦又看不见它在何处。话不可重叙。未有三五个来回转,把个余谦弄得面红眼赤,满身是汗。那猴子乃天生野物,登高履险本其质也。余谦不过是练就的气力,纵跳怎能如那猴子容易!三五个盘转,不觉喘吁起来,遍体生津。早间在众人前已夸下口,务必要捉到孽畜,怎好空空地下来!心中焦躁,所以二目圆睁,满面通红,还在那里勉强追赶。徐、骆二人看见余谦如此光景,代他发躁。

忽听得后边一派鸾铃响亮,二人回头一望,乃是五男六女,骑了十一匹骡子,吆喝喊叫前来,离酒店不远,被看捉猴子之人挤满街道,不能前进。骆大爷仔细一看,连忙往店内一躲。徐大爷问道:"因何躲避?"骆宏勋道:"这十一位之中,我认得七个。"徐大爷道:"那是何人?"骆大爷道:"那五个男子,年老者即我所言花振芳;其余四位是他舅子:巴龙、巴虎、巴彪、巴豹。六个女的,那个年老的是花振芳的妻子,年少的是花振芳的女儿;四位中年的却认他不得。"徐大爷闻听得是花振芳,遂正色说道:"你真无礼。闻你时常说,舅舅灵柩回南之时,路宿此人店中,重摆祭礼柩前奠祭。不唯本店房饭钱不收,且至黄河路费尽是此人管待,你受他之情不为薄矣!他今日至此,就该迎上前去,你又不是管待不起之家,如何躲避起来!幸而我与你是姑表兄弟,不生异想;倘若朋友之交,见你如此情薄,岂肯与你为友也!"骆大爷道:"非是这样,其中有一隐情,表兄不知。"徐大爷道:"且说与我听听。"骆宏勋道:"向在任正千处议亲,弟言已曾聘过,他说既已聘过,情愿将女儿与弟作侧室;弟言孝服在身,不敢言及婚姻,他方停议。今日同来,又必议亲无疑。弟故此避之,岂有惧酒饭之费乎?"徐松朋道:"婚事究竟,其权在你,他岂能相强;今日若不招呼,终非礼也。"骆大爷道:"表兄言之有理。弟谅他今日之来,必至家中,你可代迎留。我们今日也不上平山堂去了,表兄同弟回家候花振芳便了。"徐大爷道:"这个使得。一发看他拿了猴子再回去不迟。"二人仍站在店门口张望。只见花振芳一众牲口还在那里,不能前进,听得花振芳大叫道:"让路,让路!"谁知众人只顾看捉猴子,耳边哪里听见。花振芳又大叫道:"诸位真个不让么?"众人道:"我劝你远走几步,从别街转去吧。我们都是大早五更吃了点东西就来到此地,连中饭都不肯回去吃,好容易占的落脚地,怎的就叫人让你!不能让!不能让!"花老道:"你们真个不让,我就撒马冲路哩!"众人道:"你这话只好唬鬼,那三岁娃子才怕,唬我们不能!"花老回首向家人道:"但将牲口拨回,撒一回马与他们看看!"家人答道:"晓得!晓得!"只见十一匹骡马俱转回倒走尽。看这一回:

　　牡客含怒冲街道,男人惧怕让街衢。

　　毕竟不知花振芳真个撒马不撒马,且听下回分解。

第十九回

十字街前父跑马

却说花振芳十一个人将骡马转回，离四望亭百十多步远，各把马缰勒了一勒。花老在前，十人随后，大喝一声："马来了！"十一匹牲口放开缰绳，如飞地跑来。一众看的人，一见来势凶猛，哪个不顾性命？一声喊，"让他过去！"一个个面黄唇白，遍体出汗，睁眼骂道："好一众狠骚奴，大街之上当真撒起马来了！幸亏我等让得速。"不讲众人皆在骂。

且说花老一马跑至四望亭左边，将马收住，抬头一看：上边捉猴之人乃是余谦。只见他通身流汗，满口喘息，细看神情，极是勉强。花老对自家一众人说道："看余大叔光景是拿不住这畜生了。我们不到便罢，今既到此，何不看个明白，着个人上去代拿下来。"众人道："使得，使得！但不知这猴子是谁家的？我们难道替他白拿不成！"花老道："正是哩。待我问来！"遂大叫道："谁是猴子的主人家？"连问两声，只见那街北两间空门面中，坐着两个少年，旁边站了十数个家人，内有一位少年站起身来，走到门首问道："你问猴子的主人作甚？"花老道："请问一声：还是有谢仪，还是白拿？"那少年道："朝廷也不白使人，哪有白捉之理！有言在先：若能捉住，谢银十两。"花老道："十两银子哪里雇得上手，如肯加添，我们着个上手捉它。"那少年道："总是十两，分文不添。"只见坐着的那位少年道："也不一定，看你哪一个上去，因人加添。"花老道："讲明谢仪，但凭尊驾叫哪一个上去！"那少年用手指着花碧莲道："她上去捉时，谢仪加倍：足纹银二十两。余者是十两。"花老道："只是我们牲口无处安放。"那少年道："这个容易。"吩咐家人拿钥匙，"将对过街南房子开了，叫他们歇歇何妨。"家人闻命，不敢怠慢，遂将对过房子开了，花老一众人将牲口牵进。

你说那两位少年却是何人？一位是西台御史栾守礼之子，名瑛，字叫镒万，年纪约有一十四五。其人生性奸险，为人刻薄。因家内马帮中看马的猴子跑了，愿出十两银子令人捉拿；众人捉弄余谦上去，栾镒万也随来观看。四望亭左边相近的房子有许多关了，三间空门面站了十数个家人，一个帮闲坐在那里观看。你说那个帮闲是谁？姓华名多士，字叫三千，本城人也。栾镒万喜他奉承，故收在家做个帮闲，正同栾镒万看余谦捉猴，忽听问猴子的主人，华三千忙出来相答。花老嫌银子少，还要加添，华三千不敢做主，只是不添。栾镒万早看见一众之内，有个少年女子生得俊俏，故出来启唇答话，指着花碧莲上去，情愿加添银子十两。街南房子遂叫人开了，让他们暂歇。公子性格只图乐意畅怀，哪在乎十两银子。

且说花老一众将牲口牵进房来，包裹行囊卸下，房内桌椅板凳现成，众人坐下。花老向女儿道："今日少不得上去代余大叔把个猴子捉下，一则显显本事，二则落他二十两银子。"花碧莲听说叫她上去捉猴，心中暗想道："爹爹好没正经，今日来此所为何事？叫我出乖露丑。那骆公子即住在城内，倘被他看见，谁知他欢喜我登高不欢喜我登高？这亲事又不能妥帖了。"意欲不去，又恐违了父命，只得勉强应道："是了！"花奶奶看见女儿皱着眉头有些懒怠，却不晓得女儿心中惧怕骆公子不悦她登高之意。遂指着老头儿骂道："老匹夫！老杀才！几十年未见银子了！女儿病体刚治好，又叫她上去捉猴。"花老因一时高兴逞能，随口就应了，着碧莲上去。今被妈妈一场责骂，才想起女儿抱病始痊，自悔道："真个我粗率，不该应他；今若再具说换人去捉，反惹他笑我女儿无能。怎样去法才好？"坐在一旁想法。

看官，你说花碧莲因何抱病？自在定兴县会见骆公子，议亲不谐，回家就得了大病。乃至父亲救了任正千，任正千受伤过重，只望养好了他的棒疮，代他作伐，谁料三月始痊。且任正千生于富贵之家，从无受过这宗冤气苦恼，棒伤愈后，又发起疾病来了。花碧莲见他病势长久，自己焦躁，又犯了病。任正千病才好些，花振芳料他不能同下扬州，求了任正千一封书子，代碧莲作伐。花老夫妇同巴氏弟兄八人，带了花碧莲下扬州，一则议亲，二则慰女儿心怀。只因来至四望亭，见余谦捉拿猴子不下，山东人生性耿直，即代他焦躁起来，所以要着人帮他去捉。又被妈妈责备一番，又不好更换人，去同那少年人商议，不知可能？坐在那里思想。想了一会,向妈妈说道:"我既出口叫女儿上去,又怎好换人!我去与那少年商议,说女儿患病未痊,恐力不足,另外着人帮帮吧!"花奶奶道:"你去与他商议。"花老遂走到街北,说道:"猴子的主人,我有一句话商议:非我更改前言,亦非我女儿不能捉拿;但我欲另外着一个人上去帮帮,不知使得否?"栾镒万未曾回言,华三千道:"若加帮手,还是谢银十两了!"栾镒万连忙拦住华三千,低低附耳说道:"原不过为要那女子上去,以畅我心,何必锱铢较量谢仪。"又说:"不管他有帮手无帮手,只要那女子上去就罢,不短他的银子。"花老仍回街南向妈妈说道:"已与他商议定了,许我们着个帮手,不知哪个上去帮帮哩?"花妈妈道:"还有哪个,就是我上去罢了!"于是母女二人俱将大衣卸下,内着短袄,用汗巾束腰扎妥,买了几样点心,冲了壶茶,吃了上去。花碧莲向父亲说道:"爹爹,买几个水果来。"花振芳遂着巴龙买了些栗子、核桃、莱梨等物件,进房来交与碧莲。碧莲揣在怀中,花奶奶也带了些。花老将牲口、行李交与巴氏兄弟看守,向巴氏弟兄说道:"我等随去,在四望亭四面站立,好指示猴子方向。她母女在上容易捉住些。"说罢,花老在前,花奶奶在后,碧莲在中,巴氏弟兄两边护卫,吆喝道:"诸位让路,我们上去捉猴哩!"此刻,人比先前更多,听说他是捉猴之人,只得让开路来,由他上去。未知捉得着捉不着,且听下回分解。

第二十回

四望亭上女捉猴

却说花振芳等行至四望亭边，看见余谦还在那里勉强捉拿，花振芳素知余谦爱褒贬，才大声说道："余大叔请了，这小小物件怎劳大叔费此精神。休说一个，就是十个也不须大叔拿得。请大叔下来歇息片刻，谈讲谈讲，等我着娃子上去代大叔拿下来吧。"余谦在上边捉又捉不住，要下又不好下来，正在着急，闻得花振芳在下替他分解，将计就计，着眼往下一望，叫道："花老爹，你几时来的？"双脚一跳下得亭来，到花振芳跟前来说道："巴爷昆玉、奶奶、姑娘都在此地哩！我献丑了！"花振芳道："这小小孽畜，怎当得余大叔捉拿，正是割鸡用牛刀。在下久未与大叔相会，特请下来谈谈，着小女上去代大叔拿下来吧！"又道："俺的儿，上去吧！"只见花碧莲一纵，早上了四望亭头一层。众家看的人齐声喝彩道："这个上法千古罕有，难得难得！"花碧莲上得亭来，猴子正在里面，被花碧莲一惊，猴子跳上四望亭的二层。花碧莲稍停一停，将身一纵也上了二层。花奶奶看见女儿上了二层，随即一纵也上了四望亭的头层，众看的人又喝彩道："恁大年纪的老人家，尚有如此气力，真是一个老强盗婆了！"花振芳见她母女二人俱各上去，遂同了余谦等六人分在四面站立。

且说花碧莲在二层上，将怀中的果子取出一把，往猴子跟前掷去，坐在上面也不惊觉它。那猴子一见了果子，用手掌拾起，口内食嚼；嚼尽时，花碧莲又掷一把，猴子又在那里拾吃。花碧莲慢慢挨近，离得二三尺远近，猴子惊觉，躲南边去了。花碧莲为墙遮蔽，不知猴子的去向。巴龙站在南面，吆喝道："猴子在南面了！"花碧莲转到南面，仍将果子掷了一把，猴子又在那里拾吃。花碧莲挨近身边，那猴子又惊跳到别处，看不见了。看官，那猴子若不是被余谦捉怕了的，此刻花碧莲这般拿法儿是易捉的。那花振芳同余谦站在下面，大叫道："猴子跳到北边去了!"花碧莲转向北边,那猴子跳上头层,花碧莲亦上头层。幸喜上面无有墙壁遮眼,花碧莲心生一计,道:"需将这畜生挤在角上,叫它无处逃遁,方能擒住。"又在怀中取一把果子掷在东北角尖上。那猴子见有果子在上,遂往东北角上拾果子吃。花碧莲悄悄挨近猴子身边,待伸手去捉,猴子见有花碧莲挡住右边,无有空处逃走,那畜生发急,用力一跳,欲从花碧莲头上跳过。不料这四望亭多年未曾修理,木料朽烂,灰砖裂开,花碧莲同猴子俱坠下来。众人齐道:"不好了,掉下人来了!"花碧莲从上掉下,花振芳同余谦并巴氏弟兄俱皆惊惶无措,花碧莲自料性命难保。只见四五簇人之外,有一少年人叫一声:"还不救人,等待何时!"将身一纵过来,将花碧莲双手接住,抱在怀中,坐在尘埃。众人齐道:"难得这个英雄,不然要跌为肉泥!"花振芳同众人跑过来一看,接住花碧莲者,不是别人,正是骆宏勋大爷!花振芳谢道:"难报大爷救命之恩!"用手摸摸花碧莲口已无气。花振芳大哭道:"我儿无气了!"骆大爷道:"莫惊慌,姑娘不过惊吓太甚,必无碍性命,倒不要惊动她,稍停片刻自然醒转。"花振芳又用手一摸,竟还有气,方才改忧作喜,道:"奶奶,不妨!不妨!骆大爷真乃救命的恩人了!"仰头朝花奶奶说道:"女儿还有气,你还不下来,在上头等什么?"那花奶奶见女儿上了顶层,她就在二层预备下来接着捉;及见亭角女儿坠地,早吓得皮麻骨酥,站立不住,坐在二层上发抖不止。只听得老头儿说道"女儿有气",方才魂魄入窍,跳下亭来,走至女孩儿跟前,见骆大爷抱在怀中,遂谢了又谢,叫声:"碧莲!骆大爷是你的恩人!"回头看那猴子已跌为肉饼。巴氏弟兄也因知此信,都来瞧看。有顿饭时节,花碧莲口中微微有气,花老夫妇齐声叫道:"碧莲!醒醒来!醒醒来!骆大爷抱住你了,不然与那猴子一样!"又道:"骆大爷抱了这半日,遍身流汗了,你速速醒来,醒来!好叫骆大爷歇息歇息!"此时花碧莲已醒了八九分,耳中听得爹娘俱说:多谢骆大爷相救,已经抱了这半日了;又说他遍身流汗,还只当爹娘宽她之心,哪里就有这宗相巧之事:"我今坠下,偏偏骆公子在此救我!"觉乎着自己的身子不像在地上,似乎在人身上一般。遂暗暗将眼睁将开,真是骆公子抱在怀中。故意将眼合上,只做不醒的神情,将身子向骆大爷身上又贴了两贴。正是:

虽然不曾同欢乐,暂卧怀中也动情。

骆宏勋同徐松朋二人，因见花碧莲母女二人上亭捉猴子，亦挨进前来观望。一见花碧莲坠下，出力救人要紧，哪还顾得男女之别！从四五簇人后跳过来用手接住花碧莲，有顿饭之时，觉得花碧莲身子比先活动些，只是将身子贴靠。众目所视之地，不由得满面发赤，说道："花老爹，令爱有几分醒转，快寻一张床来，抬至舍下，饮些姜汤，再为调养。"花奶奶看见女儿颜色已变过来了，亦看见女儿身子贴靠着骆大爷，也觉着不好意思，低低说道："儿呀！此乃百眼闪眨之所，不要叫人看出。"花碧莲故作始醒之态，将身放开。花振芳早把绳床备妥，铺上行李，把碧莲抱上，着人先抬赴骆府。花奶奶同巴氏弟兄四人先随去了。花振芳走至街北门面内，望那两位少年之人说道："猴子的主人家，把银子来！"

且说栾镒万看见花碧莲坠下，猴子也跌死，心中说道："因为二十两银子把个如花似玉的女子断送了，分厘不要少给她。"停了片时，见骆宏勋接住，花碧莲醒转，他就顿起不良之心，向华三千说道："我原说她捉住猴子给银二十两，今将猴子跌为肉饼，岂肯还给银子与她！"华三千道："待她来讨时，说与她听便了！"正在议论之间，花振芳进来要银子。二人同道："先前原讲过：捉住猴子谢银二十两。今猴子自坠跌死，非你等捉住，还要什么银子？"花振芳笑道："此何言也！适才小女坠下，若非骆大爷接救，则有性命之忧；虽未捉住，非小女不能捉，奈亭角不坚，故而一同坠下，不然岂不拿住了！即令小娃子适才殒命，我也无别说，也只要得你二十两银子，难道叫偿命不成？这二十两银子是要把我的。"栾镒万道："我那猴子原价一百两银子，我不寻你就是万幸，今反来问我讨银子！也罢，除了二十两之外，净找我八十两好细丝纹银。"华三千大叫道："好痴人呀，你不晓得大爷的厉害哩！你不知者不算罪，今既对你说了，速速去吧！"花振芳道："放屁！就是朝中的太子许我的，也要把我！"伸开两手将栾镒万、华三千捉过来要打。栾府家人大喝一声："好大胆的匹夫，敢伤我家主人！"一个个擦掌摩拳，齐奔前来。正是：

　　恶仆倚众欺敌寡，好汉只身捉二人。

毕竟不知花振芳可吃他众人之亏否，且听下回分解。

第二十一回

释女病登门投书再求婿

却说花振芳用手将栾镒万、华三千轻轻捉住，栾府众人一个个擦掌摩拳走上前动手。门外巴氏弟兄、余谦俱怒目竖眼，亦欲进门相助。那华三千生得嘴乖眼快，被花振芳一把捉过，已是痛苦难过，众管家上来相帮动手之时，早看见门外有四五条大汉，皆是丈余身躯，横眉竖眼，含怒欲进，料想这几个家人哪是他们的对手！连忙使个眼色与栾镒万，又开口道："老爹莫动手，方才说的是玩话，老爹就认起真来了，哪有白使人不把银子之理。"栾镒万亦会其意，急忙喝住家人莫要动手。众家人听主人之命就不上前，巴氏弟兄、余谦亦就不进来了。花振芳闻得他说给银，也就不大难为他二人，说道："我原是要的银子，既把银子，我不犯着与你们淘气。"栾镒万道："闻得你上边人生性耿直，故以此言戏之，你当真信以为是了。"吩咐家人速速秤二十两银子给他。家人遂秤了二十两银子送与花振芳。花振芳接了，就同巴氏弟兄、余谦赴骆大爷家去了。不提。

再表栾镒万被花振芳这一捉，疼痛不待言矣！更兼又被这一番羞辱，其实难受。花振芳去后，进与华三千商议道："我们回家将合府之人齐集，谅这老儿不过在城外歇住，我着他们痛打他一番，方出我心中之恨也。"华三千道："方才门下因何使眼色与大爷？那门外还站了四五个丈余身材的大汉，俱皆怒气冲冠，欲要进来帮打的神情。幸而我们回话得快，不然我二人哪个吃得住！门外四五个人之中，门下认得一个，其年二十上下的一人，乃骆游击之家人余谦也。想是这一众狠人在此与骆家有些认识，不然骆宏勋因何接救他女儿？余谦又因何来相助帮打？他们既然相会，骆宏勋必留他家去了，哪里还肯叫他们下店。大爷方才说，回家齐了合府之人与他厮打。动也动不得！这一伙人，门下不知他怎样就与骆家相熟？如今必到骆家，他家自然相留。那骆宏勋英雄不必言矣，只他家人余谦那个匹夫,门下是久知他的厉害,乃有名的'多胳膊'。非是夸他人之英雄,灭大爷之锐气,即将合府之人未必是余谦一个人之对手。"栾镒万道:"如此说来,我就白白受他一场羞辱罢了?"华三千道:"大爷要出气不难,门下还有个主意,俗语说得好:强中更有强中手,英雄堆里拣英雄。天下大矣,岂一余谦而已!大爷不惜金帛,各处寻壮士英雄,请至家内,那时出气,方保万全。"栾镒万道:"那非一时之事,待我访着壮士,这老头儿岂不回去了?"华三千道:"这伙狠人虽去,但骆宏勋、余谦不能就去。就在他两个人身上出气,有何话讲!"栾镒万闻华三千之言,谅今日之气必不能出了,只得寒羞忍辱回家,俟访着壮士再图出气。这且不表。

再说骆宏勋自放下花碧莲,随同徐松朋回家中,吩咐家内预备酒饭等候;又径至内堂禀知骆太太,说花家母女同巴氏妯娌四人俱至扬州,捉猴子花碧莲受惊,现用床抬,不久即至我家,望母亲接迎。骆太太感花振芳相待厚意何尝刻忘,今闻得她母女同来,正应致谢,连忙出迎。花奶奶一众早至骆家门首,骆太太接进后堂,碧莲姑娘连床亦抬进后堂。花奶奶、巴氏妯娌俱与骆太太见过了礼;骆太太向花奶奶又谢了黄河北边的厚情。骆府侍妾早已捧上姜汤,巴氏妯娌将碧莲扶起,花奶奶接过姜汤与碧莲吃了几口,将眼睁开问道:"此是何所?"众人齐应道:"好了,好了!"花奶奶道:"你已到了骆大爷府上了。"骆太太道:"此乃舍下。姑娘心中妥定些了?"碧莲道:"此刻稍安,望太太恕奴家不能参拜!"骆太太道:"好说,姑娘保重身体要紧。"花奶奶向碧莲说道:"我儿,你尚不知,今日若非骆大爷援救,你身已为肉饼,稍停起来叩谢。"骆太太道:"既系相好,何敢言谢。但姑娘坠亭之时,恰值吾儿在彼,此天意也,俟姑娘起来谢神要紧。"仍将碧莲安卧床上,大家过来坐下献茶。看官,那碧莲不过受了惊恐,一时昏迷;在四望亭坠下,落在骆大爷怀中已醒人事,只因花奶奶低低那几句言语,道着了心病。虽系母女,此事亦要避忌,故不好贸然就站起,只推不醒,及至骆府,方作初醒之态。这且不必提起。

却说花振芳讨了银子,心中惦着女儿,随即就同巴氏弟兄、余谦到骆府而来。及至骆府门首,骆宏勋、徐松朋俱在门前等候。花振芳进得门来,也不及问名通姓,就问道:"我儿在何处?"骆宏勋道:"抬进后堂了。舍下别无他人，家母与老爹已见过二次，请进内堂看令爱何妨！"花振芳道："老拙亦要叩见老太太。"巴氏弟兄亦有甥舅之情，也要进内。徐松朋、骆宏勋相陪花老来至后堂，早见女儿已起来同坐在那里吃茶，花振芳心才放下。花振芳率众与骆大爷的母亲见礼，彼此相谢。花振芳问妈妈道："女儿叩谢过骆大爷否？"花奶奶道："将才起来谢过太太了，待你回来再谢大爷。"花振芳让骆大爷进内，叫碧莲叩谢，骆宏勋哪里肯受礼。花振芳无奈，自家代女儿相谢。骆宏勋请至客厅，众人方与徐松朋见礼，分坐献茶。花振芳向骆宏勋问道："这位大爷是谁？"骆宏勋道："家表兄徐松朋。"花老又向徐松朋一拱手："维扬有名人也！久仰，久仰！"徐松朋道："岂敢，岂敢！常闻舍表弟道及老爹、姨舅英勇，并交友之义，每欲瞻识，奈何各生一方，今识台面，大慰平生！"花振芳道："彼此，彼此！"骆宏勋吩咐摆酒。

　　不多一时，前后酒席齐备，共是四席：后二席自然是花奶奶首坐，不必细言；前厅两席，花振芳首坐，巴龙二席，巴虎、巴彪、巴豹序次而坐；徐松朋、骆大爷两席分陪，骆宏勋正陪在花振芳席上。三杯之后，骆宏勋问道："向蒙搭救任世兄，至今未得音信，不知世兄性命果何如也？"花振芳遂将那任正千赴王伦家捉奸，因失火回寓，次日进城，任正千被王伦诬为大盗，已下禁牢中，晚间进监劫出，到王伦家杀奸，西门挂头，后回山东；将巴氏昆玉盗王伦之财，并自己相送，失信之事就不提了，恐骆宏勋惶恐，则难于议画亲事；将任大爷受伤过重，三个月方好，现染瘟疾尚未痊愈，前后说了一遍。徐、骆二人齐声称道："若非老爹英雄，他人如何能独劫禁牢，任世兄之性命实是老爹再造之恩也！"花振芳道："任大爷亦欲同来，奈何病久未痊。老拙来时，付书一封，命老拙面呈。"遂向褡包内取出，双手递奉。骆宏勋接过，同众人拆开一看，其书略曰：

　　　分袂之后，怀念定深，谅世弟近兆纳福，师母大人康健，并合府清吉，不卜可知矣。兹渎者：向受奸淫蒙蔽，如卧瓮中，反诬弟为非，真有不贷之罪；而自缚受屈，不辞回府，皆隐恶之心，使兄自省之深意也。但弟素知兄芥偏塞络，不自悟呼吸与鬼为侣，又蒙驾由山东转邀花老先生俯救残喘，铭感私忱，嘱花老先生面达。再者：花老先生谆谆托兄代伊令爱作伐，若非贱恙未痊，负荆来府面恳。今特字奉达,又非停妻再娶,乃伊情愿为侧,此世弟宜为之事;再者虞有娥皇女英,汉有甘、糜二妇,古之贤君尚有正有侧,何况今人为然。伏冀念数年相交,情同骨肉,望赏赐薄面,速求金诺,容日面谢。

　　宏勋世弟文几　　世愚弟任正千具

　　骆大爷将书札看完,书后有议亲之事,怎好在花老当面言之,不觉难色形之于外面。徐松朋看见骆宏勋观书之后,有此神情,不知书中所云何事,至席前说道:"书札借我一观。"骆宏勋连忙递过。徐松朋接来一看,方知内有议亲之话,料此事非花、骆当面可定之事也。将书递与骆大爷收过,徐松朋道:"请饮酒用饭,此事饭后再议。"众人酒饮足时,家人捧上饭来,大家吃饭已毕,起身散坐吃茶。值骆大爷后边照应预备晚酒之时,徐松朋道:"适观任兄书内,乃与令爱作伐,其事甚美。但舍表弟其性最怪,守孝而不行权。稍停待我妥言之。"花振芳大喜道:"赖徐大爷玉成!"不多一时,骆宏勋料理妥当,仍至前厅相陪谈笑。徐松朋边坐边说道:"表弟亦不必过执,众人不远千里而来,其心自诚,又兼任世兄走书作媒;且她情愿作侧室,就应允了也无其非礼之处。"骆宏勋道:"正室尚未完姻,而预定其侧室,他人则谈我为庸俗,一味在妻妾上讲究了。"徐松朋道:"千里投书,登门再求,花老爹之心甚切,亦爱表弟之深也!何必直性至此,还是允诺为是。"骆宏勋即刻说道:"若叫弟应允万不能,须待完过正室,再议此事可也。"徐松朋看事不谐,遂进客厅,低低回复花老道:"方才与舍表弟言之,伊云:正室未完姻而预定其侧室,他人则议他无知。须待他完过正室,再议此事。先母舅服制已满,料舍表弟不久即赴杭州入赘,回扬之时,令爱之事自妥谐矣!"花振芳见事不妥,自然不乐,但他所言合理,也怪不得他;且闻他不久即去完娶,回来再议亦不为晚。道:"既骆大爷执此大理,老拙亦无他说。要是完婚之后,小女之事少不得拜烦玉成。"徐松朋道:"那时任兄贵恙自然亦痊,我等大家代令爱作伐,岂不甚好?"花振芳道:"多承,多承!"天色将晚,骆府家人摆下晚酒,仍照日间叙坐。饮酒席中,讲些枪棒,论些剑戟,甚是相投。饮至更余,众人告止。徐松朋家内无人,告别回去,明日早来奉陪。骆宏勋吩咐西书房设床,与花老妻舅安歇。他们各有行李铺盖,搬来书房相陪。一夜晚景已过。第二日清晨,众人起身梳洗方毕,徐松朋早已来到。吃过点心,花老见亲事未妥,就不肯住了,敬告别回家。骆大爷哪里肯放,留住四五日后,徐松朋又请去,也玩了两日。花老等谆谆告别,徐骆二人相留不住,骆宏勋又备酒饯行,又送程仪,花老却之不受,方才同花奶奶、姑娘、巴氏弟兄等起身回山东去了。

这且按下不提。书内又表一人,姓濮,名里云,字天鹏。

但不知此人是何人也,且听下回分解。

第二十二回

受岳逼翻墙行刺始得妻

却说濮天鹏自幼父母皆亡，还有一个同胞弟，名行云，字天雕。弟兄二人游荡江湖，习学一身武艺，枪刀剑戟，纵跳等技无所不通。原籍金陵建康人也，后来游荡到镇江府龙潭镇上，与人家做了女婿，连弟天雕亦在那岳家住着。那濮天鹏自幼在江湖上游荡惯了的，虽在岳家，总是游手好闲，不管正事。老岳恐他习惯，他日难以过活，遂对他说道："为人在世也须习个长久生意，乃终生活命之资。你这等好闲惯了，在我家是有现成饭吃有衣穿，倘他日自家过活有何本事？我的女儿难道就跟着你忍饥受饿？我今把话说在前头：须先挣得有百十两银子，替我女孩儿打些簪环首饰，做几件粗细衣服，我方将女儿成就；不然哪怕女儿长至三十岁，也只好我老头儿代你养活罢了。"那濮天鹏其年已二十三四岁的人，男女之欲早动，见他妻子已经长成人，明知老岳家哪里图他的百十两银子东西，是立逼他能挣钱而已。濮天鹏自说道："我也学了一身拳棒，今听得广陵扬州地方繁华富贵甚多，明日且上扬州走走，以拳为业，一年半载也落他几两银子。那时回来，叫老岳看看我濮天鹏也非无能之人，又成就了夫妻，岂不是一举而两得。"算计已定，遂将自己衣服铺盖打起一个包袱，次日辞了老岳，竟上扬州而来。

到了扬州，在小东门觅了一个饭店，歇下住了一日。次日早饭之后，走到教军场中看了看，其地宽阔，遂在演武厅前摆下一个场子，在那里卖拳，四面围了许多人来瞧看瞧看，俱说道："这拳玩得甚好，非那长街耍拳可比。"怎见得？有几句拳歌为证：

> 开门好打铁门开，紧闭虎牢关抬腿；进步踢十怀抹眉，搏脸向阳势金鸡。独立华山拳前出，势如蛟龙出水来，躲避饿虎日下山。

濮天鹏在那里玩拳之时，恰值华三千与人说话回来，也在那里观看。

第二十二回　受岳逼翻墙行刺始得妻

只看见濮天鹏丈余身躯，拳势步步有力，暗道："此人可称为壮士了。"就急忙回至栾府，见栾镒万道："大爷，适才门下回来路过教场，看见一个卖拳之人，丈余身躯，拳势又好，有凛凛威风，看他拳棒不在余谦之下。大爷如欲雪四望亭之耻，必在此人身上。大爷可速叫人请来商议。"栾镒万自从四望亭捉猴回家，无处不寻访壮士，总未得其人。今知壮士就在咫尺，心中甚是欢喜。忙吩咐家人速到教场，将那卖拳大汉请来。家人领大爷之命，不多一刻，将濮天鹏请来，进得客厅与栾镒万见礼；栾镒万也回了一礼，与濮天鹏一坐。栾镒万问道："壮士上姓大名？哪方人氏？有何本事？"濮天鹏道："在下姓濮，名里云，字天鹏，系金陵建康人也，今寄居镇江。马上马下纵蹿登跳，无一不晓。"栾镒万道："我有一事与你相商，不知你可肯否？"濮天鹏道："大爷请道何事？"栾镒万道："本城骆游击之家人余谦，其人凶恶异常，我等往往受他凌辱，竟不能与之为敌。今请你来，若能打他一拳，我就谢银一百二十两，打他两拳我谢银二百四十两。不限拳脚，越多越好，记清数目，打过之后到我府内来领。"濮天鹏闻得此言，心内暗自欢喜：我弄他一拳，这个老婆就到手了。遂满心欢喜，即刻应承道："非在下夸口，自己也玩了两年，从未落人之下。但不知其人住居何处？在下就去会他。只恐打得多了，大爷倘变前言，那时怎了？"栾镒万道："放心，放心！你如打得他十拳，我足足谢你一千二百两，分厘不少。"华三千道："今已过午，不必去了。明日早到教场，仍以卖拳为名，余谦是走惯那条路，他见玩拳棒者，再无不观看的。我亦在旁站立，他走来时指示与你，你用语一斗，他即来与你比较；你如比他高强，即是你该发财了。"于是，整备酒饭款待濮天鹏。此时天晚回寓。

　　第二日清早，濮天鹏又至栾府，相约了华三千同到教场，仍在昨日卖拳之所踏下场子，在那里玩耍。今日与昨日不同，昨日不过是自家玩拳，走势空拳，央人凑钱；今日是要与余谦赌胜，他就不肯先用力气，不过在那里些微走两个势，出两个空架子。正在那里吆喝走势，余谦同两个朋友闲游来至教场。众看的人一见余谦，大声叫道："余大叔，你来看看这位朋友的好拳棒！"那余谦但闻哪里有个玩拳的，岂有不看之理？遂走至场中观看。华三千使了个眼色与濮天鹏，那天鹏早已会意，知道余谦到了，乃站住说道："我闻得扬城乃大地方，内有几位英雄，特来贵地会会他，怎样三头六臂的人物？今已来了三日，并无一人敢下来玩玩，竟是虚名，非实在也。"众人回余谦道："余大叔，你看他轻我们扬州，竟无人敢与他玩玩，余大叔何不下去，我们大家也沾光沾光。"余谦道："江湖上玩拳棒者，皆是如此说法，倒莫怪他，由他去！"濮天鹏道："我非那江湖上卖拳者可比，不是出口大言，诓人钱钞，先把丑话说在头里：有真本事者，请来玩玩，若假狠虚名之辈，我小的是不让人的。从来听得说：当场不让父，举手岂容情！那时弄得歪盔斜甲，枉损了他素日之虚名，莫要后悔！"余谦闻得此言，直是目中无人，遂下场来答道："莫要轻人，小弟陪你玩玩。"濮天鹏道："请问尊姓大名？"余谦道："我是余谦。"濮天鹏道："有真实学问就来玩玩；若是虚名，请回去，莫伤和气！"余谦将衣一卸，交给熟悉之人收管。喝道："少要胡言！"丢开架子，濮天鹏出势相迎。一来一往也走了十数个过挡，濮天鹏毫无空偏。濮天鹏见余谦势势皆奇，暗说道："怪不得栾家说他凶狠异常。"一个过挡，濮天鹏想银子的心重，也不管他有无空挡，待余谦过去，他背后使了个"马上衣褶"，一个飞脚照余谦后心踢来。余谦虽是过挡，却暗暗着个眼，背后见濮天鹏飞脚一来，将身一伏，从地脚下往后边一闪，早闪在濮天鹏身后，右脚一个扫腿，正打在濮天鹏右肋，只听"哎哟""喀噗"一声，跌在圈子外来。余谦进前来用脚踏住，将濮天鹏右腿提起，说道："你这匹夫往哪里去！"举拳就打。濮天鹏大叫一声："英雄且请息怒，不要动手！倘若打坏，叫我如何回南京见人？"余谦见他可怜，说道："原来是个外路人，饶你性命。你过来，穿了衣服。"与众人一同俱散了。

却说这濮天鹏爬起身来收了场子，面带羞容，即穿上衣服败兴而回栾府。见了栾镒万道："余谦实是个英雄，在下想来明敌非他对手，求大爷指示他的住处，夜晚至其家，连骆宏勋一并结果性命。一则雪大爷昔日之耻，二则报我今日之恨。"栾镒万道："他父系游击之职，亦是有余之家，高垣大厦，临晚关门闭户，你怎能进去？"濮天鹏道："我会登高履险，哪怕他高墙深壁，岂能坑我！只求晚着人领赴宅边，借利刃一口，必不误事。"栾镒万闻他能登高，心中甚喜，说："你若能将他主仆二人结果性命，我谢你足纹五百两。"又整备酒饭款待濮天鹏。及至更余时分，栾镒万差人领濮天鹏前去，外付快刀一把。濮天鹏同栾府家人来至骆府，栾府家人自回去了。

第二十二回　受岳逼翻墙行刺始得妻

濮天鹏抬头一看，见他左首厢房不大高，将脚一纵，上得房来，见骆宏勋在书房卷棚底下闲步，房内灯火甚明。暗喜道："这厮合该命绝！"将身一跳，跳在骆宏勋背后立住，"乞喀"举刀就砍。且说骆宏勋正在那里闲步，忽见灯火之下一晃，似乎有人。一避光，也回首一看，早见一人手中不知所提何物打来。骆宏勋好捷快，将身往旁边一闪，左脚一抬踢在那人胁上，"咯冬"一声跌倒在地。一个箭步走上用脚踏住，喝声："好歹人！敢黑夜来伤我也。"余谦睡梦之中，听得骆大爷喊叫之声，连忙起身赶赴前来，见大爷踏一人在地。余谦忙将灯一照，认得是日间卖拳之人。大骂道："匹夫！我与你何仇又何恨？日间与我赌胜，夜间又来行刺，料你性命可能得活！"将濮天鹏之刀拿过来就要下手。那濮天鹏在地下叫："英雄饶命！我也无仇恨，也非强盗，只因为人所逼图财而来。"骆宏勋止住余谦，道："且叫他起来，料他也无甚能，叫他将实言说来，我便饶恕；若不实言再处他未迟。"骆太太听得儿子这边捉住了刺客，带几个丫环点灯也到厅相问。濮天鹏起来闻说是太太前来，遂上前叩拜，将他岳丈相逼他百十两银子的衣服首饰，方将女儿成就。"因此来扬城叫场卖拳，被栾府请去，烦我代他雪四望亭之耻，倘能打大叔一拳，则谢我银一百二十两。小人不识高低，妄想谢钱，日间与余大叔比试见输蒙饶。小人回至栾府，栾镒万又许我五百两谢仪，叫我来府行刺，又被获捉。总是小人该死，望英雄饶恕。"骆太太闻他因妻子不能成就，故而前来行刺，其情亦良苦矣！成婚助嫁，功德甚大，他才言百金足用，亦有限事也。说道："你既因亲事求财，也该做正事，怎代人行刺，行此不长俊之事！"向骆宏勋道："娘已六旬年纪，今日做件好事，助他白银一百二十两，叫他夫妻成就了，也替我积几年寿。"骆宏勋奉了母命，遂取一百二十两有零银子交付濮天鹏。濮天鹏接过，叩谢过太太，又向骆大爷叩谢，又与余谦谢了不杀之恩。说道："自行非礼，不加责罚，反赠其银，以成夫妇之事，此恩此德，我濮天鹏就结草衔环难报大爷。他日倘至敝处，再为补报罢了。"说毕告辞。余谦开放大门送他出去了。骆太太向骆宏勋说道："此事皆向日捉猴，花老索银之恨，如今都结在你身上。今日幸喜知觉得早，免遭祸害；倘栾家其心不死，还要受其害！我心中欲要叫你赴他处，暂避一避才好。"只因这一去：

　　避奸恶命子赴赘，报恩义代婿留宾。

毕竟不知骆太太命大爷赴何处躲避，且听下回分解。

第二十三回

中计英雄龙潭逢杰士

却说骆太太赠了一百二十两银子与濮天鹏，濮天鹏叩谢去了。骆太太向宏勋说道："世上冤仇宜解不宜结，今虽未遭毒手，恐彼心不死，受其暗害。你父亲服制已满，正是成就你的亲事之日，你可同余谦赴杭入赘，省得在家遇事与他斗气。"骆宏勋道："明日再为商酌。"于是各归其房安歇。

次日起来，着人将徐大爷请来，把夜间濮天鹏行刺，被捉赠金之事诉说一遍。徐松朋道："幸而表弟知觉，不然竟被所算。"骆宏勋又将"母亲欲叫我赴杭躲避"之话，也说了一遍。徐松朋道："此举甚妥，一则完了婚姻大事；二则暂避其祸，两便之事。"骆宏勋道："我去也罢，只是母亲在家无人照应。"徐松朋道："表弟放心前去，舅母在家，愚表兄常来安慰就是了。"骆宏勋同徐松朋又与骆太太议了择时起行日期。骆太太又烦徐大爷开单：头面首饰、衣服等物，路远不便多带，些微见样开些，也有二十多两银子的东西。骆太太将银取出，单子亦交付余谦办。余谦领命，三二日内俱皆办妥，打起十数个大小包袱。临行之日，骆大爷并余谦打两副行李。徐大爷又来送行，骆宏勋又谆谆拜托徐大爷照应家事，徐松朋一一应承。着十数个夫子挑起包袱，骆宏勋拜辞母亲，带了余谦同徐大爷押着行李出南门而去。及至徐大爷门首，吩咐余谦押行李先出城雇船，就留骆宏勋至家内，又奉三杯饯行酒。立饮之后，二人同步出城，来至河边，余谦已雇瓜州划子，将行李搬上。

骆宏勋辞过表兄登跳而上，徐松朋亦自回城，船家拨棹开船。扬州至瓜州江边只四十里路远近，早茶时候开船扬州，至日中到江边。船家将行李包袱搬至岸上，余谦开发船钱。早有脚夫来挑行李，骆大爷、余谦押赴江边，有过江船来搬行李。只见那边来了一只大船，说："今日大风，你那小船如何过得江？莫搬行李，等我来摆那小船。"上得船来，回头一看，认得是龙潭镇上船，满脸赔笑道："这位大爷过江？"那大船上人下来搬行李物件,向着余谦道:"哪位大爷过江?"余谦道:"不论大船小船我都不管,只是就要过江的,莫要上船迟延。"船家道:"那个自然。"不多一时,把包袱俱下在船内舱下,上面铺下船板,骆大爷同余谦进来坐下。天已过午,其风更觉大些。余谦道:"该开船了。"船家道:"是了。我等吃了中饭就开船了。"停了片刻,只见船家捧了一盆面水送来,道:"请大爷净净面,江路上好行!"骆宏勋道:"正好。"余谦接进舱来,骆宏勋将手脸净过,余谦也就便洗了洗手脸。船家又送进一大壶上好细茶来,两个精细茶杯。余谦接过,斟了一杯送与大爷。骆宏勋接过吃了一口,其味甚美,向余谦说道:"是的,大船壮观,即这一壶茶可知。"言犹未了,船家又捧了一个方托盘,上面热烫烫九个大碗,乃是烧蹄、煨鸡、煎鱼、虾脯、甲鱼、面筋、三鲜汤、十丝菜、焖蛋之类,外有一人提了一个锡饭罐、两个汤碗,送进饭来,摆在船中一张小炕桌上,说道:"请大爷用中饭。外有六碗头与大叔用的。"骆宏勋同余谦清早吃了许多点心,肚中并不饿,意欲过江之后再吃午饭,今见船家送了一席饭菜,又送一桌下席进来,对余谦道:"既他置办送来了,少不得领他的情,不过过江之后,把他几钱银子罢了。"船内无有别人,叫盛饭,用了两碗,余谦也吃了几碗饭。吃毕之后,船家进来收去,又送进一壶好茶。吃茶之时,天色已晚。茶后,余谦道:"驾掌恐都用过饭了,该开船过江了。"驾掌答道:"大叔,未见风息,比前更大些,且是顶风。江面比不得河,顶风何能过得?待风一调,用不得一个时辰即过去了。大叔急他怎的嘎!"余谦看了一看,真正风色更大,也不敢谆谆催他开船。

到日落时,那风不见停息,只见船家又是一大托盘捧进六碗饭菜,仍摆在小桌上,又叫声:"请爷用晚饭。"骆宏勋道:"不用了,方才吃得中饭,心中纳闷,肚内不饿;蒙送来,再用些吧。"同余谦又些微用了些。船家仍又收去,又是一壶好茶来。余谦又叫:"船家,天已晚了,趁此时不过江,夜间如何开船?"船家道:"大叔放心,哪怕他半夜息风,我们也是要开船的。"不多一时,送进一枝烛台,上插一枝通宵红烛,用火点着放在桌上。跟手又是九大盘,乃是火肉、鸡胙、鲫鱼、爆虾、盐蛋、三鲜、瓜子、花生、蒲荠之类,一大壶木瓜酒,两个细磁酒杯,摆在桌上,又叫声:"请用晚酒。"骆宏勋打算不过多给他两把银子,也不好推辞,同余谦二人坐饮。余谦道："谅今日不能过江，少不得船上歇宿。小的细想：过江之船，哪里有这些套数，恐非好船。大爷也少饮一杯，我们也不打开行李，就连衣而卧。又将兵器放在身边，若是好船呢，今日用他两顿饭，一顿酒，过江之后多秤两把银与他；果系不良之人，小的看他共有十数个骚人，我主仆亦不怕他。只是君子防人，不得不预为留神！"骆宏勋道："此言有道理。"略饮几杯，叫船家收去。余谦又道："看光景是明日过江了。"船家道："待风一停，我等就开船。大叔同大爷若爱坐呢，就在船中坐待；倘若困倦，且请安卧。"余谦道："但是风一停时，就过江要紧，莫误我们之事。"船家道："晓得，晓得！"余谦揭起两块船板，将两副行李、两口宝剑、两柄板斧俱拿上来，仍将船板放下，拿一副行李放在里边，骆大爷倚靠。余谦把船门关闭，将自己行李靠船门铺放，自己也连衣倚靠。骆大爷身边两口宝剑，自家身边两把板斧。暗想道："就是歹人也得从船门而入，我今倚门而卧，怕他怎的！"因此放心与骆大爷倚靠一会，不觉二人睡了，直至次日天明方醒。余谦睁眼一看，船内大亮。连忙起来唤醒大爷，开船门探望一会，不是昨日湾船所在，怎移在这里？船家笑道："已过江了，大叔还不知么？"余谦得知已过江，遂走向船门仔细一看，却在江边这边。进船回骆大爷道："夜间已经过江，我等尚不知道。"骆大爷道："既已过江，把驾掌叫来，问他船饭钱共该多少，秤付与他，我们好雇杭州长船。"余谦将船家唤进，问："船饭钱共该多少？秤给你们，我好雇船长行。"那船家笑答道："大叔把得多，我们也说少；要得少，大叔也说多。离此不远，有一船行主人，我同大叔到他那行内，说给多少，争不争自有安排；且大爷与大叔还要雇杭州长船，就便行内写他一只亦是便事。"骆宏勋闻他之言甚是合宜，说道："我们的包裹行李无人挑提，如何是好？"船家道："那个自然是我们船上人挑送，难道叫大叔打挑不成！"骆宏勋见船家和气，说道："如此甚好。"于是，起船板将包袱搬出，十数个船家扛起奔行而去。骆大爷身佩双剑。余谦想道："船行自然开在江边，走了这半日还不见到？"心中狐疑，问那扛包袱的人，道："走了这半日，怎还不见到？"那人道："快，快，快，不久就到的。"

走过三二里路的光景，转过空山头，方看见一座大庄院。及至门首，扛包袱之人一直走进去了。骆宏勋、余谦随后也至门首，抬头往门内一张，心中打了一个寒噤，将脚步停住，道："今到了强盗窝内了。"只见那正堂与大门并无间隔，就是这样一个大客厅，内中坐着七八十个大汉，尽是青红绿彩，五色面皮，都是长大身材。早看见门外二人，谈笑自若，全然不睬。骆宏勋对余谦道："既系船行，则是生意人等，怎么有这恶面皮之人？必非好人，我等不可进去！"余谦道："我们包袱行李已被他们挑进去，若不进去，岂不白送他了？事已到此，死活存亡也说不得了，少不得进去走走。"主仆二人迈步进门。那门下坐的人只当看不见，由他二人走进了二门。见自己包袱在天井外，挑包袱之人一个也看不见；抬头一看，只见大厅之上就有张花梨木的桌子，两把椅子，并无摆设。余谦道："大爷在厅上坐坐，等他行主。"骆宏勋走上厅来坐下，余谦门外站立。等了顿饭时候，从内里走出两个人来。余谦问道："行主人怎还不出来？"那两人道："我主人才起来哩。"竟往外边去了。又等了顿饭之时，里边有一人走出来。余谦焦躁道："好大行主！我等来了这半日，怎这等大模大样怠慢客人？"那个人道："莫忙呀！我主人才在里面梳洗哩。"说了一句，也往前边去了。候了半日之后，里边又走出一个人来。余谦大怒道："从来没见一个船行主人做这些身份！若不出来，我就搬行李走了。"那人道："我主人吃点心，就出来了。"亦赴前边去了。骆宏勋意欲走罢，又无人挑担包袱。

　　自天明时来到，直等到中饭时分，听得里边一人问道："鱼舡上送鱼来否？"又听一人回道："天未明时，他就送了三十担鱼到了。"那人道："不足中饭菜用。吩咐厨下再宰九十只鸡，百十只鸭，添着用吧！"骆宏勋、余谦二人听得此言，暗惊道："这是甚等人家？共有多少人口？三十担鱼尚不足用一顿饭菜，还宰鸡鸭添用！"正在惊诧时，只见四五个人扛着物件：一个人肩扛一个大铜算盘，一个人手拿二尺余长一把琵琶戥子，两个人同抬一把六十斤的铁夹剪。算盘、戥子放在桌上，夹剪挂在壁上。一个人说道："老爷出来了！"骆宏勋、余谦往外一看，只见一人有六十多岁年纪，脸似银盆，细嫩可爱，有一丈三尺长，身躯魁伟，头戴一个张邱毡帽，前面钉了一颗两许重的珍珠，光明夺目；身上穿一件玫瑰紫的棉袄，外有一件深蓝杭绫面子、银红湖绉里子的大衣，也不穿在身上，肩披背后；腿上一双青缎袜，元缎鞋也不拔上，拖在脚上，一步一步上厅来，也不与骆宏勋见礼,亦不与他答话,将身子斜靠在花梨桌上,一副骄傲气象。又见扛包袱的船家十数人进来,站在门旁。那行主骂道:"几时上得船,船上怎样款待,共几位客人?细细说来!"也不知船家与行主是何算法,且听下回分解。

第二十四回

酒醉佳人书房窥才郎

却说行主问船家："共几位客人？"船家用手指着骆宏勋、余谦道："客人只这两位，是昨日中饭时上的船，来时一盆净面热水。"那行主拿过算盘打上一子。船家又道："中饭九碗。"那人又打上五个子。船家道："饭后细茶一壶。"又打上一个子。"晚饭六碗。"又打了五个子。船家道："饭后细茶一壶。"又打上一子。"晚酒九盘肴馔。"又打上三个子。船家道："算盘上共打了一十二个，用三个一乘，共是三十六个子。"那主人道："后来有多少酒、饭、菜、茶水，共该银三百六十四两，船脚奉送。"骆宏勋只当取笑。那人将眼一睁，说道："哪个取笑？这还是看台驾分儿上，若他人岂止这个价钱！"骆宏勋看他竟是真话，带怒道："虽蒙两饭一酒，哪里就要这些银两？我俩盘缠短少，何以偿还？"那人道："这倒不怕的，如银子短少，就将行李照时价留下。"骆宏勋、余谦见说恶言，岂不是以势欺侮？哪里按捺得住，将身一纵，到了厅上，便怒目而视，大喝道："好匹夫！敢倚众欺寡，你看一主一仆二人，便是受欺之人否？"那个六十多岁老儿就向自家人说道："生人来家，你们也该预备兵器才是，难道空手净拳？如今他们发怒，叫老汉如今倒也无奈何，权以桌子作兵器。"遂下了一只桌子，轻轻拿起，在厅上上七下八，左插花右插花，使得风声入耳。使了一会，仍将桌子放在原处。又道："再舞一回夹剪吧！"遂将六十多斤重的一把铁夹剪拿起，亦是上下左右前后舞了一会，仍放在原处。骆宏勋、余谦暗道："桌子、夹剪约略都有六十余斤，这老儿舞得风声响亮，料二人性命必丧于此！"但见那老儿放下夹剪之后，走至卷棚之下，向骆宏勋、余谦秉着手道："骆大爷、余大爷，莫要见笑，献丑，献丑！"骆宏勋闻得呼姓而称，乃说道："素未相会，如何知我贱姓？"那老儿道："我虽未会台驾，而小婿实蒙大恩。"骆宏勋惊问道："不知令婿果系何人？"那老儿道："刺客濮天鹏也。"骆宏勋主仆闻说是濮天鹏之岳，心始放下。

遂说道："向虽与令婿相会，实在邂逅之交，未有深谊。请问尊姓大名？"那老儿道："天井中岂是叙话之所，请进内厅坐下奉告。"骆宏勋终怀狐疑，哪里肯随他进内。那老儿早会其意，又道："骆大爷放心！若有谋财害命之心，昨夜在船上时早已动手；虽你主仆英勇，岂能奈船漏之何也？"骆宏勋细想："此言实无害我之心，如有歹心，这老儿英雄，进门之中那些豪杰早已将主仆拿住，岂肯与我叙话？"遂放开胆量随他进内。余谦恐主人落单，遂紧紧相随。又走进两重天井，方到内客厅。

骆宏勋抬头一看，琴棋书画、古董玩器无所不备，较之前边真又是一天下也。进得厅内，二人方才行礼，礼毕分宾主而坐，早有家人献茶。茶毕，骆宏勋道："请问老爹上姓大名？"那人道："在下姓鲍，单名一个福字，贱字自安。原系金陵建康人也，今寄居在此。在下年已六十一岁，亡室已死数年，只有小女一人，名唤金花，年交十七岁，颇通武艺，舍不得出嫁人家，招了一个女婿濮天鹏。在下见他在外游手好闲，无有养身之技，故我要他百金聘礼方与之成亲。不料他前赴扬州卖拳，又被奸人栾镒万请去代他雪耻。这个冤家不知高低，也不访问贤主仆是何等之人，便满口应承。日间曾在教场与余大叔比武，已经败兴，就该知道。总因爱财心重，夜间又到尊府行刺，又被大爷获住，不唯不加罪责，反赐重财以成婚姻大事，此恩无由得报。自小婿回来之日，在下即叫人在府上探信，听得大爷期于昨日起身赴杭招亲，必从此地经过，亲身向前叙留，谅大驾必不肯来相会，故此想法请至舍下，代小婿以报大恩。进门又不敢明言，故出大言相问，以观贤主仆之胆气如何？身居虎穴，并无惧色，尚欲争问，真名不愧矣！小女小婿成亲数日，特请大爷来吃杯喜酒！"骆宏勋闻了这些言语，方释疑惑之心。问道："濮姑爷现在哪里？"鲍自安道："近闻北直新选了个嘉兴知府，不知是哪个奸臣之子？不日即至此地。不瞒大爷说：凡遇奸臣门下之人或新赴，或官满回家，从未叫他过去一个。因恐此信不真，伤了忠臣义士，故叫小婿前去打探；已去了两日，大约明日也就回来了。"鲍自安见余谦侍立骆宏勋之旁，不觉大笑道："大叔真忠义之人，我将实言直说了一遍，他还寸步不离。好痴子，还不放心前边坐坐去，只管在此岂不站坏了！"余谦道："不妨的。"鲍自安吩咐人来，将余大叔留在前边坐去。又对余谦道："余大叔，你到前边只可闲谈取笑,切莫讲枪论棒。你先进门时,也看见前面那些人的嘴脸了,其心都狠得紧哩!细话我慢慢地再告诉你。"已有人将余谦引到前边去了。骆宏勋又问道:"方才老爹出来之时说:三十担鱼尚不足一饭之用,敢问府上共有多少人口?"鲍自安才待奉告,见家人已捧早饭上来,鲍自安连忙起身让座:骆大爷坐的客位,鲍自安坐的主席。余谦前边自有人管待,不必深言。

且说鲍自安同骆宏勋饮酒之间,鲍自安道:"方才说三十担鱼不足一饭之菜,这倒也非妄言,实不瞒大爷说,在下自二十岁就在江边做这道生意,先也只是只把船,有十数人,小船上有三四人,折算起来也有七八十人。你来我去不能全在家中,如全来家真不足一饭之用。舍下现在人口:我与小女两个,家内计有男女四十个,还有先前大爷进门看见的那一百听差之人,常吃饭者共一百四十二口。哪里能用这些鱼?不过是信口言语,以动大爷之心耳。"一问一答,鲍自安应答如流,真博古通今之士,无一不晓。骆宏勋暗想道:"此人惜乎生于乱世,若在朝中,真治世之能臣也。"用饭之后,骆宏勋欲告辞赴杭,鲍自安道:"大爷此话多说了,不到舍下便罢,既来舍下,岂肯叫你匆匆就去之理!就在舍下住得十日半月,也不误赘亲之事。待小婿回家,同小女出来拜谢。"骆宏勋道:"我若在府上久住不赴杭,只恐家母心悬。"鲍自安道:"这个容易,大爷写书一封,内云在舍留玩。在下差一人送至扬州府上,老太太见书自然放心了。"骆宏勋见他留意诚切,遂修书一封,又写一信与徐松朋,交付鲍自安。鲍自安接去,叫一听差人明日早赴扬州投下。

鲍自安又整备晚饭款待,当晚又摆酒。饮酒之间,骆宏勋问道:"山东振芳花老爹认得否?"鲍自安道:"他乃旱地响马,我乃江河水寇。倘旱道生意赶下,他就通信让我;倘江河生意登了岸,我就通信让他。不独相识,且是最好弟兄。"骆宏勋遂将桃花坞相会,与王伦争斗,王、贺通奸;任世兄被害,花老爹劫救,下扬州说亲,四望亭捉猴,索银结恨,前后说了一遍。鲍自安道:"花振芳妻舅向来英勇遍闻,吾所素知。"鲍自安又敬骆宏勋酒,骆大爷酒已八分,遂告止。鲍自安道:"既大爷不肯大饮,亦不敢谆敬。"遂吩咐内书房张铺,将骆大爷包袱行李都封锁空房里边,另拿铺盖应用。家人秉烛,鲍自安请骆宏勋进内,又走了两重院子,方到内书房。里边床帐早已现成,骆大爷请鲍老爹后边安息。鲍自安遂辞了出来,问家人道:"余大叔床铺设于何处?"家人道:"就在这边厢房里,余大叔已醉,早已睡了。"鲍自安道:"他既安睡,我也不去惊动他。"走回后边,见女儿鲍金花在房独饮等候。一见爹爹回来,连忙起身,问道:"骆公子睡了么?"鲍自安道:"方才进房尚未安睡,叫我进来,他好自便。"对金花道:"这骆宏勋不独武艺精通,而且才貌兼全,怪不得花振芳三番五次要将女儿嫁他。我见你若不定濮天鹏,今日相会亦不肯放他。"又道:"女儿,你可归房去吧!为父亦要睡了。"鲍自安说了即便安睡。鲍金花领了父命,迈步出门。鲍自安将门关闭,上床安卧。

且说鲍金花回至自家卧房,因新婚数日,丈夫濮天鹏被父差去,今在父亲房中自饮了几杯闷酒,不觉多吃了几杯,有八九分醉意。细想父亲盛夸骆公子才貌武艺,又道花振芳三番五次要把女儿嫁他,自然是上等人物;但恨我是个女流,不便与他相会。又想道:"闻得他今赴杭赘亲,被父亲留下来,他岂肯久住于此?若他明日起身去了,我不得会他之面。似这般英雄,才貌兼全之人,岂可当面错过!"踌躇一番,道:"有了,趁此刻合家安睡,我悄悄去偷看,果是何如人也?如他知觉,我只说请教他的枪棒,有何不可!"这佳人算计已定,迈动金莲悄悄往前去了。正是:

　　醉佳人比武变脸,美男子守礼避身。

毕竟不知鲍金花潜至前面,可会得骆宏勋否,且听下回分解。

第二十五回

书房比武逐义士

却说鲍金花悄悄地来至前边,到骆宏勋宿房以外。见房内灯火尚明,而房门已闭,怎能看见骆宏勋之面?欲待推门,男女之别,夤夜恐碍于礼;欲待转回,又恐他明日赴杭,则不能相见。因多饮了几杯酒,面皮老些,胆气大些,上前用手推门,竟是关着的。

且说骆宏勋自鲍老儿去后,在房中坐下,想起今日之事好险!若非赠金一举,今日落在他家,怎能保全性命?以后出门,勿论水陆,务要认人要紧。又想道:"这鲍老儿世上人情无一不通,及至谈论,且长人学问。"想了一会,起身将门闩上,坐在床边卸脱鞋袜。正脱下一只袜子,只听房门响亮,似有人推门。忙问道:"何人推门?"鲍金花答道:"是我。"骆宏勋闻得妇女声音,心中惊疑,自道:"闻得鲍老家只有父女二人,其余者皆婢奴也。今夤夜到此,却是何人?"又问道:"我已将睡,来此何事?"鲍金花道:"奴乃鲍金花也。闻得骆大爷英勇盖世,武艺精奇,奴家特来领教!"宏勋闻得是鲍姑娘,不敢怠慢,连忙将脱下的那只袜子又穿上,起身将衣服整理整理,用手将门开放。鲍金花走进门来,将骆宏勋上下一看,见他真个好个人品模样!怎见得?有诗为证。诗曰:

虎背熊腰丈二躯,尧眉舜目貌精奇;
今朝翩翩佳公子,他年凌阁定名题。

骆宏勋举目一观,见鲍金花生得不长不短,中等身材,其实生得相称。怎见得?亦有几句诗赞为证,诗曰:

淡扫梨花面,轻盈杨柳腰;满脸堆着笑,一团浑是娇。

鲍金花进得门来,向骆宏勋说道:"拙夫蒙赠重金,我夫妻衷心不忘。今特屈驾草舍,以报些须,大爷请台坐,受奴家一拜!"宏勋道:"向与濮兄初会,不知鲍府乘龙,多有怠慢;毫末之助,怎敢言惠。今蒙老爹盛馔,于心实在不安,'叩拜'二字何以克当。"宏勋正在谦逊,鲍金花早已拜下。宏勋顶礼相还，拜过之后，两边分坐。鲍金花道："今大驾到舍，奴特前来，一则叩谢前情，二则欲求一教，不知大爷肯教否？"宏勋道："尊府乃英雄领袖，姑娘武艺精通，怎敢班门弄斧！"鲍金花道："久闻大名，何必推辞。"鲍金花举目看见书房门后，倚着两条齐眉短棍，站起身来用手拿过；递与骆宏勋一条，自持一条，谆谆求教，骆宏勋不好推辞。此时正是十月中旬，月明如昼，二人同至天井中比武：你来我去，你打我架。他二人此一番，正是：

英女却逢奇男子，才郎月下遇佳人。

正是男强女胜，你夸我爱。比较多时，骆宏勋暗道："怪不得她父称她颇通武艺。我若稍怠，必被这个丫头取笑。谅她必是瞒父而来，今日此戏何时为止？不免用棍轻轻点她一下，她自抱愧，自然回去了。"踌躇已定。又比了片时，骆宏勋觑个空，用棍头照金花左手腕上一点。一则宏勋也多吃了几杯，心中原欲轻轻点她一下，不料收留不住，点得重了些；二则鲍金花亦在醉中，又兼比跳一阵，酒越发涌上来了，二目昏花，不能躲闪。值骆宏勋来，不闪不躲，反往上迎，只听娇声嫩语，道声"娘哟！"手中之棍不能支持，掉落在地，满面通红，往后去了。骆宏勋连忙说道："得罪！得罪！"见鲍金花往后去了，自悔道："她女子家是好占便宜的，今不该点她一下。倘明日她父知之，岂不道我鲁莽？"遂将鲍金花丢下之棍拾起来拿进房，倚于门后，反手将门闭上，在床边自悔。

且说鲍金花回至自己房中，将手腕揉搓，手上疼痛不止。灯下看了一看，竟变了一片青紫红肿，心中发怒，道："这个畜生好不识抬举！今不过与你比试玩耍，怎敢将姑娘打此一棍。明日他人闻知，岂不损了我之声名。"恨道："不免乘此无人知觉，奔前边将这个畜生结果了性命，省得他传言。"遂拿了两口利刀，复奔前边而来。

看官：这鲍金花自幼母亲去世，跟随父亲过活，七八岁上就投师读书，至十三四岁时，诗词歌赋无所不通。因人大了，不便从师，就在家中习学女红针黹[1]。她父亲鲍老乃系江湖中有名水寇，天下来投奔他者多。凡来之人不是打死人的凶手，即是大案逃脱的强盗。进门之时，鲍自安就问他，会个什

---

[1] 针黹：针线；刺绣。

么武艺？或云枪、云剑，都要当面舞弄一番。鲍金花在旁，父亲见有出奇者，即传她。那人知道他是老爹的爱女，谁不奉承？个个倾心吐胆相授，因此鲍金花十八般武艺件件精通。今日若非酒醉，骆宏勋怎能轻取她之胜！她心中不肯服输，特地前来。此一回来非比前番是含羞偷行，此刻是带怒明走。骆宏勋尚在床边坐着，只听得脚步声音，又似妇女行走之态，非男子之脚步，心内猜疑，道："难道是这个丫头不服输，又来比高低不成？"正在猜疑，只听房门一声响亮，门闩两段，鲍金花手持两口明晃晃的刀，闯进门来，骂声："匹夫！怎敢伤我！"举刀分顶砍来。幸而骆宏勋日间所佩之剑临晚解放床头，一见来势凶恶，随手掣剑遮架。骆宏勋跳到天井，一来一往，斗够多时。骆宏勋想："怎么我这等命苦至此，出门就有这些险阻！她今倘若伤我之命，则死非其所；我若伤她，明日怎见伊父？"只见鲍金花一刀紧是一刀，骆宏勋只架不还。自更余斗至三更天气，骆宏勋又想道："倘若厢房里余谦惊起，必来助我。那个冤家一怒，只要杀人，哪有容纳之量！不免我往前院退之，或者女流不肯前去，也未可知。"且战且避，退出两重大井，到了日间饮酒内厅。鲍金花哪里肯舍，仍追来相斗。骆宏勋看见客厅西首有一风火墙头不高，不免登房躲避，谅她必不能上高。遂退至墙边，跳上屋上。鲍金花道："匹夫！你会登高，谅姑娘不能登高！"也将金莲一纵，上了房子赌斗。骆宏勋跳在这厅房屋上，鲍金花随在这厅房屋上；骆宏勋纵在那个房屋上，鲍金花也随上那个屋上，计房屋也跳过了四五进，到了外边群房。真个好一场大斗，刀去剑来，互相隔架。有诗为证，诗曰：

刀剑寒风耀月光，二人赌斗逞刚强。

宏勋存心唯招架，鲍女怀嗔下不良。

且战且避，骆宏勋低头望下一观，看见房后竟是空山。只见山上茅草甚深，自想道："待我窜在草内隐避，令她不见，她自然休歇。"遂将脚一纵，下得房来，且喜茅草虽深而稀，遂隐于其中。鲍金花才待随下，心内想道："他隐于内，他能看见我，我却看不见他，倘背后一剑砍来，岂不命丧他人之手？"说道："暂饶你这匹夫一死！"见她从房上跳进里边去了，骆宏勋方步出草丛。道："这是哪里说起！"欲待仍从原房上回去，又怕那个丫头其心不休。约略天已三更余，不若乘着这般月色，在此闲步，等至天明，速辞鲍老赴杭州为要。但不知此山是何名色，且听下回分解。

第二十六回

空山步月遇圣僧

却说骆宏勋遂在空山之上步来步去，只见四围并无一个人家居住，远远见黑暗里有几间房屋，月光之下也不甚分明，似乎一座庙宇。山右边有大松林，其右一片草茅。转身观山左边，就是鲍老住宅。前后仔细一看：共计前后一十七间。心内说道："鲍老可称为巨富之家！我昨日走了他五六重天井，还只在前半截。昨日闻得他家常住者，也有一百四十二口，这些房屋觉乎太多，正所谓'富屋德深'了。"正在观看之时，耳边听得呼呼风响，一阵腥膻，气味难闻。转身一望，只见一只斑毛吊睛大虫，直入松林去了。骆宏勋见了毛骨悚然，说道："此山哪里来此大虫？幸亏未看见我，若让它看见，虽不怎样，又费手脚。"未有片时，望见一人手持钢叉，大踏步飞奔前来。骆宏勋道："贼禿哪有好人！此必剪径[1]之人，今见我只身在此，前来劫我。"遂将两把宝剑恶狠狠地拿在手中等候。及至面前一看，不是剪径之人，却是一位长老，只见他问讯说道："壮士何方来者？怎么黉夜在此？岂不闻此山之厉害乎？"宏勋举手还礼道："长老从何而来？既知此山厉害，又因何黉夜至此？"那和尚道："贫僧乃五台山僧人，家师红莲长老。愚师兄弟三人出来朝谒名山，过路于此。闻得此山有几只老虎，每每伤人。贫僧命二位师弟先去朝山，特留住于此，以除此恶物也。日日夜间在此寻除，总未见它。适才在三宫殿庙以南，遇见一只大虫，已被贫僧伤了。那孽畜疼痛，急急跑来；贫僧随后追赶，不知牲畜去向？"骆宏勋方知他是捉虎圣僧，非歹人也。遂说道："在下亦非此处人氏，乃扬州人，姓骆，名宾侯，字宏勋。"指着鲍自安的房屋道："此乃敝友，在下权住他家，今因有故来此。"那长老道："向年北直定兴县有一位骆游击将军骆老爷亦系广陵扬州人也，

---

[1] 剪径：拦路抢劫。

但不知系居士何人？"骆宏勋道："那是先公。"和尚复又回道："原来是骆公子，失敬！失敬！"宏勋道："岂敢！岂敢！适才在下见只大虫奔入树林内去了，想是长老所赶之虎也。"那和尚大笑道："既在林中，待贫僧捉来！公子在此少待，贫僧回来再叙说。"持叉又奔林中而去。骆宏勋想道："素闻五台山红莲长老有三个好汉徒弟，不期今日得会一位，真意外之幸也。"

正在那里得意，耳边又听得风声呼啸，原来只当先前之虎又被和尚追来，举目一看：又见两只大虫在前，一位行者[1]在后，持了一把钢叉如飞赶来。那两只大虫急行，吼叫如雷，奔入先前宏勋躲身茅草穴中。骆宏勋惊讶道："幸我出来，若是仍在里边，必受这大虫之害。"只见那位行者追至茅草穴边，叉杆甚长，不便舞弄，将叉一抛，抖个碗口大小，认定虎胁下一下刺去，虎的前爪早早举起。他复将身一纵，让过虎的前爪，照虎胁下一拳，那虎"咯冬"卧倒，复又大吼一声，后爪蹬地，前爪高高竖起，望那行者一扑；又转身向左一扑，向右一扑，虎力渐萎，早已被那行者赶上，用脚踏住虎颈，又照胸胁下三五拳，虎已呜呼哀哉！那行者又向茅草穴边拾起钢叉，照前刺去，只见那只大虫又呼地一声蹿出草穴，往南就跑。行者亦持叉追之三五步，将叉掷去，正插入虎屁股之上。大虫呼的一声，带叉前跑，行者随后向南追赶去了。宏勋暗惊道："力擒二虎，真为英雄！可见天下大矣！小小空山，一时就遇这二位圣僧，以后切不可自满自足，总要虚心谦让为上也！惜乎未问这位圣僧一下。"

正在赞美，又见先前那个和尚一手持叉，一手拉着一只大虫走将前来，道声："骆公子，多谢指引，已将这孽畜获住了，骆公子请观一观。"宏勋近前一看：就像一只水牛一般，其形令人害怕。遂赞道："若非长老佛力英雄，他人如何能捉！"和尚道："阿弥陀佛！蒙菩萨暗佑，在此三月工夫，今始捉得一只。还有两只孽畜，不知几时得撞见哩？"骆宏勋道："适才长老奔树林之后，又有一位少年长老，手持钢叉追赶二虎至此，三五拳已打死一只。"用手一指，说道："这个不是！那只腿上已经中了一叉，带叉而去，那长老追赶那边去了。惜乎未问他个上下！"和尚大喜道："好

---

[1] 行者：佛教寺院里未经剃度的佛教徒。

了！好了！他今也撞见那两个大虫，完我心愿。"

骆宏勋道："长者亦认得他？"和尚道："他乃小徒也。"

正叙话之间，那行者用叉叉入虎腹，叉杆担在肩，担了来了。和尚问道："黄胖，捉住了么？"那行者道："仗师父之威，今日遇见两个大虫，已被徒弟打死了。可惜那只未来，若三个齐来，一并结果了他，省得朝朝寻找。"和尚道："那只我已打死，这不是么！"那行者道："南无阿弥陀佛！虎的心事了了。"和尚道："骆公子在此。"行者道："哪个骆公子？"和尚道："定兴县游击将军骆老爷的公子。"行者忙与骆宏勋见礼。和尚道："骆公子既与鲍居士为友，因何黄夜独步此山？"骆宏勋即将与鲍金花比武变脸，越房隐避之事说了一遍，"欲待翻房回去，又恐金花醉后其心不休，故暂步于此山，待天明告辞赴杭。不料幸逢令师徒，得遇尊颜。"和尚道："三官殿离此不远，请至庙中，坐以待旦如何？"骆宏勋道："使得！"和尚肩背一只大虫，这行者又担两只猛虎，骆宏勋随行。

不多一时，来至庙门，和尚将虎丢在地下，腰内取出钥匙开了门，请骆大爷到大殿坐下。黄胖将虎担进后院放下，又走出将门前一虎亦提进，仍将庙门关闭。和尚吩咐黄胖道："煮上斗把米的饭，白菜萝卜多加上些作料，煮办两碗。我们出家人，骆大爷他也不怪无菜，胡乱用点。"宏勋一夜来肚中正有些饥饿，说道："在下俗家，长老出家。在下尚未相助香灯，哪有先领盛情之理？"和尚道："此米麦、柴薪亦是鲍居士所送，今虽食贫僧之斋，实扰鲍居士也！"骆宏勋又道："既蒙盛情，在下亦不敢过却，此时只得我等三人，何必煮斗米之饭？"和尚道："这不过当点心。早晚正饭时，斗饭尚不足小徒一人自用哩。"骆宏勋道："此饭量足见此人伏虎如狗也！"黄胖自去下米煮饭做菜，不待言矣。骆宏勋问道："请问长老贤师的法号？望乞示知。"和尚道："贫僧法名消安，二师弟消计，三师弟消月，小徒尚未起名，因他身长胖大，又姓黄，遂以'黄胖'呼之。"且不讲骆宏勋同消安二人谈叙。

且说余谦醉卧一觉，睡至三更天气方醒，自悔道："该死，该死！今日初至鲍家，就吃得如此大醉，岂不以我为酒徒！且大爷不知此刻进来否？我起来看看。"爬将起来，走出厢房。先进来时虽然有酒，却记得大爷床铺在于书房。房内灯火尚明，房门亦未关闭，迈步走进内室，空无一人，还只当在前面饮酒未来；又走向内厅，灯火皆熄。惊讶道："却往何处去了？"回到书房仔细一看，见床上有两个剑鞘，惊道："不好了！想这鲍自安终非好人，自以好言抚慰，将我主仆调开，夜间来房相害；大爷知觉，拔剑相斗。但他家强人甚多，我的大爷一人如何拒敌？谅必凶多吉少。"遂大声吆喝，高声喊道："鲍自安老匹夫！外貌假仁假义，内藏奸诈，将我主仆调开，夜间谋害，速速还我主人来便了，不然你敢出来与我斗三合！"他从书房外面吵到后边。有诗赞他为主，诗曰：

  为主无踪动义胆，却忘身落在龙潭。

  忠心耿直无私曲，气冲星月令光寒。

却说鲍自安正在梦中，猛然惊醒，不知何故有人喊叫，忙问道："何人在外大惊小怪？"余谦道："鲍自安老匹夫，起来！我与你弄他几合，拼个你死我亡。"鲍自安闻得是余谦声音，心中大惊，自说道："他有个邪病不成？我进来时他醉后已睡，此时因何吵骂？"连忙起身穿衣，问道："余大叔已睡过，如何又起来？"余谦道："不必假做不知！我主人遭你杀害，不会不知，快些出来拼几合。"鲍自安闻说骆大爷不知杀害何处，亦惊慌起来，忙把门开开，走出来相问。余谦见鲍自安出来，赶奔上前，举起双斧分顶就砍。正是：

  因主作恨拼一命，闻友着惊失三魂。

毕竟鲍自安性命如何，且听下回分解。

第二十七回

自安寻友三官庙

却说余谦一见自安走出来，赶奔前来，举起双斧分顶就砍。自安手无寸铁，见来势凶猛，将身往旁边一纵，已离丈把来远。自安说道："余大叔，且暂息雷霆，我实不知情由，慢慢讲来。"余谦道："我主仆二人落在你家里，我先醉卧，我主人同你饮酒，全无踪迹，自然是你谋害来；你只推不知，好匹夫哪里走！"迈步赶来。只见鲍金花手持双刀，从房里跳将出来，喝道："好畜生，怎敢撒野！你主人以棍伤我手腕，你今又以斧伤我父。莫要行凶，看我擒你！"金花、余谦二人乃在天井中刀斧交加，大杀一阵。鲍自安见女酒尚未醒，听见女儿说"以棍伤他手腕"，一定是女儿偷往前边，计较比试之时，被骆宏勋打了一下。素知女儿总不服输，变脸真斗；骆宏勋乃是精细之人，不肯与她相较，隐而避之。遂远远向着余谦打了一躬，说道："我老头儿实在不知，乞看我之薄面，暂请息怒，待我寻大爷要紧。"又喝金花道："好大胆的贱人，还敢放肆！"余谦见鲍老赔礼，又喝骂女儿，遂两下收住兵器。自安问女儿道："你方才说骆大爷棍伤你手腕，你把情由慢慢讲来。"鲍金花含怒道："女儿闻他英名盖世，特去领教。他不识抬举，大胆一棍，照我手腕伤之，至今疼痛难禁，已成青紫。又被女儿持刀争斗，他越房逃入空山去了。女儿之气方才得出，余谦这畜生反来撒野。待我先斩其仆，后斩其主。"说毕，又举刀要争斗。鲍老大喝道："好贱人，还不回房，等待何时！骆大爷系何等英雄，不肯与你计较，岂怕你而避。但空山之上有三只大虫，往往伤人，骆大爷如有些损伤，叫我怎见天下之义士！"金花被父禁责，含怒回房。

余谦闻说空山有三只大虫，大爷如避其山，必然性命难保。不由得大怒，骂道："明明串同共害，做出这些圈套。我总与你拼了这条性命罢了！"鲍自安道："大叔错想了，我若有心相害，你先醉卧之时久已谋害了，还待你醒来？我们闲话少说，莫要耽误了时刻，速速着人上山找寻大爷要紧。倘有不测，大叔再骂不迟！"余谦道："且容你去寻找，如有损伤，回来再与你讲。"余谦这一吵闹，后边所用四十个男女、前面听差的一百英雄，俱皆惊起问信。鲍自安带了二十个听差之人，开放大门，往空山而来。前前后后、左左右右，寻找了两个周圆，不见踪迹，心中甚是惊慌。又想道："即被大虫之害，到底有点形迹；且骆大爷英明之人，即遇见只大虫，也未必就遭其害。"寻来找去，天色已将发白，来到三官庙前。鲍自安道："有了消息了，消安师徒夜夜在山捕虎；再者见人必然动问，或者知道骆大爷去向亦未可知。等我问他一问。"遂上前敲门。黄胖在厨煮饭，消安起身开门。一见鲍自安一脸愁容，带领了二十余人，忙忙问道："老师，今夜遇见一人否？"消安道："莫非骆公子？"鲍自安大喜道："正是。"消安道："现在殿上吃茶呢。"鲍自安一众人进内，消安将门关闭，来至大殿，骆宏勋早已迎出。鲍自安向宏勋谢罪："小女无知，多有冒犯，几乎把老拙吓死！"骆宏勋道："山中步月，幸遇长老师徒；又蒙赐斋，故未回府，使老爹受惊。有罪！有罪！"鲍自安道："我所惧者非别，此山有几只大虫，恐惊大驾。"骆宏勋遂将消安师徒英勇，世上罕闻说之。消安道："蒙菩萨暗中护佑，故而擒之，非愚师徒之能也！"

正说之间，黄胖饭菜已熟，捧上大殿，鲍自安同食。须臾吃毕之后，鲍自安道："恶虫已经令贤师徒除害，慈愿已遂，真喜事耳！舍下今备菲酌，请大驾过舍，一则与老师贺喜；二则与骆大爷相谈！"消安道："愚师徒戒荤已久，恐席上不便。"鲍自安道："晓得，晓得！自有素筵款待。"又道："虎肉乞赐些须，令人庖制，奉敬骆大爷。"消安道："有，有，有！后边现卧三只，愚师徒要他无用，居士[1]令人剥下皮，尽皆取去。"鲍自安命随来之人，拿利刀刺剥后拿去。消安、骆宏勋先行，消安又吩咐黄胖："等候大虫剥完，锁上殿门，再赴居士家领斋。"说罢，二人同鲍老出庙而行，直望鲍府而来。骆宏勋在路暗想："余谦这个匹夫，难道醉死了！鲍家许多人来寻找，反不见他。"

及至鲍家庄上，天已早茶时候。过了护庄桥，只见余谦手持双斧，

---

[1] 居士：在家信佛的人被称为居士。

在大门外跳上跳下,在那里大骂。骆宏勋道:"这匹夫早晨又吃醉了,不知与何人争闹?"鲍自安道:"夜间若非老拙躲闪得快,早为他斧下之鬼!"将夜间吵骂之事说了一遍,"在我房外怒骂,我不知道,问其所以,方知小女得罪,大驾躲至空山。恐大虫惊吓大驾,哀告余大叔暂且饶恕,让我带人寻找;倘有不测,杀斩未迟,他老人家才放我出来。至今不见大爷回来,只当大爷受害,故又跳骂了。"骆宏勋道:"有罪!有罪!待我上前打这畜生。"鲍自安道:"我与大爷虽初会,实不啻久交,哪个还记怪不成!正是余大叔忠义过人,胆量出众。非老拙自赞,即有三头六臂之徒,若至我舍下,也少不得收心忍气。余大叔今毫无惧色,尚拼命报主,非忠义而行么?且莫拦他,倘看见大爷驾回,自不跳骂了。"离庄不远,余谦看见骆大爷同二人回来,满心欢喜,住了跳骂,遂垂手侍立等待。三人走到门首,鲍自安向余谦道:"余大叔,你今主人今日好好地在此,你可饶了我老头儿命吧!"余谦道:"该死,该死,得罪,得罪!"亦随了进来。三人到了内客厅,重又见礼,分宾主而坐,家人献茶。吃茶之时,黄胖同了剥皮人众俱进来,担了多少虎肉。鲍自安将黄胖师父请上客厅序坐,吩咐将虎肉挑进厨房烹调。又吩咐:另整备一桌洁净斋饭。分派已毕,陪人坐谈。骆宏勋道:"空山低小,且离江不远,人迹闲杂之所,如何存得三只大虎?"鲍自安道:"此虎来日不久,约计三个年头,乃柴舡上载来一只雌虎,至此卸柴躲避下来。哪知它腹内怀孕,后来生下两只小虎,因此成其三只。今被二位老师一同除此一方之害,功德无量矣!"

正叙谈之间,门上人进来禀道:"启老爷得知:看远远来了六骑牲口,花振芳老爷、娘子等五人,还有一位黑面红须却不认得,将近已到庄前,特禀老爷知道。"鲍自安大笑道:"来得正好,大家一会,亦可谓英雄聚会了。"便问消安师道:"山东花振芳,老师可会过否?"消安道:"虽未会面,却闻名久矣!"鲍自安道:"那一位黑面红须,却是哪个?"骆宏勋道:"既与花老爹同来,必是世兄任正千了。"鲍自安道:"一定是任大爷无疑矣!消安师少坐,我同骆大爷出迎。"消安道:"既是二位出迎,我师徒岂有坐待之礼,大家同去走走。"于是四个人同至大门。究竟不知会见有何话说,且听下回分解。

第二十八回

振芳觅婿龙潭庄

话说四人同至鲍府大门口,早见六骑牲口已过护庄桥,离庄不远。花老一众见鲍、骆同两个和尚出来,遂各下了牲口,手拉丝缰,步行至门口。任、骆相见,个个洒泪。众人揖让而进至内厅,各自见礼,分坐献茶。花振芳向骆宏勋道:"昨日同任大爷至府间,老太太说:大驾前日赴杭,即欲就回家。老太太谆谆赐宴,又将徐大爷请来作陪。昨晚家报到府,方知大驾留于鲍府,今早奔赴前来一会。"骆宏勋道:"前日路过此地,蒙鲍老爷盛情,故而在此。不知老爹至舍,失迎,失迎!"鲍自安、任正千、花振芳、消安师徒、巴氏弟兄,彼此通名道姓,各道了"闻名久仰"的言语。叙谈已毕,家人禀告:"虎肉已熟,肴馔素斋俱已齐备,请老爹安席。"鲍自安吩咐拿酒,设了三席:两席荤席,一席素席。首坐花振芳,二坐任正千,三坐巴龙,四坐巴虎,五坐巴彪,六坐巴豹,七坐骆宏勋;主席是鲍自安相陪,消安师徒但在素席。酒过数巡,肴上几味,只见荤席上,家人捧上了两大盘虎肉。花老问起来历,鲍自安将昨晚睡后,"小女与骆大爷比武,骆大爷躲上空山,相遇消安师徒,力擒三虎;今夜我至三官庙,相邀来舍"的情由说了一遍。又道:"任大爷同巴氏贤昆仲,老拙相请怕不至!只你这孽障眼光偏长,今日弄一稀珍之物,并不能偏你。"花老道:"这还算你孝顺我老人家!我未至,你就办此异味候我。"大家笑了一回。虎肉比牛肉膻,任、骆二人不过些微动动,就不能吃了。他六位英雄吃了两盘,又添两盘,好不厉害。三只虎肉被鲍自安家中一顿食,早已完了。

酒饭已毕,大家起来散坐。花振芳同鲍自安走至这一边,遂将今来特为女儿姻事之语告诉一番,叩烦鲍自安同任正千作伐,鲍自安应允。遂与任正千约同做媒的话,邀骆宏勋至外言之。骆宏勋道:"我向日已经回过:待完过正室之后再议。今日怎又谆谆言之?"任正千道:"世弟不知,花小姐感你四望亭救命之恩,立誓终身许你。见你不允,一旦气闷于心中,又兼四望亭惊吓过,回家得了大病,无论寤寐之间,总言世弟大恩难报。花老夫妇见女儿终身决意许你,宽慰女儿道,得愚兄病好,央我作媒,保亲必成!花小姐知愚兄与世弟不啻同胞,言无不听,以此稍开心怀,而病势痊可。今值愚兄贱恙痊可,携同巴氏造府,不辞千里而来,二议其亲,世弟从之为是也!"鲍自安道:"任大爷之言甚是有理。今天下英士多多,花老父女之意在大驾身上,三番二次登门相求,此乃前缘天意也,骆大爷当三思之!"骆宏勋道:"蒙情做媒,二公之意不薄我矣!但妻妾之事非我志也。烦二公说道老爹:或桂家女儿今日死了,我则聘他女儿为妻,如今欲我应承,万万不能。"回言毕,复同进客厅。

鲍自安邀出花振芳,先将骆宏勋决绝之言相告。把个花振芳气得面黄唇白,说道:"这个小畜生,好不识抬举!你既不允,谅我女儿必是一死;我女既死,我岂肯叫你独生!我将十三省内,弄十三件大案在小畜生身上,看他知我的厉害!"鲍自安忙止道:"不可,不可!若此一举,令爱皆有性命之忧:既爱此人,又何忍杀他!小小年纪,又是公子性格,哪里比得你我经过大难。依我之见……"便附花老之耳说道:"此事须如此如此,这般这般,就把他摆布了,那时不怕他不登门求亲!两命无亏,终成好事。据你看,使得使不得?"花振芳闻得鲍老之言,改忧为喜,说:"此计可好!"二人复又来至客厅,与众谈论自若,一毫不形于脸。

及至中饭时摆中饭,仍是两席荤,一席素,一同饮酒。饮酒之间,鲍自安向花振芳道:"你向日在定兴,怎样劫救任大爷?你可从头细细禀我知道,如若有功,自有重赏。"花振芳道:"我的儿,听我道来!"遂将二更相约捉奸,回庙看火失信;次日任正千大爷被诬,夜间劫救,及至西门复至王伦家杀奸,一时慌迫,竟错杀二人,西门挂头被人看见,急缒下城,雇夫子抬至山东,说了一遍。消安极口称赞,道:"难得!难得!"鲍自安冷笑道:"据你说得津津有味,一个人劫禁牢,今古罕有之事。依我评来,有头无尾,有始无终,判打一二百嘴掌!"花振芳道:"你说我怎么有头无尾,有始无终?"鲍自安道:"侍立一旁,听我老人家教训。若说杀奸错误,因时迫忙,这不怪你。只是既然知错后,仍该将奸淫杀来!"花振芳道:"你知其一,不知其二。挂头之时,天已发白;若再复杀,王家人等岂不知觉了！我有何惧？而任大爷身带重伤偃卧城脚的，若被捉，岂不反害任大爷？"鲍自安道："放屁！胡言！想等到天明事重，而杀奸事轻！这半年光景，还是日迫时促？你就该仍到定兴，将奸淫杀了，任大爷之冤始出，这就算有始有终也。劫牢之后，定兴自然差人赶拿，因你胆小，不敢再到定兴县了。你且说：我说的是与不是？"花振芳自想道："彼时之迫，后来也该再去。怪不得今日这个老儿责备。"说道："真正我未想得到此，不怪你责。"鲍自安笑道："你既受教就罢了。任大爷与你相好，今日我既相会，也就不薄。前半截你既做了，后半截该是我办了。我明日到定兴走走，不独将奸夫淫妇杀之，还要将王伦家业尽皆盗来，以补任大爷之原业。"任正千道："晚生何德，承二位老师关切，虽刻骨难忘！"花老道："任大爷且莫谢他，只见他的口，未见他的手。待他一一照言做了，再谢他不迟！"鲍自安道："我二人拍掌为赌：我能如言一一做来，你当着众人之面，磕我四个头；若有一件不全，我亦当众人之面，磕你四个头。何如？"二老正要拍掌，只见外边又走进二位英雄，众人皆站起身来相让。鲍自安道："不敢惊动，此乃小婿濮天鹏。"濮天鹏一见骆宏勋在坐，连忙上前相谢赠金之恩。骆宏勋以礼相答。又问："那位英雄是谁？"濮天鹏道："此乃舍弟濮天雕也。"宏勋立着见了礼。花老妻舅、消安师徒，素日尽皆认得，不要通名道姓，不过说声"久违了！"任正千乃系初会，便见礼通名。弟兄二人与众分宾主坐下两席。

鲍自安问道："探听果系何人？"濮天鹏道："乃定兴县人氏，姓王名伦，表字金玉。父是现任吏部尚书，叔是现任礼部侍郎。因目前初得职，初任嘉兴府知府。眷属只带了一个爱妾贺氏，余者家奴十数人，家人倒有二十多丁。早饭时尚在扬州，大约今晚必至江边。故速速回家，禀爷知道！"任正千听得"爱妾贺氏"四个字，不觉面上发赤起来。鲍自安得意道："花振芳，你看我老人家的威力如何？正要打点杀他，不料他自投我手，岂不省我许多工夫！且先将奸淫捉获，后边再讲盗他家财！"又对濮天鹏道："任大爷、骆大爷，乃是世兄弟；骆大爷又是你之恩人，一客不烦二主，吃饭之后，少不得还劳贤婿过江，将奸淫捉来！只对水手说，至江心不必动刀动枪，将漏子拔开，把一伙男女送入江中。要把奸夫淫妇活捉将来，叫任大爷处治。任大爷之怨气方才得伸，而骆大爷之恩，你亦报答了也！"

濮天鹏满口应承。任、骆二人回道:"濮姑爷大驾方回,又烦再往,晚生心实不安,奈何?"鲍自安道:"当得,当得!"众人因有此事,都不肯大饮,连忙用饭。吃饭之后,濮天鹏起身要往后边去,鲍自安叫回,道:"还有一句话对你讲:'君子不羞当面',你晓得昨晚金花前来与骆大爷比试?"便告诉濮天鹏一遍。"我此刻当面言明,不过要明骆大爷之教,并无他意,勿要日后夫妻争闹至门,此乃我们之短!"濮天鹏满面带红,往后去了。有诗为证,诗曰:

爱婿须向内情看,只因女过不糊含。
今朝说破胸襟事,免得夫妻后不安!

进了后边,夫妻相见,自古道新婚燕尔,两相爱慕,自不必言矣。濮天鹏见天色将晚,恐误公差,虽然是难舍难分,不敢久恋。遂连忙来至厅前,告别众人赶过江不言。且言鲍自安向众人道:"诸公请留于此,专等佳音!"又吩咐濮天鹏道:"千万莫逃脱奸淫!"濮天鹏答应:"晓得!"独自出门过江去了。正是:

得意老儿授计去,专候少刻佳音来。

毕竟王伦、贺氏被濮天鹏捉来否,且听下回分解。

第二十九回

宏勋私地救孀妇

却说鲍自安遣了濮天鹏去后,大家叙谈了一会,将晚,又摆夜宴。众人皆因有此事,总不肯大饮,鲍自安亦不谆劝。消安师徒告别回庙,鲍自安吩咐列铺,尽皆此地宿歇。次日起身,用了些点心。及至早饭时节,又摆早筵。饮酒之间,鲍自安得意道:"此时小婿也该回来了!"又叫花振芳道:"此刻小婿捉了奸夫淫妇回来,任大爷之事也算完了一半;所缺者家业未来,你先与我老人家磕两个头,待复了任大爷之家业,再磕那两个头。"花振芳道:"昨日原说在定兴做完这些事,我才算输;今他自来,就便捉擒,非你之能也,何该磕头之处!"鲍自安道:"该死,这牲口!事还在那里未来,今就改变了!"任大爷道:"二位老师所赐者,乃晚生之事,理该晚生叩谢!"

大家在谈论,只见濮天鹏走进门来。鲍自安忙问:"事体如何?"濮天鹏道:"昨晚过江,等至更余,总不见到。遂着人连夜到扬州打探。回来说:'南京军门系他亲叔。昨日早饭后,自仪征到南京拜亲,从那一路往嘉兴去了。'故今早过江来,禀老爷知道!"鲍自安闻得此言,好不扫兴,紧皱眉头,不言不语,坐在一边思想。花振芳道:"幸而方才我未磕头,倘若磕了头,我老人家的债是惹不得的:一本三利,还未必是我心思。想你过于说满了!"鲍自安道:"你且莫要笑,我既然说出,一定要一一应言。不过他二人阳寿未终,还该多活几日,终是我手中之物,还怕他飞上天去?为今之计,无有别说,贤弟还有昨日所言之事,请驾自便。任大爷、骆大爷同小婿兄弟二人,再带十个听差的,坐大船二只,伺候同到嘉兴走走。我素知嘉兴府衙左首,有个普济庵,甚是宽阔。你众人到嘉兴之时,将船湾在河口,你等十五人借庵宿歇,以便半夜捉住奸夫淫妇上船,将他细软物件一并带着。屈指算来,往返也不过十日光景。"又道:"任大爷莫怪我说:你进城时候,将尊容略遮掩些,要紧!要紧!恐他人惊疑。"

说话之间，饭已捧来，众人用过。花老妻舅告辞，鲍自安也不留。他向任正千说："任大爷，嘉兴回来之日返回舍下，就说我等不日亦回！"又附耳说道："到家只说那事已成，莫使我女儿挂怀！"任正千点头道："是！"又向鲍自安耳边说道："嘉兴回来，就叫任正千回山东去，省得在此漏信。"鲍自安答道："晓得！"一拱而别。骆宏勋也只当他们各有私事，毫不猜疑。

回至厅上，商议去嘉兴之事。鲍自安叫了自家两只大船，米面柴薪，带足来回的食用，省得下船办买，被公人看出破绽。各人打起各人包裹，次日绝早上船，赶奔嘉兴去了。

及至嘉兴北门外，将船湾下，带了几个行李，余者尽存船上。一直来至府衙左首，果有一个大庙，门额上一个横匾，上有三个金字"普济庵"。众人进内一看，庙宇虽大，却无多少僧人。只有一个和尚，两个徒弟。徒弟俱皆小哩，不过二十上下，还有一个烧火的道人。濮天鹏秤了三两银子的香资，还赏了道人五钱银子，借了他后边三间厢楼住歇。吃食尽都在外边馆内包送，又不起火，和尚道人甚是欢喜。濮天鹏故作不知，问和尚道："府大爷是哪里人氏？"和尚道："昨日晚上到的任。说姓王，闻是北直人，未曾细问是哪一县，哪一镇。贫僧出家人，也不便谆谆打听他。"濮天鹏闻得王伦已进了衙门，心中甚喜。临晚之间，大家用了晚酒，个个上床睡卧，养养精神。谅王伦昨日到任，衙门中自然忙乱。一时不能安睡，专等三更时分，方才动手。众人虽睡，皆不过是连衣而卧，哪里睡得着！

骆宏勋之床正对着楼后空窗，十月二十边起更之时，月明如昼。骆宏勋看见楼后一户人家，天井之中站着一条大汉，有丈余身躯，褡包紧系腰中，在那里东张西望。暗道："此必是强盗，要打劫这个人家了。"停了一停，又见一女人走出来，向那个大汉耳边悄悄说话。骆宏勋道："此不是强盗，又是奸情之事，必无疑矣！无论奸情、强盗，管他做什么！"

及至天交二鼓初点时候，只听得一妇人叫道："杀了人了，快快救命！"骆宏勋将身坐起，说道："诸位听见么？"家人道："何事？"骆宏勋道："方才在楼窗，看见下面那个人家天井中站着一条大汉，东张西望，料他是个偷鸡摸狗之辈，后边又来了一个妇人，在那大汉身边说了几句言语，我又料是奸情，莫要管他。此刻下边喊叫'救命'，非奸情即强盗也。可

第二十九回　宏勋私地救孀妇

恨盗财可以，怎么伤起人来了？"濮天鹏道："我们之事要紧，骆大爷莫要管他。"骆宏勋复又卧下。又听那妇人喊道："天下哪有侄子奸婶娘的？求左邻右舍速速搭救，不然竟被这畜生害了性命！"骆宏勋闻得此言，翻身而起，说道："哪有见死不救之理！"濮天鹏拦阻不住，骆宏勋上了楼窗，将脚一跳，落在下边房上，复又一跳，跳在地下。听得喊叫之声，就从腰门边走至门首。其门却是半掩半开，门外悬有布帘，用手掀起，只见里面那大汉骑着一个妇人，在地下乱滚。宏勋一见大怒，右脚一起，照那大汉背脊上一脚。那汉"哎哟"一声，从妇人头上跌过，睡卧地下。宏勋才待上前踏他，余谦早已跑过，骑在那大汉身上，举拳打来。任正千、濮天鹏等俱进房来，那妇人连忙爬起来，将衣服穿上，散发挽起，向骆大爷双膝跪下。说："蒙救命之恩，杀身难报，愿留名姓，让小妇人以便刻牌供奉！"骆宏勋道："不消。你且起来，将你情由诉与我听。"那妇人站起来，说道："小妇人丈夫姓梅名高，自幼念书无成。小妇人娘家姓修，嫁夫三年，丈夫与我同年，皆二十二岁，不幸去年十月间，丈夫一病身亡。"用手指着床上睡的二岁一个小娃子，说道："就落了这点骨血！"又指着地下那个大汉，说道："他系我嫡亲的侄子梅滔。今日陡起不良心肠，想来欺我；小妇人不从，他将我按在地下，欲强奸于我。小妇人喊叫，得蒙恩人相救，无愧见丈夫于泉下矣！"余谦闻了他这些话，大骂道："灭伦孽畜，留他何用！今日打死便了！"举起拳头雨点相似打来。梅滔在地下哀告道："望英雄拳下留命！小人实无心敢欺婶母。有一隐情奉告。"骆宏勋禁止余谦打，"且住了，听他说来。"余谦停拳。

梅滔怎挡得被余谦打得浑身疼痛难禁，挣爬了半日，方才爬起身来。说道："诸位爷！听小人禀告：小人自幼父母双亡，孤身过活，不敢相瞒，专好赌博，将家业飘零。前日又输下了数两之债，催逼甚急，实无法偿还。婶娘虽在孀居，手中素有蓄积，特来恳借，婶娘丝毫不拔，小人硬自搜寻，婶娘则大声喊叫，小人恐怕人来听见，故按在地下，以手按使她莫喊之意，哪有相欺灭伦之心！此皆婶娘诬我之言，望诸位爷莫信。"

骆宏勋等闻梅滔之言，似乎入情入理。说道："你问她要，她既不与你，只好慢慢地哀求。你如此硬取，似乎非礼，就将婶娘赤身按地！"修氏道："恩爷莫要信他一面之辞。今日被爷将他痛责，结仇更深。恩爷去后，我母子料难得活之理!"遂将床上那个娃子一把抱起,哽咽痛哭。骆宏勋心内道:"若将这汉子放了,我等回寓,恐去后妇人母子遭害;若将他打死,天明岂不是个人命官司?"正在两难之际,听得外边有人打门问道:"半夜三更,因何事情大喊小叫?"但不知来是何人,且听下回分解。

第三十回

天鹏法堂闹问官

却说余谦听得有人打门,问道:"你等何人?"外边应道:"我等本坊乡保。因新太爷下车,恐误更鼓,在街上催更。闻梅家喊叫,故来查问。"骆宏勋道:"既系乡保,正好将梅滔交与他,修氏母子自然得命了!"余谦将门开了,走进四五个人。骆宏勋将前后之事说了一遍。乡保说道:"这个灭伦的畜生!交与我们,等天明送到嘉兴县,凭县主老爷处治!"众人将梅滔带往那边去了。宏勋等俱要回庙,修氏又跪谢道:"恳求恩公姓名!"骆宏勋见她谆谆相求,遂道:"我乃扬州人氏,姓骆名宏勋是也。自前门庙内而来,及至楼上而下,来此救你。"正说话间,听得已交五更。濮天鹏道:"我们走吧!"众人辞别修氏,从前门由曲巷回庙。回至庙内,濮天鹏道:"此时已是五鼓,人皆睡醒,今日莫要下手了。只要事情做得停当,多住一日不妨。"大家尽皆睡了。

且讲修氏自众人去后,坐在床上悲叹,把个丫头叫起。这丫头名叫老梅,起来烧些清水,将身上沐浴一番,天已五鼓,哪里还能睡觉。走至家堂神前,焚了一炉高香,祝告道:"愿家神保佑骆恩人朱衣万代,寿禄永昌。"又在丈夫灵前洒泪道:"你妻子若非恩人搭救,必被畜生强污。我观骆恩人非庸俗之流,他年必要荣耀。你妻子女流之辈,怎能酬他大恩?你在阴曹,诸事暗佑他要紧!"正在祝告之间,不觉腹中疼痛,心中说道:"一定是那畜生将我赤身按地,冒了寒气了。"连忙走至床边,和衣卧下,叫老梅来代她揉搓。一阵一阵,疼了三五阵,只听下边一阵响,浆包开破,满床尽是浆水。修氏不解其意,又疼了一阵,昏迷之间,竟产下了一个五六个月的小娃子。别无他人,只有一个丫头老梅在旁代为收拾。修氏自醒转来,心中惊异道:"此胎从何得来?"幸亏没有别人在此,速速收拾,叫老梅将死娃子放入净桶中端出。赏了老梅二百文钱,叫她莫要说出,自家睡在床上惊异。却说丫头老梅,其年二十岁,与梅滔私通一年,甚是情厚。虽是修氏房中之人,而心专向梅滔,二人每每商议:今虽情爱,终是私情,倘二娘知道,那时怎了?谅二娘亦是青年,岂有不爱风月?你可硬行强奸,倘若相从,你我她皆一道之人,省得提心吊胆,且二娘手中素有蓄积,弄她几两你用用也好。故骆宏勋看梅滔在天井之中,有一女人向他耳边说话,正是老梅。及至众人按打梅滔,并交与乡保,老梅暗自悲伤,不能解救。今见修氏生下私娃,满心欢喜。安放修氏卧床,偷走出了门,来寻找梅滔商议私娃之事。

且说梅滔哪里真系乡保带去,乃是他几个朋友日间约定:今晚要向他婶娘借钱钞,吵闹起来,叫他们进去解劝。众人闻得里面喊叫,故假充乡保,将梅滔拖去,弄酒替他解闷,天明谢别回家。去自家门首不远,正撞着老梅慌慌张张而来,看见梅滔问道:"你怎么回来了?"梅滔将日间所约朋友之语告知老梅一番。老梅道:"你这冤家,该先告诉我。我只当真是乡保带去,叫我坐卧不宁。今特前来寻你!"在梅滔耳边说道:"你去之后,二娘腹内疼痛,三两阵后,生下一个五六个月的小娃子,叫我丢在净桶之内;又赏了我二百文钱,叫我不要说出。二娘现在床上安睡,我手里今有此事报你知道!"梅滔听了,心中大喜道:"这个贱人,今日也落在我的手里!我指报昨日打我那个人做奸夫,现有私娃为证。埋在何处?又可惜不知那人姓名。"老梅道:"自你去后,二娘谆谆求他留名。他说是扬州骆宏勋,私娃在净桶中,特来与你商议。"梅滔大喜道:"你速速回去,莫要惊动他人!我即赴县衙报告。"老梅暗暗回家。

梅滔迈步如飞,跑到县衙,不及写状,走进大堂,将鼓击几下。里边之人忙问道:"因何击鼓?"梅滔道:"小人婶母修氏,寡居一年,昨晚产下五六个月私娃。小人与他争论,不料奸夫扬州骆宏勋,寓居府衙左首普济庵中后边庙楼居住,闻得事体败露,自楼上跳下,反将小人痛打。看看身毙,小人苦苦哀求,方才饶恕。似此败风伤化,倚凶殴人之事,望大老爷速速差人拿获,以正风化;迟则奸夫脱逃。"内宅门忙将此事禀过嘉兴县吴老爷。吴老爷向签筒取了四根板签,用朱笔标过,差捕快二名,速至普济庵,将骆宏勋并本庙住持和尚、修氏、老梅,并私娃一案拘齐听审,将老梅、梅滔押在外边伺候。

不多一时,众人齐上衙前,余谦早将原差两个巴掌打回。骆宏勋劝道："今日若不到案，反被他说我畏罪不前，不分皂白了。从来说，'是虚是实，不得欺人'，不走是真材实料，怕他怎的！"故同原差至县。原差进内，通知人犯俱齐，内宅门禀过老爷。不多时，听得里面云板一响，几声吆喝，吴老爷坐在大堂上，吩咐将骆宏勋奸夫带上。骆宏勋不慌不忙，走至大堂，谨遵法堂规矩朝上跪下。吴老爷问道："怎样与修氏通奸？从头说来！"骆宏勋道："小人扬州人氏，修氏乃嘉兴人，相隔几百里，怎能与她通奸。昨日方至嘉兴，借寓普济庵中，昨夜间闻得修氏喊叫'救命'，世上哪有见死不救之理！遂至其家，走进房门，见一条大汉骑在妇人身上。那妇人赤身露体，卧于地上乱滚。小人用脚将那大汉踢倒，问其由头，方知是他嫡侄欲欺婶母。后被本坊乡保叫门，将梅滔领去，小人即回庵中安歇。他事非我所知。"吴老爷道："带梅滔上来！"问道："你这奴才！自灭人伦，反怪别人为奸。"梅滔道："他被小人捉住，与婶母约定此言，但只私娃可知了！"吴老爷又唤和尚问道："你是个出家人，怎么与他牵马？骆宏勋与你多少银子？在你庙中住了多少日子？从实说来！"和尚道："僧人乃出家人，岂肯做这造孽之事！姓骆的一众人有十数个，昨日午后才到僧人庙中，通奸之事僧人实不知情。"

吴老爷又唤修氏问道："你与骆宏勋几时通奸的？从实说来，免受刑法。"修氏道："小妇人一更天气已经脱衣安睡，梅滔这个畜生推进门来欲行灭伦之事；小妇人不从，他将小妇人按捺在地强而为之。小妇人喊叫，幸亏骆恩人相救。素日亦无会面，哪有奸情之事！"吴老爷又唤丫头老梅问道："你主母与何人往来，自然不能瞒你，从实说来。"老梅道："家爷在世是有名气的，家业颇有，亲戚朋友往来甚多，婢子哪能多记。"吴老爷道："我不问你那些人。我问你家主母与何人情厚，常常进主母房中走动？"老梅道："并无他人情厚。"用手一指骆宏勋，"就是见他常常走动。说他是主母姑表弟兄。别事婢子不知。"吴老爷又问修氏道："你还有何说？"修氏道："此必梅滔相教之言，老梅依他假话，老爷不要屈小！"吴老爷道："你丈夫死去一年，此胎从何得的？还敢强辩！"修氏道："此胎连小妇人亦在惊疑，不知因何而得？"吴老爷大怒道："哪有无夫而孕？若不动刑，料你不招！"吩咐将修氏拶[1]起来。一呼百应，一时拶起。修氏道："便将双手断去，也不肯恩将仇报！"一连三拶，未有口供。又问骆宏勋道："你到底几时通奸？一一说来。"骆宏勋又将前词说了一遍。吴老爷说："把乡保唤来！"问道："你等昨夜如何将梅滔领来？彼时他如何吵闹的？"乡保道："小人并不知道，何有领梅滔这话？"骆宏勋在旁，回道："昨夜不是这人领去的，老少不等些，有五六个人，称是乡保，小人亦不认得。特地打门相问，闻得嫡侄欺奸婶母，特带了去，今早来禀老爷处治。"吴老爷大怒道："即此虚言，可知奸情是真了。若不动刑，谅你必不肯招！"吩咐两边抬夹棍上来，下边连声答应，把夹棍抬上堂上。

正待上前来拉骆宏勋动刑，只见一人跑上堂前，将用刑之人三拳两脚打得东倒西歪。遂将夹棍一分三下，手持一根在堂上乱打。又听见一人大叫道："诬陷好人为奸，这种瘟官要他何用？代百姓除此一害！"只听众人答应："晓得！"满堂上不知多少好汉，也有拿板子的，也有拿夹棍的；还有将桌子踢倒，持桌腿乱打一番。

  欲将酷刑追口供，惹得狠棒伤身来。

毕竟不知何人在堂乱打，亦不知吴老爷性命如何，且听下回分解。

---

[1] 拶（zǎn）：旧时使用拶子夹手指逼问口供的酷刑。

第三十一回

为义气哄堂空回龙潭镇

却说嘉兴县吴老爷，正吩咐人抬夹棍夹骆宏勋，余谦跑上堂来，把用刑之人三拳两脚打得东倒西歪；又将夹棍劈开，手持一棍，在堂上乱打。濮天鹏大喝一声："尔等还不动手，等待何时！"任正千、骆宏勋，并带来的十几个英雄，各持棍棒乱打一番。濮天鹏兄弟只奔暖阁来追；吴老爷见事不好，抽身跑进宅门，将宅门关闭。众书办、衙役人等，乖滑的见势凶恶，预先跑脱；恃强者还在堂上吆喝禁止，余者尽被余谦等五位英雄打得卧地而哼。濮天鹏恐再迟延，城门一闭，守城兵丁来捉，则不能安然回去，到家必受老岳的闷气。说道："还不出城，等待何时！"大家听得，各持棍棒打出头门，照北门大道而行。行至普济庵将行李取出，棍棒抛弃，各持着自用的器械，奔北门行走。这些英雄皆怒气冲天，似天神模样，哪个还敢上前拦阻！一直出了北门，来到自己船上，合水手拔锚开船，上龙潭去了。

且说嘉兴县衙门中，众人去了半日，有躲在班房中之人，听得堂上清静，只有一片哼声，方一一大胆走出房来。看见众人已去，走至后堂，开了暖阁门，禀知："凶人已去，请老爷出堂。"吴老爷重整衣冠，复坐大堂，道："这些强徒往哪里去了？"有人禀道："方才出北门上船去了。"吴老爷道："骆宏勋是扬州人，自然是仍回扬州，本县随后差人行文，赴扬州捉他未迟。其余人犯，现住何处？速速齐来问供。"众衙役领命，往衙外齐人。堂上受伤之人过来禀道："小的头已打破。"那个说："小的肋骨踢折了。"吴老爷道："每人赏银二两，回去调理。"发放受伤人毕，奸情人犯拘齐。吴老爷唤上修氏，问道："你若实说与骆宏勋几时通奸，本县自然开脱与你；你若隐而不言，这番比不得先前了！你可速速招认，本县把罪归与骆宏勋一人，好行文书去拿他，毫不难为你。"修氏道："实与骆宏勋无私，叫小妇人怎肯相害！"吴老爷吩咐："着实拶这奴才！"又是一拶三收，修氏昏而复醒，到底无有口供。吴老爷自道："若不审出口供，怎样行文拿人？修氏连拶九次，毫无招供，这便怎了？"又想道："总在和尚身上追个口供罢了！"遂唤和尚问道："你庙中所寓一班恶人，其情事不小。据本县看来，真是一伙大盗。既在庙中歇息，你必知情，或奸情或强盗，你说出一件，本县即开脱于你；若不实说，仔细你两只狗腿。"和尚道："实系昨日来庙，别事僧人不知。"吴老爷大怒："若不夹你这只秃囚，谅你不肯招出。"正是：

可怜佛家子，无故受非刑。

一收一问，和尚不改前供。吴老爷也无可奈何，只得写了监帖，将和尚下监，修氏交官媒人管押；老梅令梅滔领去；私娃子用竹桶盛住寄了库，待行文捉拿骆宏勋再审。发放已毕。

既今日哄堂之事难瞒府台太爷，命外班伺候，亲自上府面禀。来至府前头门之外，下轿步行，宅内家丁投递手本，里边传出"面见"。吴老爷来至二堂，王伦问道："何县禀见？"家丁回道："嘉兴县在外伺候。""传他进来。"吴老爷参见已毕，王伦命坐。问道："贵县今来有何事讲？"吴老爷道："卑职今日审一件奸情。奸夫骆宏勋，他一党有十数余人大闹卑职法堂，将书役人等打得头青眼肿，卑职若不速避，亦被打坏。特禀公祖大人知道。"王伦一听得"骆宏勋"三字，即打了一个寒噤，假作不知，问道："骆宏勋哪里人氏？"吴老爷道："他是扬州人氏。"王伦道："扬州离此不远，速行文书捉拿要紧。有了骆宏勋，余众则不难了。"吴老爷领命一躬，回衙连忙差人赴扬。这且不提。

却说鲍自安在家同女儿闲谈，道："嘉兴去的人今晚明早也该回来了。"金花道："等贺氏来时，女儿也看看她是何等人品，王伦因她就费了若干精神。"鲍自安道："临行，我叫他们活捉回来，我还要审问审问，叫他二人零零受些罪儿，肯一刀诛之，便宜这奸夫淫妇么？"正谈之间，家人禀道："濮姑爷一众回来了。"鲍自安道："我想他们也该回来了。"鲍金花兴致勃勃随父前来观看贺氏，闪在屏门以后站立。鲍自安走出厅，向任、骆二位道："辛苦！辛苦！"又问濮天鹏，濮天鹏遂将嘉兴北门湾船，借寓普济庵，原意三更时分动手，不料左边人家姓梅嫡侄强奸婶娘，骆大爷下去搭救，次日拘讯，硬证骆大爷为奸夫，欲加重刑，我等哄堂回来，未及捉奸夫淫妇等，说了一遍。鲍自安道："这才算做好汉！若叫骆大爷受他一下刑法，令山东花老他日知之笑杀！似此等事，你多做几件，老夫总不贬你。只是有此'哄堂'一案，嘉兴诸事防护严了，一时难以再去。待宁静宁静，你再多带几个人同去走走罢了！"鲍金花在屏门后"唰"地一笑，说道："自家怕事，倒会说旁人。"鲍自安道："我怎么怕事？"金花道："山东花叔叔不能二下定兴，捉杀奸淫，你笑他胆小；今日你因何不敢复下嘉兴？又说什么稍迟叫旁人再去。只你值钱，别人都是该死的！"鲍自安道："这是连日劳碌了姑老爷的大驾了，姑奶奶心中就不喜欢，连你都笑起来了！明日花振芳又要笑话。拼着这老性命，明日就下嘉兴走走何妨！"

任、骆二位见他父女二人上气，忙解劝道："日月甚长，何在一时？俟宁静几日再去，方保万全。"鲍自安道："二位大爷不知，我这姑奶奶自幼惯成的。今日这就算得罪她了，有十日半月的咒骂，还不肯饶我哩！我在家中也难过，趁此下嘉兴走走：一则代任大爷报仇，二则躲躲姑奶奶！还少不得请二位大驾，并余大叔同去玩玩。今番多带十来个听差的，连'私娃子'一案人都带他来。我要审他的真情，那修氏到底有个奸夫？"任、骆二人并濮天鹏兄弟齐说道："修氏连受三拶，总无口供，看这光景真无奸夫。"鲍自安笑道："骆大爷同濮天雕尚未完婚，小婿虽然成亲而未久，任大爷亦未经生育，故不深明此中之理。老夫一生生了十数余胎，只存小女一人，哪有不夫可成孕者？我说众位不信，待把一众盗来，当面审与诸位看看！"对濮天鹏道："烦姑爷到后边，多多拜上姑奶奶：将我出门应用之物，与我打起一个包裹，我明日就辞她去了。家内之事，拜托贤昆仲二位料理。我想嘉兴县既知骆大爷是扬州人，'哄堂'之后必定是到扬州捕捉，你到江边嘱咐摆江船上：凡遇嘉兴下文书者，一个莫要放过才好；倘若过去，扬州江都县必差人赶至骆大爷家，将人惊吓了。惊吓了老太太则我之过！"濮天鹏兄弟一一领命。鲍自安就叫两只大船装载米面，柴薪带足。听差百十人中拣选了二十人前往，各打包裹。今日之事提过。

第二日清晨，大家上船又往嘉兴。下文书之人，真个一个不能过去。凡衙门之人出门，就带二分势利气象，船家不问他，他自家就添在脸上，自称道:"下文书的!"使船家不敢问他讨船钱。那些船家听濮天鹏吩咐后,逢有下书之人,连忙单摆他,过江心船漏,一抽,翻入江心。嘉兴县见去人久不回来,又差人接催,及到江边仍然照前一样。嘉兴离扬州虽无多远,其信不能过江。也不必多言。

　　再说鲍自安两只大船又到嘉兴,前日湾船北门,今日在西门湾下。临晚,鲍自安将夜行衣服换上,应用之物俱揣入怀中,亦不过火闷子并鸡鸣夺魂香、解药等类,两口顺刀插入腿中,那二十位英雄亦各自装扮停当。起更之后,鲍自安告辞任、骆两人,带领众人趁此城门未闭,欲进府前来捉王伦、贺氏。不知好歹如何,且听下回分解。

第三十二回

因激言离家二闹嘉兴城

话说鲍自安告别众人，趁城门未关就便而入。进城之后，鲍自安吩咐众人："我们大家一同而行，恐怕人看出破绽，总约在普济庵后边楼上取齐。"大家分散而行。

鲍自安走至普济庵门口，见门尚未闭，自向里随步进去。只见庙内甚是冷清，绝无一人，直至后厨房中，方见两个小和尚同个道人在里面吃晚饭。一见鲍自安进来，见他穿着怪异，连忙向前问道："台驾是哪里来的？到此何干？"鲍自安道："金陵建康来的。素常与此庙住持相识，特来一望。"那道人云："老和尚昨日因件官司受了夹棍，现在禁中。"鲍自安道："我特来望他，不料不能相会。"怀中取出三两一锭银子，递与小和尚道："你且收起，明日看些酒肴送与你师父食用，也是与我相交一场！"小和尚同道人相谢，斟了一杯便茶送与鲍自安。鲍自安接茶在手，问道："老师父因何官司，受此酷刑？"道人回道："老爷，你不知。"遂将前事说了一遍。鲍自安道："其余人犯现在何处？"道人云："修氏交官媒管押在她家，老梅交梅滔办领在家，私娃用竹桶盛住寄了库，就是我家老和尚入禁在监，待扬州府拿到'哄堂'人犯一起再审。"鲍自安问得明明白白，遂辞了小和尚、道人，退步出门。小和尚相送，一拱而别。

鲍自安转过后边僻静之处，将脚一纵，上了小房子，复身又一纵，上了厢楼，一看那二十位英雄早已都在楼上。见老爹进来，俱各起身。鲍自安道："天气尚早，我们且歇息片时再做事方妥。"大家俱在楼上坐下。坐了一会，听得更交二鼓三点，外边人声已定。鲍自安道："你们莫要全去，只要五六个人随我下去，捉一个，提上一个，都放在楼上，等人犯齐全，我自有道理。"众人领命。随去五六个人，俱在房上等候。

鲍自安到了梅家天井之中，听了一听：那妇人在房中啼哭，知是修氏。闻得那间房内两个妇人说道："天已二鼓，老娘娘你睡吧！我们也不知该了什么罪，白日里一守一天，夜晚间还不叫人睡觉哩！"鲍自安道："此必是官媒了。"取出香来点着，自窗眼透进。耳边听得两个喷嚏，则无怨恨之声，还听这边房内呱呱哭泣。又从这边窗眼透进香火，又听得连连两声喷嚏，无哭声了。拔出顺刀将门拨开，火闷一照，见桌上银灯现成，用火点着一看，床上睡着两个妇人。本待要伤她性命，也不怪她，也是奉官差遣，由她罢了。走至这边房内一看，见一妇人怀中抱着一个孩子，床杆上挂着一条青布裙子并几件衣服。揭起被一看，那妇人竟是连小衣而睡。看那修氏自梅滔强奸之后，皆是连小衣而卧。鲍自安将木杆上所挂衣裙尽皆取下，连被褥一并卷起，挟至小房边。房上之人看见老爹回来，将绳兜放下，鲍自安将修氏母子放入兜中，上边人提在房上，楼上人又提上楼，打开被褥代她母子穿衣。凡强盗之家规矩甚严，哪怕就是月宫仙子也不敢妄生邪念。不讲房上穿衣服。

　　且说鲍自安又往后边，走到后院，又听一人说道："再待扬州拿了骆宏勋，到日少不得还审二堂。似此败丧门风之妇留她做什么！将她改嫁，这份家私又是我执管了。待她临出门之时，只叫她穿去随身衣服，其余都尽是我的，给你穿用，也省得再做。"一妇人道："二娘待我甚好！只因你这个冤家，生生将她嫁出家门，我心中有些不忍。"鲍自安听得明白，此是梅滔与老梅也。随即取出香来，亦从窗眼透进，连听两个喷嚏，则无声息了。将门拨开，走近床边，火闷一照：两个一头同睡。鲍自安随将他衣服取下，连被一并卷起，又挟至前边小房间，仍用绳兜提上楼去。鲍自安亦随上来，也着人代他穿了衣服，捆成四捆，同听差十人先至船上。

　　鲍自安带了十人直奔嘉兴县，来到了库房之上，将瓦揭去五路，开了一个大大的天窗。鲍自安坐在绳兜之中，着人吊下，将火闷一照：见东北墙角倚靠着一个竹桶。料必是私娃子，用手拿过，走至绳兜边，仍坐其中，将绳一扯，上边人即知事已做妥，连忙提将上来，仍回庵内歇息。歇息片时，鲍自安道："你们将此竹桶先带回去，我独进府衙捉拿奸夫淫妇。得手，我自将二人提上船去；倘若惊动人时，我亦有法脱身，你们莫要进来催我，人多反不干净。"众人领命，拿了竹桶俱回船，且说鲍自安独走到府衙房上，走过大堂到了宅门之上，看了看，天井之中灯火辉煌。仔细望下一看，见两廊下有十余张方桌，桌上人多少不一，细看有

第三十二回　因激言离家二闹嘉兴城

四五十人，在那里斗牌的、下棋的、饮酒的、闲谈的，厅柱上挂着弓箭，墙壁上倚着铁棒。鲍自安坐在房上，想道："显然王伦晓得我来，特令这些人在此防备。倘有一些知觉，这些人大惊小怪的，虽不怎样，但又不能捉拿奸淫了！须将这些人先打发了才好。"遂将怀中带来之香尽皆取出，约略有二三十支，两头点着，坐在上风头，"虽不能尽皆迷上香，熏倒几个人少几个人。"算计已定，取出火闷来，暗暗点着香火。又恐火闷子火大，被人看见，想又收起，用那点着之香来点那未着者，用口底上吹去。

看官：你说那些人因何至此？自骆宏勋哄堂之后，嘉兴县禀过王伦。王伦回太守府与贺氏商议："今骆宏勋同一班恶人至此，皆为你我而来，不意昨夜竟做此事，未及下手，以后不可不防！"遂即吩咐三班衙役：每晚要三十人轮流守夜；又向嘉兴县每晚要二十个人，共是五十个。王伦亦不难为他们，每晚一人赏大钱一百文，酒肉各一斤。叫爱赌者赌，好酒吃酒，只是不许睡觉。那晚仍设饭酒，桌上一人起身小便，走至墙脚下，未解裤子，猛听得房子上有人吹气，抬头定睛一看：黑影影有一人在那里吹。这人也不声张，回至廊下，拿了一支鸟枪，将药放妥，火引藏在身后，仍走至小便之所，枪头对准房上之人，将火绳拿过，药门一点，一声响亮，廊上之人俱立起身来相问。拿枪之人说道："方才一人在房上吹火，被我一枪，不见动静，快拿火来看一看！"

却说鲍自安在房上吹火，不料下边有人看见，只见火光一亮。鲍自安在江湖上是经过大敌的，就怕是鸟枪，将身一伏，睡在房子上，那枪子在身上飞过。鲍自安吓得浑身是汗，自说道："幸喜躲得快，不然竟有性命之忧。"又听众人要执灯火来瞧。自思：只怕下边还有鸟枪。不敢起身，遂暗暗抬头一看，见众人各执兵器，在天井之中慌乱。又见一人扛了一把扶梯，正要上房子来看。鲍自安用手揭了十数片瓦，那人正要上梯子之中，用手打去，"咯冬"一声，翻身落地，哪个还敢上来？齐声喧喝道："好大胆强盗！还敢在房上揭瓦打人哩！"不多一时，府衙前后人家尽皆起来，听说府衙上有贼，各执器械前来捉获，越聚越多。鲍自安约估有五更天气，"还不早些出城，等待何时！"又揭了一二十片瓦在手，大喝一声："照打！"撒将下去，又打倒四五个人。鲍自安自在房子上奔西门而去。看看东方发白，满城之人，家家起来观看。鲍自安走到这边房上，这家吆喝道:"强盗在这里了!"行到了那里,那里喊叫道:"强盗在这里了!"白日里比不得夜间容易躲藏,在房子上走多远人都看见。那鲍自安想了想:倒不如在地下行走,还有墙垣遮蔽。将腿中两把顺刀拔出在手,跳下来从街旁跨走。正行之间,城守营领兵在后追来。鲍自安无奈,见街旁有一小巷,遂进小巷内。那兵役人等截住巷口,鲍自安往巷内行了半箭之地,竟是一条实巷,前无出路,两旁墙垣又高,又不能蹿跳得上。心中焦躁,恶狠狠持着两把顺刀,大叫道:"哪个敢来!"众兵役虽多,奈巷子偏小,不能容下多人,鲍自安持刀恶杀,竟无一人敢进巷中。站了半刻,外边一人道:"他怎的拿瓦打人!我们何不拿梯子上屋来,亦揭瓦打他。"众人应道:"此法甚好!"鲍自安听得此言,自道:"我命必丧此地了!"正是:

他人欲效揭瓦技,自己先无脱身计。

不知鲍自安性命如何,且听下回分解。

第三十三回

长江行舟认义女

却说鲍自安在巷内闻得要揭瓦打来，甚是焦躁。忽见墙脚边有乱砖一堆，堆了二尺余高，用脚一点，使尽平生之力纵上高房。向下一望，见各街上人皆站满，无处奔走，回头一看，房后就是通水关的城河，所站之房即是人家的河房。鲍自安大悦道："吾得生矣！"照河内一跳，自水底行走，直奔水关而去。众人道："强盗投大河，拿挠钩抓捞。"且说鲍自安自水底行至水关门，闸板阻路，不能过去。心中想道："但不知闸板上塞否？倘若空一块，我则容易过去了。"又不敢出水来瞧看，恐怕岸上人用钩抓住。在水内摸着板窍用力一掀，竟未上全，还有一板之空，慢慢侧身而过。出了水闸门便是城外了，鲍自安方才放心。意欲出水登岸行走，头乃冒出水来，恰恰河边是个粪坑，有一人在那里捞粪。一见水响，只当是个大鱼，用粪勺一打，正砍在鲍自安左额之上，砍去一块油皮。鲍自安本待出水结果他性命，又恐城内人赶来，忍痛仍从水底行走，约离西门不远方才登岸。城河离官河不远，行至河边仍下河内，行至自家坐船，脚着力一蹬而上。众水手说道："老爷为何从水内而来？"鲍自安摇手禁止道："莫要说起！莫使任、骆二位知之，见此光景取笑。"使个眼色与水手，速速扳棹开船，自己暗暗入船，将湿衣脱去，换了一身干衣。十月天气在水中倒也罢了，出水之后反觉寒噤起来了。令人烧了一盆炭，烤烘了寒衣，取出手镜一照：左额上砍了一寸余长的血口。连忙取出些刀伤药敷上，以风帽盖之。收拾停妥，方走过这边船来。进了官舱，任、骆二人连忙相迎，问道："老爷几时回来？"鲍自安将前前后后说了一遍，把毡帽一揭道："时运不通，又遇见这个瘟骚母，照在下额上打了一粪勺，方才敷上药。"任正千谢道："为晚生之事，使先生有性命之忧；又受此伤，虽肝胆涂地，亦不能报！"鲍自安道："我前日原说宁静宁静再来，方才妥帖。不料小女相激愤怒而来，又成徒劳。我料王伦终不出我之手，迟早不等，后边少不得三下嘉兴吧！"船家知老爹今日受惊，办了几个盘子，暖了一壶好酒，送入船来与老爹压惊。鲍自安同任、骆二位谈饮。

却说嘉兴城中将四门关闭，谅强盗不过是在河内，多叫挠钩抓捞。天明时，嘉兴县吴老爷来见。王伦道："本府衙内捉了一夜强盗，难为贵县此刻才来见！"吴老爷一躬到地，说道："卑职衙门亦有强盗，库房上揭了一大片瓦，将私娃子竹桶盗去，别物一些未动。卑职亲令人修补完了，来参见时已是迟迟。"王伦道："别物不失，而盗私娃，此人必是哄堂一党人了。"话犹未了，官媒婆来告道："今夜将老梅、梅滔并修氏母子盗去！"王伦道："亦是这大盗。贵县速速行文到扬，捉这骆宏勋要紧！"吴老爷道："卑职已差几次人去，总未见回来，不知是何缘故？"王伦道："再拣能干者差几个前去！"吴老爷领命回衙，修文赴扬，不待言。那城河内抓捞到午毫无踪迹，少不得开放城门令人出入。王伦曰："今后更加防备！"不提。

且说鲍自安同任、骆二位饮了一会，大家又用了早饭，鲍自安卧却片时起来，说道："行船无事，审问奸情玩玩吧！"任、骆二位齐道："使得。"鲍自安道："二位大爷，哪位做问官？"任正千、骆宏勋道："怎敢僭老爹！"鲍自安道："如此老拙有僭了。"吩咐传二十位英雄来船内两旁站了。鲍自安居中坐下，任、骆列坐于后。鲍自安吩咐将修氏带过来，外边答应一声，揭起舱板，将修氏提出。修氏哀告道："英雄饶命！"那人道："莫要喊叫，我家老爷今要审问奸情哩！"修氏自受闷香之后，被人抬进船来，及醒时也不知身在何处。今被提进船中，见一位六十岁年纪的老人家端坐那里，也不知做的什么官职？又见他后边坐着二人：一个是前番救命骆恩人，一个也是骆恩人一党，不解是个什么缘故。只得双膝跪在船中，磕了个头，道："孀妇修氏叩见大老爷！"鲍自安道："我今虽非法堂，更比官法严些。你与骆大爷通奸是梅滔诬你，我已悉知，不必再问。只是你丈夫已死一年，而怀中之胎从何而有？你实实说出。我又不是问官，管你什么，只明白明白就罢了！"修氏道："小妇人生长虽非官家，而颇晓三从四德，虽非名门，而丈夫忝在上库。既知为夫守节好，反不知失身为耻？此胎之有，连小妇人亦莫其知也！"鲍自安道："我已六旬年纪,地方也游过几省,从未见不夫而成胎者。善意问你,你不实说!"吩咐:"拶起来!"两旁答应得紧。任、骆二人低低说道:"他也有夹棍、拶子不成?"降目一观,只见旁边走过二人,一人将修氏两手拿住,一人将修氏双手合在一处,把面杖粗的五个指头夹住修氏十指,用力一拶,修氏喊叫不绝。鲍自安又问道:"奸夫是谁?从实招来!"修氏道:"实在没有,望老爷饶命!"鲍自安吩咐:"再拶!"那人又用力一拶,修氏昏倒船中。鲍自安吩咐松刑。那人把五个指头放松,修氏醒了片时,哭诉道:"实无奸夫,叫小妇人怎么说法?"鲍自安吩咐将修氏暂送那只坐船,"以待我审过梅滔再问。"修氏道:"乞老爷天恩,小妇人儿子年方两周岁,乞付小妇人自喂养。"鲍自安吩咐把她儿子付她。下边走过几个人来,说:"莫要饿坏了。"遂将她母子送上那只坐船。

鲍自安吩咐带过梅滔、老梅上来。下边又将舱板揭起,将二人提进船中。梅滔一见骆宏勋在坐,谅今日难保性命,只得跪下哀告道:"望老爷饶命!"鲍自安道:"嫡侄何异母子,怎敢起不良之心!"梅滔道:"只因借贷不给,强取是实,无灭伦之意。"鲍自安吩咐:"夹起来!"下边走过几人,把梅滔按伏船中,一人合起碗大两个拳头,向梅滔孤拐上一夹。梅滔大喊道:"望老爷松刑,容小人细诉。"鲍自安道:"松刑,叫他说来。"梅滔道:"丫头老梅是婶母房中之人,小人与她私通一年,恐婶娘知之见罪,二人商议:谅婶娘幼年孀居,亦必爱风月之事。约定那日婶娘脱衣睡时,老梅暗开房门,小人进逼行奸。不料婶娘不从,大声喊叫,惊动骆宏勋大爷解救。"鲍自安道:"彼时不伤你性命,就该感激骆大爷之恩,次日反诬骆大爷为奸夫,又是因何?"梅滔道:"天明时老梅前来说:'我婶娘夜间产下一娃。'小人欲报夜间相打之恨,故至县报告。总是小人该死,望老爷饶恕一二!"鲍自安向丫头老梅骂道:"坏事贱人!我昨夜在你房外听得你自道:二娘待你甚好。就该以德报德,怎反唆人行奸,以仇报之。"吩咐拶起来,亦照修氏一般拶了三拶,老梅喊叫不绝。鲍自安将二人仍下舱板下,亦赏点稀粥与他度命。

及到晚饭时候,大家用了饭。鲍自安道:"倘若前日离远些,也不听见此事,修氏之命实骆大爷再造之恩。而修氏在嘉兴县堂上受刑,总不肯玷辱骆大爷,亦还有良心之人矣!我观她年纪不过二十上下,生得倒也干净，我今作媒与骆大爷做一个侧室。"向任正千道："任正千大爷，你说使得么？"任大爷道："实好，实好！"骆宏勋不觉满面发赤道："今若做此事，将前日相救之情置之东流也！他人必说我晚生非正人也！"鲍自安道："既骆大爷不愿收她为侧室，今将令修氏陪宿，以报救命之恩，非为过也！"说罢，将骆大爷硬推过那只船上，而入官舱与修氏同宿。不知修氏肯否，且听下回分解。

第三十四回

龙潭后生哭假娘

话说鲍自安将骆大爷送过船来，送入官舱，回手带过船门，以锁锁之。不表。

且说修氏怀抱其子，正在那里悲凄，忽见骆大爷进船，连忙站起身来，问道："恩爷来此有何话说？"骆大爷听得修氏相问，满面通红，无言可答，只得实告道："鲍老爷作媒，叫我收你为妾，我不肯么。他又说：既不肯收你为侧室，叫你今日陪宿，以报我前日之恩，生生将我送进船来。"修氏听得此言，双膝跪下，吓得魂飞天外，二目垂泪，哀告道："我梅氏乃良善之家，丈夫念书之子，永诀之时，执妾手相告道：'妇人以贞节为重，如念我三年夫妻之情，我死之后，望贤妻抚养孤儿。我虽在九泉之下，感恩无尽矣！'言犹在耳，何曾刻忘。今爷有救命之恩，若不相从，是为忘德。背夫不仁，忘恩无义，此不仁不义，天地岂肯覆载我乎？今在恩爷台前，解下腰带自尽船中，使无愧妇德，敢见丈夫于泉下矣！"又抱过那两岁娃子，向骆大爷磕了一个头，道："妾死之后，望恩爷将此子带至府中，以犬马养之，妾夫妻衔结相报！"说罢，站起，解下系腰汗巾正待寻死，骆宏勋急忙上前解救。修氏只当骆大爷真有邪念，前来拉扯，大怒道："方才叩谢，已算报过大恩；你尚不知耻，还要前来相戏！"用手向骆大爷脸上一把，抓了四五个血口。只听船外鲍自安称赞道："这才算得一个节妇！"遂开了船门，同任正千走进，见骆宏勋面带血迹，说道："得罪，得罪！"又向那修氏道："骆大爷是个坐怀不乱的奇男子！花振芳将女儿登门三求婚尚且不允，今日岂有邪念？是我料骆大爷青年俊雅，又兼有恩于你，故试你贞节。我同任大爷在外听得明白，先以理善求之，后以手恶拒之，以死报夫，哪有私情之理！奈我等才疏学浅，不明此理。我今年近六旬，只有小女一人，意欲认你为义女，同到我家过活，将你儿子抚养成人，再立事业。不知你意下如何？"修氏闻得此言，连忙叩谢，在船中拜了四拜,认为义父。鲍自安吩咐众人:"俱以大姑娘呼之。"又吩咐:"将私娃桶存好,后来遇见那才高学广、博古通今之士,方能明白此案。"这且不表。

再说鲍自安吩咐开船。在路非止一日,那日到了龙潭,鲍自安同任、骆二位先至庄上,令人抬轿一乘,将修氏母子抬到家中,把前后事情告诉金花小姐一番。鲍金花见修氏生得聪俊,甚是可爱。且修氏小字素娘,家人、奴辈皆以"素姑娘"呼之。鲍自安吩咐将老梅、梅滔俱下在后园地窖之中,每日以稀粥两餐食他度命,以待明日审问。鲍自安走至大门,问门上人道:"家内可有甚人来否?"门上人禀道:"昨日山东花老爹从早过来,吩咐小的:等老爹回来,避着任、骆二位知道,说宁波之事已做过了,老爹自然明白。因老爹与任、骆二位爷同来,故未禀知。"鲍自安想道:"宁波之事既做,这老儿必上扬州,也不过几日就有信来。生法即叫任正千回山东去才好。"临晚吃酒之时,鲍自安道:"本意代任大爷捉奸雪恨,不料二下嘉兴,俱是劳而无功。我料今后嘉兴防护更是加紧,一时不可再往,须待两三月才可前去。"任正千道:"虽非成功,而老先生之意已待晚生不浅矣!事原不可大急,前蒙花老先生所嘱,晚生也要回山东,暂为告别!"鲍自安道:"既是如此说道,我也不敢相留了。大驾不在此,得便我即将奸淫捉来,请大驾至此处治便了!"骆宏勋道:"晚生在府坐扰一月,明日亦要告辞,动身赴杭。"鲍自安道:"你也要赴杭?只是二位一时都要起身,奈老拙寂寂寞寞;待任大爷先起行之后,骆大爷再定起行日期吧!"一夜提过不表。

次日清早,任正千告别起身回山东。鲍自安留骆大爷再住三两日,许他赴杭。骆宏勋亦不好一意别去,只得又住了两日。

那日晚饭时候,那鲍自安陪着骆大爷正在用晚饭,门上人进来说道:"启上老爹:门外来了一人,口称道是骆大爷家人,名唤骆发,有紧要事情要见骆大爷。小的不敢擅自叫他进来,特禀老爹知道!"鲍自安已明知是花振芳又做了那一件事,故此令骆府差人来通知。遂向骆宏勋问道:"君家府中可有此人否?"骆大爷道:"原有这个小厮。"吩咐余谦:"你出去看来,果是骆发,令他进来见我。"余谦领命,去不多时,同了骆发大哭而进。骆大爷急忙问道:"何事?"骆发走向前来,磕了一个头,站立一旁，说道："昨日午时，接得宁波桂太太书信一封，云：于二十日前半夜之间，来了一伙强盗，并无偷盗财帛，只把小姐杀死，将头割去。桂老爷见小姐被杀哀恸，过了五日，桂老爷因思小姐吐血身亡；我家太太闻知，悲痛不已，意欲今早着人来此通知大爷，不料今夜太太所住堂楼之上急然火起，及救熄火时，太太已焚为炭！徐大爷书信一封。"双手递过。骆宏勋先闻桂府父女相继而亡，已伤恸难禁；及听母亲被火烧死，大叫一声："疼死我也！"向后边便倒，昏迷不醒。走过余谦、骆发连忙上前扶住呼唤，过了半日醒转过来。哭道："养儿的亲娘呀！怎知你被火焚死！养我一场，受了千辛万苦，临终之时，未得见面，要我这种不孝之人有何用处！"哭了又哭。鲍自安劝道："骆大爷，莫要过哀，还当问老太太骨骸现在何处？徐大爷既有字来亦当拆看。只是哭，也是无益！"骆大爷收泪，又问骆发道："太太尸首现在何处？"骆发道："火起未有多时，南门徐大爷前来相救，及见太太烧死，说：大爷又不在家，恐其火熄之后，有人来看，太太的骨灰铺地，不好意思。徐大爷遂买一个瓷坛，将太太骨灰收起；我家堂楼已被烧去，无有住房去放，徐大爷自抱太太骨坛，送至平山堂观音阁中安放。又不知大爷还在龙潭，还是赴杭去了。意欲回家速速修书差人通禀。不料平山堂之下，栾家设了一个擂台，见徐大爷由台边走过，台上指名大骂。徐大爷大怒，纵上擂台比试，半日未见胜败。谁知徐大爷一脚蹬空，竟自跌下来，将右腿跌折，昏迷在地，小的等同他家人拿棕榻抬至家中。徐大爷不能修书，请了旁边学堂中一个先生，才写了这封字儿。中饭时，小的在家中起身，故此刻才到。"骆宏勋将信拆开一看，与骆发所言无差。这骆宏勋就要告别奔丧。鲍自安道："老太太灵坛已由徐大爷安放庙中，大爷今日回府也是明日做事，明日到家也是明日做事。今日已晚，过江不是玩的，明日清早起身为是。"骆宏勋虽然奔丧急如火焚，怎奈天晚难以过江也。无奈只得又住一晚。思想母亲劬劳之恩，不住地哀哀恸哭。鲍自安也不回后安睡，在前相陪，解劝道："骆大爷，你不必过哀。我有一个朋友不久即来，他得异人传授，炮制得好灵丹妙药，就是老太太骨灰、桂小姐无头，点上皆可还阳。若来时，我叫他搭救老太太、桂小姐便了。"骆大爷满口称谢。余谦在旁道："他既有起死回生之术，何不连桂老爷一并救活？"鲍自安道："他是吐血而死,血气伤损,怎能搭救!"余谦暗道:"砍去头者岂不伤血?烧成灰岂不损伤血?偏说可救!而吐血死者,尸首又全,反说不能救,我真不解是何道理也?"又不好与他争辩,只自家狐疑罢了。鲍自安又对濮天鹏道:"你明日同骆大爷过江走走,亲到老太太灵前哭奠一番,谢谢太太之恩!"濮天鹏道:"我正要前去。"次日天明,鲍自安吩咐拿钥匙开门,将骆大爷包袱行李一一交明,着人搬运上船。骆宏勋谢别,鲍自安送出大门,骆、濮等赴江边去了。

正走之间,只见后边一个人如飞跑来,大叫:"濮姑爷,请慢行!老爹有话相商酌。"正是:

惧友伤情说假计,独悲感怀道真情。

毕竟不知鲍自安有何话说,且听下回分解。

第三十五回

鲍家翁婿授秘计

却说骆宏勋同濮天鹏正行之间，只见后边一个人飞跑前来，请濮姑老爷回去，老爹有要紧话相嘱。濮天鹏向骆宏勋道："大驾先行一步，弟随即就来的。"将手一拱，抽身回庄。进了内庄，鲍自安见濮天鹏回来，说道："我有句话告诉你。"遂将花振芳因求亲不谐，"欲丢案在骆宏勋身上，谋之于我。我恐骆大爷幼年公子，哪里担得住？是我叫他将桂小姐、骆太太都盗上山东去，不怕日后骆大爷不登门相求。今日杀头火焚者俱是假的。虽如此，而骆大爷不知其假，母子之情自然伤痛。我故着你陪去，将此真情对你说知，你只以言语解劝，使他莫要过悲，切不可对骆大爷说出此言，以败花老爹之谋计也。"又拿银二十两，交付与濮天鹏带去，备办祭礼。濮天鹏一一领命，又复出门赶奔江边，与骆大爷一同上了过江船。骆宏勋问道："适才老爷相呼，有何吩咐？"濮天鹏道："因起身慌速，忘带办祭之资，故唤我回去，交银二十两与弟带来。"骆宏勋道："大驾幸临，已感激不尽，何必拘于办祭礼否！鲍老爹可谓精细周全之人。"

未到下午时候，已至扬州。骆宏勋向余谦道："这太太灵坛安放平山，我们也不回家去了，进南门先到徐大爷家。一则叩谢收骨之恩，二则看问徐大爷腿伤如何，三则将包袱寄在他家，我好上平山堂奔丧。"余谦闻言，同骆发二人照应人夫，将包袱担往徐大爷家。进城之时，来往行走之人，一见这余谦回来，大家欢喜道："多胳膊回来，明日我们早些吃点饭，上平山堂去看打擂台去。"又一个人道："他家主母被火烧死，今日回来赶着料理丧事，哪有工夫去打擂台！"这人道："你哪里知他的性格！其烈如火。他家主母灵坛现安放平山堂观音阁中，自然要随主人往观音阁去。设擂台之处乃必由之路。经过观音阁，他若看见此擂台，忙里偷闲，也要上去玩玩。我打算三日不做生意，明日我家表嫂生日，我也不去拜寿，后日再补不迟。"那人说道："明日是我姨妈家满月，也不去恭喜了，陪你去看看余老大打擂台吧！"不讲众人筹计偷工夫看打擂台。

　　且说余谦等押着行李过了南门，不多一时来至徐大爷家门首。进门到了内书房，看见徐大爷仰卧在棕榻上。徐松朋见余谦押着许多行李进来，知表弟骆宏勋来了。忙问道："你大爷现在何处？"余谦走向前来请过安，道："小的同骆发押行李，大爷同濮大爷在后，少刻即到。"徐松朋道："哪个濮大爷？"余谦低头说道："就是向日刺客濮天鹏，乃是鲍自安之女婿。因感赠金之恩，闻老太太身亡，特地前来上祭。"徐松朋道："既有客来，吩咐厨下，快备酒席。"又吩咐挪张大椅子，拿两条轿杠，自己坐在椅上，二人抬至客厅去。正吩咐间，只见骆大爷同濮大爷已走进来。骆宏勋一见徐松朋，不觉放声大哭，跪下双膝叩谢。徐松朋因腿疼不能搀扶，忙令家人扶起，说道："你我姑表兄弟，理该如此，何谢之有！"濮天鹏道："在下濮天鹏，久仰大名，未得相会，今特造府进谒！"徐松朋道："恕我不能行礼，请入坐吧！"濮天鹏道："不敢惊动了。"濮天鹏转道："骆大爷请坐。"骆宏勋正在热孝，不敢高坐，余谦早拿了个垫子放在地下。骆宏勋说要奔丧，徐大爷道："这等服色怎样去法？倘若亲家知你已到，随去上祭，如何是好？今日赶起两件孝衣，明日我同你前去。"骆宏勋闻得此言有理，吩咐余谦速办白布。徐松朋道："何必又买，我家现成有白布。"吩咐家人到后边向大娘说：将白布拿两个出来。又差一个人，多叫几个成衣来赶做。拿布的拿布，叫成衣的叫成衣，各自分办，不必细说。

　　不多一时，酒席完备。因骆宏勋不便高坐，令人拿了一张短腿满州桌子来，大家同桌而食。骆宏勋细问打擂台之由，徐松朋道："愚兄将舅母灵坛安放观音阁，回来正在栾家擂台前过，闻得台上朱龙吆喝道：'闻得扬州有三个人，骆宏勋、徐松朋并余谦，英雄盖世，万人莫敌。据我兄弟看来，不过虚名之徒耳！今见那姓徐的来往，自台边经过，只抱头敛尾而行，哪里还敢正眼视我兄弟也！'老表弟你想：就十分有涵养之人，指名辱骂，可能容纳否？我遂上台比试，不料蹬空，将腿跌伤。回家请了医生医治，连日搽的敷的，十分见效，故虽不能行走，却坐得起来，也不十分大痛。愚兄细想，栾镒万设此擂台，必是四方邀请来。知你我是亲戚，故指名相激！"余谦在旁闻了这些言语，气得眼竖眉直，说道："爷们在此用饭，待小的到平山堂将他擂台扫平，代徐大爷出气！"骆宏勋惊喝道："胡说！做事哪里这等急，须慢慢商酌。"徐松朋道："此言有理。我前日亦非输与他，不过蹬空自坠。现今太太丧事要紧，待太太丧事毕后，我的腿伤也好时，再会他不迟！"余谦方才气平。临晚，徐大爷吩咐："多点些蜡烛，叫成衣连夜赶做孝衣两件，明日就要穿的。"大家饮了几杯晚酒，书房列铺，濮天鹏、骆宏勋安歇，徐松朋仍然用椅子抬进内堂。

次日起来，吃过早饭，裁缝送进孝衣。骆宏勋穿了一件，余谦穿了一件白厂衣，濮天鹏翻个套里。奠丧不便乘轿坐马，濮天鹏相陪步行，出西门至平山堂而去。徐松朋实不能步行，他坐了一乘轿子随后起身，又着人挑担祭礼奠盒，办了两桌小酒席，往平山堂而来。骆宏勋同了濮天鹏步出西门口，见来往之人一路上不脱，及至平山堂那个擂台，那看的人有无千上万。一见骆宏勋等行来，人人惊喜，个个心乐，道："来了！来了！"拥挤前来，不能行走。余谦大怒，走向前来，喝道："看擂台是看擂台，到底要让条大路，人好行走！"众人见他动怒，皆怀恐惧，随即让条路。余谦在前，濮天鹏、骆宏勋二人随后，来到观音阁。徐大爷早打发人把信，和尚已经伺候。骆大爷到了老太太灵坛面前，双膝跪下，双手抱住灵坛哭道："苦命亲娘！你一生惯做好事，怎么临终如此！怎的叫你孩儿单身独自，倚靠何人？"余谦亦齐边跪下，哭道："老太太呵！出去时节还怜我小的无父无母之人！"主仆二人跪地，哀哀恸哭。那个陪祭的濮天鹏暗想道："怪不得花振芳与老岳这两个老孽障都无儿子，好好的人家，叫他二人设谋定计，弄得披麻戴孝，主哭仆嚎。欲将真情说出，恐被俺那个绝子绝孙的老岳知道，又要受他的闷气！"只得硬着心肠，向前来劝道："骆大爷不必过哀，老太太已死不能复生，保重大驾身子要紧！"正劝之间，徐松朋轿子到了，叫人将祭礼盒设在灵前，亦劝道："表弟莫哭，闻得亲朋知你回来，都办香纸来上祭。后边就到了，速速预备。"

未有片刻，果来了几位亲朋灵前行祭。骆大爷一旁跪下陪拜。徐松朋早已吩咐灵旁设了两桌酒席：凡来上祭之人，俱请在旁款待。共来了有七八位客人，拜罢，天已中午。徐松朋道："别的亲友尚未知表弟回来，请入席吧！"濮天鹏想道："我来原是上祭，今徐大爷催着上席，世上哪有先领席后上祭之理？还是先行礼方是；但不知是谁家的个死乞婆，今日也要我濮天鹏磕头！"心中有些不忿，欲想不行礼又无此理，心中沉吟不定，进退两难。不知行礼否，且听下回分解。

第三十六回

骆府主仆打擂台

　　话说濮天鹏行祭礼又不服气，欲要不祭又无此理，只得耐着气，走向骆太太灵前行礼。骆大爷道："隔江渡水，仆承驾到，即此盛情之至，怎敢又劳行此大礼！"徐松朋道："正是呢！远客不敢过劳，只行常礼吧！"濮天鹏趁机说道："既蒙吩咐，遵命了！"向上作了三揖，就到那边行礼坐席去了。

　　骆宏勋心中暗怒道："这个匹夫，怎么这般自大法？若不看鲍自安老爹份上，将他推出席去，连金子也不收他的！"余谦发恨道："我家太太赠你一百二十两银子，方成全你夫妻。今日你在我太太灵前哭奠一番才是道理，就连头也不磕一个，只作三个揖就罢了？众客在此，不好意思，临晚众客散后，找件事儿打他两个巴掌，方解我心头之恨！"这边坐席自有别人伺候，余谦怒气冲冲地走到东厅之内坐下，有一个小和尚捧着一杯茶来，道声："余施主请茶。"余谦接过吃了，小和尚接过杯子。余谦问道："我家太太灵坛放在你庙中三日，可有人来行祭否？"小和尚道："未有人来。"余谦道："就是徐大爷一家，也未有别处？"小和尚想了一想道："就是徐大爷那日送太太回去之后，有一顿饭光景，来了四五个人，都笑嘻嘻地道：'这是骆太太之灵，我们也祭一祭。'并无金银冥锭、香烛纸钱，就是袋中草纸几张，烧了烧。"余谦道："那人多大年纪？怎样穿着？"小和尚道："五人之中，年老者有六十年纪，俱是山东人打扮。"余谦道："烧纸之时，可听他说些什么话来？"小和尚道："他只说了两句，道：'能令乞婆充命妇，致使亲儿哭假娘。'"

　　余谦闻了此言语，心中暗想道："这五个人必是花振芳妻舅了。拿草纸行祭，又说道'乞婆充命妇，亲儿哭假娘'之话，坛内必非太太骨灰。想前日龙潭临行这时，那鲍自安说他有一个朋友，可以起死回生；今日濮天鹏行祭之时，又作三个揖而不跪拜，种种可疑，其中必有缘故。待我走到那边，将灵坛推倒，追问濮天鹏便了。"遂走到灵案之前，将灵坛子抬起往地下一掼，跌得粉碎。

骆大爷一见余谦掼碎母亲骨坛，大喝一声："该死畜生！了不得！"上前抓住，举拳照面上就打。徐松朋亦怒道："好大胆的匹夫！该打！该打！"濮天鹏心下明白，知道余谦识破机关，故把骨坛掼碎。连忙上前架住骆宏勋之手，说道："骆大爷，你见余谦掼坛，如何不怒？但是，莫要屈打余大叔，我有隐情相告。"骆大爷道："现将我母亲骨坛掼碎，怎说屈打了他？"濮天鹏道："此非老太太的骨灰，乃是假的！"徐、骆二人惊异道："怎知是假的？"濮天鹏遂将鲍、花二老所定之计说了一遍，"特叫小的相陪前来，恐大驾过哀，有伤贵体，令我解劝。如若是真的，我先前祭奠之时，如何只揖而不拜？"徐松朋又问余谦："你何以知之？"余谦又将小和尚之话说了一遍。骆宏勋方知母亲现在山东，遂改忧为喜。徐松朋亦自欢乐，吩咐家人多炖些美酒，大家畅饮一回。骆大爷更换衣巾，与众人同饮。大家谈论花振芳爱女太过，因婚事不谐，真费了一些手脚。亲邻们席罢，俱告别而回。

徐松朋乃在庙中检点物件，半日不见余谦。骆宏勋连忙呼之，不应，着人出庙寻找回来。家人回道："已上擂台了！"徐松朋皱眉道："濮兄同我表弟前去看看余谦，或赢或输，切不可上台。待回家商议一个现成主意，再与他赌胜败。"骆大爷与余谦虽分系主仆，实在情同骨肉。闻他上了擂台，早有些提心吊胆，遂同濮天鹏来至擂台右手站立，只见余谦正与朱龙比试。怎见得？有秧歌一个为证：

行者出洞头一冲，二郎双铜要成功。叱高咤下之勾挚，下扑英雄埋龙凤。入水走脱油和尚，六路擒拿怪魔熊。两人会合冲云去，个个犹如行雨龙。

比斗多时，余谦使个"双耳灌风"，朱龙忙用"二三分架"。不料余谦左腿一起，照朱龙右胁一脚，只听得"咯冬"一声，朱龙跌下擂台，正跌在濮天鹏面前。濮天鹏又就势一脚，那朱龙虽然英雄，怎当得他二人两脚，只落得仰卧尘埃哼哼而已！而台下众人看得齐声喝彩道："还是我们余大叔不差！"余谦满腔得意，才待下台，只见台内又走出一个人，大喝道："匹夫休走！待二爷与你见个高下！"余谦道："我就同你玩玩！"

二人又丢开了架子。只见：

迎面只一拳，蹦对不可停。进步撩腿踢，还手十字撑。虎膝伏身击，鹰爪快如风。白鹅双亮翅，野鸡上山登。

比较多时，余谦使个"仙人摘桃"，朱虎用了个"两耳灌风"，这乃是余谦之熟着，好不捷快！用手一分，这右脚一起，正踢着朱虎小腹，"哎呀"一声，又跌下台来，正跌在骆大爷面前。骆大爷便照大腿上，又是一脚踢去，朱虎喊声不绝。栾家着人将朱龙、朱虎尽抬回去了。众人又喝彩道："还是余大爷替我们扬州人争光！"余谦实在得意，又道："还有人否？如还有人，请出来一并玩玩！"只见台内又走出一个人，也有一丈身躯，却骨瘦如柴，面黄无血，就像害了几个月的伤寒病才好的光景，不紧不慢地说道："好的都去了，落我个不济事的，少不得也要同你玩玩。"骆大爷暗道："打败两个，已保全脸面，就该下来，他还争气逞强！"众目所视之地，又不好叫他下来，只得由他。徐松朋虽在庙中等候，而心却在擂台之下，不时着人探信。闻得打败两个，说道："余谦已有脸面了。"又听说余谦仍在台上，恋恋不舍。徐松朋道："终久弄个没趣才罢了！多着几个人探信，不时与我知道。"且说余谦见朱彪是个痨病鬼的样子，哪里还放在心上，打算着三五个回合，又用一巴掌就打下台去了。谁知那朱彪虽生得瘦弱，兄弟四个之中，唯他英雄，自幼练就的手脚，被他着一下，则筋断骨折。余谦拳脚来时，他不躲闪，反迎着隔架。比了五六个回合，余谦仍照前次用脚来踢，被朱彪用手掌照余谦膝盖上一斩，余谦喊叫一声，跌在台上，复又滚下台来。骆宏勋同濮天鹏、徐府探信之人，连忙向前扶架。哪里扶得住？可怜余谦头上有黄豆大的汗珠子，二目圆睁，喊叫如雷，在地下滚了有一间房的地面，众人急忙抬进了观音阁。

且说栾锱万、华三千二人俱在台内观看，只见朱彪已将余谦打下擂台，向朱彪道："台底下站的那个方面大耳者，即是骆宏勋；那旁站大汉，即是向日拐我的宝刀之濮天鹏，何不激他上来比试？"朱彪听得骆大爷亦在台下，大叫道："姓骆的，你家打坏我家两个人，我尚且不惧；我今打败了你家一个人，你就不敢上来了？非好汉也！"骆大爷本欲同濮天鹏回观音阁看余谦之腿，同徐大爷相商一个主意，再来复今日之脸面也。忽听台上指名而辱，哪里还容纳得住？遂自将大衣脱下，用带将腰束了一束。濮天鹏见骆大爷要上台的光景,连忙前来劝解。骆大爷大叫一声:"好匹夫!莫要逞强,待爷会你!"双腿一纵,早已纵上台来,与朱彪比试。正是:

英雄被激将台上,意欲代仆抱不平。

毕竟不知骆大爷同朱彪胜败如何,且听下回分解。

第三十七回

怜友伤披星龙潭取妙药

却说骆宏勋跳上擂台来，与朱彪走势出架。走了有二十个回合，不分胜负，你强我胜，台下众看的人无不喝彩。怎见得二人赌斗，有《西江月》为证。词云：

二雄台上比试，各欲强胜不输。你来我架如风呼，谁肯毫丝差处。我欲代兄复脸，他想替仆雪辱。倘有些儿懈怠虚，霎时性命难顾！

二人斗了多时，朱彪故意丢了一空，骆宏勋一脚踢来，朱彪仍照膝下一斩，骆宏勋大叫一声，也跌下台来，亦同余谦一样在地下滚了一间房子大的地面。濮天鹏同徐松朋家探信之人，连忙抬起赴观音阁去。朱彪见濮天鹏亦随众人而去，在台上吆喝道："姓濮的，何不也上来玩玩！"濮天鹏道："今日免斗。"回到阁中，听得骆大爷同余谦二人喊叫不绝。天已下午，徐松朋道："在此诸事不便。"借了和尚两扇门，雇了八个夫子，将他主仆二人抬起。原来自掼坛之后，徐松朋早已令人回家备马前来，以作回城骑坐。濮天鹏骑了一匹马，徐松朋仍坐轿，从西门进城。来至徐松朋家，吩咐速备姜汤并调山羊血，与他主仆二人吃下，尽皆吐出。徐松朋道："参汤可以止疼，速煎参汤拿来！"吃下去亦皆吐出。骆宏勋主仆二人疼得面似金纸，二目紧闭，口中只说："没有命了！"徐松朋又叫人脱他的靴子，腿已发肿，哪里还能脱得下来！徐松朋吩咐拿小刀子划开靴袜。一看，二人皆是伤在右腿膝盖以上，有半寸阔的一条伤痕，其色青黑，就像半个铁圈嵌在腿上一般。徐松朋又着人去请方医科来，方先生来到一看，道："此乃铁器所伤。"遂抓了两剂止疼药，煎好服下，仍然吐出。二人只是喊叫："难熬！"徐松朋看见如此光景，汤水不入，性命难保，想起表兄弟情分，一阵伤心，不由得落下泪来。

濮天鹏见骆宏勋主仆不能复活，心中甚为不忍，怨恨老岳道："都是

第三十七回　怜友伤披星龙潭取妙药

这老东西所害,弄得这般光景。若无假母之丧,骆家主仆今日也不得回扬,哪有此祸!"遂向徐松朋道:"家岳处有极好跌打损伤之药,且是妙药,待我速回龙潭取来,并叫老岳前来复打擂台。我知他素日英雄,今虽老迈,谅想朱彪这厮必不能居他之上!"徐松朋道:"如此甚好,但太阳已落,只好明早劳驾前去。"濮天鹏道:"大爷,救人如救火。骆大爷主仆性命只在呼吸之间,我等岂忍坐视?在下就要告别!"徐大爷道:"龙潭在江南,夜间哪有摆江舡只在?"濮天鹏道:"放心,放心!容易,容易!即无船只,在下颇识水性,可以浮水而过。"徐松朋道:"濮兄交友之义,千古罕有。"吩咐速摆酒饭。濮天鹏即欲起行,说道:"在下是八十年之饿鬼,即龙肝凤心、玉液金波也难下咽矣!"说罢,将手一拱,道声:"请了。"迈步出门,奔走到江边。瓜州划子天晚尽皆收缆,哪里还有舡行?濮天鹏恐呼唤船只,耽搁工夫,迈开虎步自旱路奔行。心急马行迟,日落之时,在徐府起身,至起更时节,就到了江边,心中还嫌走得迟慢。在江边大声喊叫:"此去可有龙潭船只么?"连问两声。临晚,船家见没有生意,尽脱衣而睡。听得岸上有人喊叫,似濮姑爷的声音,遂问:"哪个?"濮天鹏应道:"是我。"遂即跳下了船。船家尚未穿齐衣服,濮天鹏自家拔篙解脱了缆,口中道:"快快开船!"船家见姑爷如此慌速,必有紧急公务,不敢问他,只得用篙撑开舡。幸喜微微东北风来,有顿饭时候,已过长江。濮天鹏吩咐道:"船停在此,等候少刻,还要过江哩。"遂登岸如飞地奔庄去了。

来到护庄桥,桥板已经抽去,濮天鹏双足一纵蹿过桥,到了北门首。连叩几声,里边问道:"是哪个敲门?"濮天鹏道:"是我。"门上人听得是姑爷声音,连忙起来开了大门。濮天鹏一溜烟地往后去了。门上人暗笑道:"昨日才出门,就像几年未见婆娘的样子,就这等急法!"仍又将门关上。

且说濮天鹏往后走着,心内想道:"此刻直入老岳之房要药是有的,若叫他去复打擂台,必不能济事。须先到自己房中与妻子商议商议,叫她同去走走。这老儿有些恩爱女儿,叫她帮着些才妥。"算计已定,来至自己房门,用手打门。鲍金花虽已睡了,却未睡着,听得打门,忙问道:"是谁?"濮天鹏道:"是我。"鲍金花听得丈夫回来,忙忙唤醒了丫环,开了房门,取火点起灯来。鲍金花一见丈夫面带忧容,问道:"你同骆宏勋上扬州,怎么半夜三更隔江渡水而回?"濮天鹏坐在床边上,长叹一声,不由得眼中流泪。鲍金花见丈夫落泪,心中惊异,连忙披衣而起,问道:"你因何伤悲至此?"濮天鹏道:"我倒无有正事。只是你才提起'骆宏勋'三字,我想他主仆去时皆雄赳赳的汉子,此刻汤水不入,命系风烛,好伤悲也!"鲍金花问其所以,濮天鹏将他主仆打擂受伤,汤水不下,喊叫不绝,命在垂危之事说了。"我念他向日赠金,你我夫妻方得团圆,此恩未报,特地前来取药;又许他代请你家老爹赴扬州擂台,争复脸面。我要自请老爹,老爹必不肯去,故先来同你商议。你速起来去见老爹,帮助一二。"金花道:"你来取药罢了,又因何许他请老爹上扬州?你吃过饭否?"濮天鹏道:"余、骆二人要死不活,哪有心肠吃饭。徐松朋却备了酒席,是我辞了,急忙回来。"金花道:"痴子!只顾别人,自家就不惜了么?饿出病来,哪个顾得你!桌上茶桶内有暖茶,果合内现有茶食,还不连忙吃点,再办饭你吃。"濮天鹏道:"救人如救火,你快点起来,我自己吃吧!"鲍金花也念骆宏勋赠金之恩,遂穿衣而起。濮天鹏些须吃了几块茶食,同着妻子到鲍老房内来。濮天鹏执灯在前,鲍金花相随于后。

走到房门,连叩几下,鲍自安问道:"是哪个?"濮天鹏道:"是我。"鲍自安道:"天鹏回来了么?"濮天鹏道:"方才回来。"鲍金花道:"爹爹,开门。"鲍自安道:"女儿还未睡么?"金花道:"睡了,才起来的。"鲍自安遂起身开了门,濮天鹏将拿来的烛台放在桌上。鲍自安问道:"什么要紧事情,半夜三更回来?"濮天鹏将余谦识破机关,掼碎灵坛,上擂台打败朱龙、朱虎二人,又同痨病鬼朱彪比试,被他将右腿膝盖下打了一下,跌下擂台;又指名辱激骆宏勋,骆宏勋忿怒上台,亦被他照右腿膝盖下打了一下,其色青黑,滴水不入,看看待死。"闻得我家有极效损伤药,须我回来取讨。徐松朋叫我转致老爹说:骆宏勋与老爹莫逆之交,欲请老爹到扬州替骆大爷复个脸面!"鲍自安冷笑道:"烦你回来取药,这个或者有个商量。我素闻徐松朋乃文武兼全之人,怎好对你说:'到家将令岳请来,代打擂台复胜。是何意?朱彪将骆宏勋主仆打坏,心中不忿,是你在徐松朋面前说:你回来取药,并叫我赴扬州打擂台。你想骆家主仆皆当世之英雄,尚且输与他,似我这等年老血囊如何斗得过他?我与

第三十七回 怜友伤披星龙潭取妙药

你何仇何隙，想将我这把老骨头送葬扬州？万万不能！快些出去，要药拿些去；叫我上扬州休提！让我睡觉。"濮天鹏虽系翁婿，其情若父子，又被其岳说着至病，一言不敢强辩。闻得催他出门，让他睡觉，真个低着头，灰心丧气向外就走。

正走得门外，鲍金花曰："丈夫来。"至房内，见父亲责备丈夫，丈夫一言不敢强辩，心中早有三分不快。又闻丈夫被催赶出门，丈夫真个低着头往外便走。心中大怒，一把将丈夫后领抓住，往里一扯。

不知有什么正经话说，且听下回分解。

第三十八回

受女激戴月维扬复擂台

话说鲍金花见丈夫被赶出来,心中大怒,将丈夫后领一把抓住,往里一拉,抱怨道:"我说不来的好,你要来,惹得黄瓜、茄子说了一大篇。骆宏勋是你家的亲兄乃弟,姑表两姨么?人家好好的赴宁波完姻,偏要留住人家;设谋定计,什么亲娘假母,哄得人家回去奔丧,弄得不死不活受罪哩!倘若死了,到阎罗王面前你也不是知情人,还怕他攀你不成!何苦受这些没趣。明日连药也不必送,各人吃了各人的饭,管他。这正是弄出夹脑伤寒来值多少哩!"鲍金花里打外敲,抱怨丈夫。鲍自安道:"我又得罪姑老爷了,惹得姑奶奶动气。怕姑老爷恼出伤寒病来,是我的罪。我老头儿狗命连分文不值。我想既得罪姑奶奶,家中又是难过,拼着这条老命,上扬州走走罢了!等我到扬州被朱彪打下擂台跌死之后,姑奶奶,我与你父女一场,弄口棺材收收尸,莫要使暴露,惹人笑话!方才听姑老爷说:救人如救火,连夜赶去才好。只是夜间哪里有船只过江?"濮天鹏道:"我已吩咐留下一只舡在江边等候了。"鲍自安叹道:"你看。夫妻两个做就圈套,拿稳叫我老头儿去的;不然舡都预备现成。"鲍金花连忙代老爹取拿应用物件,濮天鹏连忙代老爹打起行李,并多包些损伤药。收拾齐备,鲍自安将听差之人点了二十名,跟随前去。吩咐道:"待我上擂台之时,你们分列擂台两边,倘朱彪打我下台,你们接我一接,莫要跌坏了腿脚,老年弄个残疾。"众人笑道:"据老爹之英勇,断不至此!"鲍自安道:"圣人说得好:'人无远虑,必有近忧。'"又把濮天雕请来,嘱咐道:"我上扬州,多则五日,少则三日即回家中。小事你同嫂嫂自主,倘有大事,差人去通知我。"濮天雕领命。诸事分派已毕,点起两个大灯笼,同濮天鹏并二十个听差之人,直奔江边而来。

来至江边。上了先前之舡。船家见老爹过江,哪个还敢怠慢,起锚的起锚,扳棹的扳棹,将船撑开。总是骆宏勋主仆灾星该退,濮天鹏来

第三十八回　受女激戴月维扬复擂台

时是东北风,此刻又转了西南风,往返皆是顺风,江中无甚耽搁。到了江北岸,舡家正到河边弯的,瓜州划子都是认得。遂叫了四只舡,许他几钱银子,每舡四个抬夫,连老爹二十二个人,分坐四船,奔扬州而来。五更三点已至扬州南门,看城门未开,遂将舡脚秤付舡家。在舡上静坐了片时,听得城里发擂放炮,开放城门,鲍自安等开门而进。

濮天鹏认得路,走在前引路。来到徐府门首,用手敲门。徐松朋家因骆宏勋主仆病危,众人一夜俱皆未睡,听得看门人相问,濮天鹏道:"是我。龙潭取药回来了!"家人急报徐大爷,徐大爷大喜,道:"这才算做个患难扶持之友!"忙发钥匙将大门开了。濮天鹏一众人等走进来,徐松朋见了二十多人之中有一年老者,有一丈二尺身躯,谅必是鲍自安了。连忙说道:"恕我腿疼,不能起迎!"鲍自安慌忙走进,说道:"不敢!不敢!不知大驾受伤。前日即欲同骆大爷前来看望,奈舍下俗事匆匆,不能脱身,故着小婿前来候安。昨晚又闻骆大爷主仆受伤甚重,舍下有配制之药,每每见效,今特送药前来,并候贵体!"徐松朋道:"赐药足矣,又劳大驾披星戴月而来,使愚表兄弟何以克当!"彼此说了几句套话。

鲍自安听得那边两只棕榻上哼声不绝,问道:"此即骆大爷卧榻么?"徐松朋道:"正是。"鲍自安走进东边,将骆宏勋一看:只见他二目紧闭,面似金瓜,连叫几声,骆宏勋只哼不应;转脸又见余谦亦然。鲍自安道:"快拿麻油来。"亲自将药包打开,将药调好,掀开二人之被,敷于伤处,仍又将被盖好,令他出汗方好。仍与徐松朋说道:"此药屡次见效,轻者至顿饭光景即可痊愈。骆大爷主仆受伤过重,大约早饭时节,包管止痛,就可以起来;中饭时节,复自如初,与好人一般。徐大爷连日伤痕何如?"徐松朋道:"疼也不大疼了,起也起得来,就是不敢行走。"鲍自安道:"有药在此,何不也敷上些?亦请安睡安睡,出一身汗就好了。"徐松朋道:"今贵翁婿在此,无人相陪,待舍表弟伤好之后,我再上药吧!"鲍自安道:"若拘此礼,又非相好了!但愿列位伤痕速好,好商议复打擂台。大驾只管敷药去睡,有酒有肴,贵价拿来,我们自家会吃会饮,何必要你陪客。"徐松朋见鲍自安说话爽快,且是欢喜,道:"既蒙原谅,遵命,遵命!"吩咐再拿一张棕榻铺设于此,又吩咐预备上一下四共五桌酒席。诸件吩咐已毕,自家才敷药上床而睡。鲍自安翁婿一席,带来的二十位英雄在对厅四桌自饮。

　　未有半个时辰,徐松朋已醒,觉得腿上毫不疼痛,起身行走如旧,极口称赞道:"鲍老爹此药真仙方也!"骆宏勋、余谦正在熟睡,耳边猛听得徐松朋口中呼叫"鲍老爹",掀起被来坐于床上,睁眼一看,正是徐松朋同鲍自安翁婿一起谈心。徐、鲍、濮三人见他主仆坐起,连忙走近身边相问。骆宏勋道:"鲍老爹几时至此?"徐松朋将濮天鹏夜回龙潭取药,并"请鲍老爹戴月披星而来医治我等,我已行走如初,因你二人伤重,是以不能行走"之事说了。骆宏勋谢道:"晚生何能,致使老爹黉夜奔忙,何异重生父母!"余谦亦谢道:"待小的起来与老爹磕几个头吧!"鲍自安道:"疾病扶持,朋友之道,何谢之有!"余谦道:"小的腿已不疼了,待小的走到平山堂与那痨病鬼拼个死活。"骆宏勋抱怨道:"你这冤家,还不知戒!只因你性急了,弄得我主仆之命在于旦夕。若非濮兄见爱,鲍老爹相怜,此刻命归哪世矣!"鲍自安道:"余大叔,你莫性急,岂肯白白罢了!大家商议一个主意。我既到此,拼着一条老命,也少不得要同他一会。我料他擂台上今日必无人了。栾家设此擂台原是为四望亭之恨,今既将你主仆打伤,又知徐大爷前已跌坏,料无人与他比较了。我们即便复脸,也不是暗暗前去,必须晓谕众人得知,使台下众人观看观看才好哩!明日是要去的。再停一停,等余大叔起来,奔教场辕门口,转到西关便了。一路游玩,再从栾家门前经过,使众人知道你的腿已好,要复打擂台,明日好来观看。"徐松朋深服其言,令人拿点汤水点心放在他主仆床上食用。二人食了些须,仍然安息。

　　这边桌上已摆早茶,徐松朋相陪他翁婿二人。徐松朋道:"请问老爹:舍表弟主仆到底是何伤?"鲍自安道:"此非器械所伤,乃手伤也。用缸桶盛铁沙三斗,幼年间以手在沙内擂、插,久则成功。人碰一下,筋麻骨酥,此手名为'沙手'。"徐松朋问道:"老爹幼亦曾练过否?"鲍自安道:"练是练过,今已年迈,但不知还能用不能用?"饭毕之后,天已正午,余谦早已起身,穿了鞋袜,向鲍自安谢过。说道:"小的要游玩去了。"鲍自安道:"方才医好了腿,当要小心行走要紧!"余谦答道:"晓得。"说罢,出门去了。

　　且说朱彪将骆家主仆打下台来,栾镒万甚是欢喜,知骆家并无他人,

第三十八回　受女激戴月维扬复擂台

同了朱彪、朱豹、华三千等亦回家,请医调治朱龙、朱虎之伤。吩咐设筵与朱彪贺功。朱彪甚为得意,说道:"非在下夸口:骆家主仆今受我一掌,少则三个月,多则半年,方能行动。"栾镒万道:"我所恨者是这两个匹夫,今被打伤,已出我心头大气。明日也不必上台去了,大家在家,着医治两兄之伤,并唤名班做戏,贺三壮士之功。"华三千道:"大爷且莫得意,骆家主仆从不受人之气,岂肯白白受我们之辱么?他们相识英雄甚多,自然搬兵取救,几日内还要复脸的。"朱彪道:"哪怕他搬那三头六臂之人来,我何惧乎!"栾镒万闻他言语强硬,甚是相敬。

及至次日中饭以后,门上人来禀道:"小的方才见余谦雄赳赳地过去,恶狠狠地向我家望了几眼。"栾镒万道:"胡说,昨日打下台去,疼痛难禁,在地下滚了间把房子地面,亲见众人抬去,如何今日就好了?"朱彪道:"莫非今夜疼死了,来此显魂?"门上人道:"青天白日,满街人行走,鬼就敢出来了?他方才过去,大爷与三壮士如有不信,何不请出去,等他回来看一看!"栾镒万道:"也说得有理。"遂同朱彪兄弟们走到大门,未出屏门,余谦行走转来,众人一看,正是余谦,行走如旧。栾镒万冷笑道:"昨日三壮士说:少则三月,多则半年,方能行走。今一夜即愈,是多则半日,少则三时了。"朱彪满面发赤,恨道:"明日再上擂台,必要送他残生。"不讲朱彪发狠。

且说余谦晚间回来,鲍自安问道:"都走到了么?"余谦道:"都走过了。栾家门口我走了两三个来回。"众人大喜道:"摆宴!"大家用过,各自安歇。

次日众人起身梳洗已毕,吃了点心,稍停,又摆早饭。吃饭之后,鲍自安令人到街坊探望探望,可有往平山堂看打擂台之人?去人回来禀道:"上平山去者滔滔不绝。"鲍自安道:"我们也该去了。"徐松朋备了四骑牲口,鲍老翁婿,徐、骆弟兄四个骑坐,那二十个英雄、余谦一众相随。大家仍出西门,直奔平山堂而来。离平山尚有一里之遥,鲍自安抬头一看,见东南大路上来了两骑牲口,上边坐着一男一女。鲍自安仔细一看,大叫一声:"不好了!"正是:

　　知女平素好逞胜,惊父今朝喊叫声。

毕竟不知鲍自安所见何人,大惊缘故,且听下回分解。

第三十九回

父女擂台双取胜

　　却说鲍自安同徐、骆、濮三人行到平山堂不远，抬头见东南大路上来了两骑牲口，一男一女，不是别人，正是女儿金花同了濮天雕。鲍自安暗想道："我的女儿是个最好胜的人，她今到此，我若胜了朱彪则无甚说；倘若输时，她怎肯服气？必定也要上台。她是女儿家，倘有差池，岂不见笑于大方！"所以大叫一声："不好了！女儿同濮天雕都来，家中无人照应？"濮天雕未曾回言，濮天鹏早已看见，心中怨道："你来做甚？"徐松朋、骆宏勋齐说道："姑娘来扬走走，甚是，老爹何必埋怨。"说说行行，两边马匹俱行到总路口，个个跳下牲口，徐松朋与骆宏勋上前见礼，又与濮天雕见过。徐松朋道："请姑娘到舍下去吧！"鲍金花道："我今特来观看擂台，俟看过之后，再造府谒见大娘吧！"濮天鹏埋怨濮天雕道："你今真不该同她前来。"濮天雕道："嫂嫂要来，我怎拦得她住！"鲍自安道："既来了，说她也无益。"低低地又向濮天雕道："我将嫂嫂交与你，她有些好胜，千万莫叫她动手动脚。"濮天雕答应。

　　到了擂台，徐家的家人将牲口俱送观音阁寄下，跟老爹来的二十个英雄，遵老爹之命，分列两旁站立。濮天雕同嫂嫂站立擂台之右，徐、骆因有男女之别，同鲍自安俱在擂台之左。濮天鹏本欲与妻、弟站立一处，恐徐、骆暗地取笑，也同在左边站下。只见朱彪在台上说道："打不死的匹夫，并大胆的英雄，再上来陪咱玩玩。"鲍自安脚尖一踮，早上了擂台，慢慢地说道："只是我年老了，拳棒多时不玩，恐不记得套数，手脚直来直去。壮士让我三分老，我就陪你胡乱玩玩。"朱彪将鲍自安上下一看：身长体大，甚是魁伟，约有六十来岁年纪。答道："既上台来，自然武艺精奇，何必过谦！"鲍自安道："我今日与你商议：我想白打没有什么趣，必须赌个东道，方显得有精神。"朱彪道："要赌个什么东道？"鲍自安："也不可大赌，赌五百两银子吧！"朱彪听说五百银子，就不敢应承，口中只是打嗉。栾镒万在台内早已听见，若不应承，令下边人取笑。里边应道："就赌五百两银罢了！"随即拿出十大封银来放在桌上。鲍自安在当中取了二封，看了一看，却是足纹。说道："我自路远，未带得这些银子，拿件东西质当，晚间不赎，就算抵直东道。"朱彪道："你是何物质当？"鲍自安将头上戴的顶毡帽取下，道："就是他质当，如何？"朱彪发笑道："不是真玩，还是取笑？"鲍自安道："谁与你取笑！谁不真玩！"朱彪正色道："既不取笑，你那个毡帽能值几何，就当五百两银子么？"鲍自安将帽前钉的那颗珍珠指着道："它也不值五百银子么？"朱彪不识真假，还在那里讲究。台内栾镒万已望见那颗珍珠有圆子大，光明夺目。论时价真值足纹千金，今当五百有何不可！遂着人出台道："三壮士，就是那帽子当五百多两！"银子、帽子俱搁在一张琴桌之上。讲究完了，鲍自安方才解下大衣，系紧束腰带。二人丢开架子，在台上比武。朱彪欺他年老，意欲三五步抢上，就要打发他下台。正怀这个主意，朱彪一拳紧似一拳；鲍自安只是招架而不还手，口中唧唧哝哝地道："先说过让我个'老'，动了手就不是那话了！五百银子眼看着是输了。"

　　徐、骆二人并余谦在下低低说道："你看鲍老爹只有招架拦挡，莫不真要败输？"濮天鹏道："诸公不知家岳情，此诱敌之法！待朱彪力乏之时，才对他动手脚哩！"真个，未有一个时辰，朱彪使了瞎气力，丝毫未伤鲍老爹，拳势渐渐松下来了。鲍自安见朱彪些须力尽光景，遂抖擞精神，使起拳势；朱彪力尽，哪里还招架得住！鲍自安迎面一个冲手，朱彪用手招架，谁知鲍自安冲手是假引，朱彪来架时，他即将身一伏，用手向朱彪裆中两手一挤，朱彪"哎呀"一声，跌下台去。可怜朱彪在地下滚了有两间房子大的地面。鲍自安道："也抵得过前日滚的地面了。"方走到琴桌边，将毡帽戴上，又将衣服并十封银子抱起，跳下台来。徐、骆二人迎上，称赞道："恭喜！恭喜！"鲍自安道："托庇！托庇！侥幸！侥幸！"徐松朋令人将银子接过，才待要穿大衣，又听得台上有人喊叫道："那老儿莫要穿衣，待四爷与你玩玩输赢！"鲍自安听得有人喊叫，向台上一望：见一人有一丈三尺余长的身躯，体大腰圆，豹头环眼，就像一个肉宝塔。鲍自安道："我就与你玩玩，再赢你五百两，一总好买东西吃。"大衣交与自家人收了，正要复上擂台，只见女儿金花已蹿上台去了。鲍自安道:"不好了！我原怕她好胜,今已上去,如何是好？"抱怨濮天雕道:"我将嫂嫂交给与你,你怎么还让她上去！"濮天雕道:"嫂嫂并无言语,一蹿即上,如何拦住！"且不说鲍自安抱怨濮天雕。

且说鲍金花站立在台上,启朱唇,露银牙,娇声嫩语喝骂道:"夯物肉货,怎敢欺我老父！待姑娘与你比较个输赢。"朱豹听他称着"老父",一定是他女儿。心中想道:"我今不打她下台,只在台上打倒她,虽不能怎样,岂不把她父亲羞她一羞？"算计已定,说道:"你乃女流之辈,若打下台去,跌散衣衫,岂不羞死！早早下去,还是你那该死的父亲上来见个高低。"鲍金花道:"休得胡言,看我擒你！"二人动手比试。金花乃众名师所授之技,拳拳入妙,势势精准；且朱豹身大粗夯,金花十拳就打得他八拳。怎奈金花乃娇弱女子,身小力薄,拳头打到朱豹身上,就如蚊虫叮了一口,如何打得开？越打越朝前进,鲍姑娘反朝后退。鲍自安见光景不好,叫道:"女儿下来吧！还是我上去。"鲍金花乃好胜之人,众目所观之地,怎肯白白下来！直见朱豹渐渐挤上,至西北角上,身后只落得一二尺之地面。濮天鹏虽然说不出来,心中却捏着两把汗。鲍自安躁得头上汗珠乱滚。且说鲍金花见自家身后无有地步,少时难站,前有朱豹,心中甚为焦躁,若不与他强挡,必被他挤下台去。将身一伏,假作跌倒之势,朱豹认以为真,弯腰用手来按,不料金花就地一蹿,意欲从他身上蹿过。鲍金花在家内就打算来打擂台的,脚下穿了一双铁跟铁尖之鞋,恰恰朱豹按空,从头上过去；鲍金花纵起,他亦站起身来拦截,鲍金花两只鞋尖正正踢在朱豹两眼之内,铁尖将眼珠钩出来了。朱豹疼痛难禁,心中昏乱,回身便倒跌下台来。鲍金花金莲一纵,也随下台来,意欲再踢他两脚。鲍自安连忙禁止道:"何必赶尽杀绝！"鲍金花方才止住。两旁人个个伸舌,称赞道:"真女中之英雄也！"栾镒万共请了四个壮士,两次打坏了二双,好不灰心丧气；金银花费多少,羞辱未消丝毫,还要代他医治伤痕。吩咐家人将朱彪、朱豹抬回家去。徐松朋满腔得意,吩咐家人将牲口牵来,留濮天雕、鲍金花一同进城。余谦满面光辉,陪着那二十位英雄步行回家：

  鞭敲金镫响,人唱凯歌回。

来至门首,徐大娘将金花留进后堂款待,徐、骆前厅相陪。这且不表。

第三十九回　父女擂台双取胜

且说那栾镒万回到家中,听得朱氏弟兄不是这个哼,就是那个喊,哼喊声不绝,心中好不烦闷。向华三千说道:"速速叫人将擂台拆来,小材大料搬回家来,小件东西布施平山堂那个庙里吧!"华三千答道:"不拆,留他何用!"朱龙、朱虎前日受伤,虽然还疼痛,到底还好些。耳中听得栾镒万同华三千打算去拆擂台,朱龙说道:"胜败乃兵家之常事,栾大爷何灰心如此?"栾镒万道:"贤昆仲俱已受伤,一时怎能行动?我欲拆了擂台。"朱龙道:"骆家主仆前日也曾受伤来,怎又请人复擂?难道我弟兄就无处请么?"栾镒万道:"但愿你贤昆仲们有处勾兵,前来复此擂台,以雪我们弟兄之恨。大家在众人面前亦有脸面。但不知你欲请何人至此,亦不知所请之人,今住居于何处?"栾镒万他心中受此羞辱,恨不得即时有人前来雪此擂台之恨,听得朱龙、朱虎所言,故尔即时动问。正是:

　　欲思报复前仇恨,故特追寻请真人。

只见那朱龙不慌不忙说出这个人来。不知后事如何,且听下回分解。

第四十回

师徒下山抱不平

话说栾镒万问朱龙所请何人？朱龙道："我欲请者，乃吾师也。姓雷，名胜远。他在峨眉山出家。"栾镒万冷笑道："峨眉山在四川地方，离此有几千里远，往还要得半年工夫。"朱龙道："目下却不在峨眉山，现在南京灵谷寺内做方丈。大爷备办礼物四色，愚弟兄写一封书，恳求大爷差两个能干之人，连夜赶到南京。吾师若见愚兄弟之书自然前来，不过五六日光景，吾师一到，必然可出大爷之气，并复愚兄弟之脸。"栾镒万因此擂台已花费了无数银子，发狠道："再用一万银子罢了！"说道："壮士作速修书。"又吩咐备了四色礼物，都是出家人所用之物。朱龙烦华三千代笔，朱龙说一句，华三千写一句，亦不过是连激代哀之词。不多一时，书札俱已办齐。栾镒万道："我方才见那打擂之男女，皆非扬州人氏，倘得雷道长请来，这老儿功成回去，岂不徒劳乎！"即向华三千道："老华，你先到徐家通个信，使他莫要回去才好！"华三千本不敢去，今奉东家之命，暗想道："养军千日，用在一时，怎好推辞！若去呢，别人犹可，就是余谦这厮有些难见。倘若见面，就吃他一个下马威，莫说一拳一脚，即一弹指，我就吃饭不成！又不好推辞。"只得勉强应道："使得，使得！"遂穿了衣服往徐家而去。

来至徐府门首，向门上人说道："烦大爷通禀一声，就说栾府门客华三千求见。"门上人听说，只得进内通报。徐大爷正陪着众人饮酒，忽见门上人进内。问道："有何事情？"门上人禀道："栾家门客华三千特来求见！"徐大爷眉头一皱，说道："他来何事？"余谦在旁侍立，听得华三千在外，说道："这孽障专会搬弄是非，他来必无好事。爷们不必叫他进来，待小的走出去，两个巴掌打他回去！"鲍自安道："两国相争，不斩来使。他既来，必有话说。且叫他进来，看他说些什么。"徐松朋道："有理，有理！"

吩咐门上叫他进来。门上人领命出去。骆宏勋恐余谦粗鲁，嘱咐道："人来我家，虽非好人，亦不可得罪。你自出去，不必在此，亦不可在外多事！"余谦见主人如此吩咐，只得赶去站在二门，怒形于色。

门上人复领华三千进来，行至二门，见余谦那个神情，华三千早已战战兢兢。行至跟前，拱手赔笑，道："余贤叔在此么？"余谦也不相还，大声道："我今日不耐烦说话。"华三千满脸赔笑，走过去了。进得客厅，见三人共坐而食。濮天鹏因同在栾家会过，少不得同徐松朋微欠其身，道声："你来了么？请坐！"华三千意欲上前行礼，徐大爷道："不消了。华兄日伴贵客，出入豪门，今至寒门，有何见教？"华三千道："敝东着门下造大爷贵府，有一句话奉禀：今日擂台上，令友老先生父女武艺超群，令人爱慕，但恨相见之晚。本欲请驾过去一谈，谅令友同大爷必不肯下降。今虽打伤朱氏弟兄，扫了敝东擂台，不唯不怨，反而起敬重之心！敝东还有一个朋友颇通武艺，五七日间即到，意欲还要讨教令友，又恐令友回府，特令门下前来请问：不知令友可能容留几日否？"徐松朋闻得此言，甚为烦难，暗想道："若不应允，他必取笑我有惧怕之心；若应之，又恐鲍自安道：今日代我们复脸，已尽朋友之道，难道只管在此，替我们保护不成？"口中只是含糊答应，不能决定。鲍自安早已会意，遂说道："我已知其意也。令东见今日扫了他的擂台，心中不服，又要请高明，要得几日工夫。犹恐请了人来，那时恐我回去，故先差你来邀住我，然后才去请人。哪怕是临潼斗宝，伍子胥过关，闹海李哪吒，舍着老性命也要陪他玩玩。这也不妨，但我只许你十日工夫，十日内请了人来便罢，若十日之外，我即起行，那时莫说我躲而避之！"华三千道："如此说，我就回复敝东便了。"徐松朋道："我不送。你回去就将此话回复令东。"华三千起身出来，看见余谦还在那二门站立，华三千远远地、笑嘻嘻地叫道："余大叔，因何不里边坐坐？只管在此，岂不站坏了！"余谦道："各人所好不同，与你何干。我先就对你说过，我不耐烦说话，你苦苦缠我怎的！"华三千连声道："是！"走过去了，暗念一声："阿弥陀佛！闯过鬼门关了！"方才放开胆，大步走出徐家之门回家。

栾镒万正在厅上候信，一见华三千进来，问道："事体可曾说明？"华三千捏造一片虚词，做作自家身份，答道："门下一到徐家门首，徐松朋闻得我到，同骆宏勋连忙迎出大门，揖让而进，余谦捧盘献茶。门下将大爷之言说过，那老儿亦在其坐，当面说明：他在此等候十日；若十日外，他就回家去了。门下料南京往返，十日工夫绰绰有余，遂与定妥。大爷可速速着人赴南京要紧！"栾锱万遂差栾勤、栾干两个家人，将书札礼物下舡动身。按下不言。

且说鲍自安在徐府用过晚饭，意欲叫女儿连夜回家，徐大爷哪里肯放，说道："姑娘今日至扬州。明日叫贱内相陪，琼花观、天宁寺各处游玩两天，再回府不迟。哪有个今来今去之理！"鲍自安道："虽如此说，舍下无人，骆大爷深知。"骆宏勋道："虽然如此，天已晚了。"亦不敢叫女儿起行。一宿晚景已过。次日早饭后，鲍金花辞谢徐大娘，又辞别父亲。鲍自安道："还是你叔、嫂先回去，到家小心火烛，要紧，要紧！若有大事，着人来此告我知道。我在此十日后，就回来了。"濮天鹏亦吩咐妻、弟二人，濮天雕与鲍金花一一领命。又辞过徐、骆二人，出门上马回龙潭去了。

鲍自安在徐府一住六日，华三千通信约定明日早赴平山堂比试，徐松朋报与鲍自安，鲍自安就许他明日上平山堂。徐松朋又差人打探栾家所请何人。去的人回来禀道："今日才到，外人还不知他的姓名。就看见一老三少，三个道士。"鲍自安道："不用说了，此必南京灵谷寺的雷胜远了。"徐、骆问道："老爹素昔认识么？"鲍自安道："从未会面，我却闻名，倒也算把好手！"徐、骆又问道："天下好汉甚多，老爹素知道，到底算哪人为最？"鲍自安道："能人多得紧，就我所知者，山东花老妻舅，还有胡家活阎罗胡理、金鞭胡琏，并骆大爷空山所会者消安师徒。"并把力擒三虎之事说了一遍，徐松朋甚为惊异。鲍自安道："他还有两个师弟：一名消计，一名消月，比消安还觉英雄，惜乎我未会过。闻得他三师弟消月，能将大碗粗的木料，手指一捏，即为粉碎。我每想会他一会，却无此缘。"这一事，谈了一日。

次日早饭后，徐、骆、鲍、濮四人各骑牲口，余谦陪那二十个人仍是步行来至平山堂。牲口扣在观音阁中，众人步行来至擂台边，只听得旁边看打擂的众人道："来了！来了！还有一位女将怎不见来？"鲍自安举目向台上一观，只见一位老道士，六旬以上年纪，丈二身躯，截眉暴眼，雄赳赳地坐在一张椅上。闻得下边人说："来了！来了！"知是徐家

第四十回　师徒下山抱不平

到来,遂立起身来,将手一拱,道:"哪一位是前日扫擂台的英雄?请上台来一谈。"鲍自安闻得台上招呼,将脚一纵,上得台来,答道:"不敢!就是在下,前日侥幸。"道士道:"请问檀越[1]上姓大名?"鲍自安道:"在下姓鲍,名福,贱字自安。"道士道:"道友莫非龙潭鲍檀越么?"鲍自安道:"在下便是。"道士暗想道:"果然名不虚传,怪道朱龙徒儿非他对手。"鲍自安道:"仙长尊姓何名?"道士道:"贫道姓雷,名胜远。"鲍自安道:"莫非南京灵谷寺雷仙长么?"道士道:"贫道正是。"鲍自安道:"久仰!久仰!"雷胜远道:"四个小徒不识高低,妄自与檀越比较,无怪受伤。又着人请我前来领教,不知肯授教否?"鲍自安道:"既不见谅,自然相陪。"于是二人各解大衣,紧束腰绦,让了上下,方才出对。看官,但有实学,并无经过大敌者,专以谦和为上,不比那无术之辈,见面以言语相伤,何为英雄?有诗为证:

实学从来尚用谦,不敢丝毫轻英贤。

举手方显真本事,高低自分无恶言。

雷、鲍二人素皆闻名,谁肯懈怠!俱使平生真实武艺,你拳我掌,我腿你脚,真正令人可爱。有诗:

一来一往不相饶,各欲人前逞英豪。

若非江湖脱尘客,堪称擎天架海梁。

二人自早饭时候斗至中饭时候,彼此精神倍增,毫无空漏。正斗得浓处,猛听得台下一人大叫:"二位英雄莫要动手!我两人来也。"正是:

台上儒道正浓斗,台下释子来解围。

不知台下何人喊叫,且听下回分解。

---

[1] 檀越:佛教名词。寺院僧人对施舍者的尊称。

第四十一回

离家避奸劝契友

却说鲍、雷二人正斗在热闹之间，台下一人大叫："二人莫动手，我师徒二人来了！"鲍自安、雷胜远虽都听得台下喊叫，但你防我的拳，我防你的手，哪个正眼向下观望？消安连叫两声，见他二人都不歇手，心中大怒，喝道："如不歇手，看我乱打一番！"将脚一纵，上了台来，将身站在台中，把他二人一分。鲍自安一见是消安，又仗了三分胆气；雷胜远亦认得是五台山消安，乃说道："师兄从何而来？"消安道："法弟现在江南空山之上三官殿居住。昨日闻得鲍居士在扬州扫了擂台，栾家人请人复擂，恐鲍居士有伤。特同小徒前来帮助。不意是道兄，都是一家，叫我助谁？故上台来解围。"雷胜远、鲍自安二人棋逢敌手，各怀恐惧之心，又尽知消安师徒之厉害，乐得将计就计，问道："既蒙师兄见爱，敢不如命！"各人穿起大衣。鲍自安邀消安同下擂台，雷胜远亦要邀栾家去叙谈。消安素知栾家乃系奸佞之徒，怎肯轻造其门。遂辞道："法弟还有别话与鲍居士相商，欲回龙潭，不能如命。"雷胜远料他与鲍自安契厚，亦不强留。

消安同鲍老下了擂台，骆宏勋、徐松朋、濮天鹏三人迎上，各自见礼。鲍自安又谢他师徒相关之情。消安师徒出家人，从不骑牲口，故此大家步行进城，奔徐松朋家来。到了客厅，重新见礼。徐松朋吩咐预备一桌洁净斋饭。不多一时，荤素筵席齐备，客厅上摆设二桌：消安师徒一桌，鲍、徐、濮、骆一桌；对厅上仍是四席，那二十个英雄分坐，余谦相陪。酒饭毕，鲍自安告辞。徐松朋道："今日天晚，明日回府吧！"于是睡下。临晚，大家设筵，众人畅饮一回。饮酒之间，鲍自安向骆宏勋道："栾家这厮，今又破题儿失脸，结怨益深。"骆宏勋道："正是。"鲍自安道："你骆大爷还有包涵之量，余大叔丝毫难容，互相争斗必有一伤。据我愚见，不可在此久住，暂往他处游玩游玩，省了多少闲气，且老太太并桂小姐俱在山东，大驾何不往花振芳家走走。母子相逢，妻妾联姻，三美之事也！成亲之后，大驾再回扬州，妻必随行；花振芳只有此一女，岂忍割舍，必随之而来维扬住家。

花振芳离了山东，巴氏弟兄不能撑持，方必连家而来矣。花老妻舅皆当世之雄豪，骆大爷既不孤单，又何惧奸佞之谋害也！"骆宏勋道："老爹此言，甚为有理，但晚生一去，彼必迁怒于众及表兄，叫表兄一人何以御之？"徐松朋答道："表弟放心前去，愚兄有一善处之法：表弟起身之后，我则赴庄收租，在庄多住几日，栾家请来之人自然散去。非惧彼，实无有与奸佞结怨之意耳！"鲍自安大喜，道："徐大爷真可谓文武全才！即此一言，诚为立身待人之鉴也！"遂议定：鲍老爹翁婿、消安师徒明日回龙潭，骆大爷主仆后日往山东，徐大爷后日赴庄收租。饮足席散，各自安歇。

次日早饭后，鲍自安、消安告辞，徐大爷令人将十封银子取出，交与鲍自安。鲍自安大笑道："前日与朱彪打赌时，原说买东道[1]吃的。我侥幸赢他，该买东道，我等共食，今已在府坐扰数日，还算不得么？"徐大爷道："如此说，老爹轻晚生作不起地主了。即使买东道，也用不了这些，还是老爹收去。"鲍自安道："如此说来，哪有带回之理，只当用不完，余者算我一分赆仪，送与骆大爷主仆一路盘费，何如？"消安道："此银谅鲍居士必不肯收。徐、骆二位檀越恭敬不如从命吧。"骆、徐又谢过。鲍自安等四人，带领二十位英雄回龙潭去了。众人去后，骆宏勋置了几色土仪[2]，收拾行李；徐松朋又将鲍老五百银子捧出，叫骆大爷打入包裹，以做路费。骆宏勋道："弟身边赴宁盘费一毫尚未动着，要它何用！"徐大爷道："此是鲍老爹赆仪，表弟应该收用。"骆宏勋道："如此说，就拿一封。"打入包裹。余谦仍将余银送入徐大爷后边。过了一宿，次日起早，骆大爷主仆奔山东一路而去。徐大爷亦交代账目、日后家务事毕，带了两个家人上庄去了。不提鲍自安回龙潭，不表徐松朋上庄。

且说骆大爷主仆二人，在路非止一日。那日行至苦水铺，向日灵榇

---

[1] 东道：做东请客。
[2] 土仪：旧时用来送人的土特产品。

回南之日，所宿花老之店，余谦还识得，一直走进店门。柜上人及跑堂的亦都认得，连忙迎接，说道："骆姑爷来了，快些打扫上房，安放骆姑爷行李！"牵马拿行李，好不热闹。骆宏勋进了上房坐下，早有人捧了净面水来，又是一壶茶。厨房杀鸡宰鹅，煨肉煎鱼，不多一时，九碗席面摆上。余谦是六碗荤素，另外一席。骆宏勋道："一人能吃多少？何必办这许多！"

柜上人亲来照应，说道："不知姑爷驾到，未预备得齐全，望姑爷海涵。"骆宏勋道："好说。"又问道："老爹可在家么？"那人道："前日在此过去的，已下江南，亲请姑爷去了。难道姑爷不曾会见么？"骆宏勋道："水路上面舡行迟慢。我自家中起早骑了自家牲口，从西路而来。"那人道："是了，老爹前说从东路下扬州，故未遇见。"骆宏勋道："老爹自去，还是有同伴者？"那人道："同任大爷、巴家四位舅爷，六个人同行。"骆宏勋道："此地离寨还有多远？"那人道："八十里。此刻天短，日出时起身，日落方到。"骆宏勋道："还是大路，还是小路？"那人道："难走，难走，名为百里酸枣林，认得的只得八十里。不认得的，走了去又转来，就走三天还不能到哩。明日着一路熟之人送姑爷去。"骆宏勋道："如此甚好！"吃饭之后，又用了几杯浓茶，店小二掌灯进房，余谦打开行李，骆宏勋安睡。

次日起身梳洗，用了些早点起身。店内着一人骑了一头黑驴子在前面引路。走了二十里之外，方入枣林地面。无数枣树却不成行：或路东一棵，或路西一棵，栽得乱杂杂。都是些弯弯曲曲的小路，骆宏勋同余谦未有三五个转弯，就分不清东西南北了。骆宏勋问那引路之人道："此非山谷，其路怎么这样崎岖？"那人道："治就的路，生人不能出入，且有至死亦不能进庄的。"余谦惊讶道："怎样分别？"那人道："余大叔同姑爷系自家人，小的不妨直告：枣林周围一百里远近，故名之酸枣林。只看无上梢之树，向小路奔走，便是生路；逢着有上梢，并路径大者，即是死路。"那余谦又问道："怎么小路倒生，大路倒死呢？"那人道："小路是实，大路却有埋伏，乃上实而下虚。下掘几丈深坑，上用秫秸铺摊，以土在上盖之，生人不知，奔走大路，即坠坑中。"

说说行行，前边到了一个寨子。骆宏勋举目一看：有数亩大的一片楼房，皆青石砌面的墙壁。来到护庄桥边，那引路之人跳下驴子问道："姑爷，还是越庄走，还是穿庄走？"骆宏勋道："越庄怎样？"那人道："此寨乃巴九爷的住宅。越庄走，从寨后外走到老寨，有五十里路程；穿庄走，后寨门进去，穿过九爷寨，不远就是七爷寨了。过了七爷寨，又到了二爷寨；过了二爷寨，就是老寨，只有三十里路。不知姑爷爱走近？走远？"骆宏勋恨不得两胁生翅，飞到母亲跟前，遂说道："谁肯舍近而求远，但恐穿庄惊动九爷，未免缠绕，耽误工夫。"那人道："姑爷不知，进了寨子，在群房之中夹巷里行走，九爷哪里得知道！"骆宏勋道："既如此，绕庄耽搁，穿庄走吧！"那人道："请姑爷、余大叔下来歇息，待小的进去先拿钥匙，开了寨门，让姑爷好行。"骆宏勋道："使得，以速为妙；且不可说我从此而过。"那人道："晓得，晓得！"将驴子拴在路旁树干上，从路左首旁边走进去了。骆大爷、余谦俱在此地下马，也将马拴在树上。余谦又把坐褥拿下一床，放在护庄桥石块之上，请大爷坐下等候。一等也不来，二等也不来，巳时到庄，未时不见来开寨门。他主仆二人俱是早起吃的东西，此时俱肚中微微有些饿意。骆宏勋道："我观此人说话甚是怪异，此时尚不见来，怎么这等懈怠，一去就不见回来？"余谦道："想是他的腹中饿了，至相熟的人家寻饭吃去了。"

　　正说话之间，猛听寨门一声响亮，骆大爷抬头一看，寨门两扇大开，走出了三四十个大汉，长长大大，各持长棍，分列寨门之外，按队而来。骆宏勋心中暗想道："此事甚是诧异，不晓何故？"

　　要知后事如何，且听下回分解。

第四十二回

惹祸逃灾遇世兄

话说骆大爷见寨门大开，走出一个十六七岁大汉，又带了三四十个庄汉，各持长棍分列左右，众人各执兵器待立。骆宏勋不知何故，遂令余谦各掣出兵器在手。又停片时，里边又走出一人，有二丈身躯，黑面红发，年纪约有十六七岁，手拿一条熟铜大棍，大声叫道："骆宏勋我的儿！你来了么？小爷等你多时了。"走过护庄桥，举棍照骆大爷就打。骆大爷将身往旁一闪，那棍落在地下，打了有三尺余深。那大汉见棍落空，反起棍来又分顶一棍，骆大爷往后一退，棍又落在地下，亦打有三尺多深。骆宏勋暗想道："倘躲不及撞在棍上，即为齑粉！还不下手，等待何时？"那大汉见两棍落空，躁得暴跳如雷，分顶打去，他又躲闪。这一棍腰下打去，看他往何处去躲避？遂将棍平打去，照腰打去。骆大爷见他平腰打来，想道："两旁无处躲避；后退，棍长又退不出，不如向他怀中而进，即打在身上，亦不大狠！"遂一个箭步蹿进大汉怀中，手中之剑照心一刺，那大汉"哎哟"一声，便倒卧尘埃，全然不动弹。只听寨门两旁那些大汉大叫一声："不好了！小爷被骆宏勋刺死，快报与九爷知道！"骆宏勋知是巴九之子，自悔道："早知是巴家之子，他夫妻知道，岂肯干休！强龙不压地头蛇。"余谦道："既刺死了，速速商议。我主仆二人，怎能敌他一庄之众？速上马奔花家寨要紧！花老爹虽不在家，花奶奶自然在家。"骆宏勋道："此言有理！"各解缰绳，急登上马，加鞭而行。

看官：巴九之子巴结，素日并未与骆宏勋会面，有何仇恨？今日举棍伤他是何缘故？他与花碧莲同年，一十六岁。生来身大腰粗，黑面红发，有千斤膂力，就是其性有些痴呆。巴氏九雄只有此一子，因新年往姑娘家拜节，见表妹花碧莲，回家告诉父母，欲要聘花碧莲为妻。巴氏夫妻亦爱甥女生得人品俊俏，武艺精湛。巴九邀八位哥哥与花振芳面讲；其母马金定相约八位嫂嫂，在花奶奶面前恳求亲事。花振芳看妻弟之情，花奶奶亦看弟妇之面，皆不可一时间回绝，心中有三分应允之意。唯有花碧莲立誓不嫁这呆货，是以未谐亲事。花老见女儿成人该当婚配，若在寨内选一英雄招赘，又恐呆货看见吃醋，故带着女儿远方择婿，及盗了骆太太、桂小姐来，料亲事必妥。巴九夫妻在家谈论道："骆宏勋不日即来。"谁知被这呆货听去，瞒着父母要暗将骆宏勋弄死，遂将寨内之人拣选大汉三四十个，着二十个立在庄路上，着二十个立在穿庄路上，日日等候。今日这呆子正在大门河旁，忽见苦水铺店内之人来，问道："来此何干？"那人不知就里，说道："骆姑爷昨晚至店，今日欲进老寨。小的领路，前来讨钥匙开寨门。"这呆子好不厉害，恐那人走漏消息，照耳门一掌，那人呜呼哀哉。遂着人到越庄路上唤回那二十个人来，已半日工夫才开寨门。从来说："大汉必呆。"他所拣选之四十个人都有些呆；若有一个伶俐者，骆宏勋刺死巴结之时，只着一个人入寨内报信，余者前来围住，骆宏勋主仆怎能得脱？幸亏是些呆子，四十个人同进寨内报信，他主仆无有拦阻，所以逃脱。巴九夫妇听得儿子被骆宏勋刺死，大哭一声："痛死我也！"哭了一场，说道："这厮不能远去，吩咐鸣锣，速齐喽啰，四路分进，拿住碎尸万段，代吾儿报仇！"

且说骆宏勋、余谦二人奔逃，忽听得锣声响亮。余谦道："大爷速走些，听锣声响亮，必是巴九齐人追赶我等！"骆大爷道："路甚崎岖，且是不知南北东西，向何处而走？"余谦道："先曾听得那引路之人说道：无上梢树，即是生路，我们只看无梢之树行走，自然脱身。"余谦在前，骆大爷道："谅必是的。"渐渐不闻锣声响亮，骆大爷道："就此走远了！"方才放心。那巴九夫妻各持枪刀，率领众人，分作四队，料骆宏勋仍往苦水铺逃走，四队向南追赶。骆大爷主仆不认得路径，向北奔，奔入花家寨，所以听得锣声渐渐远了。却说骆大爷虽然听得锣声渐远，而实在不知向西北走才是花家寨正路，他主仆早不分东西南北，走一阵又向西行一程，自未时在巴家寨起身，坐在马上不住加鞭，走至日落时，约略走了有五十里；总不见到老寨，明知又走错了路径，二人腹中又饿，余谦道："我们已离巴家有五七十里之遥，谅他一时也赶不上我们。看前边可有卖饭之家，吃点再走。"骆大爷道："我肚中也甚是饥饿。"二人加鞭奔驰，行到黑影已上，总未看见一个人来往。

正行之间，对面也来了一匹马，马上坐着一个人。后随一人步行，至对面已经过去，那人转过马头，问道："前面骑马者，莫非余谦么？"骆宏勋同余谦听此一声，又惊又喜，喜的是呼名而问，必是平日相识。惊的是离巴家不远，恐是巴家有人追赶前来。遂问道："台驾何人？"那个人细看，叫道："这一位好像世弟骆宏勋？"骆宏勋闻他以世弟相称，答道："正是骆宏勋！"那人遂跳下马来，骆宏勋主仆亦下了马。骆宏勋忙问道："大哥是谁？"那人道："吾乃胡琏也。向在扬州从师学艺，在府一住三年，世弟尚小，轻易不往前来，所会甚少。余谦到厅提茶送水，认得甚熟；彼时甚小，而体态面目终未大变，我还有些认得。"骆宏勋、余谦彼时七八岁，诸事记得，仔细一看，分毫不差，正是世兄胡琏。抢步上前见礼，胡琏道："近闻世弟与花振芳联姻，不久即来招赘。愚兄蓄意至花家寨相会，不料途中相逢。但不知你主仆奔驰，欲往何处？"骆宏勋将花老设谋，将母、妻盗至山东，扬州奔丧与栾家打擂台，蒙鲍自安相劝，恐小弟在家内与栾家结仇，叫我再往山东花家老寨拜见母亲，并带议招赘之事说了一遍。胡琏道："倒未知师母大人驾已来此，有失迎接！今世弟走错路径了，花家寨在正南，你今走向西北了。"骆大爷道："路本不熟，又因路上惹下一祸来，忙迫之中，错而又错。"胡琏忙问道："世弟惹下什么祸来？"骆宏勋又将路过巴家寨，刺死巴九之子，前后说了一遍。胡琏大惊道："此祸真非小！巴氏九人，只此一子，今被你刺死，岂肯干休！且巴家九弟妇马金定，武艺精通无比。作速同我回家，商议一个主意要紧！"骆宏勋主仆犹如孤岛无栖，一见世兄，如见父母一般，连声道："是！"遂上了牲口同行。

来了有二里之遥，到了一个庄院，下了牲口，走进门来，至客厅见礼献茶。说道："苦水铺至此，一路并无饭店，想世弟腹中饥饿。"吩咐道："速备酒饭。"骆宏勋道："多谢世兄费心也！"不一时，酒饭捧出，胡琏相陪，入坐对饮。余谦别房另有酒饭款待。饮了数杯之后，骆宏勋告止，胡琏道："也罢！世弟途路辛苦，亦不敢劝你多饮。"骆宏勋才吃了一碗饭，将才动箸，胡琏大叫一声："不好了！"说道："你有万世不孝之骂名！"骆宏勋放下碗箸，连忙站起身来，问道："世兄怎样讲？"胡琏愁眉皱额，跌脚捶胸。只因：

素日授业恩情重，今朝关心皱两眉。

不知胡琏说出什么话来，且听下回分解。

第四十三回

胡金鞭开岭送世弟

却说骆宏勋正在用饭之际，胡琏大叫一声："不好了！"遂放下碗筷，忙问："何也？"胡琏蹙额皱眉、顿足捶胸说道："你主仆今日逃脱，巴九夫妻追赶不上，师母同世弟妇在花家寨难免知道，必率人奔花家寨捉拿，师母并桂小姐还有性命否？"骆宏勋听说拿母亲，不由号啕恸哭，哀求世兄："差一个路熟之人，相引愚弟直奔花家寨前去，情愿与他偿命，不叫他难为母亲！"胡琏见骆宏勋哀恸，又解劝道："此乃过虑。巴家夫妇正在痛之时，意不及此，亦未可知。若有此想，此刻师母早被捉去矣！此地离花家寨还有五十里，即世弟赶去，已是迟了。你且放心，待愚兄差一个人前去讨信，不过三更天便知虚实。"骆宏勋道："往返百里之遥，三更时怎能有信？"胡琏道："世弟不知，我有一个同胞兄弟，名理，生得不满八尺身躯，若论气力，千斤之外；如讲英雄，万夫难敌。今年二十七岁了，人多劝他求取功名，他说：'奸党当道，非忠良吐志之时。为人臣必当致身于君，倘做一官半职，反倒受他们管辖，何如我游荡江湖，无拘无束！'与花振芳、巴氏九雄有一拜之盟。三年以前，他在胡家凹开张一个歇店，正直商贾并忠良仕宦，歇住店中，恭恭敬敬，丝毫不敢相欺；若是奸佞门中之人，入他店中，莫想一个得活，财帛货物留下，将人宰杀，剐下肉来切成馅子包馒首。因此人都起他一个混名：叫做'活阎罗'。还有一件赢人处，十月天气，两头见日，能行四百里路程。此刻差人到店叫来，世弟以礼待之，他即前去，不过三更天气可以回来。"骆宏勋道："常听鲍老爹道及大名，却不知就是世兄之令弟也。"胡琏道："莫是龙潭之鲍自安么？"骆宏勋道："正是。"胡琏道："我亦知他的名，实未会面。"遂向一个家人吩咐道："有我方才骑来之马，想未下鞍，速速骑往胡二爷店中，就说我有一要事，请二爷回来商量。"家人领命。去不多时，回来说道："二爷已到庄前。"话犹未了，胡二爷已走进门来。骆宏勋连忙起身见礼,礼毕,分宾主坐下。胡理道:"此位仁兄是谁?"胡琏道:"即我家师骆老爷公子骆宏勋也。"胡理复又一躬道:"久仰,久仰!"又问道:"哥哥呼唤,有何话说?"胡琏将骆宏勋路过巴家寨,刺死巴九之子前后之事说了一遍,胡理摇头道:"巴氏九人,只此一子,巴九嫂马金定甚是了得!"胡琏道:"因惧他厉害,故请贤弟来商议。"胡理道:"巴氏有结盟之义,骆兄有世交之谊,我兄弟均不相助就是了。"胡琏道:"不是叫你助我、助他,现今骆师母借居花家寨花振芳处,今日巴家夫妻赶不着世弟,他们必奔花家寨生捉师母。别人去,一时不得其信,骆世弟意欲烦你走一遭。"骆宏勋欠身道:"闻得世兄有神行之能,意欲拜烦打探虚实。弟无他报,一总磕头相谢罢了。"胡理本不欲去,因奉兄之命,又兼骆宏勋其情可怜,遂答:"效劳无妨!"胡琏吩咐拿酒来与二爷,劝劝二爷速去。胡理道:"吃酒事小,骆兄事大!大哥,你且同骆世兄饮酒,待去来再饮何妨!"约略天有初更,胡理说声:"去也!"迈步出门。骆宏勋连忙起身相送,及至门外,早不知胡理去向。暗道:"真奇人也!"复走进房。胡琏道:"我同世弟慢慢而饮。"一壶酒尚未饮完,只听得房上"咯咚"一声,胡琏问道:"什么响?"外边答道:"是我。"走进门来,乃胡理回进寨内,正打三更。骆宏勋连忙起身迎接。胡理道:"骆世兄放心,老太太并桂小姐安然无事。巴九哥夫妻却至老寨难为老太太、桂小姐,令岳母苦劝,九哥夫妻丝毫不容,多亏碧莲动怒,要赌斗。巴九哥无奈回家,要遍处追寻世兄报仇!"又道:"骆兄,莫怪我说:令老太太、桂小姐安然无事,皆碧莲之力也。他日完娶,切不可轻她。"又向胡琏道:"大哥,方才巴氏姐姐相嘱说:花振芳已下江南,骆兄不可入寨,恐巴九哥复去寻闹,无人分解,叫我兄弟二人代骆兄生法。弟思想一路,并无万全之策,大哥有甚主意否?"胡琏想了一想:"别无良策,骆世弟还是回南为妥。我寨环绕巴家寨,相隔不远,来往不断人行。我料明日巴家必有人来此路追寻;若来时可难,对他怎讲?说世弟在此,自然不可;若回答不在,日后知道必迁怒于我。难道怕他不成?只是好好寨邻,又有一盟之义,岂不恶杀了!如恶杀他,有益于世弟,倒也不妨,实无益也!世弟回南,快相约鲍自安至此,我兄弟同去与他们弟兄一讲,此仇方能解释。只是一件:回南之路,飞不过他巴家寨,如何是好?"胡理道:"这个不难,叫骆兄走长叶岭可也。"胡琏道："此路好，奈多日无人行走，恐内中有毒虫。"胡理道："有法，有法，拿一根竹子，将竹劈破，骆兄主仆各持一根，分草而行，此名为'打草惊蛇'。"骆宏勋道："素知长叶岭乃是通衢大路，二兄怎说多日不行？"

胡理道："骆兄不知，当初长叶岭原是通衢大路，只因苦水铺花振芳开了店口，把我胡家凹生意总做了去。是咱不忿，用石块将长叶岭砌起，说那条路出了大虫，不容人行走。近来，客商官员先从我店过去，然后才到他那边。如今令人用铁锄撬扛，将岭口打开，亦不过三四里路，就出岭口。前边有一碑，字是石刻。奔东南，行八十里即黄花铺。铺上皆是官店，并非黑店。黄花铺，乃恩县、历县两县交界。住一宿，问人回南路，依他指引，不可到界碑奔西北去，那是通苦水铺去的大路。"骆宏勋恐记不清楚，叫余谦细细听着。胡琏道："并非我催逼世弟，要走，趁夜行，方免人之耳目也！"骆宏勋一一领教。胡琏又拿出些干面，做了些锅饼，装在褡包之内，以作这八十里之路饭。骆宏勋告辞起身，胡琏兄弟二人相送，带了三四十喽兵，送到长叶岭口，令人将路口石块都搬开。骆宏勋重又相谢上马，持竹分路而行。天已五鼓时分，可怜二人深草高膝，撞脸搠腮，真个是路上舍命，一直前行。骆宏勋去后，胡琏仍令喽兵将岭口砌上，回去不提。

且说骆家主仆二人走至日出时，方出山口，举目一观，真有一个界字石碑。记得胡理说：向东南走去，方才是生路。定了定神，方奔东南大路而行。虽然还是有草，较之山口短矮了许多，易于行走了。行至中饭时候，路上渐渐有人行走。余谦跳下牲口，向人拱手借问："黄花铺还有多远？"走路人答道："三十里就是。"骆宏勋道："也走过一半多了。"二人下马，将牲口歇息，取出锅饼吃了几个，方才又上马。走到了日落时候，方到了黄花铺，举目一看：真个好地方。怎见得？有《临江月》一首为证：

来往行人不断，滔滔商贾相连。许多扛银并挑钱，想必是：
贩巧货，赚大利，满载万倍钱。油盐店说：秤准，早饭店言：碗满。
名槽坊，报条写，大大歇店挂灯笼，酒铺戏馆竖望杆。

骆宏勋主仆听胡家兄弟说过，此地皆是官店，遂放心大胆进了宿店，况天又晚了，二人只得走入店门。正是：

两眼不知生死路，一身又入是非门。

又兼他主仆二人辛苦一夜无眠，不便办买别物，店中随便菜饭食用些须，二人打开行李，解衣而睡，次日好赶早奔路。事不凑巧，半夜之间，天降大雨。天明时，主仆起来，见雨甚大，不便起行，又兼昨夜辛苦，身子甚是疲倦。命余谦秤几钱银子，叫店小二割一方肉，买二只鸡鸭，煎些汤水吃吃。余谦遂秤了一块银子有六钱重，叫店小二割一方肉，买两只鸡鸭，沽了三斤陈木瓜酒、作料等物。北方鸡鸭鱼肉甚贱，只用了四钱多银，余者交还。余谦道："不要了，你拿去买酒吃吧！只要你烹调有味，明日起行，还有赏赐呢。"店小二深感之至，满心欢喜，用心用意择菜办弄。骆宏勋因昨日进店天晚，未曾看明黄花铺的街道，趁菜未好，走至门面中间向小街观看。合当有事，对过是公馆，骆宏勋在店门时，恰值公馆中官府出来送客，骆大爷不以为意，看了一会，仍回房内来。你说对过公馆中官员是谁？乃定兴县贺氏之兄，贺世赖也，自花振芳劫任正千，西门挂头之后，王伦放了嘉兴府，留下一封信字，叫他进京见他父亲王怀仁。怀仁见他儿子信内云：家中收过他足纹一千两，又系他的妻兄，叫大小与他一个前程。王怀仁遂查山东历城县少了一个主簿，将贺世赖名字补上。贺世赖遂赴任历城县做主簿。做了三日，历城县尹病故，军门大人委贺世赖暂署县印，以主簿代行县事，在黄花铺公馆。这日，有临界恩县唐建宗来拜，他送出门，看见骆宏勋在对面店门站立。回来叫过个班头，吩咐道："对过店中一位少年，本县有些认得，好似扬州骆宏勋模样。你暗暗过去私问店主人，果是扬州骆宏勋，必然还有一个家人，名叫余谦。若店主人说果是此人，可吩咐店主人莫要放他去了，本县有话与他说。若是走漏消息，走脱二人，本县只向店内要人！"班头领命，过去一问：竟是扬州骆宏勋带一家人余谦。是昨日日落之时入店，原是说今早起身，因降大雨，是以未行。班头暗对店家说道："我家老爷认得此人，有话对他说。叫你莫要放他起身，倘走漏消息，去了此人，只在你店中追究。"说罢，竟回公馆去了。正是：

满天撒下钩和线，从今钓出是非来。

毕竟不知此去好歹如何，且听下回分解。

第四十四回

贺世赖歇店捉盟兄

却说班头说罢，回了公馆去。店家捏着一把汗，祝告道："但愿老天爷多降几天大雨，令他们不能起身，我之福也！"不表店家祝告天地。且说值日班头回至公馆，见了本官，将话告复。贺世赖吩咐外班侍候坐轿，回拜恩县唐老爷。唐老爷出迎，见礼分坐。献茶之后，贺世赖道："晚生今来谒见堂翁，还有一件紧急大事相商。"唐建宗道："寅兄有何事情，请道其详。"贺世赖道："黄花铺乃晚生与堂翁两县分界，今来两个大盗，现在廖家富店内歇住。晚生公馆中衙役稀少，不敢动手，恐惊他逃走。特来相告堂翁，协同两县人役前去，方保万全！"唐建宗道："寅兄访得的确，方可动手；若是诬良，干系你我考成[1]。"贺世赖道："定兴县劫牢，抢出大盗任正千；嘉兴府哄堂，盗去梅姓私娃，实尽是此人。晚生认得最切，怎得错误！"唐建宗见他说得真实，地方内来了大盗，怎好推辞不拿？遂差马快三四十个人，协同贺世赖十数个衙役，各执槐杖、铁尺、挠勾、长杆，一哄到了饭店中来。

且说店小二将鸡鸭鱼肉都做停当，一盘捧进房来，余谦摆列桌上。骆宏勋面朝里背朝外坐下食用，亦叫余谦过来同吃。余谦说道："这黄花铺乃来往大道，士人君子极多，倘看见主仆共桌而食，暗地必定取笑。大爷用过，小的再用。"余谦见外边雨稍住，遂至后园出大恭去了。且说两县人役皆进店门，便丢了一个眼色与店家。店家会意，指骆宏勋住房。众人走至门外，看见强盗在里面食用，暗暗将挠勾伸进，照骆宏勋腿肚一钩，用力一拧。可怜骆宏勋无意提防，连桌椅尽皆拉倒。又跑进十数人，按住身子，槐杖、铁尺雨点打来，未有几时，遍身皆伤。骆宏勋只当巴家赶来，不料官兵捉拿。先还撑持，后来只落了个哼哼而已。众人见他

---

[1] 考成：旧时在一定期限内考核官吏的政事成绩。

不能动手,即刻将手铐脚镣套上。却说余谦出完了恭,才待回房,只见店小二躲躲藏藏,一脸惊慌之色,迎上前来,低低道:"大叔不可前去!你家骆大爷已被官兵捉去了!"余谦惊问道:"何处官兵,因何事件?"店小二道:"是历县贺世赖老爷来拿去的。所来之人,皆是马快,各持长杆、挠勾,说是你大爷是大案强盗,不一刻就来拿你大叔了。小的先承送酒菜,故才冒险前来通信;倘被看见,受累非小!"说罢,抽身而去。余谦想道:"大爷已经被捉,落我一人,怎挡他两县之众?今若回去是鱼自投罗网了。不如逃走,再生别法搭救主人。"不觉眼中落下泪来,道:"我主仆今朝正是:破屋又遭连夜雨,行船偏遇顶头风。大爷呵,莫道余谦忘恩负义、畏刀避剑,背主而逃呀!叫小的一人无法救你,速回江南通知徐、鲍,好来搭救。"将脚一纵,跳过群墙,放开虎步,如飞向东南奔去,不提。

且说众马快将骆大爷上了手铐脚镣,找寻余谦不见,就知走脱,只得将骆宏勋解赴恩县衙门。贺世赖随后坐轿,亦到恩县,与唐建宗会审。坐了二堂,吩咐将强盗带上来。马快将骆大爷抬至堂上,卧在地下,还不知因何缘故。唐建宗是主,不好相僭,让贺世赖先问骆宏勋道:"狗强人!恃强逞勇,无法无天,今日怎也犯在我手里,可能得活哩?"唐建宗听了这样问词,明是借公报私声口,并非审问强盗了,就有几分疑惑。且听强盗回说什么。骆宏勋虽被衙役打昏,此刻也有几分苏醒。闻得上边声音相熟,抬头一看,不是别人,乃是定兴贺世赖也。不禁雄心大怒,用手一指,骂道:"我当是谁!原来是你这个乌龟王八么!"贺世赖大怒道:"好大胆的强人,敢骂本县!"吩咐掌嘴。衙役才待上前,唐建宗禁止道:"莫要动手,待我问来。"大喝一声道:"你今既被捉获了,就该敛气服罪,也少受些刑法,怎大胆辱骂问官!"骆宏勋道:"我无犯法之条,不知因何捉拿,亦又不知此官为谁?"唐建宗道:"本县是恩县,贺老爷是历城县,黄花铺乃两县分界,故我二人会审。你一伙共有多少人,怎样劫得定兴监牢?从实说来,本县不动大刑难为你了。"骆宏勋道:"老爷不知,小人父亲在定兴县做游击,在任九年,一病身亡。城内有一个富户任正千,幼从先父习学枪棒,感父授业之恩,款留我母子在家居住。"手指贺世赖道:"他的妹子贺氏,原是江陵院中一个妓女,他亦随妹在院捧茶送酒。我世兄任正千在江陵院中会见他妹子,爱其体态妖娆,不惜三百金代她赎身,接至家中为妻。贺世赖亦随至世兄处管事。后因赌钱输下债，无钱偿还，将世兄客厅中铜火盆盗去，被世兄遇见。逐出门庭，永不许上门。他流落在城隍庙中抄写诗签，适值王伦求签，他代讲签诗；王伦中意，唤至家中，做个帮闲朋友。后因西门解围，我四人结拜，岂知这畜生有代妹牵马之心，将我二人灌醉，令王伦进内与贺氏通奸；又被我家人余谦撞见，因此结仇。我随父柩回南后，又闻王伦被盗，硬诬任正千为匪。后来不知何人，劫狱救出了，王伦竟把贺氏接去为妾。想必是王伦用了手脚、代他干办了这个前程。今日相遇，又想谋害小的，老爷细思此事，便知真伪。"贺世赖听他将自己半世丑态尽皆说出，只气得暴跳如雷，将惊堂一拍，吩咐："抬夹棍来！这个狗强盗自然招出真情。"下边衙役连声答应。唐建宗禁止道："不可乱动！"便叫声："贺寅兄，骆宏勋今日破了案，又无赃证，何能就动得大刑？暂且收禁，俟拿住余谦，再一同审。"即写监票，把骆宏勋送入监中。又吩咐禁役，不要上大刑具。唐建宗吩咐将饭店家廖大带上来，问道："此二人何时到店中来的？可还有作伴人否？"廖大禀道："昨日日落时进我店中的。只此二人，并无别的形迹。"唐建宗即吩咐店家："无你大事，回去吧！以后留人，务须留心查诘来历，不可混留。"廖大磕了个头，应声"是"，感激大恩而去。唐老爷又令将口供单拿来看，与骆宏勋口说无异。贺世赖也要看看，唐老爷恐他看见上面皆是辱耻于他之言，怕他扯碎，故不与他看，遂放入袖中。说道："寅兄，看他怎的！弟这边收存一样。但今日之事，将来必干碍考成。寅兄作速通知令妹丈王大爷，代你我做个手脚为要。骆宏勋既系游击之子，自有三亲六眷，怎肯受此屈气也！"贺世赖被唐建宗说着他的病根，闭口无言，遂告辞带愧而回。看官，唐建宗因何以口供单为至宝，不与贺世赖看？他是个进士官，对律例甚通，诬赖平人为盗，妄动大刑，则该削职；若误拿而不动刑，不过罚俸，所以他禁止，不叫动刑。又料骆宏勋必不服气，倘若告了上司状子，他有口供单为凭，其罪皆归贺世赖了。这也不提。

却说余谦跳过墙来，一溜烟向东南跑去，脚不停留。跑至中饭时候，约略有三十里路程，来到一个大松林。余谦走入里面，在那石香炉上坐下，肚中还是昨日晚间进店之时吃的东西，今日天降大雨，地有泥污，不住脚地跑到中饭时候，肚中饥饿，脚又疼痛，身上分文未带。正是：

无论英雄豪杰客，也怕遭逢落难时。

此刻余谦真无可奈何，欲回江南通信与徐、鲍二处，因相隔路有千里，身边未带分文；欲回黄花铺打探主人信息，又恐贺世赖捉去，主仆二人尽死于无辜。左右思想两难，不如解下腰带，自缢而死林中，省得受这苦处。才解带，心中又想道："我若死于此地，主人哪里知道？还只说我忘恩负义，背主而逃。罢，罢，罢！不如我返回黄花铺，自投圈圄，死于主人之侧；似见我余谦非是无情人也！"主意已定，遂迈步出了松林，仍往黄花铺而来。日落时，离黄花铺不远，后边来了一匹牲口，上坐一个和尚。人迟马快，不多一时，赶过余谦，回首将余谦一望，勒住马头，回身叫道："你不是余谦么？"余谦虽然行路，却低头思想主意，并未看见。忽听有人呼他之名，且疑官差捕捉人等，心中打了一寒噤。正是：

飞鸟经枪双舞翅，又闻弦响惧弹来。

毕竟不知呼唤余谦果系何人，且听下回分解。

第四十五回

军门府余谦告状

却说余谦将到历城县,后边来了一骑牲口,人又走得迟,马又行得快,赶过余谦。余谦见马上坐着一个和尚,将余谦一望,转过马来叫道:"这不是余谦么?"余谦闻叫,抬头一看,不是别人,却是骆宏勋之嫡堂兄,名宾王。向年做过翰林院庶吉士[1],因则天娘娘淫乱,重用奸佞,他就弃职,隐在九华山削发为僧。素与狄仁杰王爷甚是契厚,他今日五台山进香回来。狄仁杰现任山东节度使[2]。宾王路过历城县,将欲一拜。遇见余谦故呼名相问。余谦认得是宾王和尚,即双膝跪下,口称:"大爷爷不好了,大爷今在历城县被人诬良为盗。"骆宾王道:"何人相诬?"余谦将定兴县王伦、贺氏通奸,并花振芳盗老太太,路中刺死巴九之子;胡琏开路送行;昨晚进店,天雨阻隔;贺氏之兄贺世赖现为历城县主,看见我主仆在店,差人以强盗名捉去;小的我翻墙而逃,已至三十里之外,复转去自投,意欲同死,前后之事,细细述了一遍。骆宾王道:"余谦,你果有真心救我之弟,随我同进狄千岁衙门,即便禀明,自然有救。"余谦满心欢喜,骆宾王叫道:"需要改装。"便将衣服与余谦扮做道人。包袱内现有干粮,余谦吃了些,同了宾王进城,他又下饭店等候。

宾王来至节度衙门,下了牲口,命外班通报说:"九华山骆和尚禀见!"外班禀了宅门,宅门又禀狄仁杰。狄仁杰听说宾王和尚至此,连忙吩咐:"请见!"宅门上传于外班,外班来至大门,说声:"请进!"骆宾王在前,余谦在后,进了宅门。狄千岁早在堂上,二人相见礼毕,分宾主坐下,各叙寒温。仁杰道:"一别日久,甚为渴想,今晤尊颜,大快愚怀!"骆

---

[1] 翰林院庶吉士:翰林院设庶常馆,选新进士之优于文学书法者入馆学习,称为翰林院庶吉士。
[2] 节度使:官名。唐初于重要地区设的总管。

宾王道："贫僧隐居荒山,千岁位居三台。每欲进谒,未得其便。今五台山进香回来,闻得千岁荣任山东,特来叩贺。"仁杰道："岂敢,岂敢!"谈论一会,进内书房摆斋,狄仁杰相陪用斋。那跟来的道人,亦有家人相邀,另有斋饭管待。吃饭之后,又安排夜宴,余谦门外侍立。狄公饮酒之间,问宾王道："先生抱济世之才,藏隐山林,真为可惜!常闻治极生乱,乱极生治,当今之世,已乱极矣,而治将生焉!先生若肯离却佛门,仍归俗世,下官代为启奏,同朝拱扶社稷,以乐晚年,何如?"宾王道："千岁美意,铭之于心。但是贫僧已脱红尘,久无心于富贵。"狄公又道："素知先生道及尊府乃系独门,而人丁甚少。先生今日出家,尊府又少一个贤子孙,怎能昌盛也!"宾王听说"人丁"二字,不觉眼中流出泪来。狄公忙问道："先生因何落泪?"宾王道："适闻千岁言及舍下人丁,贫僧觉惨。舍下历代单传,唯先祖、先父、先叔三人。先父又生贫僧,先叔生一舍弟名宾侯。贫僧出家,所有奉祀先人香烟者,只有舍弟宾侯。不料今日途中相遇家人余谦,言及今日早饭后,被历城县县官硬诬为盗,拿入缧绁。贫僧叹家门不幸,人口伶仃,何至于此也?是以坠泪。"狄公道："历城县县官前日已故,尚未题补;现今委主簿贺世赖代行,他怎无故硬诬平人为盗?"宾王道："今随贫僧来者,即是舍弟家人余谦也。因主被诬,他无依无栖,走投无路,贫僧见之不忍,故带他同行。前后之事,他尽知之。"又叫余谦过来,将大爷之事,细细禀上千岁。余谦走进门来,双膝跪下,恸哭不止。狄公道:"你莫哭!且起来,将前后事情说我知道!"余谦磕了个头,爬起身来,立在旁边,将任正千留住,往桃花坞游春;王伦与贺氏通奸,主人不辞回南;花振芳求亲不谐,怒及主母;鲍自安劝主避祸;山东招赘,路过巴家寨,刺杀巴九之子;夜宿黄花铺,遇了贺贼诬良,从头至尾说了一遍。狄公道:"骆先生莫怪我说,令弟既系宦门之子,应当习学正业,好求取功名,怎与这水旱二寇来往?我每欲捉拿这两个强人,未得有便。"余谦又跪下告道:"小的主人原是习文讲武,求取功名的,因父丧未满,在家守制。与花、鲍二人相交,亦是好意。"又将桃花坞游春时相遇花振芳,始结王、贺之恨;捉刺客赠金之举,方交鲍自安,故有哄堂之行;且花、鲍二人,皆当世之英雄,非江湖之真强盗也,所劫者,皆是奸佞;所敬者,咸系忠良;每恨生于无道之秋,不能吐志,常为之吁嗟长叹。狄公闻余谦称花、鲍有忠义之心,触起迎主还朝之念,素知这二人手下有无数英雄,欲得他归顺,以作除奸斩佞之用。又向骆宾王道:"余谦适言嘉兴哄堂案内,有梅修氏不夫而成胎之故,此何说也?"宾王道:"古亦有斯事也。或目触形而成胎,或梦饮而有孕,所生之子,非英才盖世,即成佛作仙,名曰:'仙胎'。虽然,古今不多有之事也,人见之不得不疑耳!"狄公道:"下官学浅,不知古来哪个是不夫而孕者,望先生为有证之。"宾王道:"王禅,鬼谷成孕;甘罗,饮露成胎,皆其验也!"狄公又道:"有夫无夫,何以知之?"宾王道:"如真无夫之胎,其子生下,虽有筋骨,但软而不硬,五七岁时方能行走。"狄公满口称赞道:"真可谓博古通今之士,不愧翰林之职也。下官意欲叫余谦明日回江南,差一旗牌,持我令箭,随他偕去将水寇鲍福并私娃一案,一并提来下官面审。令弟之事,叫余谦写一状子,我明日升堂放告,叫他外喊,我准他状子,自有道理。"余谦道:"小的回南,倘贺世赖谋害主人,如何是好?"狄公道:"我收你状子,批准后,鲍福一并讯究。贺世赖诬良,已为犯官,我亦差人管押。本藩亲提之事,哪个敢害你主人!"余谦方才放心。天色已晚,狄公回后,骆宾王写了一张状子,交给余谦,叫他明日赶早出府,莫使他人知觉,衙外伺候。余谦一一领命。心中焦躁,思念主人,一夜何曾合眼。天明时,看见宅门开了,余谦走出,赶奔道人寓所,将衣帽换过,同至衙前。道人独自报名进去了,余谦独自在外伺候。

只听得三声炮响,鼓乐齐鸣,不多一时,那狄千岁升堂放告。余谦即大叫"冤枉",求千岁爷做主。话犹未了,只听得两旁一声吆喝,四个旗牌官如狼似虎,跑至余谦跟前,一把抓住,提到堂上,绳捆索绑,要打一百例棒。才待举棒,狄公将头一低,向余谦道:"你免打。"下边答应一声,就不打了。狄公问道:"你是哪方人氏?何不在地方官衙门伸告,反到本藩衙门乱喊。可有状子么?"余谦道:"小的有状在怀。"狄公吩咐放绑,下面将余谦放了。余谦跪下,将怀中状子取出,顶在头上。堂吏接着,放在公案,狄公举目一看,其略曰:

具告状人余谦,年二十三岁,系江南扬州府江都县人氏。为赃官诬民,借公报私,叩求宪台提讯事:小人主人骆宏勋,老主人系原任定兴县游击之职,在任九年身故。在任之日,有一任正干，从主习学多年。后因老爷去世，任大爷因素有师生情谊，留主母与小主人在彼家居住，与伊妻兄贺世赖相认。恨伊人面兽心，见财忘义，贪图王姓之财帛，不顾兄妹之伦理，代妹拉马，与王姓私通，被谦撞见，于是起隙。谦主避嫌，告辞南归，制满赘亲。路宿黄花铺，不意贺世赖莅任历城主簿代行县事，仗倚目前威势，以报他年私恨。协同邻界县唐县令率领虎狼之众，执捉离乡弱民，硬诬以定兴反狱，抢去大盗之罪；嘉兴劫库，盗去私娃之罪。夫反狱事件，仆主丝毫不知，私娃案件，原晓其情：因路过嘉兴，借宿普济庵中，夜闻梅修氏喊叫"救命"，仆主搭救情实。而盗私娃，乃龙潭之鲍福，因狐疑不去之因，盗来以追其实，不意修氏真无夫而有孕。鲍福现今收为义女，养活在家，以待明公而为之剖断焉！仆主亦实未之同事奸恶。以实有之事，而硬罪未作之人，酷刑严拷。因系出于离乡弱民，怎抗邑严之势！藩王畿内，又岂容奸恶横行。情急冒死具禀，伏望藩王千岁驾前恩准提讯，庶邪恶知警，而弱民超生矣。胆敢上禀。

狄公看完了状子，问了几句口供，遂拔令箭一枝，命旗牌董超，董超听见点差，答应一声，当堂跪下。狄公道："与你令箭一枝，速到镇江府丹徒县，提捉水寇鲍福，当堂回话。并提私娃家梅修氏、梅滔等人犯，一同候讯。"董超先还当个美差，好不欢喜；及听见叫他下江南提水寇鲍福，痴呆在地，半日不应。狄公道："本藩差你，你怎半日不应？欲违本藩之差？"董超道："旗牌怎敢违差！但那龙潭鲍福，乃多年有名水寇。屡次有官兵前去捉拿，只见去而不见回来。旗牌无兄无弟，只此一人，可怜现有八十二岁老母在堂，旗牌今日去了，何人侍奉晚年？望千岁爷施格外之恩，饶恕残喘，合家顶感。"狄公道："你只管放心前去，本藩将你交与一个人保护。"遂唤余谦。余谦朝上爬了几步，狄公道："你既要代主伸冤，必要鲍福到来，方能明白。今将董超交你同去，至龙潭将鲍福提来。董超好生回来，你主人的冤仇自伸；董超有伤，你也莫想得活。"余谦道："谦安敢！差官但放在小人身上，包管无事！"董超虽闻此言，终有些胆寒，但奉千岁差遣，怎敢推委？恐触本官之怒，少不得领下令箭，即同余谦回家收拾行李。狄公又拔令箭一枝,去把贺世赖拿下,交恩县唐建宗管接,候本藩提审。吩咐毕,退堂,仍与骆宾王相谈,不提。

单言那恩县唐建宗接了军门令箭,连忙带人役至贺世赖公馆,将贺世赖拿下,亦看押在狱神堂中。又吩咐放了骆宏勋的刑具,不可缺了他的茶饭,恐误大人提审。骆宏勋方知余谦告了军门状子,稍放心怀。且说董超同余谦至家收拾,家中妻妾、儿女并八十老母,俱皆痛哭,同出来托余谦。余谦道:"请太太并大娘放心,包管无事。诸事总在我身上,不要担心。"

董超无奈,只得收拾行李,辞别母、妻,同余谦向江南而去。未知此去吉凶如何,且听下回分解。

第四十六回

龙潭庄董超提人

却说董超辞别母妻，同余谦奔江南而去。在路非止一日，那日来到龙潭，余谦乃是熟路，引董超直奔龙潭庄。来到护庄桥，董超立住身道："余大叔，你先进去，咱家在此等候大叔，向他说明：你亲自出来唤我，我才进庄；若别人相唤，就是强盗了！我就溜去逃命！"余谦道："你也说得是，待我先进去说吧。"迈步过桥，行至大门，门上人道："余大叔，你回来了。"余谦道："回来了。"余谦问道："老爹可在家么？"门上人道："山东花老爹同任大爷、扬州徐松朋大爷，都在这里客厅内谈论。"余谦不用通禀，一直进门，心中想道："我因事急，先来通知鲍老爹，打探明白，到扬州通报徐大爷，不料徐大爷也在此地，两得其便。"来到内客厅，众人一见余谦回来，尽皆失惊，连忙问道："你怎么回来这等急切？你大爷今在何去处？"余谦听罢，不禁放声大哭，说道："在路上又惹出祸来了。"花振芳有翁婿之亲，最是惊慌，忙问道："惹出什么祸来了？"余谦将路过巴九爷寨，误伤少爷之事，说了一遍。巴九弟兄四人，闻说伤了侄儿，尽皆怒目竖眉，大怒道："我们弟兄九人只此一子，今被伤死，岂肯干休？先杀其仆，而后寻其主。"欲奔余谦。

鲍自安道："诸位贤弟，且莫动怒。事要论轻重，评是非，不是一味动狠的。且在我舍下，如何动得粗？即要代侄报仇，到别处再讲，今日暂停。"巴氏弟兄见鲍自安有护卫余谦神情，在他一亩地份内，竟不能行粗，遂含怒而坐。鲍自安道："方才不听见余大叔说：是令侄无故率领多人举棍相害。曾听说当场不让父，举手不容情。骆大爷若不动手，竟候着令侄打死吧，他的命竟一个钱也不值！我也素闻令侄不过长了一个蠢汉，比不得骆大爷那一块，近来大爷又是令甥婿。今既误伤令侄，叫骆大爷日后孝敬孝敬贤昆仲就是了。"巴氏弟兄素亦受知骆宏勋，今被鲍自安一番话说得近理，各皆下气。花振芳因有翁婿之情，于碍开口，只一

第四十六回　龙潭庄董超提人

言不发，见鲍自安劝解巴氏弟兄，气已稍平，遂问道："误伤巴氏之后怎样了？"余谦道："主仆恐寨内人追赶，遂奔老寨。酸枣林路径曲折，错向胡家寨走去；幸遇先老爷门生、金鞭胡琏大爷，留至家中商议，叫我主人速回江南，相请鲍老爹赴山东，与巴九爷商议；又请了胡理二爷来，开长叶岭口，令我主仆奔逃；日落方至黄花铺，住了歇店；半夜天降大雨，次日不能行走，只得在店内住；店门对面是历城县的公馆，那县官就是贺世赖；他看见我主仆在，暗暗约同恩县唐老爷，率领两县人役，将大爷硬诬为盗，打得筋骨寸伤；彼时，小的在后园出恭，多亏店小二通信，越墙逃脱；欲回江南，送信徐大爷、鲍老爹，生法救主；已行三十里，在林内歇息，想投江南，但相隔千里，身边分文全无，如何能行？意欲林中寻死，又料大爷不知，反道我忘恩负义，又不知逃奔何处去了！实在无奈，仍回历城自投，与主人同死；将到历城，路遇大爷堂兄宾王和尚，要去拜见狄仁杰千岁；问明来由，将小的带进衙门，面禀狄千岁；狄千岁发了一枝令箭，差旗牌官董超与我同来，相请鲍老爹，并提私娃一案提审；董超不敢进来，今在庄外候信。"花振芳、徐、任三人闻得骆宏勋被难，俱各坠泪。

唯鲍自安听得狄公差人前来捉他并私娃一案，不觉雄心大怒，忙传前面听差的人，速将差官捉来，扒出心来下酒。花振芳闻余谦说：鲍自安一到，骆宏勋之冤即伸。乃劝道："你这老奴才，方才劝人不要动怒，临到自家头上，就不能三思了。即日不过叫你去做一个见证，有何人难为你处？你一到案，骆大爷之冤即伸，他主仆岂不感你之恩？何必如此动怒！"鲍自安道："贤弟不知，自二十年前我就在此居住，从无官差敢进我庄。今若容留此人，岂不坏了例了？又被他人笑我年老无能，受人节制了！"余谦见鲍自安不容董超，遂又跪下说道："临来之时，狄千岁谆谆命之，董超无事回，主人亦自无事；若董超有伤，我主仆们亦莫想得活。今老爹若杀董超，就杀小的主仆了。望老爹杀了小的，留下董超性命回去，以抵我主人之罪。"说罢，大哭起来。在此之人，无不下泪。鲍自安是个有情有义、心慈面软之人，见余谦愿死保留董超，一团忠义之心，连忙扶起余谦道："你既能为主尽忠，我岂不能为友全义！拼着老性命走一遭去罢了！余大叔出去请那差官进来。"余谦欢天喜地，走至护庄桥,请董超进内。董超心怀鬼胎,提心吊胆随着余谦进来。

到了客厅。众人相见,分宾主坐下,董超道:"奉上人之命,特请老先生大驾,并提私娃一案,敝上人讯问。"鲍自安道:"久闻狄千岁保国忠良,每欲谒见,无奈因故不便。今有来令,正合我意。私娃案中梅修氏,现为我义女,亦欲代她辨明。狄千岁久历朝纲,经见自多,今蒙提讯,亦我义女见天之日也。去是要去,只是无有定期。在下有一心事,今日做了。明日就起身;明日做了,后日就动身;一年做了,就要一年才起身。少不得屈大驾在舍下等候等候!"董超道:"请问老爹,有何贵干?倘一时不能做,何不回来再做?"鲍自安道:"我存心离此已久,意欲连家眷一同移居山东。"指着花振芳道:"与这花兄一处同居,离长安路近。就便到京中,将那些擅专国政的奸佞宰杀,替国家除害。这件事,并做了,省得又回来!"董超不敢询问何事,又说道:"小人在府坐扰,倒也甚好,只是家中有八十二岁老母堂食无出,如何是好?董超求老爹做主!"鲍自安道:"差官不要心焦,我这事已差人打探去了。如早做就罢了,如要日子长了,每月在下差人送二十两足纹到府,与老太太使用,如何?"董超因见水旱两个老儿皆在此地,本不愿在此留住。但得保全性命,即是万幸,哪里还敢推托?鲍老吩咐摆酒。正在欢饮,只见濮天鹏兄弟自外而来,走到鲍自安耳边,低低地说了几句言语,只见鲍自安听了大喜。不知他二人说了什么话?正是:

猎人正欲布罗网,飞鸟舞翅自飞来。

要知后事如何,且听下回分解。

第四十七回

花振芳两铺卖药酒

话说众人正在饮酒时，濮天鹏弟兄进来，与众人见礼之后，在鲍自安耳边说道："打探明白，王伦升的是金陵建康道[1]。不敢走水路，惧怕我等，抄旱路而来。明日即到龙潭，从浦口过江。"鲍自安闻听此言，不觉大喜。向董超道："差官，不要着急了，此人明日即至此地；再住一宿，就可同行。"董超问道："此系何人？"鲍自安道："此即吏部尚书的公子王伦也。原是嘉兴府知府，今升建康道，明日从此路过。"又将王伦与贺氏通奸，并同闹嘉兴之事，再说了一遍，"我原许任正千活捉奸淫，故欲践前言，而不失于朋友也。"董超方才明白。鲍自安又吩咐濮天鹏，多差几个远近打探，不时来报，莫要让他过去了。濮天鹏领命，将听差之人差出十个前去打听。这边席上，因有此事，大家都不大饮酒，连忙用饭。吃完之后，鲍自安自去吩咐差人等。余谦上前问道："徐大爷几时来此？"徐松朋长叹一口气道："自你主仆去后，我上庄收租。过了十八九日回来，栾冤家擂台也拆了，并无个动静。家中过了两日。那日早饭之后，县内听事吏持了张老爷的名帖进来请我。我问请我何事？听事便道：张老爷有一个公子，欲弃文就武，请我为师。我想在家与栾镗万这厮斗气。且往县内躲一躲是非。遂骑了一匹牲口，同听事进了衙门。二堂之上，站立有百十多人，我亦当是书役站班，不以为意。孰知众人见我一到，即把宅门一关，背后跑出数人，将我捉倒，上了手铐脚镣，吆喝一声，将我带过，问我：'怎的相留大盗熊铁头、方郎等数人，打劫甘泉山下吴仁辅家？采其妾之花？'我道：'武生丝毫不知，老父母何出此言问我也？'老张道：'你同伙之人已被捉获，说与你是结拜过的同盟兄弟。因路过，至你家看望，被你留住，晚间方动得手。连你与他交拜庚书名帖，皆呈在此，

---

[1] 道：行政区划名。

你如何推作不知?'我说道:'老父母将强盗提出,武生与他对面口供。'老张遂发监票,提出八九个强盗。熊铁头、方郎那两个狗头好生厉害,未曾到堂,就大叫道:'老大你休快活,我们扳你出来,只是恨你狠心情薄。所劫财帛,你是双份;奸淫女娘,是你受用。我等被捉多日,你毫不相顾,亦不来看望。昨日受刑不过,说出你来,与我共受受此苦!'我与他分辩,他一口咬定不饶,老张信以为实。因我是个武生,未曾详去前程[1],不能妄动大刑,把我收禁牢中,就通报详革,方才严审;我入监之后,有个禁子,他平日受过我的恩惠,各事照应,及无人之时,低低地告我道,栾镒万家门客华三千,用二百两银子暗地买通马快头役马金,吩咐强盗熊铁头相攀;又恐本官不信,华三千暗开你的庚帖与他为凭,到今日有此祸也。我方知道是栾镒万买盗扳害,大为焦躁。不料我大娘叫徐一到龙潭通信与鲍老爹,鲍老爹前日到扬州反监劫狱救出我来。料扬州不能居住,将细软物件打起包裹,家人奴仆各把几两银子,令各归其家,我携同大娘连夜奔此。"余谦方知徐大爷来此之故。又问花老爹、任大爷是几时到此?花振芳道:"前日将老太太并桂小姐请至山东,恐怕你大爷认以为真,有伤身体。住了七八日,携同任大爷自东路来扬州,想请你大爷。因在路阴雨阻隔,昨晚才到扬州。到徐大爷府上一看:大门上朱笔封条,锁着。访问邻人,方知被人诬害,今反了狱,连家眷都逃去了。我料必是鲍老相救,今日才过江来。"你谈一阵,我称一番,天已夜暮,大家安卧。

次日,俱各起来。探事的人不时报信,一个说:王伦已到某山;一个说:王伦已至某镇。鲍自安令濮天鹏在江中预备下大船八只,将家中细软物件,着人运到。凡值钱的桌椅条台缸瓮各物尽皆上船,带到山东住家好用。又说道:"但愿他临晚至此,省得我多少手脚。"又着三十个听差之人,各持鸟枪长叉,扮作打猎人模样;又令四人拿了四面铜锣,等王伦来时鸣锣吆喝道:"此去有三只大虫伤人,夜间不可行走!"逼住他以便动手。遂向花振芳道:"此地没有歇店,又无人家,王伦必借三官殿做公馆。他今现任之官,自然轰轰烈烈,建康自有长班,嘉兴定有送役,连他家奴仆等人,我谅他有百十余人。动手时虽不怎样,到底人多碍手。

---

[1] 前程:旧时称功名为"前程"。

我今与你分作两路去成事,令人在三官庙不远山岗之上,搭起两个茅篷,把好酒抬去五七坛,那话儿药带过两包;你领徐大爷夫妻并小女小婿四个人,分作两铺。女将掌柜,轻轻的价钱,大大的盘子。那跟随王伦来的人,走得饥饿,自然来买,在店来饮着下药酒,发作后提进庙来,弄倒几个是几个。我同巴家四位贤弟、任大爷、余大叔、董差官、濮天鹏,在三官殿专捉王伦、贺氏,方得妥当!"众人起身道:"好!"鲍自安叫人在三官庙北首三官岗上,搭起两个茅篷,又叫女儿、徐大娘,各自收拾,诸事齐备。天将下午时候,打探人来禀道:"王伦离此只得三十余里了。"鲍自安道:"他后至此,天已日落,正在住宿时候!"连忙捧出酒坛,众人饱食一顿,夜间好动手。比及日落,个个暗藏兵器在身,出了庄门,奔三官庙的奔三官庙,奔茅篷的奔茅篷,各行各事。

且说鲍自安领众进了三官庙,消安师徒相迎,分宾主坐下献茶。消安问道:"诸位檀越从何而来?"鲍自安道:"长者亦知,两闹嘉兴,未得其人,今日王伦升任建康道,自旱道而来,少刻即至。特来此地等候!"消安闻听此言,道声:"阿弥陀佛!冤仇可解而不可结。论王伦其心奸恶,今应捉拿。但任檀越既然巨富,何愁无佳偶,而反赎妓女为妻?不慎于始,故有此侮。于今诸事,只悔当初。诸檀越不来,贫僧不知,贫僧也不敢深管;今既告诉贫僧,贫僧出家人以好生为念,在诸檀越前,乞化此二人,放他过去吧!"任正千道:"此乃在下倾家杀身之仇,既相逢,岂能轻放!别事无不遵命,此事断乎不能!"消安闻他不从,就有几分怒色。鲍自安极其捷便,乃道:"消安长老从不轻易乞化。今既乞化,任大爷亦不必着急,就放他过去罢了!"消安见鲍自安应允,谅任正千无能为也。乃曰:"谢诸位檀越莫大布施,贫僧无以为报。"命黄胖献茶相敬。不讲众人在庙伺候。

且说王伦一众行至龙潭,天色日落多时,意欲赶浦口住宿。正行之间,只见三个人一班,五个一班,有二十多人,各持鸟枪长叉,似乎打猎之人,不以为意,仍令人夫前行。忽听得锣声响亮,又听吆喝之言道:"行路客商听见:此地有三只大虫,夜夜出来,伤了无数行人。早些歇住,不可前行。倘若见你,性命休矣!"众人听得有三只大虫,尽皆大惊,一个个都将脚停住。王伦也听见,道:"我有百十余人行走,就有大虫亦早避去,怎敢前来相伤！"贺氏在轿内道："凡事谨慎，方无差错。既说有虎，虎虽不能相伤，遇见它也怕人了！"王伦听了此言，因她胆小，恐惊吓着她，问道："此地可有什么宿店可住？"内中有一个脚夫，此地甚熟，他已走得困了，恨不得一时住下，闻得老爷相问，连忙应道："此地有一个三官庙，房屋甚多，尽可做公馆。"王伦道："如此甚好。"令班头先至庙中，说那主持知道预备。班头领命前去。

不知后事如何，且听下回分解。

第四十八回

鲍自安三次捉奸淫

话说班头领命,王伦催动人夫随后。且说班头来到山门,用手敲门,里边黄胖问道:"哪一个?"班头道:"建康道王大老爷路过此地,天晚无处歇,要来庙中做公馆,叫你们伺候。"黄胖暗道:"该死的孽障,凶神五道正要寻你,被我师父化下,自投而来。"又不好直言相告,回道:"此庙房屋颓坏,不可居住,去别处再换公馆吧!"班头道:"别无落地,唯你庙中宽阔,速速开门,王大老爷后边即到。"黄胖道:"好厌人!我说没有房子,还在这里歪缠。"班头见不开门,只得回来。王伦也到,人夫已离不远。班头上前禀道:"小的才到三官庙叫门,和尚只是不肯开门,回说庙中房屋倾坏,往别处再寻公馆。小的又道大老爷就到,叫他速速开门。他反说小的惹厌,与他歪缠哩!"王伦道:"或者真是房屋坏了。怎奈别无可住之处,这便怎处?"贺氏在轿内淡笑一声道:"好个三品道爷,连一个破庙也不能借,又不是长远住,不过暂住一宵;且又是晴明天气,管他漏与不漏,就是不肯借罢了。也未见这种和尚,一发可恶,又不顶了你的屋去!"王伦被贺氏几句言语激得心头火起,吩咐人夫直奔三官庙前来,看他敢不容留。

且说黄胖打发班头去后,进来对师父说知。消安眉头一皱,想道:"虽已推去,必还要来。这些英雄若是看见,哪里还顾得化过未化过!我将他众人请至旁院两开净院中奉茶,使他们不见面,或者可以饶过。"遂道:"诸位檀越俱已布施过此二人,但贫僧心中终有些狐疑。如真心施舍贫僧,檀越今日俱莫回去,此庙旁有一小院,是两开净室,乃贫僧师徒下榻之所。请诸檀越进内,贫僧奉茶一壶,备几样粗点心,同谈一宵,让他过去,方才放心!贫僧所化者,是兑他今日之死;后来他处杀斩存留,贫僧莫敢他问。不知诸檀越意下何如?"鲍自安道:"既已出口,哪有改悔!今若不信,我大家就领厚情。"于是起身,俱到旁院净室来坐下。

不多一时,外边敲门甚急,消安师徒知是王伦等来了。随辞了各人,走出小门,回手将门带上,用锁锁上,才到山门。问道:"何人敲门?"外边道:"大老爷驾到,还不速速开门!"消安即刻开了门。人夫马轿,俱各进内。三官殿舍本是两层院落。王伦同贺氏进了后殿,人夫俱在山门以外。王伦、贺氏拜过三官大帝之后,来至殿上坐下,吩咐唤本店的住持来。消安走进,谨遵法规,双膝跪下。王伦道:"好大胆的和尚!本道到此天晚,差人前来借宿,你怎么闭门相拒?天下官能管天下民,轻我建康道不能管镇江之民么!"消安道:"先前夫差来,僧人不知。在后厢回话者,乃僧人一个徒弟。殿宇虽然倾坏,岂不可暂住一宵?夫差去后,僧人方知,故前来伺候。"王伦见消安说得在理,先乃是徒弟无知,就气平了,说道:"你既不知不罪,你下去!"消安又磕了个头出来,又开锁,进穿院而来。

且说任正千等见消安师出去,向鲍自安道:"老爹费了多少心思,欲捉奸淫,今轻轻就布施了和尚,岂不枉费其心乎?"鲍自安道:"诸公不知,消安师徒有万夫不当之勇,且性如烈火。先任大爷不肯应允,他们有怒色,我故随口应允;若不允他,他师徒必然护他,再通知信息与王伦,岂不是劳而无功!"众人道:"他今出入俱用锁,我等如何得出去?"鲍自安道:"墙高万丈,怎能禁你我?三更天气自有法。"又叫过濮天鹏来附耳:如此如此。濮天鹏听得含笑点头。消安已走进来相陪,命黄胖烹茶,做了点心。这且不表。

王伦一众人在路上已吃过晚饭,住了公馆,不过用点心茶酒。点心是有随行厨役做成,预备茶酒,又是他驮子上自带铜锅、木炭、风炉,毫不惊动和尚。下边人役,一路疲倦,饿是不饿,都想吃酒解解倦乏。就有哪个好吃酒的,未曾到那里,他就先看看糟坊酒店。进庙之时,早已望见庙北岗子上两个酒字灯笼。诸事完备,拣契厚的约几个走去打酒吃。原要打到庙中吃,及到酒店中,见两个铺中俱是女人在此;况且又生得妖娆可爱,即不肯回庙,要在铺中吃酒看女人。一盅下肚,皆直眉竖眼,麻痹在地下。铺后有留得的人便叫拖出,丢在涧沟内。有的人打酒到庙中吃者,花老等发的是好酒,回庙说:酒铺中两个俊俏女人掌柜。个个将酒拿回铺中,以借杯为由。三月天气,哪有吃冷酒之理?要在店中煨暖,花里寻春。花老等放药下去吃了。亦照前拖入涧沟。正是秃子头上打苍蝇,来一个打一个。人夫、书役,书役、人夫,但凡衙门中人,哪一个不好眠花宿柳!未到一更天气,百十人,俱皆迷倒八九十;未迷者,是那不吃酒老成人,并王伦不时唤呼者,不过十数人。天有二更时分,鲍自安听着外边没有喧哗之声,已料是花老弄拢的了。见消安师徒不离左右相陪,鲍自安故作瞌睡之状。消安见鲍自安是年老之人,遂道:"何不在贫僧床上安睡安睡。"鲍自安道:"却是有此倦意。诸公在此,我怎好独睡!"众人都会意,齐道:"我等明日都要起身,亦不能坐谈一夜。美茶点心俱已领过,却都要睡睡才好!"消安暗道:"叫他们屋内安睡,我师徒门外坐防,必不碍事。"遂道:"既诸位欲卧,何妨草榻?只恐有屈大驾。"众人道:"我等不过连衣睡睡,谁还脱衣。"于是各位英雄俱在他师徒两张床上而卧。消安将灯吹熄,同黄胖走出房门,回手带过,搬了两条凳子,各坐一条。各人身旁倚一根生铁禅杖,在外面防备。

却说鲍自安睡未多时,轻轻起身,悄悄地走至房门首望外观看:正是三月十五日,西边亮月如昼。又见消安不过带上房门,却未带合。上有一孔,鲍自安看明白,怀中取出香来,暗暗点着,放在空中口一吹,不多时,消安师徒两个喷嚏,皆倚壁而卧。鲍自安唤众人开了房门,仍自照前带过,走至小门,又将闩拨开;众人出来带过,将锁扭掉挂上,各持兵器看了看,角门关闭,众人一纵,俱蹿过去,将角门开了,令董超走进。董超见他八人一纵即过丈余墙垣,早已吓得胆战心惊。既入虎穴之中,少不得放了胆随他进去。谅后边没有多人,也不用香了,怕误工夫。打开后门,将丫环妇娘尽皆杀之。王伦、贺氏虽然睡,却未睡着,一见众人进来,只当是强盗行劫,及见任正千进来,知性命难活。任正千一见王伦、贺氏,哪里还能容纳!举起钢刀就砍,鲍自安用力挡住,说道:"大爷莫要就杀,我还要审问他哩。"任正千听了,只得停留。鲍自安令他二人穿起衣服,用绳绑了。两廊车下,还有七个家丁,听得殿上一片声响,即来救护,俱被杀死。鲍自安将王伦、贺氏行囊,各色细软物件,金银财宝,打起六个大包袱。余谦、任正千、巴氏弟兄四人各背一个,鲍自安两胁夹着王伦、贺氏。董超腿已唬软了,空身尚跟随不上。大家出了山门,奔茅篷中来。及至茅篷中,余谦道:"濮二兄尚未来到。"鲍自安道:"余大叔,你莫管他,他后边自来。"又道:"我等速速上船,奔路要紧!"大家奔至江边,上了船。濮天雕背了一个小包袱亦到。鲍自安点过人头,吩咐拔锚开船而行。

且说天已发白,消安师徒醒转,自道:"今夜这等倦乏,一觉睡到天明。"起身走出外边,欲到小门照应王伦人众,一看门竟开着,说声"不好!"回身进房,哪里还有一人!越过墙走向后边一看:只见尸横满地,一路血迹,东一个尸首,西一个尸首,并无一个生人。消安不看犹可,看了时,有诗为证,诗云:

　　禅心临发怒,气极锉钢牙。
　　只说蒙一诺,岂此变虚言。
　　交朋原在信,始不乱心田。
　　今遭奸伪骗,前语不如先。

话说消安心中发恨道:"我今着你这班匹夫所骗,与你岂肯干休!"回至房中,束腰勒带,欲赶众人,转一看:床头板箱张开,用手一摸,大叫一声:"好匹夫!连我他都打劫去了。"正是:

　　费尽善言将人化,代人解结反被偷!

毕竟消安不知追众人如何,且听下回分解。

第四十九回

鲍自安携眷迁北

却说消安师徒正在装束,欲奔鲍自安家争斗,抬头一看,床头上一个板箱张开,用手一摸,衣钵[1]、度牒[2]俱不见了。大叫一声:"好匹夫!连我都打劫了去了!"随同黄胖各持铁禅杖,奔鲍自安家而来。及至门前,大门两开,并无一人。他师徒是来过的,直走进内,到七八层院中,也未看见一人。看了看桌椅条台,好的俱皆不见了,所存者,皆破坏之物,看光景是搬去了。心中还不信实,直走进十七层房内,绝无一人,这才信为真实。想道:"此人带许多东西,必自水路而去;昨同巴氏同伙,又定是搬赴山东。我师徒沿江边向上追赶!"于是二人又走出鲍家庄,奔江边往上追来。追了有三四里路程,看见前边有号大船在江行走,幸未扯篷;又见末尾那只船头上坐了十数个人,谈笑畅饮,仔细看之,竟是鲍老一众。消安大叫一声:"鲍自安,好生无理!你与王、贺有仇,贫僧不过代你们解冤;不允便罢,因何将俺的衣钵、度牒一并盗来?"鲍自安等由他喊叫,只当不曾听见,仍谈笑自若,吩咐水手扯起三道篷来,正是顺风,那船如飞去了,把他师徒抛下约略有五六里远近。鲍自安又叫落下篷来,慢慢而行。消安师徒在岸舍命追赶上,叫道:"鲍自安,你好恶也!俺与你相交多日,如何目中无人,呼之不应?日后相逢,岂肯干休!"鲍自安又吩咐扯起三道篷,船又如飞地去了。

看官,僧家衣钵、度牒,犹如俗家做官凭印一般,如何不赶!又行了四五里路,鲍自安又叫将篷落下,消安师徒又赶上;赶上又扯篷,落篷又赶上。如此三五个扯起落下,将消安师徒暴性已过去八分了,又叫:"鲍

---

[1]衣钵:指佛教僧尼的袈裟和食器。
[2]度牒:旧时准许出家的僧人归政府掌握,经审查合格得度者,发给的证明称为度牒。

居士老檀越,我今知你手脚了,望你看素日交好,还我衣钵,我即回去了!"
　　鲍自安见他气有平意,吩咐掌舵的把舵一转,扯过船头,拱手说道:"原来是贤弟师徒么?昨晚在下原是从命,别人不肯,务必拿捉。料回龙潭不可居住,故连夜迁移。在下原要回庙告别,天已发白,恐惊人耳目,打算日后五台山谢罪吧!今日是顺风,船不拢岸,得罪,得罪!"消安道:"老檀越将衣钵还俺,俺自去了。"鲍自安假作吃惊道:"什么衣钵?难道昨夜捆王伦之物,拿错了包在里面,亦未可知!待我住下地方,取包裹时,如在里边,在下亲送至五台山!"消安道:"老檀越船向北行,贫僧回五台山亦是北去,何不携带携带!"鲍自安还怕他火性不息,上船施威,吩咐濮天鹏如此如此,濮天鹏领计。鲍自安说道:"既如此,命濮天鹏架一小驳船拢岸。"消安师徒跳上,濮天鹏用篙一指,船入江心。将离大船不远,濮天鹏故意将橹一提,一声响亮,濮天鹏连橹俱坠江心去了。那只小船在江心滴溜溜地乱转。消安师徒俱唬得魂不在体,叫道:"鲍居士速速救人!"鲍自安假作惊慌之状:"长江之中,这可怎了?"消安师徒在小船上东一倒西一歪,又大声叫道:"我已知你的厉害,何必谆谆唬我?"鲍自安见他服输,咳嗽了一声,濮天鹏在小船底下冒出,两手托送小船至大船边来。消安师徒方登大船,濮天鹏亦上大船。鲍自安向消安师徒说道:"惊恐,惊恐!"抱怨濮天鹏因何不小心,致令长老受惊。忙令斟暖茶来与他师徒压惊。喝茶之后,消安问道:"鲍居士欲迁移何处?"鲍自安将骆宏勋山东赘亲,路过巴家寨,误伤巴结,差送到巴寨,转到胡家凹,金鞭胡琏兄弟开长叶岭相送,黄花铺歇店,贺世赖诬良,余谦告状,董超提人,今欲赶赴山东之事说了一遍。消安方才明白,笑问道:"居士今夜怎样出房?又因何拿我衣钵?"鲍自安道:"实不相瞒,昨见老师求化王、贺,彼时不允,就有些不悦之色,恐惊动奸淫,难以擒捉,故我随口应之。贤师徒门外防备,是我用香熏迷,方才捉得王、贺,又杀死他家人、奴仆,恐贤师徒仍居于庙,必受连累。我等先行,留下濮天鹏盗你衣钵,谅你必愤怒赶来,好一同赴北,以脱连累。贤师徒在岸喊叫,而我不应它,船至江心而坠橹者,以磨贤师徒之怒耳!若一呼即应,就请上船,贤师徒安肯随我同往;又安肯轻轻作罢休耶?"濮天鹏将昨晚背来的小包袱拿出,双手捧过,众人方明白昨日鲍自安在濮天鹏耳边所授之计，故濮天鹏带笑而应之。消安又问道："今见殿后所杀者，只有数十男女，而昨晚来时约有百人，余者何处去了？"鲍自安又将花振芳在庙北岗上开酒铺之事相告。消安如梦初醒，暗道："怪不得天下闻他二人之名，乃水旱之巨魁也！"少不得随他的船上来。

到了扬州江口，过了扬子江，入了运河，过淮安，奔山东，到济南码头湾了船。余谦向众人说道："官船上水甚迟，计旱道至历城要快两日。小的自旱道先至历城，以观家爷动静，并通知诸位爷后边即至，使家爷稍宽心怀。诸位爷坐船后面来吧！"众人答道："亦使得。"唯董超不大愿意，乃说道："余大叔，向日来时，敝上当面说过：包管骆大爷无事。你急他怎的？还是坐船同行好。"鲍自安早知其意，笑道："董差官之意我明白了，余大叔是你保驾之人，恐他去后，我不敢见狄千岁，起谋害足下之心。这就差了！若我怕这件官司，今日不连家眷都来了。董差官莫怪我说：前日我不来，你又岂奈我何么？今既来，我是不怕的；你若不放心，不妨同余大叔自旱道先行，到历城等俺。"董超暗想道："此话一毫不差，他前回不来，我又能奈他怎样？他今既来，就不怕了。"遂道："老爹英名素著，岂是畏刀避剑之人！既如此，晚生陪余大叔先行甚好！"鲍自安闻董超愿意先去，叫女儿取出四大锭银子，一个大红封套，说道："既差官先行，这分薄仪带回府上，买点东西，孝敬老太太。她也是提心吊胆，为我这件官司。"董超道："请得驾来，已赐恩不小，哪里还敢受此大礼！"自安道："差官放心，我从不倒赃的。只有一事奉托：贵衙门中上下代俺打点打点。我到时俱把俺个脸面，莫道俺'水寇'二字，我要大大相谢哩！"董超满口应承。又道："恭敬不如从命！"将二百两银子打入行囊之中。鲍自安又拿出二十两散碎银子交付余谦，叫他二人一路盘费，余谦接过，放入褡包。二人拜辞登岸，望历城而去。

不两日，到了历城，董超留余谦至家款待。余谦道："方才路上用的早饭，此刻丝毫不饿，又吃甚的？你回家安慰老太太，我且到县监中打探主人的信息。约定在贵衙门齐集，问他下落便了。"董超道："也罢！舍下预备午饭，等候缴过令箭，再同大叔回来食用。"余谦道："这个使得。"行至岔路口，二人一拱而别。

余谦奔恩县监牢。来至恩县衙门，一个熟人没有，如何能得其信？

走过来,行过去,过了半刻工夫,心内一想:"监牢非比别地,若无熟人引进,如何能入?不如还至军门衙前,等候董旗牌。央他同来,方能得见主人。"迈步向军门衙前。衙门左首有一茶馆,走进馆去,拣了一副朝外的座头坐下来,望着街上行人,以吃茶为由,实候董超。也等了一个时辰,还不见来,只得又换一壶茶,又添两盘点心吃着等他。

且说董超出门之后,妻子儿女日日在家啼哭,谅必不能回来。邻舍亲友不料今日董超回来,合家欢喜,以为大幸。亲友来瞧着时,前后问一遍;邻舍都来恭喜,董超把这始末之由说一番,抱了儿子玩玩,一时不能分身上衙门。

再说余谦在茶馆,左一壶右一壶,总不见董超到来,正在那里焦躁,忽见街上一班人有五六十个,各持枪刀棍棒,护着两辆囚车。车后又有一位官员骑马随行,满街上观看的人说道:"诬良一案起身了。"余谦也立起身来,手扶栏杆观望。及至跟前,仔细一看,两辆囚车之中一辆乃是主人。余谦不解,解赴何处,故问同坐之人道:"此案解赴何处?"那人道:"狄千岁前日奉旨进京,一时不能回来,吩咐恩县唐老爷将此案押至京中,因候旗牌董超提拿鲍福,一并起身,所以迟了。这几日想是董超到了,今日起解呢。"余谦方知狄千岁已经进京。心想道:"贺世赖被捉之后,自然有信进京通知王怀仁兄弟。这两个奸党,其心奸险异常,倘差人带信于恩县唐建宗,于路谋死,报个病故呈子,死人口内无供,贺世赖则无事了。我余谦今既来到,在后边远远相随。"

不知后事如何,且听下回分解。

第五十回

骆宏勋起解遇仇

却说余谦远远相随，暗地保护主人，方才放心。算计已定，打发了茶钱，随后而行。凡到镇吃饭时节，让他们在大店吃，余谦在小馆吃。临晚宿店时，余谦宿歇不是在对门，即在左右。囚车早走，他亦早走；囚车晚住，他亦晚住。只因人多行迟，一日只走得四五十里。在路行了两日。

那一日晚饭时候，到了一个败落集镇，名为双官镇，人家虽有许多，而开张饭店者也少。有一个饭店，解差人等并押官唐老爷俱住下用饭。余谦躲在庄外坐候，候众人吃饭起身之后，余谦也走进店来坐下，叫店家随便取点东西来吃。店家满口答应："有，有，有！"余谦坐下，一会催道："快拿来我吃，还要赶路呢！"店家又应道："晓得！"又停一时，余谦焦躁道："怎么满口应有，不见取来，却是为何？"店家笑道："实不相瞒，我们这块是条僻路，不敢多做茶饭。先来了五六十个解差之人，将已做成茶饭尽皆吃去，尚在不足。如今又重下米，饭将熟了，我故应'有'！"余谦想道："不吃饭罢；此路却生，不知前边还有饭店否？他说就熟，少不得候着点，脚要放快些赶他便了！"又停了半刻，店家方捧馒首、包子、饭菜来，余谦连忙吃点，付过饭钱，走出店门，迈开大步，如飞赶上。

赶了四五里，路上总看不见前边之人。余谦疑惑道："难道赶错了路子？不然怎看不见人行？"又走了有半里地，有一松林阻隔。转过松林，见大路上尸横卧倒，囚车两开。余谦道："不好了！此是巴九闻知解京之信，赶来相害。"又转想道："巴九赶来，也只伤害主人，不至连官府一并杀害。"遂大哭道："大爷，你好时衰运促！无故被诬，受了多少棍棒，待毙囹圄；小人舍死告状，稍有生机，不料今日又被人杀害。而小人往返千里之路，又置于无益之地。死得不明不白，为人所伤，叫小的如何报仇？"哭了一场，说道："我褡包中二十两银子，未盘费多少，且将主人尸首抬回双官镇，买口棺木盛殓起来，埋葬此地，再回去迎见他们商议。"遂在尸首中找寻半日，并无主人尸首；又细细查点一遍，仍是没有，连贺世赖亦不在内。五六十人，怎么独少他们两个？真令人不解。心中又喜又疑，喜的是主人不在内，犹可有望；疑的是贺世赖亦不在内，恐又被强人所劫。并无一个行人相问，好不焦躁。抬头往正北一望，看见一个大村庄，有许多人家，相离此地有二里之遥，不免到庄上打探一番，返步离庄。一箭之地，有一小小草庵。余谦道："待我进庵访问，此地是什么地名？"走至庵门外，见放了一张两只腿的破桌子，半边倚在墙上，桌上搁了一个粗瓷缸，缸内盛了满满的一缸凉茶。缸边有三个黑窑碗，内盛着三碗凉茶。余谦看光景是施茶庵子。才待进门，里边走出一个和尚来，那个和尚将余谦上下看了一看，也不言语，走至破桌边，念了一声"阿弥陀佛"，将三碗凉茶吃在腹中，一手托着桌面，一手提着茶缸，轻轻托进庵门，仍倚在墙上放下。余谦暗惊道："此一缸茶何止数百斤！他丝毫不费气力，单手提进，其力可知！"又见那和尚转身出来，问道："天已将黑，居士还不赶路，在此何为？此处非好福地也！"余谦道："在下游方路过，不知此地何名？特来拜问，望乞指示。"和尚道："此山东有名之地：四杰村也！"余谦听说"四杰村"三字，真魂从顶门上冒出，大哭一声道："主人又落在仇人之手了，万不能活！"和尚道："令主人是谁？与谁为仇？尊驾如何哭泣？"余谦将四望亭捉猴，与栾贼结恨，伊请四杰村朱氏弟兄设立擂台，怎样打败伊，又请伊师雷胜远复擂，龙潭鲍自安正与他比较，幸亏五台山消安师徒解围，"我主人骆宏勋避难上山东，历城遭诬良之害，今日军门提解赴京，路过此地，官役尽被杀死，贺、骆俱不见，特来问访其细；今落入贼人之手，料主人之命必亡，蒙主大恩大德，故而两泪栖惶。"和尚听了这些言语，赞道："此人倒是一个义仆。"念了一声："阿弥陀佛！弟子今日要开杀戒了。"余谦闻了此言，纵了数步之远，掣出双斧相待。和尚大笑："余谦，你莫要惊慌！你方才说擂台解围之消安，乃贫僧之师兄。师兄既与贤主相交，今日遭难，岂有知而不救之理！"余谦方才放心，上前施礼道："是二师父，还是三师父？"和尚道："贫僧法名消计。三师弟消月，潼关游方去了。"余谦素知他是英雄，闻他愿救主人，即改忧作喜，道："但不知此刻主人性命如何？既蒙慈悲，当速为妙，迟则主人

第五十回　骆宏勋起解遇仇

无望矣！"消计道："那个自然。"二人回进庵门。

二人消计脱去直裰，换了一件千针衲，就持了两口戒刀，将自己的衣钵行囊埋在房后，恐被窃盗。余谦想起濮天鹏盗消安衣钵，深服消计之细，只不肯说出。

二人出了庵门，回手带上锁，迈步奔四杰村而来。入村之时，消计道："他村中有埋伏，有树之路只管走，无树之路不可行。让俺在前引路，你可记着路径要紧！"余谦应声："晓得！"消计在前，余谦在后，不多一时，来至护庄桥，桥板已抽。消计道："你躲在桥洞之下，待俺自去打探一回，再来叫你。"余谦遵命。消计一纵，过了吊桥，将桥板推上，以预作回来之便。走至庄上看了看，房屋也高，蹲纵不上，甚为发躁。

只见靠东墙有一株大柳树，消计扒在树上，复一纵，方上了群房。消计是往他家来过的，晓得客厅。自房上行至书房，将身伏下看了一看：客厅中一桌坐了五个人，朱家兄弟尽都认得，那一个料是贺世赖。又听得厢房廊下，有一人哼声不绝，不知是谁？忽听朱龙问道："厨房中油锅滚了否？"那边一个答应道："才烧哩，还未滚。"朱龙道："待烧滚时来禀我，我好动手，取出心来就入滚油内炸酥方才有味。若取早了，迟了时刻，不鲜了。"那人答道："晓得！"往后看油锅去了。消计听得此言，知骆宏勋尚未死，但已烧油锅，岂能久待？料想下边哼声不绝之人定是宏勋了。欲下去解救，又恐惊动他弟兄，反送骆宏勋性命，须调开他们方保万全。回首往那边一看，有三间大大的马棚，槽头上拴扣了十几匹马。又见那个墙壁上挂了一个竹灯，挂灯尚点在那里。棚旁堆着三大堆草料，四下却无一个人在内。消计一见，心内大喜道："不免下去，用灯上之火点着草堆，他们弟兄见了火起，自然来此救火，我好趁此下去搭救骆宏勋，岂不为妙！"想定主意，遂悄悄跳下了房子来，走至马棚内，将灯取下，拿到了草堆，把草点着，消计心中想："恐一处火起，不红不旺！"遂将那三个大草料堆于四围尽皆点着，又兼不大不小的东南风，古云得好：

　　风仗火势，火仗风威；祝融施猛，顷刻为灰。

霎时间，火光冲天，只听得一派人声吆喝，喊道："马棚内火起！"合家慌慌张张地忙乱。消计复又纵上了房顶，恐其火光明亮，被人看见他，即便将身伏在这边。看了看客厅中，还坐着两个人。心中着急道："这便怎了？"

不知消计果敢下来相救否，且听下回分解。

第五十一回

施茶庵消计放火援兄友

　　话说列位看官，前一回又说道提笔忘字，这样一个人家，马棚内岂无一个人？而消计放火，这等容易，并未惊觉一个人？只因朱氏弟兄痛恨骆宏勋，要油煎心肝下酒，人生罕见之事，故马夫急将草料下足，也到厨下看烧油锅煎心肝去了，所以马棚内无人；况且骆宏勋日后有迎王回国之功勋，位列总镇，亦天使之。若不然，日间解官共五六十人，而且他在囚车之内，就是几十个也杀了，在乎他一人？偏要带至家中，慢慢处治，以待消计、余谦来也。

　　闲话休提。且说消计放火之后，跳上房子来看了一看，客厅内还坐着两个人，不敢下来。定睛细看：不是别人，一个是朱豹，在扬州擂台上被鲍金花踢瞎双目，不能救火；一个是今日劫来的贺世赖，因路生不能前去，皆是两个无能之人。消计看得明白，怕他怎的！轻轻下得屋来，走至廊下一看，悬吊一人，哼声不绝。消计问道："你可是扬州骆宏勋么？"骆宏勋听得呼名相问，亦是低低答道："正是。足下是谁？"消计道："我是消安师弟消计是也。你家人余谦到我庵中送信，特来救你，你要忍痛，莫要则声。"遂一手托住骆宏勋，一手持刀，将绳索割断了，也不与他解手，仍是绑着，驮在自己脊背上。见天井中有砌就的一座花台，将脚一垫，跳上了屋。可曾听见古人云过，"无目之人心最静"，眼虽未看见，却比有目之人要伶俐几分。朱豹听得失火，心中一躁，无奈眼看不见，不能前去，坐在厅上听声音。闻得厅下有唧唧哝哝说话，只当看着骆宏勋之人。至消计纵身跳上，怎能无脚步之声？又听见瓦片响，叫声："贺老爷，什么响？"那三间客厅一扇，因四月天气渐渐热了，俱是敞开，房中灯光照得对厅上边甚是光明。贺世赖听得朱豹相问，抬头一看，对厅上有一个和尚驮一人上屋而去。答道："四爷，对过厅上有个和尚驮一人行走！"朱豹就知盗去骆宏勋了，连叫几声。那边救火，吵吵闹闹，哪里听得见！

第五十一回　施茶庵消计放火援兄友

并无一人答应。朱豹焦躁，走到天井之中，大声喊叫。朱龙等方才听得，连忙相问朱豹。朱豹道："贺老爷见有一个和尚，身背一人，自屋上逃去。"朱龙掌灯火来一照，只见梁上半截空绳挂着。说道："难道又是消安、黄胖来了？"弟兄三人各持朴刀，率领几十个庄汉，飞赶前来。

且说消计上得对厅，朱豹早已吆喝，连忙走至群房，跳落地下，飞奔来到护庄板桥，至桥上走过，忙叫余谦，余谦跑出。消计道："你速速背主人前去，我敌追兵。"余谦也将骆宏勋两只胳膊套在颈项上，手持两只板斧，照原路奔逃。未曾出村，朱龙等赶至桥边，看见消计手持戒刀，大叫道："骆宏勋乃贫僧师兄之友，今特救之。蒙三位檀越施好生之德，令他去吧！"朱氏三人一看，竟是自家庵内的和尚，大怒道："我每每送柴送米，供养与你，你不以恩报，反来劫我仇人。你师兄是谁？怎与骆宏勋相交？"消计笑道："我实对三位檀越说罢，我乃五台山红莲长老的二徒弟消计是也。擂台上解围的，那是我师兄消安也。"朱氏三人方知他前日所言皆假话，又是假名。朱氏三人道："你既是消安师弟，就是我的仇人了。"大喝一声："好秃驴，莫要走，看我擒你！"弟兄三人并庄汉众人一起上来。消计全无惧色，抡起戒刀，迎敌众人。朱虎往南一看，只见一人背着一人，向南奔逃。火光之中，却看不分明，谅来必是劫骆宏勋的。遂叫："大哥、三弟捉这只秃驴，俺要赶拿骆宏勋去也。"带了十数个庄户，赶奔前来。及至赶上一看，乃是余谦背主而逃。朱虎想起扬州一腿之仇，大骂一声："好匹夫！今日至俺庄上，还想得活么？"余谦也不答，举斧就砍，战斗了十数合，余谦遍身流汗，想道："若恋战，必定被擒，不如奔之施茶庵之中，将大爷歇下，再作道理。"于是且战且走，走至离施茶庵不远，虚砍一斧，迈开大步，飞跑到施茶庵的门首，将锁扭下，走进门来关上。余谦两手扶住茶桌，呼喘不绝，一阵心翻，吐出几口血来。骆宏勋在他身上看见，叫道："贤弟，你且将我丢下，你好敌斗强人，倘若难敌，你好脱逃，通信与徐表兄、鲍老爹，代我报仇。若恋恋顾我，主仆尽丧于此，连通信之人也没有了。"余谦血朝上一涌，话也说不出来，只是摇头。骆宏勋见他要死，心中不忍，二目中扑泠泠泪下。

且说朱虎正斗余谦，见余谦逃脱，领众从后赶来。及到施茶庵，却不看见，用手推推庵门，门竟关着，知他躲在里面，大叫道："与我点火烧这狗头，省得敌斗。"余谦闻得取火来烧，抖抖精神，走至门边，轻轻将门闩拔开，把门一开，大叫一声，跳将出来。朱虎赶向前来，重新敌斗。这且不言。

且说鲍自安打发余谦、董超起岸之后，吃过饭，意欲开船。忽然西北风起，船大难行，遂湾住不开，不料西北风刮了一天一夜，总不停息。众人皆因有余谦前去通信，骆宏勋又是军门投机之人，谅无异事，就是迟到两日，谅不妨事。唯有花振芳，坐船如坐针毡，恁大年纪，江南往返三五次，方才寻得这个好女婿。闻得身陷缧绁，恨不得两胁生翅，到历城以观女婿之动静。昨日起风时，还望少刻而息，不料睡了一夜，翻来覆去，何曾成眠。天明起来，梳洗已毕，捧进早茶、点心，众人食用。花振芳面带愁容坐在那里思想赶路。鲍自安取笑道："哪个得罪大相公，心中不悦？对我说，与你出气。"花振芳道："我生平好走旱路，从未在这棺材中过这些日子。你这老奴才，既为朋友打这场官司，就该速速赶到，方才使那被难之人不引颈而望。怕起旱要用脚走，苦恋在这只棺材里过时刻么？此地乃济宁的大码头，骡轿车马都有，我替你垫脚钱，起旱罢了。你若不肯，我竟告辞先去。"鲍自安平日爱骆宏勋，今日阻风也是无奈，被花振芳提醒，乃答道："我坐船行走之意，待到历城，船湾河内，家眷、物件尽在船上，候问过官司之后，寻着地方再搬。今着起旱，除非到历城上岸宿店了。"花振芳道："你愿意起旱，我则有法。历城与敝地乃相接之地，且离苦水捕，离黄花铺有十里之遥。自此起旱到双官镇，还有条近路，到苦水铺约略五日路程。在小店将家眷行李歇下，我陪你上历城去见狄军门，岂不是好！"鲍自安大喜道："如此行法正好。"雇了十辆骡轿、二十辆驴车，将衣箱包裹要紧之物，搬于车上，阔大之物仍放船上湾着，待有了落脚地，再来搬运。闷桶里提出梅滔、老梅、王伦、贺氏四人，拿了四条市口袋装起，放在骡车之上。临吃饭之时，倒出来令他食用，食用之后仍又装起。花、鲍、消安师徒一众人等从旱路奔行。花振芳心急，赶路真快，每日要行到二更天气才宿店。

这一日，来到双官镇松林之间。见大路尸骸横卧。花振芳道："朱家兄弟今日又有大财气，伤了许多人夫。"众人正在惊异，又听得四杰村一片吆喝之声，灯笼火把齐明。鲍自安道："好似交仗的一般，不知是哪方客商,入庄与他争斗也?也算大胆的英雄!"正说之间,离庄不远火光如日,看见一个和尚被十数个人围在当中,东挡西遮。令人不解,因何围着和尚赌斗?且说消安、黄胖看见一个和尚被十几个围住,心中就有几分不平之意,正是:

　　兔死狐悲,物伤其类。

但不知后事如何,且听下回分解。

第五十二回

四杰村余谦舍命救主人

　　却说黄胖、消安遂道："众位檀越，慢行一步，待俺师徒前去观望观望。"巴氏弟兄四人道："俺们也去走走。"只见六人下了驴车，奔上前来，及到跟前一看，竟是消计。黄胖大怒，大叫一声："师叔放心，俺黄胖来也！"朱彪见黄胖，丢了消计，来敌黄胖。黄胖举起禅杖，分顶打下来，朱彪合起双刀，向上迎架。黄胖那一禅杖有千斤气力，朱彪哪里架得住？"喀喇"一声，打卧尘埃。朱龙虽战消计，看看三弟被害，虚砍一刀，抽身就走。消计也不追赶，过来与师兄说话。
　　且说消安师徒、巴氏弟兄去后，鲍自安等又见施茶庵边也有一起人在那里敌斗。徐松朋暗道："怪不得人说山东路上难走，真个果然矣！"仔细观看，一人身上背着一人在围中冲杀。徐松朋惊异，说道："好像余谦？"不免前去观看。众人道："将车暂住，你我大家一同去看他一番！"相离不远，看见他所背何人，被朱虎同几个庄客围住在中间厮杀。那徐松朋紧走几步，拧拧枪杆，大喝："朱虎休要撒野！俺爷爷来也。"朱虎一见徐松朋到来，也知他的救兵来了，脱身就跑，徐松朋托枪追赶前来。花、鲍、任、濮俱到其间。余谦慌慌张张，还在那里东一斧西一斧地乱砍。任正千连忙走至跟前，叫道："余谦，我等到了！"余谦的眼都杀红了，认定任正千就是一斧；任正千唬得倒退几步。花振芳又走上前来，叫声道："余大叔，我花振芳来了！"余谦哪里还认得人，也是一斧，花振芳也躲过，说道："他已杀疯了，怎么近前？"鲍自安道："他虽然杀疯，骆大爷自然明白，叫骆大爷要紧！"于是花振芳叫道："骆大爷，我花振芳同鲍自安、任大爷等俱在此。望叫余大叔，说声莫要动手，朱家弟兄去了。"骆宏勋在黄花铺被捉之时，所受铁木之伤尚未大好；今被朱家捉去，又打得寸骨寸伤。余谦驮在背上，东遮西挡，颠来晃去，亦昏过去了，二目紧闭，何曾看见花、鲍前来？亦料想来不及。虽然昏迷，却未伤两耳，心中明白，

第五十二回　四杰村余谦舍命救主人

忽听得"花、鲍、任、徐俱到",勉强将眼一睁,来人直在面前,余谦仍持斧乱砍。骆宏勋大哭,叫道:"余谦贤弟,花、鲍二位老爹,任、徐、濮各位爷俱到;朱虎也不知去向,你不要使力了!"余谦耳边听得大爷说众人已到,把眼珠一定,将众人一看,叫了一声,倒卧尘埃。众人连忙上前,将骆宏勋两手松开,看了一看,骆宏勋微微有气,余谦全不动了。花振芳扶起骆宏勋,任正千扶起余谦。花振芳叫道:"宏勋!宏勋!醒醒!"停了片时,一口气出来,眼一睁,道声:"余谦贤弟在哪里?"正千道:"世弟,余谦在这里!"骆宏勋一见余谦面似黄纸,丝毫不动,大哭道:"贤弟呵,历城我遭难,督衙你伸冤,不惮千里路,江南把信传!暗地相随保护,随后不敢前。来日遇贼党,扒心下油煎;央求禅师相救,背我逃走到茶庵。几番我叫丢下,贤弟摇头。有余谦生生顾我劳碌死,即我命难全,要下黄泉路上稍停步,主仆同赴鬼门关!"众人听得骆宏勋诉哭余谦之忠,无不垂泪。花振芳道:"骆宏勋,你保重,莫要过伤自己。余谦乃用力太过,心血涌上来,故而昏去。稍刻吐出瘀血,自然苏醒,必无伤于命。"鲍自安道:"骆大爷,方才那禅师搭救,哪里去了?"骆宏勋道:"他乃消安师父的师弟消计师也。"将自己被吊在廊下,蒙他相救,驮我上屋而逃,奔至桥边,才交余谦;又遇朱家数十人围住,又蒙诸位相救之事说了。"但不知此刻消计师胜败如何?"正说之间,消安、消计、黄胖、巴氏兄弟俱皆来到。徐松朋见朱虎逃走,也不追他,亦自己回来。看见骆宏勋主仆如此情形,好不凄惨。过了一刻时辰,只听得"咯咯"一声,余谦吐出两块血饼,只是叫"哎哎"之声,不知如何?鲍自安道:"抬上骡轿,煨暖酒,刺山羊血和酒。"众人将他主仆抬上骡轿,刺了山羊血,各服之后,才与消计见礼。大家相谢。消计道:"均系朋友,何以为谢!"鲍自安问道:"骆大爷在恩县监中,怎至于此?"消计将余谦状告狄公,狄公进京,令恩县唐老爷押赴京都听审,被朱家兄弟杀了官兵,劫去骆大爷并贺世赖;余谦到庵中送信,故至他家放火,诓了朱家兄弟,唯剩了朱豹、贺世赖两个无用之人,方才解救之事说了一遍。鲍自安大喜道:"任大爷案内只缺此人。既在咫尺,何不顺便带去!"又道:"任大爷,跟我来。"任正千道:"领命!"鲍自安带两口刀,任正千也带两口朴刀,告别众人。消计道:"二位檀越,你们俱要记着:有树者正路,无树者是埋伏。"任正千、鲍自安二人多谢指引。

二人遂奔庄上而来，只拣有树者走。离护庄桥不远，早见二人在桥上站立。朱豹，鲍自安却认得，还有一个少年人却不相识。任正千指着那人道："正是贺世赖。"鲍自安道："任大爷稍候，待俺去捉来，你再拿他回去，切不可伤他性命，终究是你手中之物。贺世赖还要细细审问。"说罢，由护庄桥东边，轻轻地走过河来，看见大门首站了许多堂客，火光如昼，不敢上岸行走，恐被那堂客看见，惊走了贺世赖，遂在河坡下弯腰而行走到桥边。朱豹同贺世赖二人，见三个弟兄追一个和尚，至此不回，正在发呆，一手扶着贺世赖，同立桥边观看。朱豹叫道："贺老爷，凡事不可自满，若杀骆宏勋，先前不知杀了多少！大家兄偏要吊起来，先打一番杀他不迟，叫他领受领受，又要煎他心肝下酒，以至于和尚盗去。谅一个和尚，哪里走得脱？还是要捉回，只是多了这一番事情。"贺世赖道："正是！"二人正在谈论，鲍自安用手在朱豹肩上一拍。朱豹道："是谁？"鲍自安道："做捷快事的到了！"说犹未了，头已割下。贺世赖正待逃脱，鲍自安道："我的儿，哪里走！"伸手抓下来，叫声："任大爷，捉去放在车上，也与他一裹衣穿穿，好与他妹妹、妹夫相会。"贺世赖方知王伦、贺氏先已被捉。任正千捉了前行，鲍自安也随车而来。

且说在门口所站的堂客，乃是朱家妯娌四个人，闻得一个野和尚盗去骆宏勋，丈夫等率领众人赶去，亦都出来观看。忽然见河内冒出一人上了岸，将朱豹割了首级，挟了贺世赖而去，皆是大惊。朱豹之妻刘氏素娥，一身好枪棒，一见瞎丈夫被人杀坏，大哭一声："杀夫之仇，不共戴天！"提了两口宝剑飞奔前来。朱龙、朱虎、朱彪三人之妻，俱会些微晓得点棍棒，见妯娌赶去，亦各持棍棒随后赶来。却说任、鲍杀了朱豹，捉了贺世赖，还未出庄，花、徐、濮、巴氏弟兄走上前来，鲍自安道："你等又来做什么？"花振芳道："我等静坐无味，留令婿的兄弟陪消安师徒，防守车辆。我们前来，一发将朱家男女杀尽，平了这个地方，怎得让他暗地伤人！"鲍自安道："也好。"又道："任大爷，你将贺贼送上车去，我同花振芳玩玩。"正说之间，一派火光，有四个堂客，各持枪刀赶来。正是：

  方才朋友杀进去，谁知妯娌杀出来。

毕竟不知花、鲍一众，同朱氏妯娌谁胜谁败，且听下回分解。

第五十三回

巴家寨胡理怒解隙

却说花、鲍一众正走进来时，只见前面来了四个女人，各执枪棍前来。刘素娥大骂道："好强人，杀我丈夫，哪里走？看捉你！"花振芳正待迎敌，巴龙早已跳过去敌住刘素娥，巴虎斗住朱龙之妻，巴彪战住朱虎之妻，巴豹对住朱彪之妻。兄弟四人，妯娌四人，一场大战。花振芳道："我等三人不可都在此一处，何不竟去搜他的老穴？"于是，花、鲍、徐三人奔入庄来。他家大门已是开着的，三人各执兵器进内，见一个杀一个，见两个杀一双，不多一时，杀得干干净净。将他家箱柜打开，拣值钱之物，打起六七个包袱，提出庄门，放了两把火，将房屋尽皆烧毁。巴氏弟兄四人将朱家妯娌杀了，也奔到庄上来，会了花、鲍、徐三人，一家一个包裹，扛回车前，命车夫开车，直奔苦水铺而来。

不表众人上车，且说朱龙、朱虎兄弟二人，躲在庄外，又见庄上火起愈大，还只当是先前余草又烧着。心中十分焦躁，而不敢前来搭救，怕众人前来找寻。又闻得车声响亮，知道他们起身去了，方出来一看，但见沿途：

东西路上滚人头，南北道前血流水。

折枪断棍尽如麻，破瓦乱砖铺满地。

房屋尽皆烧毁，妻子家人半个无存。又思想道："房屋烧去，金银必不能烧。"他二人等至天明，拿了挠钩挖开一看，一点俱无。二人哭了一场，逃奔深山削发为僧去了。

且说花振芳等人，一直不停走至次日早饭之时，早到苦水铺自己店中，将东西放下。众人入店，把骆宏勋主仆安放好了，花老自在那一间房中调养。住了五七日，骆宏勋主仆皆可以行动了。鲍自安道："主仆已渐痊了，我们大家商议，把他的事情分解分解。如今苦苦地住在此处，亦非长法。"便向花老儿道："骆大爷说，前在胡家凹起身之时，胡家兄弟原说等大家到时，叫人通个信与他，他兄弟二人亦来相帮。你可速差一个人先到胡家凹去，请他兄弟来就是了。"即便差人去了。至次日早饭时候，见二人一同至此，与众相见。众人看见胡理七尺余长，瘦弱身躯，竟有如此武艺，所谓人不可貌相也。二人又看见骆宏勋主仆两个瘦弱面貌，焦黄异常，问其所以。方知在历城遭诬，四杰村遇仇，甚是惨叹。

花振芳即忙备下酒饭，款待众人。饮酒之间，鲍自安先开口说道："解祸分忧，扶难持危，乃朋友之道也。我等既与骆宏勋为至交，又与巴九弟为莫逆，但巴、骆二人之仇已成，我等当想一法，代他们解危。"众人听说，一起说道："先生年高见广，念书知礼，我等无不随从。"鲍自安道："古人有言：有智不在年高，无志空生百岁。又云：一人不如二人智。还是大家酌量。"众人又道："请老先生想一计策，我们大家商议。"鲍自安道："据在下的愚见，叫骆宏勋备一祭礼，明日我等先至巴九弟寨中。他虽有丧子之痛，大家竭力言之，说骆大爷实系不知，乃无意而误伤其命，今日情愿灵前叩奠服礼。杀人不过头点地，巴九弟或者赏一个脸面。只是还有一件——"向巴龙兄弟四人道："四位贤弟，莫怪我说，闻九弟妇甚是怪气，九弟每每唯命是听。我等虽系相好，到底有男女之别，如何谆谆言之，要烦诸位善言大娘们去劝她才好。我意中实无其人，是以思想踌躇未决；且徐松朋家内与九奶奶素不相识，且非至戚，出口不好尽言。这须得与九奶奶情投意合之人方妙。"胡理是直性子人，答道："容易，家嫂与巴九嫂结拜过姐妹，舍侄女乃是他的子女，叫她母女前来解劝，何如？"胡琏是一个精细之人，何尝不知他妻与她相好？但她是今日杀子之仇，恐怕说不下来，岂不被众人所笑！故未说出，不料他兄弟已经满口应允，他怎好推托？乃说道："世弟之事，怎敢不允！恐怕说不下来，反惹诸公见笑。"那鲍自安说道："见允是人情，不允是本分，我们尽了朋友之道就罢了！明日，徐大嫂子就陪胡大嫂子一同去走走。"众人道："甚好，甚好！"商议已定。花振芳办下酒礼，定期后日赴巴家寨讲和。胡琏用饭之后告别回家，后日来巴家寨聚齐。

及至后日早起，鲍自安道："猪羊祭礼在后，我等并男女先行，说妥时，再叫骆大爷进庄；若不妥，就不进庄了。他主仆身子软弱，恐受惊唬。"又唤濮天鹏之弟扮作一家人，护着骆大爷行走。分派停当，鲍自安站起身来,同消安师徒人等仍坐三辆驴车,徐大娘、鲍金花一路,皆奔巴家寨而来。骆、濮四人,后边坐了一辆骡车并祭礼,慢慢而行。修素娘仍在店内等候。约是中饭后时,到了巴家寨外,只见后边三骑马飞奔而来,来至庄上,正是胡琏妻女三人。大家相见,一齐下马,下车轿。鲍自安道:"凡事轻则败,莫要十分大意,倘我等到庄门首,着人通信与巴九弟;九弟知我等众人因此事而来,推个'不在家'。这才叫做有兴而来,败兴而归。"遂向巴龙道:"你们可先进去通说通说,允与不允在他,莫叫俺们在此守门。"巴氏兄弟道:"也罢。等我们先进去好预备。"四人便即走进去。哥哥到弟弟家,不用通报,直入中堂,只见桌上供着巴结的灵柩。叔侄之情,不由得大哭一阵。巴九夫妻也来陪哭,道:"我儿,你伯父等在此,你可知否?"哭了一刻之后,巴龙劝道:"贤弟与弟妇,也不必过痛。人死不能复生,哭也无益。如今江南鲍自安、胡家凹胡氏弟兄男女等人俱在庄外,快去迎接!"巴信夫妻听说,乃道:"此等众人前来必是解围的,我不见他。大哥出去,就说我前日已出门去了。"巴龙四人齐道:"鲍自安是结交之人,我们愚弟兄往日到他家,一住十日半月,并不怠慢;今千里而来,拒之不见,觉乎没情。又有胡家兄弟,乃系相好邻里,且有胡大娘前至,若不见,遂不知礼了!"巴信夫妻闻得胡理这个冤家既来,怎不出去?遂同四个哥哥出来将众人请进;又有胡家姐姐并干女儿全来了,不得不出去。遂同了四个哥哥出来,将众人请进,男前女后,各叙寒温。

　　巴信一见花振芳,怒目而视,花振芳此刻只当不看见。巴信问道:"鲍兄与胡兄,今日怎得俱约齐到敝舍,有何见谕?"鲍自安遂将"骆宏勋黄花铺被诬,余谦喊冤,军门差提愚兄,今已移居山东,知令郎被骆宏勋误伤,特约胡家贤弟等一同前来造府相恕;今令骆宏勋办了祭礼,在令郎灵前磕头。杀人不过头点地而已,他既知罪,伏望贤弟看在众人之面,饶恕了则个。叫骆宏勋他日后父母事之贤弟吧"的话说了。那个巴信道:"诸公光降,本当遵命;杀子之仇,非他事可比,弟意欲捉住他,在儿子灵前点以祭之,方出我夫妻二人心中之恨也。今日既蒙诸公到舍下与他分解,只捉住他杀祭吾儿罢了。"胡琏说道:"灯祭杀祭,同是一死,有何轻重?还望开一大恩。"巴信又道:"人同此心,心同此理;以己之心,度人之心,则一理也!今日之事,若在列位身上,也不能白白地罢了。此事不必再提,我们还是说些闲话。方才听得鲍兄近移山东，不知尊府在何处？明日好来恭喜！"花振芳答道："还未择地，目下尚在苦水铺店内哩。"巴信早要寻他不是，因他不开口，无从撩拨，只是怒目而视；今闻他答言，大骂道："老匹夫！我儿生生送在你手，今日你约众人前来解说，我不理你也是你万幸；尚敢前来接言么？拼了这个性命吧！"遂站起身来，竟奔花振芳。胡琏忙起身拦住。看官，你道这胡琏不过止劝，却撞了一个歪斜。因巴信力大，把胡琏撞了一个歪斜，几乎跌倒。鲍自安等人连忙阻住，方才解开。花振芳乃山东有名之人，从来未受人欺负，见巴信前来相斗，就有些动怒；若一与他较量，今日之事必不能成之。又忍了，坐在一边，不言不语。

但不知后事如何，且听下回分解。

第五十四回

花老庄鲍福笑审奸

　　却说花老坐在一旁气闷。那胡理见他将哥哥撞了一个歪斜,哪里容得住!便叫一声:"巴九倚仗家门势力,相压吾兄么?你与骆宏勋有仇,我等不过是为朋友之情,代你两家分解,不允就罢了,怎么将家兄撞一个歪斜?待我胡二与你敌个高低。"说罢,就要动手。自安劝道:"胡二弟,莫要错怪九弟,九弟乃无意冲撞令兄。但此乃总怪花振芳这奴才,就该打他几个巴掌。骆宏勋在江南,你三番五次要叫他往山东赘亲。若无此事,他怎与巴相公相遇?若不误杀巴相公,而骆大爷怎得又遇着贺世赖?据我评来,骆宏勋之罪皆花老奴才起之耳!巴九兄弟,你还看他是个姐夫,饶恕这老奴才吧!谅死的不能再活了,况骆大爷是你甥婿,叫他孝敬你就是了。"巴信道:"我弟兄九人,只有一子。今日一死,绝我巴门之后!"鲍自安道:"九弟尚在壮年,还怕不生了么?我还有个法,日后骆大爷生子之时,桂小姐生子为骆门之后;花小姐生子为巴氏之后,可好?"巴信见胡琏等在坐,若不允情,也是不能够的。便说道:"若丢开手,太便宜这畜生了!"众人见巴信活了口,立起身说道:"九爷见允,大家打恭相谢。"巴信少不得还礼。

　　再说后边胡大娘、鲍金花、胡赛花,亦苦苦地哀告马金定,金定实却不过情,说道:"蒙诸位见爱,不惮千里而来,我虽遵命,恐拙夫不允,勿怪我反悔。"鲍金花道:"九奶奶放心,九老爷不允,亦不等于你老人家失信。"俱都起身拜过。前后皆允了情,鲍自安丢个眼色,花振芳早会其意,差人去请骆姑爷过来行祭。

　　不多时,骆宏勋在前,濮、余二人随后俱到。座上众人吩咐把祭礼摆设灵前,骆宏勋行祭已毕。巴信、金定大哭道:"屈死的姣儿啊!父母不能代你报仇了。今蒙诸位伯伯、叔叔、大娘、婶婶前来解围,却不过情面,已饶了仇人。但愿你早去升天,莫要在九泉怨你父母无能!"鲍自安叫骆大爷过来叩谢九舅爷并九舅母,巴信夫妻哪里肯受!众人将二人架住,让骆大爷向上磕了四个头。自安道:"这就是了!"即时男客前厅,女客后边,巴信吩咐厨下办酒。不多时,酒席齐备,大家饮过,便告辞起身。花老道:"我有一言奉告,不知诸公听从否?"众人道:"请道其详。"花振芳道:"此地离小寨不过三十里,诸位可同至舍下住一夜,明日我同鲍兄至苦水铺搬运物件,我借处空房暂住。"鲍自安道:"便是甚便,奈店内还有一女素娘,奈何?"花振芳道:"小店与家中一般,自有人款待,但请放心!"胡琏道:"我正要谒拜师母,一同去甚好。"胡理道:"小弟不能奉陪,家兄嫂皆去,舍下无人。且小弟来了四五日,不知小弟店内可有生意否?我要回去看看。倘有用处,一呼即至。"花振芳道:"胡二弟倒是真话,我不留你,你竟回去吧!"消安、消计亦要告辞,花振芳道:"骆大爷迭蒙大恩,毫厘未报。请到舍下,相聚几日再回去。"

于是大家辞别巴信,众等仍坐轿车,竟奔老寨而来。早有人通信于花奶奶,说骆姑爷之事已妥,同众人不时就到。碧莲闻之,心才放下。花奶奶转达骆太太、桂小姐,婆媳亦才放心。花奶奶吩咐备办酒席,等候众人。

未上灯时,大众方才到了客厅,大家坐下。吃罢之后,骆宏勋夜半后要来见母亲。花振芳道:"自家人,有何躲避?"相陪进内,桂凤箫、花碧莲陪坐在骆太太之侧。碧莲是认得宏勋的,桂小姐却未会过。碧莲一见他父亲陪了丈夫进来,便向桂小姐道:"姐姐,他进来了!"桂小姐方知丈夫进内,遂同碧莲躲入房中去了。骆宏勋到后堂,走至太太跟前,双膝跪下,哭道:"不孝孩儿拜见母亲!"太太亦哭道:"自闻你伤了巴相公之后,为娘的时刻提心吊胆,今日方知你在巴家寨内讲和。几时得到江南,何时相请众位至此的?"宏勋乃哭禀道:"孩儿何尝到江南?"又将黄花铺被贺世赖之诬害,余谦告状,解送京中,在四杰村受朱氏之劫,余谦舍命相救,始遇鲍老爹等前来帮助,细细说了一遍。太太闻此番言语,遂大哭道:"苦命的儿呀!你为娘的哪里知道又受了这些苦楚!"叫声:"余谦我儿在哪里?"余谦在门外闻唤走进,双膝跪下,哭道:"小的得见太太,两世人也!"骆太太以手挽扶起来,道:"吾儿之命,是你救活,以后总是兄弟相称,莫以主仆分之。"又见余谦瘦了大半,太太珠泪不绝。

前面酒席已摆停当,有人来邀骆大爷前边去用酒饭。用过之后,花老爹分列床铺,大家又谈笑了一会,各自安歇。次日起来,吃过早饭,巴氏弟兄作东相陪,花、鲍同赴苦水铺,雇车辆搬运物件到花家寨。修素娘坐了一乘骡轿，花、鲍二人相随，来至寨中。花奶奶母女相迎，进内款待。花老爹又着人将巴仁、巴义、巴智、巴信、巴礼五个舅子、九个舅母等都请来聚会。大家畅饮了五日，消安师徒告辞。鲍自安道："老师且慢，等我把件心事完了再行。"消安惊问："有何心事未完？"自安道："这件奸情事未审。"消安道："此事于我和尚何干？"鲍老爹道："内有虚实不一，故相挽留。"呼花振芳："明日大设筵宴，我要坐堂审事。"花振芳道："这个老奸徒奴才，又做身份了。"只得由他。

次日，厅上挂灯铺设，分男左女右，摆了十数余席；女席垂帘，以分内外。又将寨内的好汉，拣选了二三十名，站班伺候。客厅当中设了一张公座，诸事备齐。到时，任、徐、巴、骆、濮、消安师徒，叙齿坐下东边；骆太太、胡、巴二家女眷分坐西边；鲍自安道："有僭了！"入于公座。吩咐将两起人犯带齐听审。下边答应一声。到窖内将两个口袋提来，放在天井中间，俱皆倒出。自安叫先带贺世赖。贺世赖见如此光景，谅今日难保性命，直立而不跪，便大骂道："狗强盗，擅捉朝廷命官，该当何罪？"自安大笑道："你今已死在目前，尚敢发狂，还不跪下么？"贺世赖回说道："我受朝廷七品之职，焉肯屈膝于强盗！"鲍自安说道："我看你有多大的官！"吩咐："拿杠子与我打他跪下！"下边答应一声："得令！"拿了一根棍子，照定贺世赖的腿弯之下一敲。正是：

饶你心似铁，管教也筋酥。

那个贺世赖"哎哟"一声，就扑通跪在尘埃，哀告饶命。鲍自安道："你那个七品的命官往哪里去了？今反向我哀告也是无益了。有你对头在此，他若肯饶你，你就好了。任大爷过来问他。"正是，有诗为证，诗云：

悔却当初一念差，勾奸嫡妹结冤家。

今朝运败遭擒捉，大快人心义伸张。

话说任正千大怒，手执了钢刀，走至贺世赖的面前，大喝一声，说道："贺贼！我哪块亏你，你弄得我家破人亡，我的性命，被你害得死了又活的。你今日也落在我爷的手里！你还想我释放？我且将你的个狠心取了出来，看一看是什么样子？"遂举刀照心一刺。正是：

惯行诡计玲珑肺，落得刀剜与众看。

毕竟任正千果挖他心否，且听下回分解。

第五十五回

宏勋花老寨日联双妻妾

却说任正千手拿钢刀，将贺世赖的心挖出，放入口内，咬了两口，方才丢地，仍入席而坐。鲍自安命将尸首拖出。又吩咐带贺氏、王伦，将二人提至厅上。彼已见贺世赖之苦，不敢不跪，哀告饶命。任正千看见，心中大怒，又要动手。鲍自安道："任大爷莫乱，你坐坐去。待我问过口供再讲。"遂问道："贺氏，你多亏任大爷不惜重价赎出，你就该改邪归正，代夫持家。况任大爷万贯家财，哪点不如你意？又私通王伦，谋害其夫。实实说来。"贺氏想道："性命谅必不能活也，让我将前后事同众说明，死亦甘心。"向任正千道："向日代我赎身时，我就说过：父母早亡，只有一个哥子，肩不能担担，手不能提篮，随我在院中吃一碗现成茶饭，他是要随我去的。你说我家事务正多，就叫他随去管份闲事。及到你家一年，虽他不是，偷盗你火盆，也不该骤然赶他出门！后来他在王家做门客，你又不该与他二人结义，引贼入门。先是一次，他谢我哥哥千金，又被余谦拿住。我不伤你，你必伤我，故而谋害。我虽有不是，你岂无罪？"一番话说得正千闭口无言，心中大怒，持刀赶奔前来就砍。鲍自安正色道："先就说过，莫乱堂规。任大爷何轻视我也！在定兴时因何不杀？在嘉兴县府时又为何不杀？而今我捉的现成之人，你赶来杀她！"任正千说道："晚生怎敢轻视老爹！杀身仇人，见之实不能容了。"鲍自安道："你且入坐，我自有道理。"任正千无奈，只得入坐。鲍自安道："我本来还要细细审王伦，任大爷不容我也，不敢再问了。"向消安道："此二人向蒙老师所化，今日杀斩存留，唯老师之命是听！"消安、消计先见任正千吃心之时，早已合眼在那里念佛哩。闻鲍自安呼名相问，将眼一睁，说道："贫僧向所化者，不过彼一时耳！今日之事，贫僧不敢多言。"仍合眼念佛。鲍自安又向王、贺道："论你二人之罪，该千刀万剐，尚不称心；但因有消安老师之化，减等吧！"吩咐将二人活埋，与他个全尸首罢了。下边上来二人,将王、贺挟去。鲍自安道:"梅滔、老梅前已盘过口供,不须再问。"吩咐领去绑在树上,乱箭射之。下边答应,亦将二人挟去。鲍自安退室,众人相还。鲍自安道声:"有僭!"入席相饮。席散之后,消安师徒告别回五台山去了。

且说花振芳将后边宅子分作三院。鲍自安同女儿、女婿住后层,徐松朋夫妻住前层,花振芳同骆太太母子住中层,任正千、濮天雕住书房。虽各分房住,而堂食仍是花老备办。诸事分派已毕。胡琏同妻女亦告辞回家。过了月余,骆宏勋伤痕复旧如初,余谦痨伤亦痊愈。正值七月七夕之日,晚间备酒夜饮,论了一会牛郎,谈了一番织女,鲍自安想起骆大爷婚姻一事,乃道:"骆大爷伤已痊愈,我有一句话奉告诸位:去岁十月间,骆大爷原是下宁波赘亲,遇见我这老混账留他玩耍,以至弄出这些事来,在下每每抱怨。因骆大爷伤势未痊,我故不好出口;今既痊可,当择吉日完姻,方完我心中之事。"任、徐齐道:"正当如此!"花振芳更为欢喜,遂拿历书一看:七月二十四日上好吉日,于二十四日吉期成亲。逐日花老好不慌忙,备办妆奁,俱是见样两副,丝毫不错,恐他人议论。骆太太亦自欢喜,桂小姐、花姑娘心中暗喜,自不必言。

光阴似箭,不觉到了七月二十日,花振芳差人赴胡家,迎请胡家兄弟并胡大娘母女;又差人请九个舅子并九位舅母,都期于二十三日聚齐。众人闻言,二十三日聚全前来,花振芳备酒款待,临晚各自安歇。次日早起,铺毡结彩,大吹大擂,胡大娘、胡姑娘搀扶桂小姐;巴大娘、巴二娘搀扶花姑娘;徐松朋、徐大娘领亲。骆宏勋换了一身新衣居中,桂小姐在左,花姑娘在右,叩拜天地,谒拜母亲,拜谢岳父、岳母,骆太太并花老夫妇好不畅快。拜罢之后,送入洞房,吃交杯酒,坐罗帐,诸般套数做完。骆宏勋复到前厅相谢冰人[1]鲍、徐、任等,大家亦皆恭喜,畅饮喜筵。临晚,同送骆宏勋入洞房。骆宏勋虽死里逃生,一旦而得两佳人,不由得满脸堆笑。正是:

洞房花烛夜,金榜题名时。
夜中夫妻之乐,不必尽言。

---

[1] 冰人:旧时指媒人。

三日分过长幼，花老又大设筵席款待诸亲。饮酒中间，鲍自安向众人言道："我流落江湖为盗，非真乐其事也。老拙同花兄弟已经年老，不足为惜，而诸公正在壮年，岂可久留林下？庐陵王现居房州，因奸逸弄权，不敢回朝。我等何不前去相投，保驾回朝，大小弄个官职，亦蒙皇家封赠。若在江湖上，就有巨万之富，他日子孙难脱强盗后人之名。"众人道："幼学壮行，原是正理；但生于无道之秋，不得不然耳！老师适言投奔庐陵王，亦是上策也；但毫无点功，突然前去，岂肯收留？"鲍自安道："我亦因此踌躇不定。"向花振芳道："我在江南时，一日几次通报。虽居家中，而天下异事无不尽知。从到山东，如在瓮中，一般外事，一点不闻。难道你寨子内，就不着几个人在外探听缓急之事？"花振芳道："哪一日没有报？因诸公是客，不敢向众而报。皆候我至僻静处，方才通报。你若不信，听我吩咐。"遂对伺候之人道："凡有报来，不许停留，直至厅上禀我。"那人答应一声，出去吩咐门上，仍回来伺候。

未有半刻，只见一人是长行打扮，走进厅上，向花老打了一个千，回说道："小人在长安，探听得武三思到海外去采选药草，得了一宗异种奇花，花名谓之'绿牡丹'。目今花开茂盛，女皇帝同张天佐等商议，言此花中华自古未有，今忽得来，亦为国家祥瑞事也。出了道黄榜，令天下人民，不论有职无职，士庶白衣人家，凡有文才武技者女子，于八月十五日，赴逍遥宫赏玩，并考文武奇才女子，皇帝封官赏爵。以为花属女，既有奇花，而天下必有奇才之女，恐埋没闺阁，故考取封诰，以彰国家之淳化也。目今道路上进京男女滔滔不绝。报老爹知道！"花振芳道："知道了。"吩咐赏他酒饭，报子退下。鲍自安听了，大喜道："我有了主意了！"众人忙忙动问，不知自安说出什么主意来，且听下回分解。

第五十六回

自安张公会夜宿三姑儿

却说鲍自安大喜道："有个主意。"众人道："有何主见？"鲍自安道："即挂皇榜考取天下才女，而天下进京者自然不少，我等进京亦无查考了。以应考为名，得便将奸谗杀他几个，以为进见之功；况狄公现在京中，叫他作个引进，我等出头则不难了！"众人道："我等一去，家眷、物件怎样安排？"鲍自安道："口说无凭，拿一张红全简，骆大爷执笔。我等相好者，尽皆在此，愿去之人，书名于简，亦立出一个首领来，听他调遣。同心合意，方可前去；若不同心，则其事不行，皆因不一耳！"看官，这些人皆当世之英雄，生于荒淫之朝，不敢出头，无奈埋没于林下，岂昔真是图财之辈耳！今日一举，各自显姓扬名。正是有诗为证：

埋没英雄在绿林，只因朝政不相平。

今朝一旦扬名姓，管教竹帛显威名。

却说骆宏勋执笔在手，铺下红简，尊鲍自安为首，写道：

鲍福、花振芳、胡琏、胡理、巴龙、巴虎、巴彪、巴豹、巴仁、巴义、巴礼、巴智、巴信、任正千、徐苓、骆宾侯、濮里云、濮行云。

骆宏勋将在坐之人写完。鲍自安道："还有一位忠义之人余大叔同行，不书名简上么？"众人道："正是！"骆宏勋又写上"余谦"，其简上十九位英雄。书毕之后，鲍自安道："凡书名于纸上，皆是忠义之人也。逢有患难，俱要同心解救，勿要畏缩而不前！"众人道："那个自然。"鲍自安道："将才花振芳的报子道：皇榜于八月十五日考试。我等初间即到，方才不慌迫。此刻已是七月二十五日了，各自回家，将细软物件打起包裹，桌椅条台并不值钱的粗物，仍封锁家中，连家眷一并进京，各寨喽啰，但愿随去而慕想功名者，叫他跟随前去，不愿去者，每人与他百金，各去为农商，也是跟随一场。"又道："此去，潼关必得一人先为把守方妥。"

众人道:"老师,潼关防备正是须得一英雄先去,望老师量材点用。差哪个,哪个就前去!"鲍自安道:"此大任,非胡二弟不可!我等也许不赴长安。女眷中有武艺者进京,无武艺者不可前去,都交付胡二弟带赴潼关等候,包裹行李连寨内愿随喽兵,亦先赴潼关。胡大弟亦在潼关等候,俟我等进京得手反出来时,你可向前抵挡一阵,我们等待稍歇。"胡琏兄弟二人一一领命。鲍自安道:"再烦骆宏勋大爷将进京并留潼关女将,亦要开出名来。"骆宏勋又提笔书名,写道:

花奶奶、胡大娘、巴大娘、巴二娘、巴三娘、巴四娘、巴五娘、巴六娘、巴七娘、巴八娘、巴九娘、鲍姑娘、花姑娘、胡姑娘。

进京者共十四位。又举笔开写留潼关者,写道:

骆太太、徐大娘、修素娘、桂小姐。一共四位。

商议已定。次日,各自回家收拾物件,开发寨内喽兵。鲍自安亦着人自济南码头上,将所带来百十人唤来,公用调遣。未有五七日,各寨之人俱至老寨聚齐,计胡家凹带喽兵六百人,巴氏九寨共带两千一百余人,花家寨愿随去七百余人,共计喽兵三千四百余人。定于八月初三日起身。鲍自安道:"我等许多人口,许多车辆,不可同日起身。喽兵中拣选干办者数人,跟我们进京,赶车喂马,余者各把盘费,令他分开行走,在潼关聚齐,莫要路上令人犯疑。"众人深服其言。及至初三日前后,不日起身,奔京的奔京,赴潼关的赴潼关,一行人众,纷纷不一。这正是:

各寨英雄离虎穴,一群好汉出龙潭。

鲍自安等在路非止一日。那日到了长安,进了城,只见长安城内人烟凑集,好不热闹,天下也不知来了多少男女!众人行到皇城,才待举步进城,门兵拦住道:"什么人,往里乱走?"鲍自安道:"我等是送女儿来考的,欲寻歇店。"门兵道:"寻歇店在城外寻,此乃内皇城也,岂有歇店么?你既来应考的,现成公会,房屋又大,又有米食,不要你备办,岂不省你盘费!反要自寻饭店,真是个痴子!"鲍自安道:"我等外地人不晓得,望从中指教。"门兵用手一指道:"那两头两个过街牌楼当中,那个大门不是公会么!你到门前,说是来应考的,就有人照应。"鲍自安道声:"多谢指教。"领了众人倒回来至牌楼,举目一看:大门上悬了一个金字大匾,上写"公会"二字。鲍自安道:"你们门外站立,待我进去。"

第五十六回　自安张公会夜宿三姑儿

将入大门，只见门里立一张大条桌，上放着一本号簿，靠里边坐着两个人，见鲍自安走进，忙问道："寻谁？"鲍自安道："借问一声，这是公会么？我们是送女儿来应考的。"那二人道："你既是送考人，还有同伴来否？"鲍自安道："却还有人，亦系至戚，只算得一起。"那人道："报名上来。"鲍自安自想道："我两人之名无人不晓，若说真名姓，不大稳便。"乃答道："我姓包名裹，字禺象，金陵建康人氏；那个系我妻弟，姓化名善，字动恶，山东济南府人氏。那个系我一同相随到此。"那两个人写了个"孔曹严华"的个"华"字。鲍自安道："不是这个字，他是化三千的'化'字。"那人连忙改过。花振芳在外暗骂道："老奴才最会捣鬼，他自己弄出半个，将我弄掉半截。"那个人又问道："几位应考的姑儿？"鲍自安道："三个。"那人道："多少送考的男女？"鲍自安道："男连车夫共二十三个，女除应考三个外，还有十一个。"那人道："三个应考姑儿，怎么就来了这些送考的男女？"鲍自安道："长安乃建都盛京，外省人多有未至者；今乘考试，至亲内戚一则送考，二则看景致，故多来几个。"那人道："不是怕你人多，只是堂食米粮，恐人犯疑。三人应考，就打三人的口粮，岂有打三四十人的米粮，难于报名！"鲍自安道："只是有了下榻之所，米粮俺们自办罢了。"那人道："且将人口点进，再为商议。"鲍自安道："你们都进来，大叔要点名哩！"鲍金花在前，花碧莲居中，胡赛花随后。鲍自安指着道："这三个亲身应考的。"上号的二人一见三位应考的姑儿，皆有沉鱼落雁之容，闭月羞花之貌；三位之中，头一位姑儿尤觉出色。上号人道："这三位姑儿芳名亦要上号。"鲍自安道："头一个是小女包金花，第二个是化碧莲，第三个胡赛花。"上号之人欢天喜地上了号簿，将众人男女点进，拣了一处大大房屋，叫他们住下。

看官，你说那上号之人因何见了三位姑娘就欢天喜地？只因张天佐兄弟二人，唯天佐生了一子，名唤三聘，定了武三思之女为妻，今岁已打算完娶，不料武三思之女暴病而亡。那武小姐生得极其俊俏，张三聘素曾见过，因此思想得病。张天佐自道："我身居相位，岂不能代子寻一佳妇？"因启奏武后：做赛花教场，考试天下女子进京；又建一所公会，凡应考者，上号入内歇住，要拣选与武三思之女一样人品，与儿子为妻。着了两个心腹家人：一名张得，一名张兴，专管上号。倘得其人，速来禀报，重重有赏。二人一见鲍金花生得身材人品与武小姐仿佛，故此大喜。将众人点进之后，张得对张兴道："你在此照应，我进府通报，并请公子亲自前来观看。"笑嘻嘻地竟自去了。正是：

　　欲获婵娟医人病，谁料佳人丧儿身。

毕竟不知张三聘果来点看鲍金花否，且听下回分解。

第五十七回

张公会假允亲事

　　却说张得离了公会,一直来到相府。正值张天佐在书房劝子道:"你必将怀放开,莫要思虑,难道天下应试之女,就无一个似武小姐之貌者?"张三聘道:"倘有其貌,而先定其夫,奈何?"张天佐笑道:"既已受聘之女,今日至此,说我与他做亲,还怕他不应允?"看官,似此等对答,即陇亩农夫父子之间,亦说不出口;而堂堂宰相应答如常,其无礼无法,乃至无忌之情已尽露矣!不表内里言论。

　　且说张得走进门来,张天佐看见问道:"你不在公会上号,来府做什么?"张得上前禀道:"今于初十日午间,来一起应考之人,虽居两处,皆系至戚,都算一起,共有三位姑娘前来应考,俱生得:面貌妖娆样,体态弱轻盈。单言三位姑娘之中:建康包裹之女包金花更觉出色。小的是往武皇亲家常来往的,武小姐每每见过的,此女体态面貌,恍若武小姐复生。特地前来通禀,请公子亲往观验!"张天佐大喜道:"我说万中拣选,必不无人,今果然矣!"向儿子张三聘道:"若你不信,亲去看看;如果中意,回来对我讲,我即差人说亲。"张三聘亦自欢喜,吩咐张得:"先回公会伺候,我后边就去点名。"张得仍回公会,告诉张兴。张兴道:"须得将此话通知包老儿,还怕他不愿意做亲,做宰相的亲家翁?叫他将女儿换两件色衣,重新叫她梳妆梳妆。古人说来:人穿衣服佛金装,马衬新鞍长雄壮。是或亲事定妥,相爷、公子自然另眼看我二人。这新娘知是我二人玉成,内里也抬举抬举我大嫂嫂并你弟媳妇,外边我二人行得动步,内里是她两个也盼得开榜。纪录加级在此一举也!"张得闻得此言,心花都开了。遂走到鲍自安在的那进房子,叩开门。鲍老正在那里打算男住哪里几间,女住哪里几间,忽闻叩门之声,问道:"是谁?"张得答道:"是我,请包老丈至前边说句话。"鲍自安看是上号之人,忽以"老丈"相称,必有缘故。答道:"原来上号大叔么。"跟至前边,张得、张兴二人连忙拿了一张椅子,叫包老丈坐下。鲍自安道:"二位大叔呼唤,有何见教?"二人道:"有句话奉告你老人家,知考场因何而设,公会何人所造?"鲍自安道:"设考场以取天下奇才,建公会以彰爱士之意,别有何说?"张得笑道:"大概自是这等话,其实皆非也。实不相瞒,我家二位相爷,只有我家公子一人,年方十八岁,习得一身好弓马武艺,不大肥胖,瘦弱身躯,人呼他为'瘦才郎张三聘'。自幼聘定白马银枪武皇亲小姐为妻,那小姐生得体态妖娆,原意今年完娶,不料武小姐暴病身亡。我家公子是看见过的,舍不得俊俏之容,日日思想,自此得病。我家相爷无奈,启奏皇上,设此考场取天下英女;又不惜千金兴建这个公会。凡来应考,俱入公会宿住,日发堂食柴米,来时须要上号点名。叫我二人见有仿佛武小姐之体态者,即刻报相爷,与他做亲。此事一妥,考时自然夺魁。适见令爱姑娘体态、面貌与小姐无二,我方才进府报过相爷。我家公子不信,要亲自来公会,以点名为由,自家亲看一看。亲事有成,你老人家下半世还愁什么呢!故我二人请你老人家出来,将令爱姑娘重新梳妆梳妆,换上几件色衣,公子来一看,必定中意!"鲍自安闻得此言,计上心来,暗骂道:"奸贼!奸贼!我特来寻你,正无门而入。今你来寻我,此其机也。"遂答道:"我女儿生下时,算命打卦,都说她日后必嫁贵人。我还不信,据二位大叔说来,倒有八九分了。只是我庶民人家,怎能与宰相攀亲?"张得二人答道:"俗语说得好,听我们道来:会作亲来拣男女,不善作者爱银钱。这是他来寻你,非是你去攀他。你老人家速速进去,叫姑娘收拾要紧,我家公子不一刻即到!"鲍自安辞别二人,走进门来,将门关上。众男女先见张得来唤,恐有别的异事,今见转回,齐来相问,鲍自安将张得之言说了一遍。鲍金花忙问道:"爹爹怎样回他?"鲍自安道:"我说你生来算命打卦,都说该嫁贵人。只得应承他来,叫你收拾好,待他来看。"鲍自安说罢,鲍金花见丈夫濮天鹏在旁,不觉满面通红。说道:"这是什么话!爹爹真是糊涂了。好好的堂客,都叫人家验看起来了。"鲍自安道:"我儿,不是这样讲。我等千里而来,所为者何人?要杀奸谗,以作进见之功。不入虎穴,焉得虎子。我欲借此机会,好杀奸贼也。那张三聘今以点名为由,不允他,他也是要见你们的,我故应之。你们只管梳妆见他,我只管随口应承。临期之时……"向鲍金花耳边低低说道:

"如此如此。"鲍金花方改笑容，同花碧莲、胡赛花各去打扮得齐齐整整。金花打扮得比她二人更风流三分。

不言三姑娘打扮。只听得外边又来叩门，鲍自安道："想必张三聘来也，你等房内避避，待我出去答话。"遂将门开了，正是张得。张得道："公子已在厅中坐等，叫三位姑儿速去点名！"鲍自安道："还没有告诉大叔，小女自幼丧母，娇憜之性过人，在路上行了几日，受了些风霜。我刚才对她们讲，叫她们点名，她们因鞋弓足小，难以行走，请公子进来点名吧！"张得回至公子前，禀道："小的才去唤她们应考女子点名，她说鞋弓足小，难以行走。请公子进内点名吧！"张三聘若是真来点名，唤不出来就要动怒；今不过借点名之由，看金花之容貌，闻她说"鞋弓足小"四个字，不但不动怒，反生怜爱之心。说道："也罢！我进内点名。"张得引路来至天井中，就放了一张交椅，张三聘坐下，张得手拿册簿，叫："包金花。"鲍金花轻移莲步，从张三聘面前走过，用眼角望了张三聘一望。正合着：

我是个多愁多病身，怎当得倾国倾城貌。

那张三聘一见了金花与武氏无异，早已中意；又见她眼角传情，骨软皮酥，神魂飘荡。张得又呼："化碧莲、胡赛花。"二人也自面前走过。张得才待呼过考的男女之名，张三聘将头一摇。张得道："过考人等免点。"张三聘笑嘻嘻起身走出，坐轿回府。

张天佐问道："验过了么？"张三聘只笑而不言。张天佐见儿子神情，就知中意，遂将张得唤过，吩咐道："你回公会，殷勤款待这起人，我随后差媒议亲。"张得领命，回至公会，请出鲍自安来，叫他打堂食来。鲍自安道："我等人多，恐大叔难以报账，我自办吧！"张得笑嘻嘻地答道："你姑娘已中了我家公子之意了，相爷后边就遣媒来议亲了，不日就是我家相爷的亲家翁了。哪在乎这点堂食的食用！只管着人来取，要多少就拿多少去用，也不必拘拘数目了！"鲍自安暗暗地笑道："人不可一日无米粮。虽值钱有限，却有现成，省得着人去办。少刻着人来取。"不多少时候，两个人笑嘻嘻地走将回来。这一回有分教。

一朝好事成虚话，错把丧门当喜门。

毕竟不知来者何人，且听下回分解。

第五十八回

狄王府真诉苦情

　　却说张天佐见儿子中了意，着了两个堂候官儿作媒。张得又将鲍自安请出，两个官儿道了相爷之命，鲍自安一一都应承了。那两个官儿回来禀告张天佐，张天佐好生欢喜。今已初十日期，期于十三日下礼，十五日应考，十六日上好吉日，花烛喜期。张得又来通知，鲍自安道："十六日完姻罢了！只是礼可以不下，我系客中，毫无回复，奈何？"张得道："老丈何必拘这些礼数！相爷也无什么，说他图你家一个好姑娘。相爷来的礼，只管收受！"鲍自安道："相烦大叔说声：我带来的盘费甚少，连送礼、押礼的喜钱也是无有。这便怎了？"张得道："你老人家放心，搁在俺兄弟二人身上。不赏他，哪个敢要么？再不然，先禀相爷，赏加厚些就是了！"鲍自安道："拜托！拜托！"又问道："先进城时，那时城门上都有兵丁，却是为何？"张得道："近来天下惶惶不安，强盗甚多。江南镇江府前有报来，劫了吏部尚书公子，杀了十数人，活捉去建康道并妾贺氏。你老人家贵府建康，自然亦闻此事。山东济南府亦有报来，劫去诬良一案，杀死解差五六十人，并杀死解官恩县知县唐建宗。你家舅老丈贵处是济南，谅必知道。现今各处行文访拿未获，我家相爷恐考场人乱，强盗混入京都，故各门差人防护，许进不许出。在京人民都有腰牌，不禁他们出入。若应考者出城，必在这里说明，我把个腰牌与他，方能出城哩！"用手一指道："那边不堆着好几堆么，老丈之人要出城容易，或我着人到城门上照应一声，或多拿几个牌子用去。"鲍自安道："多承二位大叔照应，我丝毫无以相酬，只好对小女说，等过门之后，在公子面前举荐罢了！"这一句话儿正打在张得、张兴心窝，好不欢喜，更加十分殷勤，要一奉十，临晚多送几张床帐，并多送灯油蜡烛。一宿晚景不提。次日起，不待去打米粮，张得早已着人送米来，好不及时。正是：

　　　　贫居闹市无人问，富在深山有远亲。

第五十八回　狄王府真诉苦情

众人吃过早饭之后，鲍自安道："今是十一日，无甚事。我与任、骆二位大爷同余大叔、濮天鹏、濮天雕六人，皆私娃案内之人，再令一人将私娃桶拿着，到狄公寓所，将此案代我女儿素娘清白清白，就让狄公算作你我的一个引进，明日好候张家下礼。"众人齐道："使得！使得！"任、骆、余、濮同鲍自安告别家人，外着一人扛着竹桶，临出门对花振芳道："倘若张公有人来说什么的，你只管一一应承。"花振芳领命，让众人出走，仍将门闩上。鲍自安走到门前，张得、张兴即忙起身问道："老丈欲往何处去？"鲍自安道："一则从来未到此地，欲观观盛景；一则吉期已近，虽无大妆奁，琐碎物件也须置办置办。"张得道："老丈京中不熟，我着一人领路何如？"鲍自安道："不消，不消！"同众人离了公会。走未多远，借问来往行人："狄千岁所寓何处？"那人答道："狄千岁乃封王之人，有他的王府，在东门大街。山东做军门，不过一时钦差耳。"众人闻言，直奔东门大街而来。

不一时，来到狄千岁府门，八字墙，挡军柱，甚是威严，门上悬了一匾，上有"钦王府"三字。但不知可是狄王府么，又借问行人，正是狄王之府。鲍自安向众人说道："你等且在街旁站立，待我自己上前通说。如进内无事，自然有人传你们进去；倘有不测，不说你们同来，杀斩存留有我当之！"又想道："余大叔乃奉差抓我之人，不可落后，倒要同我前去。"于是任、骆、濮并拿竹桶者五人，立在街前等候。余、鲍二人行至王府大门，问道："哪位老爷在此？"王府乃封锁衙门，虽有看门者，却封在里面，听得外边有人相问，门里问道："何方来者？"余谦答道："我乃诬良案原告余谦，奉千岁差同旗牌董超，赶江南提拿鲍福，今日才到，望老爷通禀：鲍福现在府门伺候。"那人道："诬良人犯被贼劫！董超已来两月，说你们后边即到，怎么此刻才来？在外等候，待俺禀报。"不一时，只听是"咯通"一声响亮，府门大开，旗牌董超走出，向余、鲍二人见礼。说道："老爹今日才到，余大叔怎又用老爹送行？晚生自那日同余大叔到历城，与余大叔约定缴令箭相会。及至进了衙门，见堂官大爷说，千岁已经进京。又发一支令箭，吩咐我等到此，一同进京。晚生出来找寻余大叔不见，回家等候，总不见余大叔驾到。过得三五日后，闻听得唐老爷于路被杀，内中独少骆大爷、贺世赖尸首，又平毁了四杰村一村人家。晚生不解是何人所杀？又候老爷十日之外，亦不见到。恐误限期，急速赶进京，见了千岁。千岁吩咐晚生在此等候，已经两月余。千岁无日不问，今来甚好，千岁已在大堂传见！"

鲍自安、余谦跟了董超进内，来至大堂，只见两边列了几十个内监。二人向王磕头。狄公问道："余谦，你与董超同去，怎么不与他同来？你主被谁劫，杀死解官、解役，你必知情了！"余谦将茶馆等候董超，适遇唐老爷押解主人进京，小的不及通知董超，随后暗护，四杰村遇仇人朱氏之劫，央求五台山和尚消计放火相救，越房而出；小的舍命救主，偶遇鲍福搭救，小的同主人受伤过重，至今方好，特同鲍福前来叩见千岁等说了一遍。狄公方知唐建宗被害之故，又深幸骆宏勋不死，无愧比伊兄骆宾王也。又向鲍福问道："本藩久闻你的恶名。你在江湖上共做了多少年的大盗？杀害了多少客商？从实说来！"鲍自安道："小人自二十岁上起手，今已六十二岁，在江湖上做了四十二年。前杀客商、过路官员也不少，哪里还记得数目！"狄公又问道："闻得有官兵官役前去捉你，你怎敢大胆前来？莫非轻本藩之刀不利乎！"鲍自安道："小的流落江湖，亦非乐意为盗。处于奸逸得志之时，不敢出头，无奈埋没耳！千岁干国之名，素著天下，非鲍福一人知之也！久欲谒见，吐小人不得已之愚衷！实无引而前。今蒙拘提，冒死前来见驾，乞赐诛杀，死得其所，又何惧焉？"狄公道："有道则仕，无道则隐，此系圣贤之高志也！你既不肯出，则由于无道之秋，亦当务田园、埋名姓，因何截劫江湖，杀之无厌而为强盗乎？"鲍自安道："小人虽截劫江湖，杀人无厌，亦非不分贤愚，而尽图其财杀之也！凡遇公平商贾、忠良仕宦，从未敢丝毫惊恐；而小人断杀者，皆张、栾、王、薛等门中之人耳！"狄公听他说出张、栾、王、薛等党中这些人的名姓，将惊堂一拍，"呀"了一声，便起身来，吩咐左右："将他们带进二堂，待本藩细加询问。"说罢，往后去了。鲍自安心中暗想道："此必是大堂不便于捉我，恐有处逃脱，待进二堂闭上宅门，方拿个稳当的哩！"两人闻得催促，正是：

  法令已催难久立，欲从再诉苦中情。

话说狄千岁在后堂专候复问，鲍自安、余谦被催促进去，只得随进二堂，真个好不威风赫赫。正是：

  提出卖法奸谗姓，打动干国忠良心。

毕竟鲍自安进了二堂，不知吉凶如何，且听下回分解。

第五十九回

忠臣为主礼隐士

话说狄公因何闻他道出奸贼姓名，连忙退堂？看官不知，那则天娘娘极有才干，虽然淫乱宫闱，而心中虑事甚明，看见张、栾、王、薛等一班臣僚，擅持国柄，肆行无忌，恐日后社稷有倾国之患，这一班人皆与她有私愿之情，又不好谆谆禁止。自己年近六十，亦无精神料理朝事，意欲召庐陵王还朝禅位，这班人必不能容太子回国。细思臣子之中，唯狄仁杰忠心耿耿，故召他进京，以便殿私授手诏，命他至房州迎请太子回朝。不料又被这班奸贼看破，各门严加防护，不许狄公出京。况往房州必由潼关，镇守总兵又系武三思次侄武卯。无人保护，如何能过去？前余谦盛称花、鲍二人素怀忠义之心，不得已流落江湖，所以差董超前来，以官司为名，实欲收服此二人，以作保护之将，故在京等候。今闻已到，其心甚喜；又恐他野性未退，待坐大堂讯问，以探他们之心。哪知鲍自安直指张、栾、王、薛之名以对，恐外人听见，走漏风声，以败己谋，假作动怒之状，带进二堂，好吐衷肠。

且说鲍自安、余谦进了宅门内，即放进，外班不许一个走入，遂将宅门关闭。鲍自安道："一毫不差！闭了宅门，拿老实的哩。"宅门以里，便是二堂，亦不见狄老爷坐于其间，又不知是何缘故？正在狐疑，内里走出一人，向余、鲍二人笑嘻嘻地说道："千岁在书房中，请你二人讲话哩。"鲍自安思道："书房非问事之所，又加一'请'字，就知有吉无凶了！"放心随来人进书房。只见一个和尚同狄公在那里坐谈，见鲍自安来，俱立起来见礼，鲍自安连称："不敢！"狄公道："请坐！我有大事相商。"鲍自安谦让片时，只得坐下。余谦走至宾王前，请过安。宾王道："适间狄公进来说，你大爷未伤性命，我方才放心。"余谦又将四杰村舍命救主，鲍老爹路过相救，前后说了一遍。骆宾王向鲍自安谢道："舍弟每逢搭救，何以克报！"鲍自安道："朋友之交，应当如此，何以称谢！"狄公将武后投书，并二张等防备森严之事，告诉一遍。又道："我年老之人，但孑身无能，实不能胜此大任。隐士倘有妙策，迎请太子还朝，其功不小！"鲍自安遂将同众来京，杀奸斩谗，以作进见之功，正思无有引进之事，说了一遍。"今千岁出京之事，尽放在小人身上，潼关已先着金鞭胡琏抢夺。"又将张天佐作亲之事也说了一遍："期于十六日完娶，亦期于那日杀贼；千岁大驾十四日先出城，小人差人护送。"狄公大喜道："我在府中候你之信，第一要秘密，莫使奸谗看出破绽方好！"鲍自安道："千岁放心，小人自有道理。"又将私娃之事，请问狄公。狄公将不夫见胎者骨软之验说了。鲍自安道："私娃桶现在府外。"狄公道："不必再验，恐惊人耳目，隐士自验罢了。"鲍自安深服其论，遂告辞。骆宾王向余谦道："回寓对你大爷说，迎王之事大，我也不便会他了。"狄公又谆谆叮嘱鲍自安，鲍自安满口应承。狄公送至宅门。余、鲍来至街上，相会众人，将问答之话说了一遍，些须买点物件、好看送张得二人，恐怕犯疑。回至公会，见了自家一众人等，将狄公回答之话，细细说了一遍。又道："他愿作引进，我已许他十四日着人送他出城，先赴潼关。"众人听见有了引进之人，无不欢喜。遂将私娃桶倒出一看，皆是些秽水，并无筋骨，方知素娘为真正节妇。狄公打发余、鲍二人去后，遂上表推病不朝。

且说次日，张家来了三四十人，端大盒无数，两个大红礼单上写：彩缎百匹、明珠十串、人参百斤、聘仪千两，余者皆是珊瑚、玛瑙、金银首饰、纱缎绫罗、冬夏衣裳。鲍自安爽快之极，只用两个字："全收！"又不好空空盒子，回了些枝圆栗枣，喜钱丝毫未把，昨日已经说过了，早有张得、张兴二人支持去了。十三日，鲍自安令女儿金花："照人数每人预备干粮口袋一个，将自带人参，并昨日收得张家人参照人分开，临期各人带一口袋，预备路上充饥。长安至潼关，有二百一十里路程，我等动身，这一路连做生意的都没有。"金花遵父之命，照人数缝办口袋。及十四日，日落之时，鲍自安命余谦、濮天鹏二人至狄王府。"请他驾至东门以内等候，我后边就到。送你们出城之后，你二人就保他先赴潼关。外有一个小纸包，带与狄公，叫他照此行事。"余、濮二人接了纸包，赴狄王府去了。鲍自安又向众人道："预先将马匹运出才好。明日反出城时，我等可以步行，而女眷不能行走，将跟来赶车的六个人先行吧！牲口运

第五十九回　忠臣为主礼隐士

出十五匹，离城二十里有一大松林，在林内等候。狄公到时，与他一匹骑坐，余者等候女客。"分派已毕。

鲍自安又至门口，与张得、张兴二人道："小女有个奶公，亦随来看考，不料害起疮来，难保性命。今欲着人送他回去，特讨几个腰牌用用。"张得道："有，有，有！用多少，老丈自拿。"鲍自安拿了十个。共是十六个，连车夫在内，牵了十五骑牲口，俱奔东门而来。及至东门，狄公早卧在街旁一块大石上，哼声不绝，左右两鬓上贴着两张大膏药。鲍自安走至眼前，发怒道："不叫你来，你偏要来，弄得这个形象，又要着人送你哩！"狄公只是哼而不应。鲍自安道："令人焦躁！还不起来出城，等待何时？"狄公爬了半日，才爬起来。走至门兵跟前，将十个腰牌与他一看，门兵见有腰牌为证，也就不细细查问，放他出去。之后，到得城外，拉过一匹马来狄公骑坐，余、濮二人步行随后，慢慢赴潼关而行。鲍自安仍进城而来，回到公会。

看官，狄公前日好好之人，今日因何面上贴着膏药，哼声不绝？他乃三朝元勋，京中连三尺之童，无一个不认得是"狄千岁"。奸党既然防备好好的，如何能去？故鲍自安包一个纸包，叫余谦带去，就是这两张膏药，贴在脸上，须是害疮之形，又兼日落时候，令人看不清楚，易于混出城去。鲍自安回到公寓，天已夜暮，大家早些安睡，预备明日下教场。

却说次日五鼓三点，女主登殿。八月十五中秋大节，满朝文武朝驾已毕。武后道："今日考选天下武士，超拔才勇双全。命兵部尚书罗洪，文武主考。"罗洪领旨，辞主出朝。武后回宫，群臣各散。张天佐早领人持帖至兵部府拜托：今科状元务取江南建康包金花。罗洪应允。

且说鲍自安天明起身，忙备早饭，大家用过。备了三匹骏马，鲍、胡、花三位姑娘打扮得齐齐整整；任、骆、徐、花、鲍、濮二十人，皆扮作牵马之夫，单奔逍遥宫。及至武举场上，见宫门口五彩绸扎了一架牌楼，三个大金字："武举场"。马路前边，尽是奇花异草，陪伴着绿牡丹，外有朱漆栏杆；当中一个演武厅，皆是五色绿绸扎就飞禽走兽、人物山水，内摆了许多古玩玉器。正是：

要得真富贵，除是帝王家。

正在观望，听得开道之声，主考罗洪骑马而来。三个大炮，罗洪到了演武厅，居中坐下，两旁分坐许多陪考官员。人役献茶之后，罗洪吩咐考本京才子。那长安也有几个应考之人，听说"箭中天球"，连马都跑不全，不是跌下马来，就是半路歇马。及考到建康地方，鲍金花一马当先，左手持弓，右手取箭，三箭俱中天球。报喜连响不绝，满场无不喝彩。鲍金花正欲下马，到演武厅上报名，只听得又有女子声喊。正是：

　　素常演就文武艺，一朝货与帝王家。

　不知喊叫是何女子，所喊何事，且听下回分解。

第六十回

奸臣代子娶煞星

话说鲍金花一看，只见花碧莲大叫道："姐姐且莫报名，待妹子一同报名。"上马也是一箭，连中三箭。胡赛花亦叫道："二位姐姐莫忙报名，等妹妹来也！"花、鲍二位姑娘勒马一边观看，胡赛花也是一马三箭，俱中天球。罗洪暗叹道："女子中尚有如此弓马，不知江湖上屈没了多少英雄！"吩咐将三名女子传上厅来。三人下马，任、骆、濮接过三人的马。三人上厅参见主考。罗洪道："免参。"外场三人，一般骑射，难辨优劣。演武厅旁，亦是五彩绸扎就一个官篷，摆设着文房四宝。当时命三人各作绿牡丹诗一首，以定次序。三人领命，遂入官篷，各作诗一首。不多一时，三人呈诗来至演武厅上缴卷。罗洪将三人之诗接过一看：章章锦绣，句句精神。可称为文武全才。三诗之中，胡赛花略次一分，而花、鲍难分上下。

因有张天佐之托，不好更命，遂将取中之名，开列于后：

第一名包金花；第二名化碧莲；第三名胡赛花。

大人回朝奏主加封，科场已散。花、鲍等人领了三位姑娘，仍回公会。且说大人回朝启奏武后已毕，等龙虎日发榜。这且不言。

却说张天佐早已着人在教场打探，说今日主考所取者三位，皆是包老一起之人。张天佐大喜，打点次日娶亲，一夜何曾安眠！北方同西方与南方规矩不同，娶亲之日，女家多少男女送亲，男家俱要设席款待。张天佐弟兄欢喜，不必言矣。又拿帖拣选朝中契厚之人前来陪亲，你道所请之人是谁？开列于后：

吏部尚书王怀仁、刑部侍郎王怀义、西台御史栾守礼、礼部兵马司薛敖曹、国舅武三思、兵马大元帅武寅。

薛敖曹抱病辞回；武三思叔侄因自家女儿亡过，今日至张家，恐触目伤心，亦不肯来。不言张府打算娶亲。

且说鲍自安商议送女儿。鲍老等同众人用过饭，临晚吃酒时，男女设席于一房内。鲍自安道："送至京后慌忙，这几日未做一件正事，即今教场夺魁，皆冗事耳！事成则成，败则败，成败只在明日一天。明日张家来娶亲时，我们送亲男人一十二位，送亲女客共一十二位。小女做新人，胡赛花姑娘做陪嫁的丫环。胡姑娘怀中揣信炮一个，等张三聘入房来，小女得了手之时，胡姑娘点放信炮；我们听得信炮一响，一起动手。我料他必请王、栾、薛、武一班奸贼来，王、栾、薛俱不足为念，只是武家叔侄英名素著，须要防止他。可记着：动手时，多着人围着他二人，要紧！要紧！他来娶不是辰时，就是巳时，我等切不可早发新人，只推山东有此规矩：要开门钱。看他来时，即将大门关闭，向他要大大的开门钱；听凭多少，只叫他左添右添，三次四次，只管向他添钱。到下午时候，我等再慢慢地发人。及到他家，正是日落之时，再叩天地，拜公婆，做这些事体及进房吃交杯酒等事，天就黑了，正该动手之时，我好脱逃！"向任、骆、徐三人道："你们虽会登高，也会履险，到底未曾经过大敌，恐临时失机，反为不美。我有一差，相烦三位。"三人齐道："愿听号令。"鲍自安道："我们决定出东门。京城之中，比别处州县不同，防护人甚多。我等动手，他城门不关闭便罢，若关闭了门，三位可拦阻他，我等好出城。"三人领命，深服其分派有法。算计已定，大家安睡。

次日起来，先将干粮口袋派散，另给众人人参之外，又派些牛肉脯子，吩咐务要小心收好："若有变起，那时忍饿莫怪我！"众人答应。将到辰时，听是外边鼓乐喧天，炮声连连，谅必是娶亲的来也。鲍老道："速关大门，我好做里边事。"花振芳真个将大门关上，拿了一张椅子，当门坐下。张家娶亲人来至门首，见门关闭，张得、张兴二人连忙赶至前来打门："包老爹开门！"花振芳道："打怎的！咱家山东有此规矩：凡新轿来时，将门关上，名为'关财门'。大大与个喜钱，若少了还要加添，如此叫做'添财'。今日行的山东礼。"张得二人道："是舅老爹么？"花振芳道："不是咱家，你当谁？"张得道："容易，容易！先却不知，明日带来吧！"花振芳道："明日再来抬人。"张得见如此说，速着人去取。一人跑到相府禀告如此。张天佐道："少了拿不出来，需要四封二百两。"交与来人，来人跑到公会门首，交与张得。张得道："舅老爹开门吧！"花振芳起身，将四封银子接了，仍又关上，说道："还要大大加添！"张得无奈，又着人回相府，又取了二百两银子；花振芳又接过，又将门关上，又叫加添。如此四次，添了八百两银子。天色下午已过，花振芳将门开放，众人走进。张得向鲍老道："包老爹！请新人速速妆束，莫误良时！"鲍自安道："自老妻去世，小女随我成人，从未离我半步。今嫁相府，舍不得我，只是啼哭，至今未起，我请母舅劝他。"张得道："既新贵人离不得老爹，过门之后，老爹也在相府过活，难道侍奉不起么？婚姻终身大事，莫要错了吉时。"鲍老道："什么吉时，什么吉时！新人到就是吉时了。"张得道："如此说，快快为妙。"鲍老道："是，是，是！"一催一促，日已西坠。金花内里扎束停当，外边罩上喜衣。鲍老自家抱她上轿时，故作难舍之状。张得使人放炮起身，鼓乐喧天，好不热闹。轿子起身后，鲍老等连忙扎束，各自暗带兵器，二十四位男女送亲，先已预备二十乘轿子。女人乘坐，男人步行，一直奔张府而来；新轿到时，送亲亦到。张家请了二位搀亲的夫人，乃是两王之妻。新人下轿，搀扶至天井香案桌前，同张三聘叩拜天地。外有男女陪客迎接男女送亲等人，皆各分坐，女客进后。

且说新人参过天地，拜过公婆之后，搀进洞房，天已更余之时了。回房吃过交杯酒，坐床撒帐。张三聘自初十日在公会中看见过鲍金花，回来后恨不得一时搂在怀中，延挨这五六日，真是茶思饭想，今二人坐床撒帐，哪里能按得住欲火？一见垂下帐来，温温存存用右手向鲍金花背后一把搂。新人素亦知张三聘弓马纯熟，颇有英名，不稳当，也不敢下手。虽然坐帐，却暗暗观他，眼观帐外之人伸手从背后来摸，袖中顺刀早已顺出，直当他转身之时，照右胁下使尽平力气一刺：张三聘"哎哟"一声，跌在床下。搀扶女客还在帐外伺候，一见张三聘跌下床来，就知是金花动手。胡姑娘怀中取出信炮，走出房来，用火点着，一声响，前边佳人各执兵器，一场大杀；金花将罗帐一揭，王家妯娌几个堂客，还在那里面，被金花一刀一个，杀出房来。大厅上陪客王、栾、张天佐弟兄，皆是文官，哪里还能支持？尽被杀死。虽有些家人，怎当得众英雄前后狠杀一阵！将张家并陪客之人，已杀了七八十。那张家家人忙报大元帅武寅。武寅道："京中强盗杀人，有关自己之性命！"掌号齐人。鲍老正在杀人，忽听号声，说道："速走！速走！武家齐人！"于是俱纵上房子，向外一看：街上早已站了无数兵马。正是：

才将奸佞斩杀尽，又有奸党下兵来。

不知后事如何，且听下回分解。

第六十一回

闹长安鲍福分兵敌追将

却说鲍自安等上得房来，见街上站了许多的兵丁，皆弓上弦，刀出鞘，又是火光如同白日，无处奔逃。鲍自安道："还不揭瓦打这些狗头，等待何时！"众人闻听，俱各揭瓦，打出一条大街，望东门而走。且说武磐一边齐人，一边差兵丁速关城门，莫要放走强盗，城门关闭，不必细说。

且说东门门兵，闻得相府传有大元帅军令拿贼，叫关城门。任、徐、骆三人骑马而立，门兵道："你等进城，速速进去，我要关门哩！"任正千道："方才起更，怎么就关城门？我还要等个朋友，一同进城。"门兵焦急道："相府有贼杀人，大元帅军令，叫关城门，莫要放走强人。你进又不进，出又不出，是何缘故？"任正千道："相府有贼无贼，关你什么事！若是贼从此出门，叫你关了门，他们从何处出去？"门兵道："难道是你一伙人么？"任正千道："你既明白，就不该关了！"门兵听得此言，"哎哟"一声，跑的跑，逃的逃。任、骆、徐三人各执兵器，倚门而待。只听得城中锣声齐鸣，人声吆喝，喊叫不绝。不一时，又听得瓦片响亮，知他们揭瓦打路前来。话犹未了，众人自房上跳下，任、骆、徐迎上前来，鲍自安问道："城门口曾关否？"三人应道："开着哩！"鲍自安道："快快出城要紧！"离城已出多远，只听得炮响、阵鼓连天，知是元帅武寅率领人马追来。鲍自安忙问道："马在何处？"六人应道："俱各现成！"鲍自安道："我等分作两班对敌，男将前行。抵挡追兵，男一班，女一班，行得一二十里，再换女将。大家都有个喘息之空，且战且走，方能到得潼关！"于是，女将各人上马，抵挡追兵。鲍自安、花振芳率领众人依前法赶路。

行了一日两夜，到第二日早饭时候，正是男班对敌，女将趱行。离潼关五十里之遥，只见前边有六个人，三对厮杀，不知何事？走得相离不远，仔细一看，竟是余谦、濮天鹏同一个和尚与三个道士相敌。花碧莲大叫："余谦莫要惊慌，俺来也！"鲍金花也随后叫道："叔叔稍歇，待我擒贼。"不讲两员女将战住了两个小道士。且说那和尚斗了十数个回合，心中火起，禅杖一举，将老道士打死。余谦满心欢喜，同濮天鹏向前拜问："和尚上下？"和尚道："贫僧乃五台山红莲长老三徒弟消月便是。"余、濮二人拜谢相救之恩，又将日前会得消安、消计之事说了一遍。消月道："贫僧游方于此，闻奸佞结党，捉拿狄公。贫僧知他素抱干国之忠，故前来相救。不料开了杀戒，罪过，罪过！"狄公上前拜谢，与消月席地而谈。余谦道："这雷胜远至今尚在栾家，复招了兵马，此来有谋杀之心，他与我等有仇。此必栾家有人指引！"展目一望，路旁松林之内有人探望，见了人连忙转身。余谦说："林内林外必有栾家之人。"提着板斧入了林中一看：栾家人等俱在其中。余谦大怒，提斧砍来，一个不留，尽皆杀死。心中想道："华三千是他得意门客，难道不同他进京？便宜了这狗娘养的！"向林中一观：见向北半箭之路，有一人出大恭，才站起身来，向林中而来，正是华三千也。余谦道："我已断定，非他不行！"余谦切齿，等华三千。华三千低着头嘀咕暗想："余谦这厮，今日必遭毒害，谅他不能逃命了。他二人如何是他王家师徒三人的对手？"走到余谦面前，尚未看见。余谦叫道："我的儿，你来了么？"华三千看见余谦，真魂早从顶门飞出，见他倚树而立，手持双斧，似凶神一般，双膝跪下，道："余大叔饶命！"余谦道："我不杀你，你将今日因何来此拦我情由，说个明白！我再放你入林。快讲来！"三千道："晚生同栾大爷进京皆过此地，想必大叔同狄千岁亦必过，故欲相害。"余谦又问清自解围之后，三个道士何来？华三千道："解围之后，栾大爷因此就留他师徒在府保家。他师徒三人，一年是一千五百两银子的修金。今日进京，恐北方路上难行，故而随同前来保护。"余谦道："奸邪无暴著之期，讵知天网恢恢，疏而不漏，今既自投罗网，尚思求免乎？"提起双斧，将华三千的头割下，又将舌头割下，余谦说道："总因你多舌之故。"华三千二目仍然望着余谦。余谦道："你一双贼眼，善观气色，见人喜怒。"用斧尖将眼一剜，两股清水流出。余谦走上前来，将杀除奸臣之子栾镒万、华三千之事告诉一遍。说话之间，鲍自安领众亦到。花碧莲见骆宏勋等俱到，心中想道："自成亲之后，丈夫还未见我之武艺，何不趁此以逞我勇也！"眼看一个破绽，一刀斩之。

鲍金花暗想："她既斩了一个，我何苦再战，必令人轻视了我！"亦抖抖精神，一刀诛之。前来会家人，问其所以。余谦将华三千所供之言说了一遍，众人无不畅快。又问："那长老是谁？"余谦道："即老爷所渴慕：消月师也！"鲍自安等连忙向前拜谢，并留同赴潼关。消月道："此乃无意相遇，贫僧已入佛门，不便又开杀戒成瘾。潼关防护虽严，有众位英雄，何愁不成！贫僧就此告别。"众人苦留不住，用禅杖挑起行囊回五台山去了。看官，余谦保狄公前行不两日，因何又叫众人赶上？奈狄公年近六旬之人，在往日，每日行五六十里就撑不住，歇店歇得早，起身起得迟。鲍自安等虽说分挡追兵，都是昼夜不停前行，故此赶上。

　　闲话休说。消月起身之后，鲍自安向余谦、濮天鹏道："你二人仍保狄千岁前行，到了潼关，对胡大爷说，叫他快速前来抵挡抵挡，我等着，撑持不住了。再对胡二爷说：令他务将潼关夺下，勿使我等到时，前有关隘阻路，后有兵将追来，进退两难将前功尽弃！"至狄公起身之后，又听号炮之声相近，花妈妈道："你们前行，待我等抵挡一阵！"于是鲍自安领众前行，且战且走。日将落时，离关只有十五里之遥，又见前面来了一队人马，一共五六百人。鲍自安道："不好了，此必潼关武卯带兵前来，如何是好？"骆宏勋年轻眼亮，早已看见，向自安道："老爷莫要惊慌，前边来者，乃金鞭胡世兄也。"鲍自安道："既是他来，哪有这许多人马跟随，难道带喽兵前来么？"话犹未了，行至街前，正是金鞭胡琏。胡琏跳下了马相见，鲍自安见所带喽兵俱各持长棍，遂说道："他们都会棍法么？但不知阵法可知？"胡琏道："老爷不知，自到潼关，拣了五百喽兵，离关十里有一空庙，地方甚阔，朝夕操演，排江涉水南去，哪怕数万人，而我何惧乎？诸公请赴潼关，俺对敌追兵去也！"胡琏领兵前去，鲍自安等奔关而来。正是：

　　　　英雄并力擒奸党，豪杰同心获佞臣。
　　不知众人可能进关否，且听下回分解。

第六十二回

夺潼关胡理受箭建大功

且说余谦、濮天鹏二人保护狄公，遇见胡琏，将鲍老所教之言说明。胡琏领兵去后，他二人跟随狄公到了潼关，胡理迎出，问众人动静。余谦道："今晚至此，不然夜间即到了。请二爷速奔潼关，莫使前后受敌，反为不美！"胡理道："容易，容易！"将狄公引进山窝。那胡理好不能，总共带了三千五六百人，哥哥带去五百，还有三千多人马，俱屯在山窝里，而做饭连烟头都无，故能使潼关镇守之人毫不知觉。狄公见他分派有条，甚是敬重。胡理延至更余天气，吩咐喽兵，并向余谦道："我今自去单夺潼关，你们在关外候信，闻我喊叫你们，你们就指号向前，护住王爷；若不听见声音，切不可喊叫，使过兵来，反难取关。"众人领命。胡理扎束停当，前后挂了两把钞刀，出了山窝，夺潼关而来。

且说守潼关之将武卯，闻报马连报，道有强人反出京城，奔关而来，哥哥武寅刻下追赶前来，就要点兵丁。副将王隐说道："就有几百强盗，还怕帅爷捉拿不住？且必须过此地，关险路阻，强人插翅难飞！"武卯道："此言有理！"整齐军马，上关防护，以观强人举动。于是，令两员副将、千百把总、守备，至关上观望。却说胡理来至关前，抬头一看，见关上灯球火把齐明，就知是武卯闻报，领了人马守关。潼关四围皆山，当中一个出门，乃南北通衢大道。设一关隘，必由关上过，别无出路。胡理又想："前曾看下一块地方，关左首有一棵大树。"行到水边上了树，至树上一纵，上了山峰。那山峰生得像些狼牙一般，若跌下真个碎尸万段。胡理就上了三五个山峰。潼关原是无垛口的，胡理上了山峰，遍身是汗。山上茅草甚深，恐人看见，将身躲在墓穴中歇息。暗想道："倒是上来了！他有许多人在关上防守，一见我是生人，必要盘诘，岂容我自去关上。"正在无法，只听得横墓那边一人问道："你也出恭么？"胡理知他月光之下看不分明，只当自家人，遂答道："出恭。"那人真当自家人，毫不猜疑。

胡理从他面前经过,一刀杀死,将他衣服剥下,自己穿上,又将腰刀取下,挂在自己身上。打扮得是个兵丁模样,一步一步,投进帅府。到武卯背后,武卯同二副将只向关外张望,关内皆是自家人,却不提防。胡理将两口朴刀取出,一刀对准武卯头顶,一刀用力砍向副将,砍了个二头落地。另一个副将说声:"有贼!"胡理分过刀来,亦砍倒在地。千百把总、守备见事不好,俱抢路下关去,胡理也随下来。关上有几百兵丁,竟无一个杀向前,不敌胡理,也不敢杀。众人直奔关门,那个守备叫过问道:"关已开了,还不放箭,等待何时?"话犹未了,箭如飞蝗射来。胡理背后倚定关门,面向众人,用两口朴刀上下左右相遮,两旁箭堆一二尺深,竟不能射他一箭。射有顿饭时候,兵丁所带之箭都已射完,只听得守备吩咐:"速开库房,搬箭来用!"胡理暗道:"还不趁此无箭之时斩关,更待何时!"转身来将门锁斩断,左膀上已中了一箭,胡理疼痛难禁,不能打开关门,只得微开其空,大喊一声:"关门已开,还不速进,等待何时!"鲍自安等已经到来,余谦将胡理吩咐之言相告,众人俱来关外等候。闻胡理之喊叫,奔至关下,一拥而进,将千百把总、守备、兵丁人等,十杀七八,余者逃去。回转关下,见胡理卧倒尘埃,哼声不绝。众人见了他两膀中了三箭,无不叹息。鲍自安道:"关既得了,有安身之地,速着几人前至总镇府搜寻,好将胡二爷抬进调养。"巴氏九人入总镇府,将武氏男男女女、大大小小,杀个干干净净。任正千驮着胡理到了总镇府,安放床上,将箭拔出,看箭已入肉二寸,胡理忽昏忽醒。狄公、余谦、濮天鹏等,带领众兵丁,将骆太太等俱保入总镇府。狄公一见胡理如此形容,不觉泪下,赞道:"勇力忠心,胡二将军!"将至半夜,胡琏同众女将先至。鲍自安见人口齐至,吩咐掩闭关门。胡琏夫妻同女儿赛花,一见胡理看看待死,好不凄惨!鲍自安命女儿金花速取刀伤药敷上,及至五更,呜呼哀哉!亡年二十七岁。后人有诗赞叹。诗曰:

　　壮士胡二将,英雄实堪扬。不满八尺躯,胆气比众强。

　　只身斩关锁,迎王正唐纲。身虽受箭死,名并日月长。

胡琏见兄弟身亡,哀痛不已,众人无不下泪。狄公道:"速置棺木,将二将军高搁,待迎王还朝之后,再为封赠殡送。"胡琏感谢。遂备棺木成殓,安放庙中。

次日,鲍自安道:"元帅武寅虽被合力打散,必仍要夺关。我等兵少将微,不可力敌,只宜谨守关口。歇息两日,好赴房州迎王。"众人遵命,不提。

却说元帅武寅,京中共有十万御林军,那夜虽未齐全,也带了有三万余人。赶出京时,先与鲍自安两班男女对敌,已折万余;后与胡琏对抗一阵,又折了万余人,只落了一万余人相随。欲带回京,重调人马,又恐皇上责备:你做了元帅,带了三四万的人马,折去一大半,连一个强盗也捉不住,自家难以回奏。只得重整残兵剩将,赶奔潼关,还望兄弟领兵来迎。及到潼关,闻兄弟已被杀死,关口已失,好不苦楚!潼关外扎下营盘,修本进京求救。

且说鲍自安安息了两日,商议道:"今下房州,男将前去,女将在此等候。男将中也要留下一二人在此防护。我等中不知谁愿在此?"众人都千辛万苦,俱要迎王显功,都不答应。余谦道:"我不去罢!"鲍自安道:"余大叔有保狄千岁大功,岂有不去之理!"余谦道:"我家大爷前去就是了。"狄公道:"余谦不去也罢,我到房州,在驾前保奏,功犹在焉!"鲍自安道:"既如此说,濮天鹏也不去罢!你两个人俱是保千岁出京之人,要不去,都不去。"濮天鹏遵命。鲍自安道:"你二人在此,不可大意。武卯虽死,他家将尚有,倘暗地将关门开放,又是劳而无功。你二人分开班,一家一日巡关,凭武寅怎样叫战,总莫与他对敌。待等我们到日再作商量!"二人一一领命。各人收拾行李,次日同狄公赶房州去了。余谦、濮天鹏遵鲍自安之命,一家一日巡关。武寅关外扎了营,他也不来攻打。那晚,余谦巡关,忽听武寅营中炮响连天,余谦大惊,上关一看:见武营灯火明亮,又添了数万人马。正是:

折枪折箭拨残兵,添兵益将长威风。

不知武寅营中,又添何处人马,且听下回分解。

第六十三回

狄钦王率众迎幼主

却说余谦看见武寅营中添兵益将，自家同濮天鹏防备甚严。且说武寅本章进京，武后览表，也道当真是强盗作乱，不得不发兵剿除。遂发羽林军五万，差镇殿将军刘自成前去救援。一万人马，行营加添五万，共成六万大兵，自然壮观。次日，刘自成上马提枪，关前讨战。余、濮二人只是坚守不出。刘自成连讨了几日战，百般辱骂，并无敌将出关，只得回营，同武寅商议破关之策。武寅道："彼坚守不出，别无近路可出，似此如何是好？"刘自成即说道："除非元帅再行修表进京，请数架红衣大炮。此关左右有座高山，将炮架在山顶，以炮轰关。一炮不开，两炮；两炮不开，三炮，潼关虽固，谅数炮亦开！"武寅大喜，遂又修表进京请炮。数日之后，炮已请到，差人上山砌垒炮台。余、濮二人闻听此言，甚是惊慌，倘被人打破潼关，叫我二人如何拒之？正在愁闷，报马报道："太子大驾同薛元帅率领十万大兵，离此有百里之遥，特报二位爷知道。"二人闻后，好不欢喜，谅他砌起炮台并架炮时，我们大兵亦到。真个炮台未了，庐陵王大驾已到，相离潼关有二十里之遥。二人率领众男女接出十里之外。只见花、鲍、任、骆，皆是全副披挂，盔甲光明，好不威武。迎至辇前，报名跪接。狄公马前启奏："此皆镇守潼关男女将。闻主上驾到，特来接驾！"庐陵王展龙目向下一观，见十数男女跪于道旁，皆有擒龙伏虎之气象。龙心大悦，问狄公道："此二人即卿所奏，保卿出京之余谦、濮天鹏么？"狄公道："正是此二人！"王道："暂赐行营总兵，待孤登宝之时，另行封赏。女卿尽随夫品，勿得另封。"狄公走到余谦、濮天鹏跟前道："旨下：余谦、濮天鹏二人，有保大臣迎驾之功，暂赐行营总兵之职，回朝再加封赐；赐封女将随夫品级，勿得另封。谢恩！"众男女齐呼："千岁，千岁，千千岁！"站起身来，让龙辇过去，各上骑行，随驾至关，放炮安营。余谦、濮天鹏亦到公馆，参见元帅薛刚。薛刚道："二位将军镇守潼关，武贼营中消息如何？"余、濮二人禀道："数日以前，伊营添了六万人马，屡屡讨战，末将只坚守不出。三日前，又请了数架红衣大炮，现今砌垒炮台，尚未架炮。末将等正待通禀，元帅大兵已到，今特禀知。"薛刚大惊道："此炮共有二十四架，行镇国之宝，从不擅动。内盛一担二斗药料，其力能打四十里之远。潼关虽固，岂能受得数炮？趁此未架，明日差将拒敌，要紧要紧！"于是各营埋锅造饭，一宿晚景休提。

次日清晨，用过早饭，薛刚奏道："昨闻余谦、濮天鹏二人说：'潼关外现有贼屯兵。须先捉此贼，再保驾进京。'"王道："卿自主之。"薛刚领旨，即升大帐，问道："哪个前去捉拿武贼？"一言未了，副先锋薛魁应道："孩儿愿往！"披挂整齐，上马提锤，三声大炮，开放城门，二膝一催，早到武营，勒马讨战。武营中刘自成出马拒敌，来自营前一看，是雷公嘴的薛魁，早已盔歪甲斜；既到阵上，有哪个不能战的？身躯抖抖胆怯，问道："闻小将军贤父子在房州保太子之驾，今何顺贼而拒皇上天兵？"薛魁道："奸党肆行无忌，坏乱朝纲！前杀贼者，乃我狄千岁收服江湖上好汉，特杀奸贼，以作进见之礼，保护狄千岁到房州迎王驾，已至关中。你如识天时，即解甲卸盔，进关见驾，少免助奸之罪。尚敢驾前耀武扬威么？"刘自成乃奉旨前来，并非有意助奸，今闻太子驾到关中；且又知薛魁素日之厉害，乃答道："下官乃奉旨前来，并非助奸为恶。既然王驾在此，下官怎敢抗违？"遂下马丢枪，奔关中见主请罪。薛魁乃提锤在营门骂阵，早有旗牌报与武寅，说刘自成投关去了。武寅好不惊慌，只得自己上马提枪，出营对敌。二马相交，武寅大骂道："不知死活的反贼，向日脱钩，是你父子之万幸！近在房州皇土，闲置不问，就该顶戴圣恩！今又助贼夺关，前来对敌，岂非自投罗网乎？"薛魁道："你既是皇亲，腰金勒玉，食禄万钟，就该替国家出力，报效圣恩为是，因何与那些奸佞羽党同卖国法？不要走，看我擒你！"一锤就打中前心，坠马而亡。薛魁一马当先进营，吆喝道："我诛者是奸贼，尔等兵丁无罪。太子现在关中，还不归顺，等待何时！"众军齐齐跪下，道："愿归麾下。"薛魁吩咐仍屯原营。令随营千总将各队兵册呈进关来。

次日合兵一处，大元帅薛刚分差各将去领各队，副先锋薛魁领本部人马，先到长安攻城；二队正先锋薛勇领本部人马接应，并捉拿奸贼的家眷；

副元帅薛强领本部人马在前，庐陵王率领新收男女各将居中，自领大兵断后。次日，放炮起营。潼关乃系要地，不可一日无主，即将任正千实授潼关总兵为镇守。唯有鲍自安知任正千手中分文没有，将三官殿所劫那王伦的五六个包裹原包送出，与任正千使用，以应向日与花振芳赌胜复他家业之语。花振芳向日同巴氏弟兄所劫王伦十五个包裹，与了任正千十个，留下五个，速着人至定兴，将去把火星庙重修一座，以复当日在林中所许之愿。任正千勉强受封，而不得与众人日聚，不免有些难舍之意。骆宏勋慰道："世兄有大任，不能远离了，逢有机会来相会！"大家洒泪而别。

且说头队先锋薛魁催促人马快行。行至次日午时，部下兵步不停，薛魁还嫌走得迟慢。众头目齐禀道："你老爷所骑，一日能行千里，小的们如何随得上？"薛魁道："你们也说得是，不若我自前走，你们随后赶来，省得惯坏了我的坐骑。"说罢，催马就行。先赶到长安，有二更之时，到了长安东门，薛魁哪里还等得人马到时再攻城池？自骑马提枪叫门道："城上听着！庐陵王千岁驾已回朝，速速开放城门，免你之罪！"看官，京城不比别的州县，城楼上一夜不断人行。守更之人，闻得下边有人喊叫"庐陵王驾已回朝"。忙问道："你系何人？"薛魁道："我乃副先锋薛魁！"门兵听说是薛魁，打了一个寒噤，众道："这位爷爷，反唐时节，他在京城杀了一日一夜，无人敢近他前。多亏众百姓哀告道，以生民为念，求少爷出城吧！他才去了。今日至此，若不速速开门，打进来，一一个，莫想得活！"又一人道："必须先禀皇亲，再请下令箭来，我们才敢开门。"众人道："此言有理。"遂派一人速赴皇亲府内通禀。

却说薛魁见城上无声，也不开门，也不回答，焦躁道："该死的狗头，怎不言语？若不开门，俺就用锤击门了。"众门兵道："少爷，钥匙在皇亲武爷那里，已有人去请了；就来，请少爷少停片刻！"薛魁听了门兵这一番话，心中暗暗自己想道："皇亲是武三思这个贼，我想这个狗养的，他若是听得我来叫门，他不但不开城门，还行暗算与我。虽然不能把我怎样，到底枉自费了我的气力，耽误些工夫。我今不要管他开与不开，待俺将此双锤击门而进便了。"算计已定，跳下征骑，双锤举起，照着城门只一下，只听得"扑通"一声响亮，城门两扇，分开左右。薛魁复上征骑，将锤一举，冲进了城门。未知后事如何，且听下回分解。

第六十四回

圣天子登位封功臣

却说薛魁用锤击开城门，那些守门兵丁番儿，一声道："不好了，你我喊来了木聚，快走，性命要紧！"一哄而散。再言薛魁正往前进，正遇武三思来也。薛魁迎了前来，亦不答话，举锤就打。

且说薛魁部下人马四散，赶来已误了时。也到东门，城虽开着，但不知主将何往，只得扎下营盘。不多一时，二队正先锋的人马也到了，问薛魁部的人道："你主将在哪里？"众人禀道："我主将因我们行慢，先奔前来。小人等到时，城门已开，想是先进城去了。"薛勇大惊道："今乃奉诏进京，不过诛奸戮佞；忠良之辈不可伤害。素知薛魁有粗，恐他那里不分青白皂红。禁城之中，倘惊圣驾，其罪不小。况武三思英名素著，天下第一人，恐受其困。"连忙催动人马进城，及至大街之上，只见薛魁提锤找人厮杀。薛勇连忙吆喝道："禁城不可乱动！"薛魁见薛勇来至，亦勒马而待。薛勇问其所以，薛魁道："武三思这老儿，已被兄弟一锤打死。"薛勇道："武三思既除，不可妄杀一人，速速领人马去围住了奸贼府第，擒捉人口。"于是将王、栾、薛、武人口尽皆拿下。京城内不敢屯外镇之兵，恐惊圣驾，于是将众人家口，俱押出城外，下行营以待大兵。

天明时，大兵已到，满京臣庶俱知太子驾临，皆朝服而迎。庐陵王道："孤今进城朝母，众卿在营等候。钦王狄仁杰、大元帅薛刚二卿，随孤进朝。"众人领旨。王乘龙辇，行到午门，黄门启奏武后，武后召见。王到金殿，山呼已毕，哭道："儿臣久离膝下，今日得见皇娘，真万幸也！"武后道："早因儿幼，为娘代你理国。今已成立，我又年老，故诏皇儿回朝禅位。"庐陵王谢恩。武后又宣狄仁杰至殿。武后道："迎王还国，皆卿之力也。命卿酌议立我儿日期。"狄公遵旨。是日乃九月二十八日，太史议定十月初二日上吉，复奏武后，武后准奏：十月初二日禅位。令翰林院编修召太子进宫宿庵，母子酌议朝事，诸卿退朝。

于是，朝期后至十月初二日，合朝文武早朝，侍候王登大宝。众臣朝贺，山呼已毕，改元大唐嗣圣元年，为中宗皇帝，大赦天下。大元帅薛刚奏道："张、栾、王、薛、武众家口，请皆发落！"天子道："尽皆听卿。"正在议论，只见内宫一个太监慌慌张张驾前奏道："太后娘娘自缢驾崩！"天子大哭，京中群臣挂孝。次日，先颁喜诏，后颁哀诏。太后丧事已毕，安乐宫摆宴，大宴群臣。天子因有太后之丧，不便赴宴，敕大梁王狄仁杰主席。众臣正欢饮之间，只见一个内监手捧皇诏前来，众人跪接。那内官居中站立，开读圣旨道："旨下，跪听宣读。

旨曰：

奉天承运皇帝诏曰：臣无君，如衣无领；君无臣，如体乏手。我先皇帝驾崩，朕躬尚幼，先太后代执朝事。而我先太后幽娴贞静，里闻有余，外事岂所深知耶！不意被奸佞蒙蔽，逐朕外镇，不容还朝，几乎有失先帝之业。今除奸戮佞，逮朕回朝，复得基业者，皆卿等之力也。不正典刑，无以警戒奸谗；不行赏封，何以鼓舞忠义！张天佐、王怀仁、王怀义，先已被杀，家口正典，余党姑置不究。尔等诸臣，论功封赏：

狄仁杰，原封钦王，无以加封，恩袭公爵，加禄万钟。薛刚，进封平西王，兼兵马大元帅。薛强，进封平国公，兼兵马副元帅。薛勇，进封无量大将军，兼正先锋。薛魁，进封无敌大将军，兼副先锋。鲍福，封安国公。花萼，封定国公。胡琏、巴龙、巴虎、巴彪、巴豹、巴仁、巴义、巴礼、巴智、巴信、徐苓、骆宾侯、濮行云，俱封总兵。濮里云，封总兵，有保迎朕大臣大功，加封卫武将军。余谦，封总兵，有保迎朕大臣大功，加封卫将军。

众女卿各随夫品。鲍金花，虽系闺女，有迎朕大功，恩赐一品夫人。花碧莲，虽系副位，有迎朕大功，恩赐一品夫人。胡赛花，有迎朕大功，照武探花之职，恩赐二品夫人。修素娘，宁死不失节烈，又有随迎朕大功，恩赐节义夫人，其子成立，另行封赏。胡理，只身夺关，以死报国，敕赐忠武侯，以礼安葬。在京诸臣，各安原职；既封之后，各安本职。钦哉谢恩。"

宣读已毕，众人谢恩。

第六十四回　圣天子登位封功臣

宴罢，各归寓所。次日早朝，狄仁杰奏道："五台山上消安、消计、消月，并徒黄胖四个和尚，皆有忠义之心，潼关解臣之危，原许陛下回朝之后，奏明加封。今陛下已登大宝，乞赐封赠，以彰圣恩！"天子准奏，差官至五台山宣诏消安等四众，四众接旨谢恩毕，款待天使，少不得备酒，留住一宵。次日天明，消安四众随了天使，一同进京，非止一日。

那日早到，差官来至午门缴旨，黄门官启奏，皇上传旨宣消安等上殿。消安听宣，师徒四众来至金阶，山呼万岁已毕。主开金口问道："闻尔等师徒，素有禅规，更兼英勇，向日狄卿迎朕遇奸。若非圣僧解危，朕不知何日还朝。"消安等奏道："贫僧向日路遇狄千岁遇奸，托万岁洪福齐天，天意除奸，非僧人之能为也！今蒙圣恩过奖，实僧人之罪也。"皇上道："尔等不必谦逊，听朕封来：

消安，封文英武勇护国大禅师，赐紫金盂一，赐锡杖一，大红袈裟一。消计，封神威义勇祐国副禅师，赐锡杖一、袈裟一。消月，封与佛静坛禅师，赐袈裟一、僧鞋袜一。黄胖，封牛痴长老，兼僧纲掌教之职。"

皇上封过四僧，四僧口称："臣俗等谢恩，愿吾王万寿无疆，圣寿无疆！"山呼已毕，皇上回宫，众臣朝散。再讲消安等少不得至狄千岁王府拜谢，王府留斋。师徒入朝谢恩，辞驾回山，天子准奏。师徒又谢过狄千岁，狄千岁少不得有礼物相送，送至郊外而别。不讲消安等回山。再言大唐君明臣良，纲纪复，朝政整。正是：

金殿当头紫阁重，仙人掌上玉芙蓉。

太平天子朝元日，五色云中驾六龙。

且不讲大唐天子国泰民安，风调雨顺。再言骆宏勋荣任狼山总兵，差人到宁波府，将桂太太请来侍奉，家内有桂小姐、花姑娘朝欢暮乐。后来花、桂二位夫人皆生贵子。桂氏生二子，取名文龙、文虎；花氏所生三子，取名文凤、文鸾、文鳌。骆宏勋将文虎继与桂府为嗣，又将文鸾继与花氏为嗣，又将文鳌继与巴府为嗣，因向日误伤巴结之命。而三氏皆有后人。后来五子俱系皇家栋梁，至今昌盛。

再讲任正千久镇潼关，后来在任娶妻方氏，所生一子一女，子名应龙，女唤素英，后与骆宏勋为媳，文龙为妻。至此，骆、任世代相好，至今如始。余谦后来官到兵马大元帅,娶妻秦氏,系世袭国公秦氏爷之女,所生四子二女。长女嫁与骆宏勋次子文凤为妻,次女嫁与任公之子应龙为妻。四子长成,俱是文武,在朝伴君。后来之人,看到了余谦之事忠直,有诗为证,诗曰:

　　自幼心中直,平生胆气豪。切齿恨王贺,救主不辞劳。
　　四杰威名重,义志贯九霄。天祐忠义士,高官位列朝。

这几句诗,单表余谦忠义可嘉。

再者,花振芳夫妇有骆宏勋常常侍奉。鲍自安有婿送终,寿至耄耋之外。后人看到鲍自安与花振芳之事,有诗为证,诗曰:

　　艰难江湖客,忠肝直胆心。忘身唯救友,立志保圣门。
　　杀奸兼救难,除佞恤孤怜。今朝留竹帛,千古显芳名。

后来花、鲍二老一笑而终。巴氏弟兄各各荣任总兵之职。其节妇修素娘之子,长大成立,读书上进,圣恩御赐,荣显门庭,娶妻生子,传派为梅氏宗支。真所谓善有善报,恶有恶报。至此,已完成反唐后传一本故事。

诗云:

　　江湖有义终非盗,衣冠无良岂是人?
　　王贺好淫终有报,佞贼擅权枉费心。
　　世赖逆贼今何在?梅滔奸险也丧身。
　　余谦舍命存忠义,至今千古美名存。